가객

문 학 동 네
한국문학전집
0 2 1

황석영
대표중단편선

가객

문학동네

차례

가객歌客

1

강 건너편에는 큰 저자가 있었다.

새벽에 잉어의 옆구리 같은 반짝이는 빛 조각들을 가르고, 짐을 가득 실은 나룻배들이 강을 거슬러오는 것이었다.

마을의 부옇게 밝아오는 하늘 위로 날개도 없이 구불대며 기어오른 머리카락 모양의 연기들이 흐느적거리며 흩어지는데, 나룻배가 물위로 흘러가는 것이나 뱃전에서 노질하는 사공이나가 한가지로 서서히 갈라지는 새벽의 회색빛 허공 속에서 차츰차츰 드러나는 게 아닌가. 잠 깬 가축들의 웅얼거리는 울음이나, 아이들이 부신 눈을 열고 서로 불러대는 소리나, 성문 옆 탑루에서 때리는 동종銅鐘 소리나, 풀무간의 쇠망치 소리나, 하여간에 새벽마다 이 모든 소리들이 강 건너편에서 들려올 적에는, 심지어 수백 년을 묵어온 음산하고 흉흉한 묘지와 성곽에도 생명이 다시 깃들일 것만 같았다.

해가 이슬을 말리고, 사람들의 타박거리는 발길에 때가 하얗게 벗겨진 오불꼬불한 길과 언덕에 먼지를 일굴 무렵이 되면, 나귀와 수레에 진귀한 과물이며 곡식을 실은 농부들이 모여들어, 저마다 고향의 소식들을 전하는 곳이 바로 강 건너편 저자였다.

그러면 또한 강 이쪽 편은 무엇인가. 바로 이 이야기를 하려는 외눈박이의 쬐끄만 문둥이 거지새끼인, 내가 혼자서 사는 빈 사원 寺院이 있는 거칠고 막막한 들판이 강 이쪽 편인 것이다. 나는 그 저자에서 얼마 전에 쫓겨나 나룻배에 다시는 오르지 못하도록 엄명을 받고서, 들쥐와 살쾡이와 개구리와 뱀 들만이 우글거리는 이곳에서 굶주리고 있는 참이다.

나는 날마다 곪아터진 종기와 가시나무에 째진 무릎과 그나마 하나밖에 없는 눈구녕에는 진물이 흘러내려 파리떼가 수없이 날아드는 가엾은 꼬락서니로 강변에 나아가 건너편 저자를 그리워하였다.

저자에서는 밝고 훌륭하게 살아가는 사람들과 히히덕거리는 말의 부서진 쪼가리들이며, 기름진 음식이 익어가는 냄새, 그리고 무엇보다도 놀이터에서 들려오는 흥겨운 음률의 가락이 물을 건너서 내 코와 귓전에까지 날아와 후벼대곤 했다.

그뿐이랴. 내가 사원의 깨어진 기왓장과 무너진 토담 아래에서 들짐승들의 부르짖는 소리에 질리고 떨려서 잠들지 못하고, 밤새껏 목청이 갈라지게 노래를 부르는 동안에도 강 건너편 저자는 꿈과 같이 거기에 빛나고 있었으니. 밤 저자는 여름 꽃밭처럼 다투어서 피어난 작고 큰 모닥불과 등롱과 둥근 창, 모난 창의 촛불과 나룻배의 종이등 불빛까지 어우러져, 장자長者네 청기와집 안채의 요염한 작은댁들이 휘감고 있는 오색 비단보다 훨씬 현란한 것이었다.

아, 나는 어떻게 되어 이곳으로 쫓겨나지 않으면 안 되었던가. 그것은 바로 내게 생명을 주었으며 이 세상의 아름다운 이치를 깨닫게 하였던 수추壽醜 때문이었다. 나는 죽어버린 수추가 다시 살아 함께 저 강을 건너 저자의 한가운데 서서 자랑스럽게 노래를 부르고 모든 썩은 것들이 멸망하는 것을 지켜보게 될 그날만을 기다리고 있는 것이다.

2

진눈깨비가 몰아치던 어느 이른 봄날 점심 무렵이었을까. 저자에 행인의 발길이 끊어지고, 모두들 불 곁을 찾아 아늑한 지붕 아래 뜨거운 국을 마시러 사라져, 또한 워리 개마저 마루 밑으로 기어들어, 음산한 봄 날씨를 핑계 삼은 술꾼들만이 주막 안에서 왈왈 시끌덤벙 다투고 화해하고 웃고 고꾸라지는 판이었는데, 이 가엾은 외눈박이 거지새끼는 먹을 것을 찾아 진창을 헤매다가 지쳐서 다리 아래 거적조차 없이 맨살을 비벼대며 앉아 있었다.

그맘때쯤에 웬 난데없는 비렁뱅이 가객歌客 하나가 구부러진 등에 거문고 엇비슷이 메고 진창에 맨발을 축축 담그면서, 제가 아직 어찌될 줄 모르고서 저자의 가운뎃길로 하염없이 내려왔던 것이다. 거문고를 메었으니 노래라도 할 줄 알겠구나 싶었으되, 꼬락서니가 내 사촌이 틀림없었다. 나는 다리 아래 쪼그리고 앉아 이제 막 살얼음이 풀리기 시작한 또랑물 속으로 싸락눈이 떨어져 녹아 사라지는 모양을 내려다보는 중이었다. 나는 무슨 소리인가를 들었으며, 이상한 가락이 내 어깨 위에 미풍같이 나부끼며 얹히고, 다시 목덜미로 깊숙이 꽂히더니 정수리에서 발뒤꿈치로 뚫고 들어와 맴돌아나가는 것이 아닌가.

나직하고 힘찬 목소리가 가락 위에 턱 걸쳐서는 이 싸늘하고 구죽죽한 저자를 따뜻하게 데우는 것만 같았다. 나만 일어섰는가? 아니다. 내가 뒤가 급해진 느낌으로 안달을 온몸에 싣고서 다리 위로 올라갔을 때에, 저자의 술집 창문마다 가게 반지문마다 사람들의 머리가 하나둘씩 끄집어내어지는 중이었다. 다리 위에서 비렁뱅이 가객은 거문고를 무릎에 올려놓고 앉아서 고개를 푹 숙여 머리가 없는 자처럼 땅속에다 소리를 심고 있었다. 술 먹던 사람들과 수다쟁이 떡장수 아낙네며 나들이 나온 처자들이 모두 한두 발짝씩 모여들어 다리 위에는 음률에 끌린 사람들로 가득찼다.

"사람을 못 견디게 하는 소리로구나. 저런 소리는 이 저자가 생겨난 이래로 처음 들었다."

한 곡조가 끝나자마자 사람들은 제각기 허리춤을 끄르고 돈을 내던지는 것이었다. 돈이 떨어지는 소리가 잦아질 제 나는 새암과 선망으로 이를 악물었고 다음에는 저 신묘한 소리로 돈을 벌게 하는 거문고를 박살내버리고 싶었다.

"하나 더 해라."

"이번에는 긴 것을 해보아라."

사람들이 제각기 아우성을 치는데, 가객은 고개를 가슴팍에 콱 처박고 잠잠히 앉아 있었다. 그는 부지깽이처럼 길고도 여윈 손을 뻗쳐서 무릎 근처에 흩어진 돈들을 긁어모아서는 제 자리 밑에다 쓸어넣는 것이었다.

"노래를 한 가지밖에 모르느냐."

"얼굴을 들고 해라, 안 보인다."

"고개를 들어라."

내던진 밑천을 뽑으려고 주변에 웅기중기 모여 앉은 사람들은 비렁뱅이 가객의 얼굴을 보려고 자꾸만 재촉했다. 고개를 처박고 있던 그가 작심했다는 듯이 천천히 고개를 들었다. 그러고는 제 앞에 모인 사람들을 한 바퀴 휘이 둘러보았던 것이다.

나는 그의 얼굴을 본 순간 어쩐지 가슴이 답답해지면서 회가 동했을 때처럼 속이 뒤틀리고 구역질이 날 지경이었다. 가객은 이 세상에서는 어디서든 찾아볼 수 없을 정도로 추악한 얼굴을 가지고 있었다. 사람들 사이에서 웅성거리는 소리가 일어났는데, 가객이 노래를 부르기 시작하자 그 더러운 얼굴은 더욱 흉하게 일그러져 가락의 신묘한 아름다움은 그 추한 얼굴에 씌워 사그라지고 말았다. 눈도 코도 입도, 제자리에 붙어 있건만, 어쩐지 얼굴이 자아내는 분위기가 사람들의 가슴속에 깊은 증오를 불러일으키고, 증오는 곧 심한 역증이 나게끔 했다. 사람들은 일찍이 노래에 감탄하던 것을 잊어버리고 더럽게 나타난 가객의 용모에 불같은 증오가 일어나 더이상 근처에 서 있을 수가 없는 모양이었다.

"처음 소리는 우리가 속아 들은 것이다. 이렇게 기분 나쁜 노래는 들은 바 없었다."

"온 세상에 미움을 퍼뜨리는 가락이다."

"구역질이 나는 목소리구나."

누군가가 돌멩이를 집어들고 던졌다. 잔 돌멩이가 큰 돌멩이로, 발치쯤에서 머리쯤으로 옮겨가면서, 사람들은 분노에 가득차서 이 운 나쁜 비렁뱅이를 거의 때려죽일 지경이었다. 나도 빠질세라 돌을 들어서 그의 등때기를 호되게 때려주었다. 돌이 그의 이마를 터뜨리고 살을 찢어 피가 흐르는데도 그는 추한 얼굴을 빳빳이 쳐들고 사람들을 노려보았다. 돌팔매가 어지간히 그쳐간 뒤에 이번에는 구경꾼들이 그의 발밑에 떨구었던 돈을 찾아가느라고, 그를 밀쳐내고 아우성을 치면서 자리 밑을 뒤져냈다. 사람들은 완강하게 버티면서 노려보는 가객의 팔다리를 잡아 다리 밑으로 내던져버리고서, 돈을 찾아가지고는 제각기 침을 뱉고 흩어져가버렸다.

"웬 사귀死鬼 같은 놈이 나타나서 일진을 잡쳤다."

"저런 놈은 저자에서 얼굴을 들고 다니지 못하게 해야 한다."

"아마도 지옥에서 귀졸이 인도환생한 모양이다."

뱀을 징그러워하고, 구더기를 더러워하며, 호랑이를 무서워하며, 꽃을 어여삐 아는 것이 사람의 정이고 보면, 그 낯선 가객을 미워하여 대면조차 하기 싫은 것이 또한 사람들의 똑같은 심정이었으니, 그런 일을 수없이 겪었을 가객 자신이 모를 리가 없을 것이다. 다시 진창 위에는 행인의 발길이 끊기고 여러 집들의 굴뚝에서 흘러나온 연기와, 사람들의 방금 보고 들은 소문을 주고받는 두런대는 말소리, 그리고 갈데없이 다시 차가운 눈발을 피하여 다리 아래로 기어들어가야 할 나만이 남아 있었다. 나는 이 저자의 음식찌끼를 맡은 주인으로서나 같은 신세로 군입을 달고 찾아온 동업자에 대한 거리낌으로,. 이제 내 아늑한 보금자리까지 빼앗겨서는 안 될 일이므로, 저 더러운 상판대기의 걸인 풍각쟁이를 쫓아내고야 말리라고 결심을 단단히 했다.

나는 주먹만한 돌멩이 두 개를 양손에 움켜쥐고 만약에 다리 밑을 떠나지 않는다면 대가리를 까서 물속에다 처박겠다는 마음이 되어 아래로 내려갔다. 까짓 이곳 저자 사람들이 모두들 입을 모아 그를 쫓아낼 뜻을 비쳤으니, 흘러 떠다니는 주제에 내게 맞아 죽는 단들 별로 섭섭할 까닭이 없을 듯했다. 그는 어느 틈에 얼굴의 피를 씻고 흘러내려가는 물가에 앉아 있었고, 나는 돌을 쳐들면서 목구멍에 악착스런 바람을 한껏 넣어서 소리쳤다.

"이놈아, 여긴 내 집이다. 빨리 사라지지 않으면, 네깐 놈을 또랑물 속에다 장사 지내어 붕어 밥이 되게 할 테야."

그런데도 그 녀석은 물가에 앉아서 흐르는 물을 내려다보고 있는 것이었다.

"아직도…… 아직도, 내 얼굴이 아니다. 아직도 아직도, 낯설구나."

이렇게 수없이 중얼거리면서 그는 볼 위로 눈물을 철철철 흘리고 있었는데, 내가 그래 봬도 인정 있고 마음 여리기로는 저자에서 제일가는 사람이나 남을 도와준 적은 없으므로 문득 사람마다 싫어하는 그가 가엾어져서 슬그머니 돌을 떨어뜨리고 말았다. 떨어진 돌이 물속에 떨어져 풍덩, 하는 소리와 더불어 그가 고개를 돌려 나를 돌아다보았다. 문둥이인 나보다도 사람들이 그를 미워하는 것은 아마도 격에 어울리지 않는 그 신묘한 가락 때문이었던 모양이다.

"너도 날 미워하니?"

그가 말을 걸어왔고, 나는 그 더럽게 인상 나쁜 몰골을 일부러 찬찬히 뜯어보기 시작하면서 잠깐 대답을 미루었다.

"당신보다 내가 더욱 더러운데, 이제 보니 당신은 저자 사람들

하구 똑같다. 그들 어느 누구보다도 못생기지 않았다."

"그들이 나를 미워하는 것은 노래만이 아름답기 때문이다."
하고 나서 그는 한숨을 내쉬었다. 나는 슬그머니 이 침입자의 곁에
가서 다정한 사이처럼 나란히 앉았다.

"그렇다면 노래를 불러서 세상 사람들의 미움을 사지 말구, 아
예 노래를 부르지나 말지. 노래를 부르지만 않는다면 아무도 당신
얼굴에 주의를 돌릴 사람은 없을 테니까. 나처럼 동냥이나 하면서
살면 되지 않아."

"나는 노래를 부르지 않으면 살 수가 없다. 내 얼굴이 추악하게
보이기 시작한 것은 바로 나의 음률을 완성했던 그 순간부터였다.
그런데 네 이름이 무엇이냐?"

"나는 그저 문둥이 깨꾸쇠야. 당신은?"

"내 이름은 스스로 지어 수추라고 한다. 너무도 오랫동안 신묘
한 가락을 찾아내느라고 이제는 내가 어느 나라에서 태어났는지,
내 본명이 무엇인지, 내 부모는 누구인지, 내 나이는 얼마인지, 내
친구는 누구였는지, 내 동네 사람은 어떠했는지 모두 잊어버리고
말았다. 나는 드디어 가락을 찾아내고 내 노래를 완성했다. 그런
데…… 완성하자마자 나는 내 얼굴을 잃어버리고 만 것이다."

"당신이 얼굴을 쳐들고 노래를 부르기 시작했을 때, 사람들은
모두 당신을 미칠 듯이 죽이고 싶어했지."

내 말을 듣고 나서 수추는 제 얼굴을 감싸쥐고 부르짖었다.

"내 온몸에는 이제 미움만이 꽉 들어차 있는가보다."

"나는 이렇게 종기투성이에 얼굴이 찌그러진 문둥이지만 미움 같은 건 없다. 당신과 다리 밑을 반씩 나누어 써도 괜찮다. 다만 당신이 이 저자에서 노래만 부르지 않는다면."

"나는 노래를 부르지 않으면 점점 수척해지고 쇠약해져서 죽고 만다. 그러니 나는 사람들이 살지 않는 곳으로 가서 노래를 부를 테다."

"그래, 저쪽 강 건너편 사원 빈터에는 사람이 살지 않지."

"가르쳐줘서 고맙다."

수추는 돌로 맞은 상처 때문에 다리를 절뚝거리면서 일어섰다. 처음처럼 거문고를 등뒤에다 엇비슷이 걸쳐 메고는 그를 저주했던 저자를 떠나 수추는 강을 건너갔다.

3

수추가 다시 내 다리 밑 보금자리로 돌아온 것은 내가 장터의 구석구석마다 은밀히 싸갈긴 똥이 굳어 먼지가 될 만큼의 날이 지나간 뒤였다. 이제는 나무 위에 드리웠던 자랑스런 오동나무의 잎이 누렇게 변하고 구멍이 뚫려서 한 장 두 장씩 나부껴내려 물위에 헤적이며 떠나는 즈음이었다. 나는 수추가 맨손인 것을 보고 놀랐으며, 그는 좀처럼 노래를 부르지 않으려는 결심인 것이 분명했다. 수추가 그의 거문고를 불태워버렸던 것이고, 그의 이글거리던 눈빛은 사그라들어서 어린 짐승의 눈처럼 양순하게 젖어 있었던 것이다.

그는 성문 밖에서 타살당한 내 아비와 똑같은 눈빛을 하고 있어서 순하고 슬픈 꼬락서니가 되어버렸다. 나는 가을 낮의 따사한 햇볕과 미풍을 즐기면서 종기에다 연신 침을 바르면서 누워 있었는데, 머리 위에서 부드러운 목소리가 들려왔다.

"깨꾸쇠야……"

이 저자 바닥에서 나를 향해 그런 목소리를 낼 사람은 하나도 없었으므로 나는 우라지게도 놀라서 후닥닥 일어났다. 또 짓궂은 놈들이 나를 골탕 먹이려고 무슨 수를 쓰러 온 줄로만 알았다. 수추가 발치에 서서 조심조심 나를 흔들고 있었다.

"얘, 나두 여기서 살게 해다우."

수추는 애원하듯이 말했고, 나는 아무렇지도 않게 그가 누울 수 있도록 자리를 내주었으며, 그는 어디서 가져왔는지 맛있는 음식을 꺼내놓았다. 우리는 나란히 누워서 이야기를 나누었다. 수추가 강 건너편에서 무엇을 하면서 살았는가 하는 것이 내가 제일 궁금해하는 것이었다.

수추는 천천히 얘기했다. 그가 말하던 대로 모두 기억이 나지는 않지만, 아마도 이러한 얘기였을 것이다.

그는 정말로 완전한 노래를 부르면서 살아가기 위해 사람들의 세상을 떠나 강을 건너갔다. 강을 건너 자갈밭과 모래언덕을 넘어 드문드문 잔솔들이 자라난 광야를 걸어간 수추는 무너진 절터가 있는 곳에 이르렀다. 그는 해가 질 때까지 절터의 계단에 앉아서 거문고를 뜯으면서 노래를 불렀다. 그의 나직하고 힘차면서 구슬픈 노래가, 음절마다 살아서 뛰는 고기의 꼬리처럼 펄떡이는 생명을 지닌 거문고 소리가 빈 사원에 널리 퍼지고, 널리 퍼진 소리들은 광야 가운데 오랫동안 남아 있었다. 새들이 일시에 울음을 그쳤고, 맹수들은 포효를 잊었으며, 나무숲들은 가지를 떨도록 바람에 내맡기지 않고서 오히려 바람과 타협하여 숲의 소리마저 잠잠해진 것만 같았다. 새들이 깃을 찾는 대신에 사원의 돌담과 지붕과 마당 위에 가득히 내려앉아 그의 노랫소리를 들었다. 숲 그늘 속에는 조심조심 다가오는 짐승들의 발자취 소리가 끊임없이 들려왔고, 이윽고 여러 개의 눈알들이 가지 사이로 빛났다. 수추는 제 노래의 가락에 취하여 계속해서 노래를 불렀다. 어둠이 깔리고 밤이 되었으나 그는 노래를 그치지 않았다. 시냇물도 흐르는 소리를 죽이면서 그의 노랫가락 아래로 스며 지나가는 듯했다.

해가 떠올랐고, 그는 짐승들 가운데서 일어났다. 그가 거문고 위에서 시선을 거두고 기지개를 켜며 일어났을 때, 갑자기 새들이 한꺼번에 날아올라 그 수백 마리 새의 날개 치는 소리에 창공이 찢어지는 것 같았다. 짐승들이 뛰어 달아나는 소리로 나무들은 거칠게 흔들려서 마치 폭풍이 시작되는 듯했다. 수추는 물가에 앉아서 제 그림자보다도 못한 용모의 실상을 비춰보면서 울었다. 한 추악한 사내가 구름을 머리에 이고서 저를 바라보고 있었다. 수추는 생각했다. 그가 제 음률에 도달했을 적에도 시냇가에 앉아 있었던 것이다. 드디어 이 세상에서 가장 완전한 가락이 그의 손끝에서 울려 퍼졌을 순간에 그는 물속에 떠 있는 한 범상한 사내를 발견했던 것이다. 그는 도저히 믿어지지가 않았다. 수추는 물을 마구 헤쳐놓고는 다시 들여다보았지만, 음률을 완성한 자의 얼굴이 아니었다. 그는 그 얼굴을 미워하였다. 따라서 시냇물도 미워하였다. 미워할수록 그의 얼굴은 추악하게 떠올랐다. 수추는 그럴수록 노래를 끝없이 부르지 않고는 살아갈 수가 없는 자가 되어버렸던 것이다.

그러나 수추는 강 건너편 광야에서 몇 날 몇 밤을 짐승들이 일시에 몸서리치면서 달아났다가, 다시 밤이 되면 그의 노래를 들으려고 모여들고, 또 해가 떠오르면 그의 곁에서 달아나는 일을 셀 수도 없이 겪었다. 그는 이러한 애증에 시달려서 자꾸만 여위어갔다.

어느 날 그는 아무도 찾아와주지 않는 훤한 대낮에 혼자서 노래를 불렀다. 그의 노래가 이제 막 거문고의 가락에 얹히려는 참에 줄이 탁 끊어졌다. 이 끊긴 줄이 내어놓는 무참한 소리가 그의 노래를 산산이 으스러뜨리고 말았으며, 그는 저도 모르게 벌떡 일어나서 거문고를 계단 위에 내동댕이치고 말았다. 자르릉, 하는 괴상한 소리를 내면서 악기가 부서지고 그의 노래마저 함께 부서져버렸다. 그의 발밑에는 살해된 가락의 시체만이 즐비하게 널려 있을 뿐이었다. 그는 노래를 부를 수가 없었다.

수추는 아무도 찾아오지 않는 밤 가운데서 진실로 오랜만에 평
화로운 잠을 잤다. 그는 노래로부터 놓여난 것이다. 수추는 파괴된
악기와 버려진 노래를 회상할 뿐이었다. 수추는 이 죽음과 같은 휴
식 안에서 비로소 노래만을 사랑하고 모든 것을 미워했던 제 모습
이 이제는 변화된 것을 알았다.

그가 물을 마시려고 시냇물에 구부렸을 적에 수추는 또다른 얼
굴을 만났다. 그의 눈은 삶의 경이로움에 가득차 있었고, 그의 입
은 웃고 있었고, 뺨에는 땀이 구슬처럼 매달려 있었다. 그는 모든
산 것들이 그러하듯이 만물의 소멸에 대하여 겸손하였다. 그가 자
신을 추악하게 본 것은 그 마음이 자기를 자만하였기 때문이었다.
그의 노래는 그의 생처럼 절대로 완전함에 도달하지 않는 것이었
다. 남이 자기를 보고 까닭 없이 미워함을 두려워하기 전에, 수추
는 저를 보는 사람으로 하여금 기쁜 마음을 일으키고 사랑하는 마
음이 일도록 다시 살아야 함을 느꼈다.

그는 사람들에게로 돌아가 이 얼굴을 확인하고 싶었다. 수추는
부서진 악기의 조각들을 주워 모아 불을 살랐다. 불꽃이 날름거리
면서 남은 형체를 삼키더니 이윽고 사그라지는 불꽃과 함께 재가
되어 바람에 불려 날아가버렸다.

수추는 강을 건너서 저자로 다시 돌아왔다. 그가 동냥 그릇을
내밀자 사람들은 그득그득히 음식을 담아주었고, 수추는 뜨겁게

감사한 마음으로 그것을 받았다.

4

나는 이 비렁뱅이 가객이 이제는 미쳐버린 게라고 생각했는데, 다리 밑에 오던 날부터 수추는 괴이한 짓을 하기 시작했다. 내가 짓무른 종기 때문에 잠들지 못하고 뒤척이노라면 그는 엎드려서 종기의 고름을 입으로 빨아내곤 했다. 나는 그가 고름을 빨아주고 상처를 핥는 동안에 잠들었다. 수추는 내가 추워서 떨면서 신음하면 뒤에서 감싸고 체온으로 나를 녹여주었다. 나는 수추와 함께 지내는 동안 줄곧 앓아누워 있었다.

그는 날마다 나를 다리 밑에 남겨두고 저자로 나가서 일을 했다. 나룻가에서 그가 짐을 부리거나 수레를 끄는 일을 해서 떡과 고기를 사들고 돌아온다는 것을 알았다. 그는 또한 저녁마다 아픈 사람들을 찾아다녔고, 잔치가 있는 집이나 슬픈 일이 일어난 집을 찾아가서 주인께 공손히 청하여 조심스럽게 노래를 불러주는 것이었다. 그의 노래는 아늑하고 힘이 있어서 모든 사람들의 마음에 따뜻한 정과 말할 수 없는 용기를 돋아나게 했다. 수추는 제 추했던 얼굴을 이제는 모두 잊었다. 물위에 떠오른 제 모습이 자기가 아니라던 헛된 생각은 모두 사그라진 것이다.

그의 눈에는 모든 세상 사람들이 저를 닮은 사랑스럽고 겸손한 사람들로 비쳤다. 나아가서는 수추 자신이 그 사람들을 닮았다고 느끼고 있었다. 저자에서 예전의 수추를 기억하는 사람은 나뿐이었다. 저자 사람들은 아침에 그가 경쾌한 걸음걸이로 가게 앞을 지나는 모습을 대하면 문득 마음이 평화로워지고 그의 노래를 듣노라면 기쁨이 가득찬다고 말을 했다. 강변 나루터에 가면 언제나 그의 콧노래라든가 휘파람 소리를 들을 수가 있었고, 그는 짐을 부리면서 내내 저 자신에게 들려나 주듯 흥얼거리는 것이었다. 사람들은 그 곡조를 배워 모두들 따라서 부르게 되었다.

다시 봄이 찾아와 이 강변 저자에 죽은 것들이 소생하고, 새들은 찾아와서 목청을 다투어 울고, 나도 겨우 눈보라와 강추위에서 살아나 빨빨거리며 장터를 헤집고 다닐 철이 되었다.

저자에서 거리 잔치가 벌어지는 날이 가까워지자 사람들은 모두 오색등을 꺼내어 손질을 하고, 음식을 장만했으며 색실과 대나무를 준비하였다. 그들은 행복한 잔치를 대비하느라고 부산한 중에 문득 수추의 노래를 생각해냈다.

"그렇게 훌륭한 노래를 부르는 이가 있는 것을 몰랐구나."

"하나 그에게 악기가 없다는 건 좀 흠이란 말야."

"그가 노래를 해주면 우리 잔치가 더욱 복될 터인데."

"악기를 마련해주자. 그의 노래가 더욱 빛나도록."

이러한 의논들이 되어 장터의 여러 사람들이 다리 아래로 찾아와 악기를 마련해줄 터이니 원하는 것을 말하라고 떠들었다. 수추는 여러 번이나 사양을 하다가 권유에 못 이기어 드디어 다리 위에 늘어진 오동나무를 가리켜 보였다.

"저 나무를 제게 주시겠습니까?"

사람들은 모두가 이건 생각보다도 쉬운 청이라고 여러 입으로 말들 하였다. 곧 살집 좋은 일꾼들에 의하여 나무가 베어졌고, 수추는 그날부터 망치와 끌을 들고 나무를 다듬기 시작했다. 불에 그슬리기도 하고, 오줌독에 담그기도 하고, 바람에 말리고, 땡볕에 쬐었다. 여러 날 만에 수추는 전에 그가 등판에 엇비슷이 메고 왔던 것보다도 훨씬 훌륭한 거문고를 만들었다.

그가 시험 삼아 줄을 퉁퉁 퉁겨내니까 물방울 하나가 똑 떨어져 폭우가 되고 벽력이 치면서 강줄기로 합치고 폭포가 되어 무한히 큰 물의 출렁거리는 소리로 변하는 것이었다. 거리 잔치 하는 날, 수추는 그 새로운 악기를 들고 저자의 한가운데로 걸어나갔다. 수추의 노래와 거문고 소리를 들으려고 먼 지방에서까지 사람들이 몰려와서 저자는 도회가 되어버렸다. 아픈 사람들이나 슬픔에 겨운 사람들이 수추의 고통을 씻어주는 노래에 대한 소문을 듣고 며칠을 걸어서 저자에 이르렀다.

수추는 사람들의 구름 속에 앉아 조용히 노래를 흘려보냈다. 그 노래는 사람들의 마음을 찌르고 힘을 솟구치게 해서 살아 있는 환희를 갖도록 했다. 노래하는 그의 얼굴은 사람들에게 무언지 모를 믿음을 전파시켜주는 것이었다. 그의 노래는 입에서 입으로 가슴에서 가슴으로 그리고 나중에는 몸짓에서 몸짓으로 퍼져나가 모든 사람들이 목청을 합하여 저자가 떠나가도록 노래를 불렀다.

수추의 거문고 소리와 노랫소리는 저자에 모인 군중들의 제창에 먹히어 들리지 않았으나, 그 곡조와 가락과 춤은 그대로 수추의 것에서 모든 사람들의 것으로 합쳐졌던 것이다. 나는 눈물을 철철 흘리면서 노래를 따라 불렀다. 누군가가 내 더러운 얼굴에 뺨을 비비며 나를 끌어안고 외쳤다.

"복 많이 받아라."

노래는 자꾸만 계속되었다. 사람들은 끊이지 않고 모여들었다. 이 소문을 알게 된 우리 저자의 장자가 사람들을 보내어 수추를 잡아오도록 하였다. 장자가 그를 잡아 가두기 전에 물었다.

"노래를 부르지 않는다면 너를 당장에 놓아주리라."

"저는 살아 있는 한 노래를 불러야만 합니다."

"그러면 이곳을 떠나 아무도 없는 데로 가서 혼자 노래를 부르는 것은 용서해주지."

"저는 제 노래를 원하는 사람들 곁을 떠날 수가 없습니다."

장자는 하는 수 없이 그를 잡아 가두었으며, 악기는 빼앗아버렸다. 그는 빼앗은 악기를 다시 사용하지 못하도록 줄을 모두 끊어버렸고, 그것을 세 토막으로 나누어 밥상을 만들어버렸다. 그렇지만 수추는 감옥 속에서 날마다 새로운 곡조로 노래를 했다.

그가 부르는 노래는 재빠르게 저자 바닥으로 퍼져나가 누구나 따라 부르게 되었다.

장자는 이번에는 그자의 혀를 잘라버리라고 명했다. 수추는 혀를 잘리었다. 장자의 부하들이 까마귀들에게 먹이려고 높은 감나무 가지에다 그 혀를 매달아두었다. 나무에 앉는 까마귀마다 수백번씩 그 혀를 쪼았으나 너무도 견고해서 먹질 못했고, 혀는 사람들이 지켜보는 허공에서 싱싱한 선홍의 빛깔로 펄떡이며 살아 있었다.

수추는 목구멍으로 노래를 불렀다. 그의 안으로 꽉 잠긴 노랫소리가 또 저자 바닥에 깊이깊이 스며들었고, 사람들은 몰래몰래 그것을 따라 불러 꿈만이 떠도는 밤에도 잠꼬대의 노랫소리가 울려 퍼졌다.

장자는 끝내 수추의 목을 자르라고 명했다. 수추의 목이 잘려 저자의 장대 위에 드높이 효수되었다. 장대 위에 얹힌 얼굴은 이 세상에서 아무도 만나보지 못했던 행복한 자의 얼굴이었다. 사람들은 더욱더 수추가 남긴 노래들을 불렀다.

장자는 드디어 수추에 대한 기억의 잔재를 모두 없애버리라고 명했다.

다리는 허물어지고, 오동나무의 밑동은 뽑혀지고, 나는 강 건너로 쫓겨나게 되었다. 그러나 장터 사람들의 소문에 의하면 수추의 노래는 여전히 불려지고 있으니 그가 죽었다는 것은 새빨간 거짓말이라는 얘기였다.

나는 아직도 수추의 팔딱이는 혓바닥을 품에 지니고서, 새로운 새벽이 밝을 때마다 강변으로 마중을 나가는 것이었다.

(1965, 발표 1975)

돌아온 사람

나는 제대를 하고 나서 식구들의 권유로 시골에 있는 외삼촌네 과수원으로 내려가 있었다. 그해 가을에 나는 이웃나라의 전장戰場으로부터 돌아왔던 것이다. 수송선 안에서 맞았던 방역 주사와 십여 일간의 뱃멀미와 갑자기 바뀐 기후 때문에 악성 감기를 앓았으므로 나는 몹시 쇠약해져 있었다. 뿐만 아니라, 제대 날짜를 때우기 위해 일주일 동안이나 영농 작업을 했었다. 하루종일 기차를 타고 집에 돌아와 잠자는 식구들을 깨웠을 때, 세상의 기적과 같은 일들이 있을 만하다는 것을 나는 절감했다. 무공훈장을 가슴에 단 영웅이 아니라 다른 모든 제대자들과 다름없는 귀향병으로서 나는 하루이틀 내 예전의 정서를 회복해갔다. 될 수만 있다면 내가 되찾기 시작한 정서가 가족들과 친지들께 떠벌린 무용담처럼 어느 정도 과장되거나 각색된 그것이 아니라, 나 스스로에게 진실이기를 바랐던 것이다. 사실 전선에서의 '우리'라는 말로써 이루어진 여러 행위나 감정들은 거의 믿을 수 없는 것들일지도 몰랐다. 나는 '우리들' 속에 잠적해서 편안히 잠들어 있던 것은 아니었는지……

집에 돌아온 첫 주부터 나는 고열로 앓아누웠다. 헛소리도 했고, 어떤 때는 소리를 지르며 깨어 일어나 마당을 기어다니기도 했는데 꿈은 별로 꾸어보지 못했다. 그것은 어렴풋한 반수상태였다고 생각된다. 어머니가 주장해서 굿을 한번 했다. 어렸을 때 일찍 젖을 떼서 체질적인 경기驚氣를 가졌기 때문이라는 누님의 해석도 있었으며, 매형은 내가 군대에서 고생을 많이 한 탓이라고 얘기했지만 나는 누구의 말에도 선뜻 그렇다고 끄덕이지는 않았다. 몸이 갑작스레 쇠약해진 탓이라고만 여겼다. 앓고 나서부터는 불면증 때문에 고생하기 시작했다. 숙맥 같은 여러 가지 처방을 해보았으나 잠을 이룰 수가 없었다. 형광등이 지잉 하고 우는 소리와, 자기의 숨소리만을 들으며 매일 밤을 뜬눈으로 새운다는 건, 참으로 무료한 짓이었지만 달리 해볼 도리가 없었다. 술을 마시는 일은 만취하더라도 자기의 의식을 자각하게 되거나 아니면 제한 없는 충동에 빠져버리는 것 같으니까 질색이고, 갑자기 닥친 혼란으로 해서 책이라면 탐정소설도 읽을 수가 없었고, 여자 역시 돈 주고 사는 것은 썩 내키질 않았다. 나는 불면의 나날이 몹시 불편해졌고 도무지 살아 있는 느낌이 아니었다. 바로 그 무렵에 식구들이 권하는 대로 건강해지기 위하여 시골로 내려갔던 것이다.

그 고장의 과수원들은 이제 한창 수확기에 이르러 있었다. 여러 마을에서 모여든 빈손들이 날마다 과목 위에 다닥다닥 붙어서 품을 팔고 있었다. 나는 별로 할 일도 없고 해서 삼촌이 정해준 열을 맡아 작업을 감독하고 불량품이나 될 사과를 한곳에 모으는 일을 거들었다. 내가 만수를 알게 된 것은 정확히 말하자면 그가 나를 알아보았다고나 할까, 만수가 일하고 있는 과목 밑에서 서성대고 있었을 때에 내 이름을 불렀기 때문이었다. 나는 나무 위를 쳐다보고서 그가 며칠 전에도 웃음을 지으며 내게 말을 걸려고 애썼던 사람임을 알았다.

"몰라보겠습니까요?"

하고 그는 말했다.

"내가 만수요. 내 이름 생각나죠?"

그가 자기 이름을 대자, 나는 차츰 그를 알아보았다.

"전혀 몰랐소."

라고 나도 감탄하며 말했다.

"방죽 위에서 둘이 싸웠잖습니까?"

나는 기억을 헤쳐보았다. 어느 해인가의 겨울방학 때 싸락눈 오던 날, 누구와 된통 싸웠던 것을 알았다. 나는 그때 코피가 터졌었다. 그리고 썰매를 수문 속에 빠뜨렸던 것이다.

"그게 당신이었구만. 우리가 왜 싸웠죠?"

내 물음에 대답 않고 만수는 생각이 잘 안 난다는 듯 머리를 긁적이며 웃기만 했다. 그는 과목 가지로부터 사과가 떨어지지 않도록 조심스럽게 땅 위에 내려서서 손을 내밀었다. 우리는 악수했다. 만수가 말했다.

"있잖아요, 우리 큰형 말요."

"큰형이…… 아, 그래서 싸웠지. 아직두?"

"네, 그렇죠 뭐."

나는 의젓한 장정이 되어버린 만수를 똑똑히 알아볼 수가 있었다. 내가 외가에 들렀던 것은 중학교 이학년 여름이 끝이었으니 처음엔 서로 몰라볼 것이 당연했다. 어릴 적의 만수는 고추장 단지라고 불릴 정도로 배불뚝이의 키 작은 땅딸보였다. 나무를 베면 온 마을에 화재가 난다는 전설이 있는 솔산 아래에 만수네 집이 있었던 것을 나는 기억했다. 산에서 흘러내려오는 폭 좁은 시냇가의 초라한 방앗간이 만수네 마지막 소유였던 것이다. 방앗간 주인은 만수의 식구들 중에서 일을 할 수 있는 유일한 어른이었던 그애의 큰형수였다. 내가 그애와 방죽에서 싸웠던 것은 분명히 그의 큰형 때문이었다. 만수네 큰형은 실성한 사람이었다. 그는 항상 검게 더럽혀진 옥양목 저고리의 고름을 질질 빨고 다니면서 가끔 그의 뒤를 따르며 놀려대는 아이들에게 히죽히죽 웃어 보였다. 언젠가 만수는 자기 큰형이 공부를 너무 하다가 돌아버렸다고 얘기한 적이 있는데, 나는 그런 터무니없는 소리는 믿고 있질 않았다.

만수는 동촌으로 이사 가서 살고 있었다. 그러나 그애네는 원래 외갓집 동네인 서촌에서 살던 부농이었다. 그의 말에 의하면 원래부터 외갓집 마을에 살던 사람은 몇 가구 안 되며, 서촌도 오래전에는 수재민촌이 되어 있는 지금의 동촌처럼 몹시나 어수선하였다는 것이다. 그가 어렸을 때엔 서촌 부근의 과수원이 모두 자기네 소유였다는 거다. 만수네 삼 형제 중에서 자기만이 공부를 계속하지 못했던 것은 집안의 몰락에 있다는데, 사실 내가 알고 있는 그의 작은형은 가까운 도회지의 교사였고, 만수는 사각모를 쓴 자기 큰형의 누렇게 퇴색한 사진을 보여주기도 했다. 만수는 주먹다짐도 제법 할 줄 아는 시골 건달이 되어버린 것 같았는데, 우선 재담이 그럴듯했다. 나는 소싯적의 친구인 만수를 이 무료한 세월에 다시 찾게 된 것이 반가웠다.

나는 그담부터 언제나 만수가 일하는 과목 밑을 찾아가 앉기를 즐겼다. 그가 과목 위에서 과일 따는 손을 멈추지 않는 것과 똑같이, 끝없는 음담패설을 씨부려대어서 나를 미치도록 웃기곤 했기 때문이었다. 저녁때 타관에서 온 일꾼들만 행랑채에서 모여 자곤 했으나 만수는 자기집에 돌아가지 않고 내 방에서 함께 자는 날이 많았다. 나는 그가 도회지에 대한 열망으로 몹시 들떠 있다는 것을 눈치챘다.

"재수 옴 붙은 고장이죠. 여태껏 고생만 직싸도록 하구 말이오."

그는 군대에 가 있는 동안 줄곧 어느 항구의 경비 부대에 근무했단다. 엉뚱한 생각인지는 모르지만, 바다를 본 젊은이가 요런 산골에서 평생을 지낸다는 게 어려울 것은 정한 이치처럼 여겨졌다.

"기회가 오면 곧 여길 뜰 테요. 맨손으로 말이오."

그는 자기 자신에게 다짐하듯 두 손으로 주먹을 쥐어 흔들며 말했다.

수확이 끝나고 사과를 상자에 포장하는 끝마무리도 모두 마친 날, 만수는 나를 불러 조용히 할 얘기가 있다고 청해왔다. 나는 처음엔 조금 우스꽝스러웠다. 만수의 성격으로는 시끄럽게 못할 얘기도 없으리라고 생각했기 때문이다. 우리는 저장창고의 뒤편에 수북이 쌓인 마른 짚더미 위에 뒹굴면서 얘기했다. 만수는 교사 노릇을 하는 둘째 형이 입만 살아 있는 뼈 없는 놈이라고 욕했다. 그리고 실성한 큰형과 난리통에 죽은 자기 부모의 얘기를 할 땐 목소리가 낮고 침울해지며 눈가에 가는 주름이 잡히는 것이었다. 늦가을의 짧은 해가 솔산의 나무들 사이를 누비며 사라져가고 있었다. 하늘 위를 낮게 날아가는 멧새들의 지저귐이 들렸다. 숲은 곧 어두워지고 새들도 쉬러 갈 그런 무렵이었다.

"내가 여길 진작 뜨지 못한 건……"

하고 나서 그는 망설였다.

"할 일이 있기 때문이죠. 군에 있을 때부터 벼르던 건데, 꼭 해치울 거요."

만수는 비닐 챙이 달린 낡은 조합원 모자를 눈썹 위로 치켜올렸다. 그는 노을이 비낀 어두컴컴한 들판 건너를 우울한 눈으로 바라보았다. 내가 무슨 일이냐고 물었으나 만수는 벌떡 일어나 앉으면서 말했다.

"우리, 읍내로 나갑시다."

나는 그가 술 생각이 난 줄을 알았고 "한잔하겠소?"라고 떠보았다. 만수는 자기 호주머니를 툭툭 두드려 보였다.

"내가 사겠소. 삯을 받은 게 있으니까."

하늘 위에 초저녁 별이 하나둘씩 고개를 내밀었다. 우리는 읍내로 향한 한길을 따라 걸어갔다. 묵묵히 걷고 있던 만수가,

"서리를 한탕 했으면 좋겠소."

라고 말했다.

"돼지 서리 말입니다. 꼭 한 마리 잡아놓구 제사를 지내야 할 텐데."

나는 어처구니가 없었다.

"돼지를 훔친단 말인가, 아니면 잡겠다는 거요?"

"여길 뜨기 전에 살풀이를 해야겠소."

만수는 침을 돋우어 뱉었다.

"속살이 포동포동 오른 돼지 말요. 요새는 꿈에도 보인다니까요. 돼지 새끼를 실컷 쥐박고 나서 모가지를 쑤시는 꿈을……"

"이상스런 꿈도 있군."

"통쾌한 꿈이죠."

만수가 먼저 서리 얘기를 꺼냈으니 말이지만, 우리는 어렸을 때 철마다 참외 서리, 콩 서리, 고구마 서리를 했는데 그 상대는 언제나 이웃 마을이었다. 반대로 이웃 마을 아이들은 우리 마을로 원정을 왔었다. 촌로들은 어느 한계까지는 서로 묵인했다. 그들 자신도 옛날에는 서리 놀이를 즐기며 자라났고, 풍습 같은 것이니까 어쩔 수 없다고 생각했기 때문이다. 가끔 두 마을 사이에 분쟁이 있었다. 소년들이 장터에서 마주치기라도 하면 서로 치고받는 불상사가 벌어지기도 했는데 원인은 원정 갔던 녀석들의 좀 지나친 노략질 때문이었다. 가령 수박 서리를 갔던 패들이 몇 개 따는 데 그치질 않고 평소의 적개심을 발휘하여 덩굴을 잡아뽑거나 설익은 것까지 모조리 깨놓는 짓궂은 분탕질을 즐긴 뒤에 말썽은 일어났다. 한 해 농사가 망쳐진 밭고랑 사이에 주저앉아 땅을 치며 통곡할 주인을 상상해보는 것이 놀이의 철저한 즐거움이었다. 이런 경우에 아이들은 서로를 용서할 수가 없었고, 그때마다 보복을 하기 위한 새로운 서리의 계획이 이루어지곤 하였다. 이런 종류의 보복이란 끈질기게 추구하다보면 타락하게 마련이고, 엉뚱하게도 빗나간 짓이 되어버리는데 대개는 후회하기 전에 잊혀지는 것이 다행스런 일이었다.

어둠 가운데 읍내의 외곽으로 짐작되는 불빛들이 몇 점 흩어져 있었다. 불빛들은 산 아래를 지나 골짜기 너머로 계속되어 더 큰 규모로 번창해가고 있었다. 만수는 잡화상과 주점이 있는 번화가의 어느 골목 앞에서 나를 기다리게 한 다음, 흰 가운을 입은 이발사 한 사람을 불러냈다. 그들은 내 뒤에 처져서 뭔가 소곤거리며 의논하는 것처럼 보였다.

"틀림없이 아직 안 갔죠?"

"아까 내가 봤다니까. 다니러 왔을 거야. 좋은 기회다."

"서두르면 안 되겠어요."

하는 말들이 간간이 들려왔다. 만수는 이발사와 헤어지면서 말했다.

"알려줘서 고맙수."

만수는 기다리고 섰는 내게로 와서 나란히 걸으며 기쁜 듯이 말했다.

"몇 년 만에 한 번씩 나타나는 돼지가 한 마리 있죠."

좁다란 술청 안에 나무 탁자가 몇 개 있었고, 두어 패거리가 앉아서 장단을 맞추고 있었다. 칸막이 너머에서 요란한 소리로 칼질을 하고 있던 사내가 코를 내밀고 우리의 주문을 받았다. 만수는 내게 전장에서의 무용담을 해달라고 졸랐으므로, 나는 거짓말 몇 마디를 지껄였다. 다른 사람의 얘기를 교묘하게 위장해서, 자기 것처럼 지어내는 녀석같이 능숙하게 나는 지껄였다.

"죽이고 싶은 놈을 죽일 수만 있다면야 얼마나 좋겠습니까?"

만수가 중얼거렸을 때, 나는 얘기를 뚝 그쳐버렸다. 딱히 죽이고 싶었던 놈이 있어서 총을 쏘고 뛰어다니며 숨고 했던 것은 아니었고, 내가 누구인가를 이 손으로 죽였던 적이 있었던가 하는 생각이 나서 갑작스레 술이 깨는 기분이었다. 만수는 술잔을 입술 언저리에서 멈춘 채 나를 건너다보면서 말했다.

"마음대로 사람을 못살게 굴고, 불행하게 만든 놈은 어떻게 해야 됩니까?"

나는 대수롭지 않게 대꾸했다.

"경찰에서 잡아갈 거요. 재판을 받겠지."

만수는 고개를 흔들었다.

"그들은 쉽게 잊거든요."

"하긴 그렇군. 오래되면 사면해버리지."

하고서 나는 말했다.

"그들은 최소한 현재라든가 가까운 장래만을 다루고 싶어하니까."

만수는 술잔을 연거푸 기울였다.

"그런데 개인적으로는 용서할 수 없는 놈이 있소."

"그런 일은 세상에 너무 많아요. 형무소나 사형대가 가득찰 거요."

하면서 나는 생각했다. 세상에 살인적인 신경병이 만연한 꼴을 말이다. 길을 가다가 구두를 밟힐 땐 기분이 나빠서 상대편을 때려죽이고, 버스가 조금 오래 지체한다고 운전사를 몰매로 죽이는 승객들, 내 욕을 하고 다니는 얄미운 녀석은 그의 집 골목에서 기다렸다가 단도로 찔러버린다든가, 그러고 나서는 신경질이 어떻게 나는지 그 자식 죽여버렸지, 라고 말해버리는 어떤 세상을 생각했다. 도무지 한 사람의 미세한 감정과 그가 살아온 환경이라든가, 유년 시절 따위의 개인적인 역사에 관해서까지 재판할 수 있는 법정이란 상상할 수도 없을 것이다. 다만 저들은 사회가 입은 사실적인 해악에 관해서만 응징하려 할 따름이리라. 특히 오래 묵혀진 사실에 대해서 사면赦免하는 것은 중요한 일일 것이다. 사회적인 증오로부터 차츰 망각되어진 일들이란 이미 신의 영역인 것이다.

"그놈이 살아 있는 한, 용서할 수 없소."

만수가 말했다.

"어떤 놈, 말이죠?"

"짐승보다두 못한 놈이오."

만수는 침을 뱉었다.

"내, 보여주겠어요. 그놈을 잡아서……"

"그러면 걸리게 되어 있어요. 린치는 용서하지 않거든."

나는 차츰 말귀를 알아들을 수가 있었다. 만수는 이미 술이 많이 오른데다, 기분이 격해진 탓인지 눈이 붉게 충혈되어 있었다.

"그 사람들이 안 해주기 때문에 내가 할려구 그래요."

"뭘 하죠?"

"재판 말요."

"누가 집행하오?"

"그것두 내가 하죠. 그놈두 제 맘대루 했으니까."

그는 대답을 잊어버린 내 쪽으로 얼굴을 바짝 기울였다.

"나는 그놈을 납치할려구 그럽니다. 이제야 기다린 보람이 있어요. 나는 여기서 날라버리면 그뿐이오."

"그놈이란 도대체 누구요?"

하고 나는 참다못해 말했다. 그는 더욱더 목소리를 낮추었다.

"우리 큰형은 그놈에게 당했죠. 아주 옛날 일입니다. 그놈에게 가혹하게 취급받았어요."

만수와 나는 술을 각각 두어 되씩 걸치고 나서, 불이 꺼지기 시작한 장터의 점포들 사이를 지나갔다. 천막이 씌워진 청과물 상자들이 군데군데 쌓여 있었다. 밤을 새는 상인들이 카바이드 불 아래서 윷판을 벌이며 떠들썩하고 있었다. 나는 시장 골목을 만수와 같이 걸으며 그리 춥지는 않은데도 가슴속에 썰렁함이 끼쳐오는 듯했다. 나는 턱을 부르르 떨었다. 만수가 말했다.

"우리집에 갑시다. 가서 한잔 더 하지 않겠소?"

"당신 집엘?"

"소주 두어 병 사갖구 갑시다."

"그만두겠소."

나는 더이상 술을 마시고 싶지는 않았고, 그의 음산하게 낮아지는 목소리를 듣는 것이 기분 나빴다. 만수는 내 손목을 잡고 흔들면서 거의 애원조로 말하는 것이었다.

"제발…… 좀 갑시다."

그는 나를 똑바로 바라보고 있었는데 나약하고 젖은 듯한 목소리라고 느껴졌다. 만수의 목소리는 떨렸다.

"집에 혼자 가기가 싫어서 그래요."

그의 손바닥은 차가웠다. 나는 그의 손을 빼내면서 말했다.

"남의 집엘 가면, 못 자는 버릇이 있지만……"

나는 만수가 상점에서 소주와 오징어를 사고 있는 동안 기다려주었다. 어쩐지 만수네 집에 가볼 생각이 일어나는 것이었다. 턱이쑥 빠지고 눈이 커다란 그의 형수가 생각났고, 항상 못마땅한 얼굴로 의심스런 눈초리를 동네 사람들에게 던지던 만수의 할머니도생각났다. 만수는 작업복의 양쪽 호주머니에 술병을 찔러넣고, 오징어 다리를 찢어서 내게 내밀었다. 우리는 오징어를 씹으면서 시장 골목을 벗어났다. 골목 어귀에서 만수가 걸음을 멈추었고, 그의입놀림이 정지되었다.

"나는 한 번도 본 적은 없어요."

하고 만수는 말했다.

"대강 어림짐작은 하지만요."

잠깐 어리둥절했던 나는 화가 나서 말했다.

"횡설수설하는 얘긴 더이상 듣고 싶지 않소."

"그놈은 악질이오. 형수에게서 수십 번 들었죠."

만수는 말을 끊고, 이상스레 긴장하면서 처마밑 그늘 속으로 붙어 서는 것이었다. 나는 식육점의 진열창을 통해서 갈고리에 끼워져 있는 고깃덩이들과 붉은 전등빛에 더욱 진한 핏빛으로 드러난 짐승의 대갈통들을 보았다.

"저런 놈일지도 몰라요."

만수가 속삭이면서 내 손을 잡아 자기 쪽으로 이끌었다.

나는 말했다.

"소 대갈통 말요?"

"아니, 그 뒤를 봐요."

진열창 안쪽에 선반 비슷한 길쭉한 판자가 보였고, 그 위에 포개진 두 팔 속에 뺨을 묻은 사내의 얼굴이 보였다. 그 얼굴은 우리가 얘기하던 죄인의 잘린 머리처럼 보였을지도 몰랐다. 푸줏간 주인은 짓눌린 볼 근육을 일그러뜨리고 평온하게 잠들어 있었다. 자줏빛 어둠 속으로부터 짐승들의 머리 사이로 사나이의 눈감은 얼굴은 또렷하게 떠올라왔다. 나는 만수를 힐끔 훔쳐보았다. 그는 배고픈 개가 음식을 바라볼 때같이 탐욕스런 눈으로 진열창 속을 넘겨다보고 있었고 꿀꺽, 침 넘기는 소리까지 들렸다. 그가 피식 하고 건성으로 웃은 듯했다. 만수가 다시 입을 우물거리며 오징어를 씹기 시작했다.

"서두를 건 없다는 생각이 났소."

만수는 말했다.

"그놈을 봤으면…… 그러면 천천히 오래오래 속썩여줄 텐데."

"그건 좋지 않군. 상대편은 거의 습관이 되거나 뉘우쳐버리고 말지도 모르는데…… 그쪽에선 차츰 골리는 재미가 없어질 거 아뇨?"

나는 만수의 '천천히 오래오래'라는 말 때문에 지난 한 달 동안의 고생스러웠던 불면증을 떠올렸다. 밀폐된 작은 상자에 갇힌다든가 산 채로 벽돌담 사이에 발려버리는 일이 생각났다. 고행苦行은 모든 의식과 드디어는 절망까지도 쥐어짤 것이다. 나중에는 한 줌으로 쥐면, 겨울날의 얼어붙은 모랫덩이처럼 파사삭 부서져 흩날릴 것이리라.

"그자가 뉘우치는 걸 나는 원하지 않아요. 놈은 이 세상에 살아 있을 가치가 조금도 없으니까."

라고 만수는 단호하게 말했다. 사내의 얼굴은 두툼한 눈까풀을 내려뜨리고 입을 벌린 채 붉은 불빛 속에 붙박여 있었다. 사나이는 자기가 현실의 어떤 얼굴과 겹쳐진 것도 모른 채 위험을 무릅쓴 잠을 자고 있었다. 만수가 만약 원하는 대로 칼날을 곤추세워 그의 뒷덜미에 꽂는다면 불빛보다 더욱 짙은 피가 솟으며 사내가 흰 눈자위를 번쩍 드러낼 것 같았다.

"그런 자를 사람 취급할 수는 없소."

하고 만수가 내뱉었다.

만수네 집에선 온밤 내 귀뚜라미 소리가 유난했다. 여러 마리가 한꺼번에 울고 있는 소리였다. 그것은 어둠에 살이 찐 귀뚜라미의 떼였다. 나는 그 소리가 칼이나 쇠를 벼리는 듯한 착각을 했다. 그 소리에 귓바퀴 속이 울릴 정도였지만 오히려 더 깊고 깊은 적막감

에 빠져드는 것이었다. 흙바닥에 멍석을 깐 만수의 초라하고 우중
충한 방은 안방으로부터 떨어져 사립문 곁에 있었는데 바로 방문
앞에서 노파의 중얼거리는 소리가 들리는 듯했다. 그 소리는 우리
의 기어들어간 숨결을 뒤덮고 또렷하게 들려오기 시작했다. 종잡
을 수 없는 지껄임이었다. 간간이 먹을 것 좀 줘, 배고파 죽겠다라
든가, 에미야, 조금만 다오, 하고 보채는 듯한 투정 소리가 들려왔
다. 나는 만수가 숨소리를 죽이고 있어서 잠들지 않았다는 것을 알
고 그의 옆구리를 쿡 찔렀다.

"망령이오. 형수가 매일 떠먹입니다."

만수는 내게로 등을 돌려 돌아누우며 말했다.

"할머니는 죽은 사람만 찾고 있어요."

노파의 음성은 갑자기 다정해지고 누군가와 정답게 얘기를 시
작했다. 만수는 잠 섞인 목소리로 "니기미!" 하고 말했다. 만수네
집은 마치 옛적의 묘실墓室처럼 유품만이 남아 있는 곳 같았다. 성
의 첨탑 위에 거미줄이 쳐진 수십 년 전의 식탁을 보존해놓고 썩은
음식들 앞에서 새 옷을 입고 홀로 자축하는 얘기책 속의 늙은 왕이
생각났다. 만수네가 몰락한 뒤에 살았던 솔산 밑의 물방앗간집보
다 헐고 음침한 초가집이긴 했으나, 제법 큰 집인데도 텅 비어버린
듯했다. 이 집을 둘러싼 분위기에 빈병 같은 주둥이가 있다면 입술
을 내밀고 불어보고 싶었다. 흥, 흥, 하는 소리가 들릴 것이다. 만
수의 큰형수는 어디로 갔는지 자취도 보이지 않았다. 다만, 건넌방

쪽에 희끄무레한 등잔불이 켜져 있어 거기 누가 있다는 걸 알 수 있었다. 만수네 큰형은 집으로 들어오는 길모퉁이에서 우리를 지나쳐 똑바로 앞만 보며 성큼성큼 멀어져갔다. 만수는 이미 코를 골기 시작했지만 나는 잠을 이룰 수가 없었다. 노파의 중얼거리는 소리, 내 곁을 쓱 지나쳐서 숲속으로 사라져가던 만수네 큰형, 귀뚜라미 소리 같은 것들 때문만이 아닌 어떤 얼굴 때문이었다. 그것은 아직 희미했다. 그것의 음영은 뚜렷이 분간할 수가 없었다. 어둠에 덮인 망막 위로 별무늬라든가 색깔의 형상들이 차츰 사라져버리고 나면 그 위로 입을 가로 찢어젖히고 싱글거리며 웃고 있는 얼굴이 떠올라왔다. 어둠 속으로부터 그는 미칠 듯한 폭소를 이빨 속에 깨물고 있었다. 입술 사이로 바람 빠지는 소리와 함께 키키 킥, 하는 소리가 들렸다. 어디서 봤던가…… 외국 잡지에 나온 다키 치약의 광고같이 드디어 이빨을 드러내고 낄낄거리는 저 검은 얼굴의 형체를. 집 바깥으로 향한 창호지로 바른 창문을 밀어 열고 담배를 태웠다. 나는 이젠 완전히 잠을 빼앗긴 것이 아닌가 생각했다. 그때 밭고랑 위로 우쭐거리며 뛰어오던 사람이 멈추어 섰다. 그는 어느 만큼의 거리를 두고 우뚝 서서 내가 태우는 담배의 불빛이 움직이는 것을 바라보는 듯했다. 그는 창문 아래로 가까이 다가오려 하지 않고 그 자리에 선 채 두 손을 내밀어 보였다. 나는 어릴 적에 그를 놀리던 때보다 더욱더 그 광인이 자기의 과거에 가깝고 굳게 이어져 있을 거라는 느낌이 들었다. 또한 그는 짓밟혀진 바로

그 순간에 멈춰 있는 것이라는. 다행스럽게도 어둠이 그의 표정을
한 꺼풀 씌워놓고 있었기 때문에 나는 별로 불쾌한 기분이 아니었
다. 나는 피우던 담배를 그에게 던져주었다. 광인은 재빠르게 허리
를 꾸부리고 담배를 주웠다. 그는 내 쪽을 힐끗 보고 나서 좀더 느
긋하게 피우기 위해 땅바닥에 주저앉았다. 빨아들일 때의 환하게
밝아오는 불빛 때문에 주름살이 드러난 미친 사람의 얼굴은 제법
뭔가 골똘히 생각에 잠긴 듯이 보였다.

그뒤 사흘 동안 만수를 만나지 못했다. 수확이 끝난 과수원은
철 지난 유원지처럼 쓸쓸하고 메마른 풍경이었다. 집에 올라가겠
다고 말했더니 외갓집 식구들은 어리둥절해서 나를 만류했다. 외
삼촌은 혹시 누가 섭섭하게 굴더냐고 넌지시 물어왔다.

"그동안 쉬느라고 피곤해져서 말입니다."

나는 외삼촌에게 농담조로 말했다.

"그래서 집에 가 푹 쉴려구요."

수확한 과일 중에서 최상품 두 상자를 화물편에 부쳐 가져가라
했다. 나는 이튿날 첫차로 이곳을 떠나기로 작정하고 나서 석양 무
렵에 일꾼에게 사과 두 궤짝을 지게로 지워 읍내로 나갔다. 탁송을
끝낸 후 나는 일꾼에게 술을 대접했다. 일꾼은 나중에 외삼촌으로
부터 성화를 받을까 염려해서인지 슬며시 새어버리고 나 혼자 이
차를 하러 갔다. 웬일인지 그날 나는 술에 들떠버렸다. 두번째 집
은 색주가였는데 나를 재워준 것은 끝까지 술상머리를 지켜 앉아

있던 코끝이 살짝 얽은 곱살한 여자였다. 나는 여자의 옆에서 잠들었다. 그다음부터는 모두가 환영幻影과 같아서 어느 것이 진짜 있었고 어느 것이 꿈이었는지 모르겠다. 제대해서 며칠 동안과 같이 다시 몽유증을 일으켰는지도 모를 일이었다. 또 실제로 그런 일이 있으리란 것은 얘기를 수월히 하는 데나 도움이 될까, 전혀 내 망상이었는지도 모른다. 나는 아직 술이 덜 깬 상태에서 눈을 떴다. 옆에선 코 고는 소리가 들렸고 내 허벅지에 닿는 남의 살갗이 느껴졌다. 머리맡을 더듬다가 물을 찾아서 밖으로 나갔다. 눈까풀을 반쯤 닫아둔 채 물을 떠 마셨다. 중천에 달이 올라가 있었다. 나는 달빛 속에 젖어들어갔고, 그 집을 나서서 신작로를 따라 걸어갔다. 나는 조난당한 선원같이 골짜기 저편에서 반짝이는 불빛을 향하여 너울너울 헤엄쳐갔다. 내가 어디로 가고 싶어하는가를 느끼고 있었다. 이곳을 뜨기 전에 꼭 만수네를 들러야 할 것 같은 생각이 들었다. 만수네 잡초가 무성한 마당과 뚫어진 마루 틈에서는 귀뚜라미가 날카롭게 울고 있었다. 사당祠堂과도 같은 방들의 불은 모두 꺼져 있었지만, 부엌 옆에 붙여서 지은 헛간에서는 불빛이 새어나오고 있었다. 나는 빼꼼하게 열린 헛간 문을 통해서 안을 들여다보았다. 벽에는 심지가 돋우어진 남폿불이 밝게 빛나고 있었으며 마른 소나무 가지들을 구석 쪽으로 밀어놓은 곳에 굵은 통나무를 깔고 앉은 만수가 보였다. 그는 팔짱을 끼고 찌푸린 얼굴을 천장으로 향하여 치켜들고 앉아 있었다. 만수는 위엄을 차리고 있는 듯이 보였다. 나는 헛간 안을 한눈에 들여다보기에는 방향이 적당치 않다고 생각했으므로 그 자리를 떠나 헛간 주위를 돌아보았다. 발길을 돌려 읍내로 되돌아가고 싶었지만 나중에 몹시 후회할 것 같은 생각이 들어 그냥 감당해보기로 했다. 어렸을 때 야시夜市에서 처녀가 뱀으로 변하는 요술을 훔쳐보던 생각이 났다. 생선을 너무 많이 먹어서 온몸에 비늘이 돋았을 거라는 아이들의 헛소리 때문에, 식탁에 올라온 물고기는 수저도 대어보지 않은 채 밥상을 물리곤 했었다. 장성해서도 요리된 생선을 보면 께름칙했다. 나는 이 헛간이 내 의식의 중요한 부분을 점령하게 될 거라는 예감을 느꼈다. 흙벽이 무너져서 얼기설기한 수수깡이 드러나 있는 낮은 위치의 구멍을 발견하고 그 앞에 쭈그리고 앉았다. 바로 맞은편 벽에 기대앉아 소나무 껍질을 깎고 있는 만수의 큰형이 보였다. 그는 가끔씩 열중한 작업의 손을 멈추고 주위를 둘러보며 히쭉 웃음을 지었다. 내가 어째서 여태껏 그쪽에 눈길을 돌리지 않았을까. 저고리 소매를 걷어붙인 아낙네가 방금 피우기 시작한 풍로의 숯불에 부채질을 하고 있었다. 여선생님처럼 곱살하던 만수 큰형수의 턱은 옛날보다 더욱 갸름해 보였고, 퀭한 눈가에는 짙푸른 주름살이 늘어져 있었다. 헛간을 가로지른 대들보를 받친 기둥에 한 사람이 붙어 서 있었으며, 그의 옆얼굴만 보였으나 광대뼈가 두드러진 오십 줄의 사내로 보였다. 그는 구겨졌지만 새하얀 와이셔츠에 줄이 선 바지를 입고 있었다. 사내는 머리 뒤통수를 기둥에 꼭 붙이고서 타오르는 남폿불을 향하여 얼굴을 고정시킨 채 꼼짝도 하지 않았다. 만수의 형수는 숯불이 달아오르기 시작하자 이마에 솟은 땀을 씻으며 뒤로 물러났다. 나는 그녀가 불 가운데 인두를 깊숙이 꽂는 것을 보았다. 그녀는 숯으로 검어진 자기 손을 득의양양하게 사내의 바짓가랑이에다 닦아냈다. 만수네 형수는 엽연초를 손바닥으로 비비고 나서 한 대 말아 천천히 즐기듯 피웠다. 한눈에 들어온 헛간 속의 이러한 광경은 첫닭이 울기 전에 초혼제를 지내는 상가의 음산한 정적을 생각나게 했다.

"물어볼 말이 있는데……"

묶인 사내의 맥없고 흐릿한 발음이 오래된 늪의 수면 위로 솟는 물방울처럼,

"나를 죽일 셈이오?"

하고 목구멍으로부터 떠올라왔다. 만수는 무릎에 얹었던 다리를 내렸을 뿐, 쳐다보지도 않고 말했다.

"우린, 당한 것 이상으로 해치고 싶진 않다구. 똑같이 해주면 돼."

사내는 기둥에 붙인 자세를 흐트러뜨리지 않았으며 거의 체념한 눈으로 상대편을 바라보았다.

"한 목숨으론 모자라다고 생각해."

하면서 만수는 덧붙였다.

"너는 내 꼬임에 속은 거야."

사내가 말했다.

"알고 있었소."

만수네 큰형수가 손끝에까지 타들어간 담배꽁초를 긴 호흡으로 빨아치우면서 억양 없이 단조로운 목소리로 말했다.

"우리 주인 손톱이 몇 개나 남아 있나 봐둬. 우물을 잊지 말구……"

광인은 그의 아내가 자길 손가락질하자, 히쭉 웃으며 무의미하게 반복해서 고개를 끄덕였다. 미친 사람은 소나무 껍질로, 푸닥거리할 때 버리는 제웅 같은 막연한 형상을 깎고 있었다. 그는 머리 위에 그것을 쳐들고 잘되었는가를 살펴보곤 했다. 광인은 재빠르게 중얼거리며 스스로 감탄을 했다.

"좋다, 좋다."

만수가 조금 더 크고 호흡 거친 목소리로 말했다.

"그때, 창고에 갇힌 사람은 몇 명이었지?"

사내는 자기의 생각에 빠져버린 듯했고 만수네 형수가 침착하게 말했다.

"우물에서 스물하나를 건졌어. 거기 우리 식구들은 없었어."

형수는 말의 끝마디를 내던지며 사내를 홱 돌아다보았다. 그녀는 발딱 일어서서 발작적으로 사내의 와이셔츠 깃을 잡아 찢어내렸다. 사내의 살집 좋은 어깨가 불빛에 탐스럽게 드러났다. 그것은 조련사가 맹수의 성깔을 길들이기 위해 던진 식육을 돋우는 먹이처럼 보였다. 사내는 자기의 드러난 어깨 쪽으로 고개를 떨어뜨리고 약간 동요하는 빛을 보였다.

"아시겠지만, 나는 여길 떠나서 오랫동안 타관에서⋯⋯"

만수가 사내의 말귀를 가로챘다.

"기다리구 있었어. 줄곧!"

"이젠⋯⋯ 시원합니다."

사내는 밤공기가 싸늘했는데도 땀을 흘리고 있었다. 그는 이마에 달라붙은 젖은 머리털을 어깨에 문질러 올렸다. 만수는 일어서서 사내의 주위를 배회하기 시작했다.

"말해. 창고에 몇 사람 있었느냐니까."

"나는 전혀 몰랐습니다. 군인들이 했어요."

만수의 형수가 말했다.

"당신이 명단을 적어준 걸 모두 알고 있어."

"스물넷 중에 미친 사람은 먼저 나갔습니다."

"시체가 없는 두 사람은?"

만수는 고개를 떨군 사내의 턱을 손바닥으로 받쳐들고 위아래로 몇 번 흔들었다.

"당신네 형은 내보냈습니다."

사내는 헐떡이며 침을 삼켰다.

"두 사람은 어떻게 됐어?"

묶인 사람은 만수의 손바닥으로부터 턱을 돌려 빼내어 간신히 상대방의 시선을 피하면서 중얼거렸다.

"그분들은……"

사내가 눈물을 흘리기 시작했다.

"자살했습니다."

사내는 다시 어깨 위에 얼굴을 비볐다.

"영감님이 먼저였습니다."

"네가 취조했지? 형수는 알고 있어."

"나는…… 서류를 꾸미기만 했습니다."

만수네 큰형수가 사내의 머리털을 잡아 뒤로 젖혔다. 그녀는 공
포에 질리기보다는 회한에 떠는 사내의 얼굴 위에 타는 듯한 시선
을 쏟았다.

"당신은 양심을 먹구 있었지. 시절을 만나니까 하느님이라도 된
것 같았어."

만수가 자기 일에 집중한 미친 사람을 끌어 일으켰다. 미친 사
람은 고개를 흔들고 자기의 장난감을 내던지며 놓여난 두 다리로
헤갈을 쳤다.

"싫어, 싫어, 싫어."

"알지? 네 손톱 여덟 개가 필요해. 또 있어."

만수는 거칠게 자기 형을 돌려세우고 저고리를 말아올렸다.

"등을 봐. 생각날 거야."

사내가 여자에게 잡힌 자기 머리를 빼내어 외면하려고 애썼다.
여자는 오물을 던지듯 그의 머리털을 탁 놓아줬다.

"나는 사실…… 동네 사람들을 만나뵈러 온 겁니다."

사내가 숨을 가라앉히면서 말했다.

"지긋지긋해서요."

만수는 자기 형을 사내 앞에 세우고 한동안 떨고 있는 것처럼 보였다. 그는 미친 사람의 목덜미에 얼굴을 비비면서 말했다.

"바보야, 정신 좀 차려. 앞에 와 있잖아."

"싫어, 싫어, 싫어."

라고 미친 사람은 붙들린 자기를 놓아달라고 발을 굴렀다. 만수는 갑자기 자기의 형을 밀어던졌고, 광인은 땅바닥에 넘어졌다가 일어나더니 헛간 구석 쪽으로 기어가서 훌쩍거리며 투정하기 시작했다. 만수가 이를 악물고 씹어뱉듯 말했다.

"둘 다 죽여버릴 테다."

아낙네는 흐트러진 머리를 좌우로 쓸어올리고 나서, 그의 주인 앞에 다가가 다정하게 뭐라고 달래주고 있었다. 만수가 풍로에서 인두를 잡아 뽑았다.

"너는 내 손에 달렸어."

만수는 팔을 소매 안으로 넣어 옷자락으로 인두 자루를 잡고 눈 앞에 쳐들었다. 그는 벌겋게 달아오른 쇠 위에 침을 몇 번 뱉어보았다.

"끝장이 났지. 너두 이제 지쳐빠질 거야."

사내는 고개를 돌린 채 가슴을 벌떡거리고 있었다. 그는 자제하는 태도를 보임으로써 자기가 당하는 보복과 맞서려는 것처럼 보였다. 이 미친 듯한 처형에 희생되어 보상을 받고자 하는 각오를 했기 때문인 것처럼 보였다. 나 같은 경우라면 처참한 고문 앞에 완전히 굴복해서 처절하게 비명을 질러 보이는 게 나을 것 같았다. 나는 그 사내가 어떤 신념을 갖고서 능히 가해했으리라고는 믿을 수 없었다. 그 태도는 때에 따른 하나의 능숙한 기능에 불과할지도 몰랐다.

나는 구멍에서 눈을 뗐다. 밤하늘에 총총한 별들이 보였고 꼬리를 길게 끌며 하늘 위로 별똥이 지나갔다. 쥐덫에 갇혀 불타는 쥐새끼가 방면되자마자 춤추는 불이 되어 밭고랑을 헤매는 때, 그것은 작은 이빨에 젖은 눈을 가진 들쥐라기보다는 유쾌한 불꽃이었다. 나는 뇌리 속에 솟아나는 검은 얼굴을 환각으로 보는 듯했다. 내 얼굴을 더듬었다. 목 위에서 그것은 분명히 만져졌다. 그래, 그것은 내 얼굴도 끼어 있던 네 사람의 웃는 모습이란 걸 알았다. 나는 그때 두 손에 열 가락의 형틀을 가지고 있었으며, 이제 나는 불면의 밤을 이해하여야만 한다. 전장에다 내가 두고 온 것은 몇 개의 타락한 증오였는지도 모른다. 누구든지 거기서 싸웠던 전우라면 열대성 말라리아라든가 우리를 저격하는 게릴라, 또는 비협조적인 주민들을 인류의 적으로 미워해본 기억이 있을 것이다. 내가 적들을 사살한 것은 상대적인 것이었고, 그것은 전장의 엄연한 율律이었던 것이다. 나는 나의 용기와 전쟁의 허무를 가늠하면서 적을 쏘았다. 그러나…… 그 외에 또 무슨 일이 있었던 것일까?

열기와 서걱서걱한 모래바람이 가득찬 백색의 하늘. 따가운 볕이 내리쬐는 소리가 바싹 마른 땅 위에서 들려왔다. 하늘에서 두런대는 외국말 방송. 전단이 뿌려진 불귀순 지역은 괴괴했다. 유령과 같은 대낮의 눈부신 땡볕만이 마을의 공터에 타는 듯이 내리쬐였다. 마을을 비우고 나오라는 내용의 방송은 외국어여서 마치 공휴일에 먼 골목에서 떠드는 약장수의 메가폰 소리처럼 들렸다. 처음에 우리는 저항을 받았던 것 같다. 군용 판초에 둘둘 싼 동료의 시체가 몇 구 보였던 것으로 기억되니까 말이다. 맨 처음에 계집아이의 뭉뚱그려진 그림자가 하나 공터에 나타났다. 그 아이는 타박타박 오랫동안 걸어왔다. 잠시 후에 간격을 두고 여자들, 뒤이어 마을의 사내들이 나타났다. 그들은 차에 실려서 난민 수용소를 향하여 후송되었다. 우리는 조를 지어 침착하게 마을로 진입했다. 수색하면서 오후를 보냈다. 내 기억에 또렷이 남아 있는 것은 얼굴에 부딪치던 대지의 열기와, 자신의 가쁜 호흡 소리와 두 달 동안 입어서 피고름의 상처에서나 살이 썩어 문드러질 때 풍기는 듯한 정글복의 쉬어터진 냄새이다. 감각적인 것 외에는 그때의 의식을 지금 되살려본다 한들 믿을 수가 없다. 햇볕 속을 꿰뚫고 청명한 갓난애의 울음소리가 들려왔던 것이 생각난다. 내 수색 구역의 백토로 지은 집 안으로 들어갔을 때, 텅 빈 공간에서 파리가 잉잉거리며 날아다녔다. 뒤꼍으로 가서 마당 한가운데 펼쳐진 짚멍석을 들쳤다. 두 개의 독이 묻혀 있었고, 그 안에 누가 있었더라…… 마른 나뭇가지 같은 늙은이의 손이 한데 모아져 비벼대면서 내 발부리 앞으로 솟았다. 내가 알고 있는 몇 마디 말을 동원해서 빨리 나오라고 재촉했던 것 같다. 노인은 한없이 빌고만 있었다. 또다른 독 속에는 발가벗은 아기를 품안에 감춘 비쩍 마른 소년이 있었던 것 같다. 그 아이는 구부려 세운 두 무릎 사이에 얼굴을 묻고, 아기의 입을 막은 채 소리를 죽여 울고 있었다. 나는 나오라고 또다시 재촉했다. 속눈썹 속으로 아리게 스며드는 땀방울, 말라붙은 혀, 멈춰 선 사람에게 짓궂게 날아붙은 파리들, 아기의 입을 막고 고개를 묻은 소년의 흔들리는 어깨. 나는 기다랗게 혼잣말로 쌍욕을 지껄이고 있었다. 쇠끝에 손가락을 걸고 힘을 주었을 뿐이다. 두개골 속의 몽롱한 뇌수를 뒤흔들며 들려오기 시작한 연발 사격의 소리에 나는 깜짝 놀랐다. 내 군화 발끝은 한줌도 안 되는 흙을 자꾸만 독 안에 차 던졌고, 그러곤 뒷걸음질쳐 숲 그늘 속으로 신선한 바람을 찾아 달리지 않았던가. 나는 의식의 마비를 체험했다. 내 골통은 화산암과 같이 최대한으로 연소되어 구멍이 숭숭 뚫려 있다. 누군가 그때에 카메라를 들이대고 고속도 촬영을 했다면, 그래서 내가 스스로의 완만한 동작을 다시 볼 수 있게 된다면 내가 만났던 최악의 피로를 확인할 수 있을 것이다. 나의 죄과란 하늘에 대해서이지만 하늘은 저러한 피로를 구제하실 선택을 받고 계신 것이므로, 나는 신에게서 아직은 용서받을 수 있을 것이다. 그러나 하늘에 속하지 않는 우리들끼리의 타락을 나는 어찌할 것인가. 우리 네 사람의 숨이 넘어가는 듯한 웃음소리. 바람이 몹시 불고 있었다. 잘 닫기지 않은 베니어판의 문짝이 덜컹거리며 문틀을 때렸다. 함석 슬레이트 지붕 위에 쏟아지는 빗소리, 번개 치는 소리, 뒤죽박죽이 된 의자와 목침대들. 그 조그만 사내는 침대 밑을 헐레벌떡 기어나가고 있었다. 한 사람이 기다란 빗자루 끝으로 사내의 궁둥이를 찔러댔다. 맞은편에선 또다른 사람이 기다리고 있다가 반대쪽으로 몰았다. 우리는 탄이라는 포로를 침대 밑으로부터 끄집어내어 여러 가지 방법으로 놀리기 시작했다. 누군가 그 녀석의 머리 위에 깡통에 반쯤 남았던 맥주를 뿌려줬다. 탄은 포로 심문병들이 제일 미워하던 녀석이었다. 놈의 도전적인 눈초리와 가끔 식사를 거부한다거나, 담배를 주면 발아래 짓뭉개버리는 오만함으로 해서 모두들 그 녀석을 벼르고 있었다. 나도 베푸는 자가 당하는 그런 창피를 탄에게서 받은 적이 있었다. 첫날 그는 다른 정규군 포로들과 함께 잡혀 들어왔는데, 쌍통이 엉망진창으로 터져 있었다. 놈은 전기 신관을 이용해서 작전 차량을 폭파하곤 했으며, 일주일 동안에 네 번이나 터뜨려서 두 번쯤 크게 피를 보였던 것이다. 보병 잠복조들은 아군의 피를 보고 나서 이를 갈고 있었다. 탄은 발견된 폭약의 전깃줄 때문에 붙들렸다. 아군의 분풀이를 당하느라고 형편없이 터진 놈을 나는 병원으로 데리고 갔다. 치료를 받고 나서 호송해 데려오다가 나는 탄에게 오렌지 소다수를 한 캔 사서 권했다. 놈은 그것을 받았다. 그는 나를 관찰하면서 천천히 깡통을 거꾸로 돌렸다. 소다수는 모래땅 위에 줄줄 쏟아져버렸던 것이다. 물론 화가 치민 나는 놈의 머리를 개머리판으로 한 대 질러줬다. 언젠가는 미군의 고급 장성이 포로들을 방문하러 올 때 모두들 기립하게 되어 있었으나, 그는 고개를 떨어뜨리고 꼼짝도 하지 않았다. 나는 수용소의 초소에서 근무하면서 때때로 그의 차갑고 긴장된 눈과 마주칠 때마다 갑자기 외로워졌었다. 그가 나를 미워한다는 것이 참을 수가 없었다. 그의 생존의 이유, 그가 받드는 가치, 그가 품위를 지키려고 노력하는 것을 생각할 때에, 나는 체질적인 저항감을 느꼈다. 우리는 그를 압박하기로 은연중에 약속했던 것이다. 그가 자기 자유를 내세워 주장하는 한, 우리들도 우리의 권능을 행사해야만 되었기 때문이다. 탄은 지방 게릴라였고, 직업은 중학교 교원이며, 두 아이와 스물다섯 살 난 처를 거느린 가장이었고, 교육받은 자로 포로 인적사항에 적혀 있었다. 그러나 그것은 타이프라이터로 찍혀진 한 장의 종이에 지나지 않았다. 우리는 그런 따위 종이를 몇 초 동안에 꾸겨 던져버릴 준비가 되어 있었다. 지금 그는 검은 파자마를 입은 작달막한 포로일 뿐이었다. 그날, 밤새껏 몬순이 퍼부었다. 날씨가 험악한 때에는 차갑게 해둔 맥주를 마시면서 지내는 것이 정신 건강에도 훨씬 좋았다. 비번이었던 우리는 늦게까지 마시고 나서 만취해버렸고 근무하는 동료들 외에는 모두들 잠들어 있었다. 누군가 취한 목소리로 말했다. 탄이란 새낄 골탕먹이자. 그래 꺼내와라, 꺼내와. 우리는 탄을 심문실에 끌어다놓았다. 네 사람은 차례로 놈을 골탕먹이기 시작했다.

우선 그 녀석이 위축되도록 헝겊으로 두 눈을 가렸다. 침대 아래 쥐잡기부터 비행기태우기, 원산폭격, 한강철교, 한 사람씩 제안할 때마다 방법이 가혹해지기 시작했다. 우리는 그가 실수를 하면 약간의 매를 때려줬다. 우리는 웃었다. 자꾸만 웃었다. 주위가 너무 조용해서 크게 웃지 못하는, 참는 웃음이었다. 우리는 웃으면서 땀을 뻘뻘 흘렸다. 드디어는 놈의 그것을 꺼내어 자기 손에 쥐게 하고 수음을 시켰다. 탄은 울었던 것 같다. 확실히 탄이란 녀석은 혼찌검이 나서 눈물을 흘렸다. "더러운 자식!" 맥주를 그의 얼굴에 뿌리던 한 사람이 담뱃불을 슬며시 놈의 그곳에 갖다댔을 때, 기다란 비명소리가 들렸다. 그것은 탄의 목소리가 아니라, 담배를 쥐고 있던 동료의 목소리였다. 탄의 이빨은 동료의 손등을 피가 배어나도록 힘껏 물고 있었다.

"놔, 놓으란 말야."

다른 사람이 떼어놓으려고 탄의 볼따구니를 여러 차례 쳤지만, 놈은 이를 악물고 놓지 않았다. 손을 잡힌 자는 왼발을 뒤로 쳐들었다가 놈의 아랫배를 공처럼 내차기 시작했다. 여러 차례 만에 길게 내뿜는 숨소리가 나면서 탄의 몸이 옆으로 처졌다. 그는 눈을 홉뜨고 흰 동공을 보이며 고개를 뒤로 떨구었다. 깊숙이 찢어져 피에 젖은 손을 간신히 빼낸 동료가 탄의 멱살을 잡아 일으켰다.

"자식, 죽은 척하는데."

라고 말하면서 그는 축 늘어진 탄을 밀어던지고 뒤로 물러났다. 얼굴을 마루에 처박은 탄의 일그러진 입속에서 끈적한 타액과 피가 흘러나왔다.

"정말 죽어버렸잖나?"

"다시 살려낼 수 없을까?"

우리는 그제야 당황했다. 땅에 태질을 친 개구리의 배 위에 풀잎을 열십자로 얹고 침을 뱉으면 되살아나듯, 우리는 장난질 뒤에 그가 소생하기를 바랐다. 그는 몸을 오그린 채 굳어져 있었다. 네 사람의 연대감은 그 순간부터 산산이 와해되었다. 유희 이상으로 적을 대접하기에는 놈에 대한 분노가 너무 커서 가해하는 것이 자릿자릿한 기쁨이었으나, 그가 덧없이 죽어버렸을 때, 우리 마음에 통쾌함은 솟구치지 않았다. 한 사람이 조심스럽게 수화기를 들고 우리의 이러한 실수를 상부에 보고하는 동안, 나는 내가 매끈한 광물질로 만들어진 물건이 아닌가 생각했다. 날이 밝자 네 사람은 시말서를 쓰고 두 주일 동안 영창에 갇힌 뒤 작전 현장으로 내쫓기었던 것이다. 나는 누에가 허물을 벗듯 군복을 벗으며, 이러한 나의 정체 모를 시간을 떼쳐버린 줄로 알았다.

이빨 사이로 흘러나온 단절된 신음이 들려오고 있었다. 구멍 속에서는 만수가 이 피할 수 없는 먹이를 노리면서 인두를 쳐들고 있었다. 사내는 얼굴을 일그러뜨려 남포 불빛 밑의 표정 없던 탈을

벗어났다. 사내의 의식은 지리멸렬되고 만수의 팔놀림과 함께 수
많은 끈 아래 움직이는 인형처럼 그의 어깨와 근육이 춤을 추었
다. 불빛에 번들거리는 땀과 눈물이 만수와 묶여 있는 자의 몸과
얼굴에 번졌다.

"그를 죽이지 말아."

만수의 형수가 달려들어 그의 손으로부터 인두를 빼앗았다. 사
내는 이미 기진맥진해서 고개를 축 늘어뜨리고 있었다. 만수는 휘
청거리며 통나무 위에 걸터앉았다. 그는 검게 변색되어가는 인두
를 발아래 내동댕이쳤다.

"더이상은 필요 없어."

하면서 여자는 축 늘어진 사내의 몸에 침을 뱉었다.

"그냥 내버려둬두 될 것 같아."

"두려워하지 말아요, 형수."

만수는 두 손아귀에 머리를 틀어쥐고 말했다. 그 여자는 매정스
럽게 대꾸했다.

"괜히 홀가분하게 해줄 필요가 어딨어?"

달이 들판 건너 산 위로 기울어가고 있었다. 구름이 잠깐씩 달
을 가릴 때마다 나무들의 윤곽이 또렷해졌다가 명암과 거리감이
흐려지면서 검은 그늘로 변해버리곤 했다.

나는 캄캄하게 불 꺼진 대도시의 한길 가운데 서 있는 듯했다.
가로의 집들은 텅텅 비어 있고, 보이지 않는 사람들의 두런거리는

소리가 허공에서 들려온다. 나는 모든 시민이 어디론가 가버린 도시의 중심가를 헤매고 있다. 뒤에서 누군가 쫓아온다. 그것은 처음엔 낯선 사람의 거뭇한 형상으로만 보이다가 거울 속에서 익은 자신의 얼굴이 된다. 나는 그를 피해서 헐떡거리며 뛴다. 드디어 느릿느릿 움직여가고 있는 사람들의 행렬을 발견하고선 나를 함께 데려가달라고 목이 터지게 외친다. 사람들은 나를 쳐다보지도 않을뿐더러 알은척도 하지 않는다.

마을의 지붕과 논밭 위로 안개가 깔리기 시작했고, 헛간 안의 모습은 흔들림 없는 그림이 되어 안개 속으로 잦아들어갔다. 영사막에 비추인 채 장면이 영원히 바뀌지 않는 환등사진같이 온갖 것이 멈추었다. 그들의 손짓, 눈짓, 목소리는 순식간에 과거의 흐름 속으로 가라앉아 종내에는 식은 재가 되어 허공에 흩날렸다. 이미 동쪽 하늘 주위에 희끄무레한 얼룩이 번져 새벽의 전조가 보였다. 새벽의 박명 속을 나는 뛰었다. 뒤를 자꾸만 돌아보았으나 아무도 따라오지 않았다. 나는 저 미친 사람과 사내와 만수가 내 뒤를 악착같이 따라오지나 않을까 하는 착각에 빠졌던 것이다. 나는 요새도 가끔 그때의 일을 생각하면 마치 전생에 있었던 일처럼 느껴진다. 개가 된 내가 바위이었던 시절을 되돌이켜 이제는 사람이 되어 희미하게 눈치라도 채듯이 말이다.

(1970)

60

아우를 위하여

뭔가 네게 유익하고 힘이 될 말을 써 보내고 싶다.

네가 입대해 떠나간 이제 와서 우울한 고향 실정이나 우리의 지난 잘잘못을 들어 여기에 열거해놓자는 건 아니야.

아무 얘기도 못해주고 묵묵히 너를 전송했던 형의 답답한 마음을 이해하여주기 바란다. 나는 우리가 지금쯤은 의심하고 있을지도 모르는 어떤 문제를 확실히 해두고, 또한 장래를 굳게 믿기 위하여 내 연애 이야기를 빌리기로 한다. 너는 십구 년 전에 내가 누구를 사랑한 적이 있다는 걸 알게 되면 아마 놀랄 거다. 따져봐, 내 열한 살 때가 아니냐. 에이, 이건 오히려 형의 달착지근한 구라를 읽게 됐군, 하며 던져버리지 말구 읽어주렴.

너 영등포의 먼지 나는 공장 뒷길들이 생각나니. 생각날 거야, 너두 그 학교를 다녔으니까. 아침마다 군복이나 물 빠진 푸른 작업복 상의를 걸친 아저씨들이 한쪽 손에 반찬 국물의 얼룩이 밴 도시락 보자기를 들고 공장 담 아래를 줄지어 밀려가곤 했지. 우리 아버지두 그 틈에 있었을 거야. 참 그땔 생각하면 제일 먼저 까마중 열매가 떠오른다. 폭격에 부서져 철길 옆에 넘어진 기차 화통의 은밀한 구석에 잡초가 물풀처럼 총총히 얽혀서 자라구 있었잖아. 그 틈에서 우리는 곧잘 까마중을 찾아내곤 했었다. 먼지를 닥지닥지 쓰고 열린 까마중 열매가 제법 달콤한 맛으로 우리들을 유혹해서는 한 시간씩이나 지각하게 만들었다.

먼지 나는 길, 공장의 담, 까마중 열매 다음에 생각나는 건 땅에 반쯤 묻혀 있던 노깡들이야. 사택 앞의 쓸쓸한 가로를 따라서 가죽나무가 서 있고, 나뭇가지에는 하늘소벌레가 살았고, 벽돌 벽의 어지러운 선전문 자국들, 창고의 탄환 흔적, 그리고 인가 끝에 상둣도가가 있었고, 실개천을 가로지르며 노깡들이 엇갈려 길게 누워 있었지. 노깡 속엔 우리가 그 무렵에 눈이 시뻘게서 찾아다니던 총알이 많이 나오군 했었다. 총알을 찾으러 캄캄한 노깡 속에 들어갔다가 내가 기절했던 걸 어머니에게서 아마 들었을 거야. 애들이 그 속에서 사람이 많이 죽었다며 전혀 접근을 꺼리길래 어느 날 나 혼자 들어갔지. 안은 아주 비좁구 캄캄했는데 물이 질펀하게 괴어 있더구나. 손으로 더듬으며 중간까지 가보니까 예상대로 기관포 탄환이 많이 있더랬어. 나는 아이들의 찬탄과 선망을 독차지할 일을 생각하고 온통 가슴이 떨렸어. 탄창 사슬에 끼인 게 한 줄이나 되더라. 나는 정신없이 파구 또 팠지. 한참 동안을 파는데 꺼림칙한 기분이 들구 뭔가 손가락에 걸려 나오는 거야. 나뭇조각인 줄 알았어. 돌보다는 가볍구 나무보단 좀 듬직하단 말이야. 그래 눈앞에 바짝 갖다대구 들여다보니깐 뼈다귀야. 둥그런 관절두 달려 있는 진짜 뼈다귀 말이지. 이크…… 나는 그게 날 잡구 늘어지는 기분이더라. 양쪽 입구를 보니까 꼭 관솔 빠진 구멍만큼 보이는 거야. 소릴 지르다가 뻐드러졌어. 근처 실개천서 빨래하던 아줌마가 나를 끌어내줬단다. 어머니가 야단쳤어. "너 그런 데 들어가면 귀신이 잡아먹는다." 얼마나 무서웠는지 모른다.

어린애들이 그런 일루 호되게 놀라게 되면 잠잘 때 악몽을 꾸어서 식은땀을 흘리며 경기를 일으키는 거야. 내가 몸이 불편할 때 꿈을 꾸면 말이야, 언제나 그 노깡 속에 들어가 있는 거야. 어느 때는 그게 우리 영단 집의 시멘트 굴뚝 속이 되고, 피뢰침 달린 유리 공장의 벽돌 도가니 안이 되고, 시궁쥐가 많이 사는 공중목욕탕의 하수도 속이 되는 거야. 끝은 언제나 비슷하지. 양쪽 입구가 무너져, 해골바가지나 뼈다귀 손이 쑥 솟아올라서 내 머리털이나 발목을 말야 꽉 잡구 안 놓는 거야. 상뒷도가집 아이가 그 자리에 찾아가서 침을 세 번 뱉고 왼발로 세 번 구르면 된다기에 그대루 했는데두 여엉 무서운 기분이 가시질 않았어.

내가 일단 자기의 공포에 굴복하고 숭배하게 되자, 노깡 속에서의 기억은 상상을 악화시켜서 나를 형편없는 겁쟁이루 만들고 말왔다. 그런데 어떤 아름다운 분이 나타나 나를 훨씬 성숙한 아이로 키워줬지. 눈빛처럼 흰 여학생 칼라 뒤로 얌전히 빗어 묶은 머리를 길게 땋아 늘였고, 목소리가 노래하는 듯 다정한 분이었어.

우리를 위압하고 공포로써 속박하는 어떤 대상이든지 면밀하게 관찰하고 그것의 본질을 알아챈 뒤, 훨씬 수준 높은 도전 방법을 취하면 반드시 이긴다.

그이를 사랑하게 되면서 나는 분명히 무엇인가를 배웠는데, 그 무렵엔 꼭 집어내서 자각할 수는 없었지. 이제 와 생각하니 그이는 진보進步의 의미와 사랑의 가치를 내게 가르쳐주었던 거야.

나는 피난지 부산의 학교에서, 수복되고도 수년이 지난 서울로 전학을 해왔던 첫날, 기분을 잡쳐버리고 말았다.

우리 학교에 미군 부대가 들어와 있어서 학년별로 여러 곳에 뿔 뿔이 흩어져 빈 창고나 들판에서 공부하고 있는 실정이었다. 흙바 닥에 가마니를 깔았고 책상 대신 화판을 받쳐 글씨를 썼다. 어둠침 침한 창고 교실에서 백 명이 넘는 아이들이 우글거렸으니 언제나 먼지가 뿌옇게 일어나는 게 보였다. 교실이 엉망인 것뿐만 아니라 우리 학교 애들은 질이 나빴는데 전쟁통에 몇 년씩 학년을 묶은 큰 애들이 열 명쯤 되었다. 백여 명의 아이들을 키 순서대로 세워놓으 면 나 같은 건 겨우 앞줄에서 몇번째가 될 만큼 작았다. 애들은 내 게 아무런 관심도 돌리지 않았으나, 첫번 일제고사에서 수석을 차지하고 나자 친구가 더러 생기게 됐던 거였다.

나는 담임선생님도 마음에 들지 않았다. 그는 메뚜기라는 별명을 가졌는데, 머리 가운데가 쭉 벗어지고 양쪽 관자놀이 부근에만 곱슬털이 부성부성한 모습이었다. 그는 국민학교 선생님 노릇에 별로 흥미가 없는 것 같았다. 무슨 가게인지를 부업으로 벌여놓고 있었는지라 그는 툭하면 자습 시간을 주고선 하루 온종일 밖으로 나돌아다녔다. 각 학년의 교실들이 서로 멀리 떨어져 있었고, 교장 선생님도 일학년부터 육학년까지 모든 학급을 한 바퀴 돌아보려면 큰맘을 먹어야 했으니 메뚜기씨께선 만판이었다. 메뚜기가 요행히 교실에 붙어 있게 되는 날도 오후에는 모두 야외로 끌고 나가서 몇 시간씩이나 풍경 사생을 그리게 해놓고는 공부 끝이라는 거였다. 내가 전학 가기 전인 일학기까지도 석환이가 반장 노릇을 했으나, 나처럼 몸집이 작고 약골이었던 그애는 큰 아이들이 득실대는 교실의 기강을 잡을 도리가 없었다. 첫째 가다 장판석, 둘째 가다 임종하, 셋째 가다 박은수, 그 이하는 그애들에게 붙어서 알랑대던 떨거지 몇 명이 있었다. 모두 중학 이삼학년씩은 되었을 나이배기들이었다. 내가 입학할 무렵에 세력의 판도가 바뀌게 되었는데 이영래라는 새로운 가다가 신입해왔던 것이다. 영래는 미군 부대 하우스 보이로 싸젠이 기른다는 아이였다. 술이 주렁주렁 달린 인디언식 가죽 저고리에 청바지를 입고 시계까지 차고 다녔다. 눈이 가늘게 찢어지고 어깨가 바라진 영래는 벌써 다리에 털이 돋은 열다섯 살배기였다. 미군 지프가 신입생과 선물을 싣고 제분회사 창고 앞마당을 돌며 클랙슨을 뺑뺑 울리니까 애들이 모두 환호성이었다. 배불뚝이의 맘 좋게 생긴 싸젠이 초콜릿과 도넛을 애들에게 공평하게 나눠주었다. 그날로 영래를 찬양하며 그애의 가방을 들어다주는 아이가 생겼고, 얼마 안 가서 둘째 셋째 가다인 은수와 종하까지 그애 편으로 붙었다. 영래가 드디어 첫째 가다 장판석이를 빈 발전실로 유인해다가 몽둥이로 습격해서 항복을 받았다. 판석이는 아예 권외로 밀려나고 영래가 하루아침에 첫째가 되었는데도 아이들은 그런 일에 별로 아랑곳하지 않았다. 왜냐하면 큰 애들은 뒷전에서 저희끼리 킬킬대며 우리가 모르는 얘기만 지껄이며 따로 놀았으니까.

어느 토요일 아침, 메뚜기가 셔츠 바람으로 들어와 바께쓰에 물을 떠다 교실에서 세수를 했다. 그는 팔목시계를 연방 들여다보며 아이들에게 말했다. "에 또…… 내가 급한 볼일이 생겨서 나갔다 올 테니까 자습하도록, 어이 급장." 맨 앞줄에 앉았던 석환이가 엉거주춤 일어나려니까, 메뚜기는 그애를 힐끗 바라보고는 곧장 교실 뒷전만 두리번댔다. "장판석이, 판석이 어딨냐?" 아이들이 일제히 뒤를 돌아보았고 누군가 웃음을 참는 소리도 들렸다. 판석이는 괜히 뒤통수를 긁적였다. 그애 바로 앞에 앉은 임종하가 들릴까 말까 한 소리로 "얘는 나한테두 겨요" 중얼거리자 아이들이 까르르 웃음을 터뜨렸다. 메뚜기가 그 소리를 놓쳤을 리 없었다. "에 또, 학기두 바뀌구 했으니까…… 오늘은 자습 후에 반장 선출을 해보는 것두 학습이 될 거다. 상급생이 됐으니까 그만한 자치 능력도 생겼을 줄 믿는다. 그런데 석환이 말고 누가 의장 노릇을 했으면 좋을까…… 누가 좋겠니?" 메뚜기가 묻자 앞에 꼬마들이 요란하게 떠들어댔다. "이영래요. 개가 잘해요." 메뚜기가 영래를 불러내어 "반장과 함께 조용히 자습을 시킨 뒤에, 자치회의를 해라" 이르고 훌쩍 나가버렸다. 선생님이 나간 뒤에, 머쓱하게 서 있던 영래가 교탁 앞에 비스듬히 걸터앉았고 애들은 다음 행위에 잔뜩 기대를 가지면서 그애를 올려다보았다. 영래가 말했다. "전부들 책을 집어넣어. 오늘 오전에는 씨름 대회를 연다." 애들이 손뼉을 치며 와글와글 책보를 쌌고 영래는 교탁에 발을 올려놓고 의자를 흔들며 말 타는 시늉을 했다. "헌병대장 사령부, 짜가닥 짜가닥 팡팡, 이 새끼들 조용해." 영래가 은수에게 몽둥이를 주워오라고 명령하니 그놈은 잽싸게 뛰어나가 각목 하나를 주워왔다. "종하, 일루 나와." 비실비실 웃으며 앞으로 나온 종하에게 영래가 말했다. "웃지 마, 인마, 이걸 갖구 수틀리게 놀면 무조건 조기는 거야. 알았지?" 종하는 가마니를 깔지 않은 흙바닥 통로를 각목을 들고 어슬렁어슬렁 돌아다녔다. "오늘부터 너는 기율부장이다." "뭐야 그게…… 반장하군 다른가?" "인마, 중학교 교문 앞에두 못 가봤어? 완장 차구 서서 잘못한 애들 벌주는 거 말야." 은수가 항의했다. "그럼 나는 뭐야, 넌 뭐구……" "이 새끼, 나는 의장이잖아.

종하는 기율부장, 너는 말이지 총무다." "반장보다 높은 거냐?"
아이들이 킥킥.

　종하는 내 앞을 지나며 공연히 똑바로 앉으라면서 허리께를 각
목으로 꾹 찔렀다. 나는 등에 힘을 주고 빳빳이 긴장해서 앉아 있
었다. 그때 석환이가 안으로 폭삭 기어들어간 목소리로 중얼거렸
다. "나는 말야…… 씨름 대회는 반대한다." 아이들이 왁자지껄
하며 석환이 쪽에다 불평을 제각기 터뜨렸다. "혼자 잘난 체하지
마라, 짜식." "누가 네 명령이나 듣겠다누." "영래야, 때려줘라."
영래가 교탁을 쾅 때리며 말했다. "새끼들, 조용하라니까." 임종
하가 각목을 땅에다 쿵쿵 찧으며 주위를 둘러보았고 아이들이 잠
잠해졌다. 석환이는 가까스로 말할 기운이 났는지 아까보다 더욱
또렷하게, "선생님이 자습을 한 다음에 자치회를 하라구 그랬어.
또 혼자서 마음대로 학급 간부를 지명해서도 안 된다구 생각해."
바보 같은 놈들이 설쳐대는 꼴을 보니 나도 뭐라고 말하고 싶었지
만 영래만한 통솔력도 없는 터에 모두들 나더러 공부 좀 한다구 으
스댄다고 할 거였다. 그전 학교에서처럼 발언권을 얻어 동의와 재
청을 받고 의견이 받아들여지고 하는 재미있던 판국과는 전혀 딴
판이어서, 까짓거 입다물고 구경이나 하겠다는 마음이 생겼다. 몇
몇 줄반장 애들은 불만이 있어 보였으나 교실 뒤에 버티고 선 종
하 쪽을 연방 돌아보기만 하는 거였다. 영래가 씨익 웃었다. "응
좋아, 애들한테 물어보자. 얘들아, 씨름 대회를 뒤로 미루고 자습

할까?" 반 아이들이 웅성대며 항의하거나, 재삼 석환이를 욕하기 시작했다. "대신에 자치회를 먼저 하자. 너희들 석환이가 반장 노릇 하는 걸 찬성하는 사람 손들어." 한 사람의 손도 올라가지 않았고 뒤늦게 들었던 애들도 대부분 아이들의 드높은 불만의 분위기에 위축되어 슬금슬금 내려버렸다. "다음은 내가 하는 걸 좋아하는 사람." 절반 이상이 손을 들었고 두 번 다 손을 안 든 애들도 많았다. "봤지? 자치회는 이걸루 끝났다." "그래, 이영래가 오늘부터 우리 반 급장이다." "반대하는 놈들은 우리 반이 아니야." 영래는 만족에 가득차서 고개를 끄덕였다. "모두들 밖으로 집합. 야 종하야, 집합시켜서 오목내 다리 밑으루 내려가." 나는 환성을 올리며 밀려나가는 애들의 뒤를 따라 나갔고, 우리 뒤에서 종하가 "빨리빨리 움직여" 어쩌구 하며 고함치는 소리가 들렸다. 석환이와 몇몇 아이들이 꾸물거리는 걸 보고 영래가 뒷짐을 지고 서서 종하에게 말했다. "야, 단체행동에서 빠지는 애는 잡아다 조겨." 은수도 말했다. "그래 영래 말이 옳다. 개인적으루 놀면 혼을 내야 해. 우리 반 애들이라면 다 함께해야 한다."

바깥일에 분주한 메뚜기가 돌아왔을 때, 아이들은 영래의 지시에 의하여 자발적인 대청소를 하는 중이었다. 메뚜기는 학급에 기강이 서고 자치 능력이 향상된 데 대하여 만족했고, 아이들이 영래를 급장으로 선출한 것에도 별로 이의가 없어 보였다.

우리 부모는 내 상급학교의 진학 문제 때문에 걱정을 하고 있었는데, 마침 동네에서 어느 대학생이 개인교사를 한다며 애들을 모으는 중이었으므로 나를 그리로 보냈었다. 거기서 치른 학력 테스트의 결과를 알고 어머니는 깜짝 놀라고 말았다. 대학생의 말에 의하면 이런 실력으로는 중간급인 사립 중학교에 들어가는 것도 불가능하다는 거였다. 그때부터 밤늦게까지 입시 공부에 시달리지 않으면 안 되었고, 자습 시간이 많았던 학급 실정이 오히려 내게는 다행이었다. 따라서 나는 전입생으로서 서먹서먹하던 그전보다 더욱 학급으로부터 멀리 떨어져나가게 되었던 것이다. 영래가 반장이 되고 나서 나는 학교에 가는 일이 시큰둥해진 느낌이었다. 무관심했던 내게도 불편한 사태가 자주 벌어지게 되었는데, 영래가 너무 자기 마음대로만 하려고 그랬기 때문이다. 은행 지점장의 아들이나 공장장 아들, 극장, 양조장집 아들 같은 네댓 명의 부잣집 애들은 특히 괴로움을 많이 받았었다. 그애들은 뭔가 좋은 것들, 이를테면 장난감, 극장표, 돈 같은 것들을 갖다바치지 않을 도리가 없었다. "내일까지 가져와" 한마디면 통하는 모양이었다. 대부분의 다른 애들은 평소부터 그애들에게 반감을 많이 갖고 있어서 영래나 종하나 은수의 명령이 이행되지 않았을 때에 그애들이 교실 뒤에서 엎드려뻗쳐를 하고 궁둥이를 맞는 걸 통쾌해했던 것이다. 그러나 부잣집 애들도 나중에는 그리 불만스러워하는 것 같지 않았는데, 청소 당번을 제외받았기 때문이었다. 뿐만 아니라 그애들은 자기가 싫어하는 애들을 혼내주도록 저 세 아이들 중 아무나에게 선물을 하면 되었던 거다.

있으나 마나 한 부반장으로 영락한 석환이도, 나도, 하여간에 좀 영리한 애들은 끼리끼리 소곤소곤 어린이 잡지나 돌려보면서 그애들의 노는 꼴에 전혀 상관하지 않으려 애썼다. 대부분의 아이들은 어느 정도 기가 죽었으나 그래도 아직은 영래를 신뢰했는데 그는 아이들을 재미있게 하고 동시에 무서운 존경을 일으키게 하는 데 재주가 비상했던 것이다. 영래의 제의로 우리는 두어 차례의 모금을 했었다. 한번은 담임선생 메뚜기네 아기의 돌 선물을 마련하기 위해서였고, 다음엔 청소 도구를 마련한다는 구실이었다. 판단이 부족했던 우리가 어렴풋이 느끼기에도 금액이 좀 과했던 것 같았다. 제삼분단장인 동열이의 머리가 터졌던 건 바로 그 일 때문이었다. 그애가 쑤군거린 얘기를 들어보면 거둔 돈의 절반을 그애들이 쓱싹해서는 학교 앞 찐빵 가게에 맡겨놓고 까먹고 있다고 했다. 얘기를 들은 다섯 아이들 중 누군가의—아마도 영래와 방향이 같은 기지촌에 사는 아이가 그랬을—고자질에 의해서 폭행이 벌어졌다. 예의 메뚜기가 자리를 비운 자습 시간에 영래가 무조건 동열이를 불러내어 "인마, 너 나한테 잘못한 거 없어?" 하고 따지면서 다짜고짜 발길로 걷어찬 다음 막대기로 그애 머리를 깠다. 아이들은 숨을 죽이고 침을 삼키며 그애가 머리를 움켜쥐고 죽는 소리로 우는 걸 바라보기만 했다. 종하가 옆에서 을러댔다. "짜식들 누가 돈을 떼먹었냐, 애 맞은 거 담임한테 찌르면 알지?" 영래는 역시 화를 발칵 내고 "쓸데없는 소리 하지 마, 새꺄" 종하를 윽박지른 다음에 우리에게 씩 웃어 보였다. "돈이 남은 건 맞다. 그걸 말이지 나는 다음에 쓸라구 남겨뒀던 거야, 축구부를 만들기루 했지. 다른 반과 시합을 갖구 다음번엔 저쪽 오목내 학교 패들하구 두 붙는다." 아이들이 와글와글 손뼉 치는 소리. "그러구 얘가 맞은 건……" 영래가 공포에 질려 꿇어앉은 동열이를 거만하게 내려다보며 잠깐 사이를 두었다. "우리 반을 배반했기 때문야." 은수가 맞장구를 쳤다. "그래 영래 말이 옳다. 짜식이 배반자야." 서부영화에 많이 나오는 씩씩하고 멋진 얘기 같았으므로 교실의 이곳저곳에서 낱말 외우기나 하는 듯 아이들의 "배반자, 배반자" 하는 중얼거림이 퍼져나갔다. 그들은 으쓱해진 느낌이었고 앞에 적발되어 꿇어앉은 이 새로운 적을 새삼스럽게 관찰했다. 영래가 아이들을 휘둘러보고 나서, "누구든지 고자질을 하거나 쑤군대두 좋다. 치만, 우리 반 애들 중엔 내게 그런 걸 알려주는 좋은 친구들이 많으니까…… 이런 간신 같은 짓을 못 할 거야."

토요일 방과후에 우리는 남아서 오목내 패들과의 축구 시합을 구경해야만 되었다. 물론 연습 시간이 잦았던 우리 선수가 이겼다. 아이들은 그날 유쾌한 오락 시간과 선수들이 보여준 무용武勇에 의해서 열이 올라 노래를 부르며 돌아갔다. 나는 제분회사의 뒷문으로 해서 철길을 따라 군대 피복창을 가로질러 공장의 벽돌담 아래로 나서는 지름길을 다녔는데, 그날은 피복창 입구에 가시철

망이 처져 있었다. 하는 수 없이 우리 학교 본관 건물이 있는 시가지 쪽으로 빙 돌아서 가야만 했다. 한길을 건너려고 차가 뜸해지기를 기다리고 있는데 우리 학교 교무실이 어느 쪽에 있느냐고 누가 말을 걸어왔다. 여학생 교복을 입은 아주 예쁜 누나였다. 학교 교무실은 부대가 들어선 본관 건물 옆의 빈터에 지어진 기다란 반달형 퀀셋에 있었으므로 거기를 손가락질해 보여주었다. "어린이 고맙습니다" 하며 그이가 공손히 절을 했으며 나는 웃을 때 보여준 그의 희고 고운 치아와 깊숙해 뵈는 속쌍꺼풀 때문에 가슴이 뻐근하게 아플 지경이었다.

다음날, 학교에 가니까 아이들이 술렁대고 있었다. 여자 선생이 오게 되었다며 방금 메뚜기랑 같이 제과점에 얘기하러 갔다는 것이다. 나는 공연히 어제 본 그 누나가 아닐까 하는 기대로서 가슴이 두근두근했다. "온다. 와." 언제나 파수를 보는 아이가 호들갑을 떨며 창고 교실로 뛰어들어왔다. 메뚜기가 훨씬 앞서서 들어오고, 한참이나 지루하게 기다린 느낌 뒤에 여선생이 들어왔으며 그이는 약간 수줍어하듯 보였다. 입구에 어깨를 동그랗게 움츠리고 섰는 분은 역시 어제의 그 누나였다. 나는 나를 알리고 싶어 안달이 날 지경이었다. 매일같이 아무 생각 없이 들었던 영래의 "차렷" 구령 소리가 그날따라 나를 수치에 떨게 만들 줄은 몰랐다. 나는 "경례"에 따라 머리를 숙이면서 처음으로 굴욕감을 느껴야 했다. 메뚜기가 그이에게 좀더 앞으로 나오시라는 손짓을 해 보였다. "에 또, 이번에 사범학교 졸업반에 계시는 여러 선생님들이 교생실습을 나오셨다. 내가 교장선생님께 간청해서 상급 학년에서는 우리 반만이 그 모범 학급으로 뽑혀 모셔오게 된 것이다." 메뚜기는 이어서 교생선생님의 성함과, 일주일의 반쯤을 그분이 담당할 것이라고 말했다. 아마 메뚜기가 게으른 자기의 수업 공백을 메워보려는 게 틀림없었다. 누군가 "교생이 뭐야. 선생하군 다른가……" 하자마자 그이는 청아하고 똑똑한 발음으로 "네, 다릅니다. 여러분이 학교에서 배우는 것처럼 나도 선생님 되는 공부를 하러 온 것입니다. 닭이 알을 품으면 뭐가 되지요?" 엉뚱한 질문에 아이들이 불규칙하게 "병아리요." "병아리는 커서 뭐가 되나요?" 아이들은 이번에는 일제히 "닭이요." "옳습니다. 저는 말하자면 병아리 선생님인 셈이죠, 호호호." 아이들이 와 하고 웃었으며 메뚜기도 껄껄 웃었다.

나는 병아리 선생님이 나오시는 학교에 가는 일이 한편으로는 즐거웠으나, 학급 분위기가 나를 전보다 더욱더 부끄럽게 만들었던 게 사실이었다. 그리고 특히 토요일 방과후는 지겨웠다. 영래가 아이들을 오목내 다리 밑의 모래펄로 집합시켜서는 축구 시합을 응원하도록 하는 거였다. 반을 위한 단체행동이었으므로 혼자 빠져나가게 되면 혼이 날 게 두려웠다. 아마 일주일 동안의 벌청소 당번을 지명받기가 십상이었을 게다. 아이들의 불평불만이 은연중에 조금씩 무르익어가게 되었던 것은 자칭 기율부장이라는 임종하와 총무 박은수의 횡포 때문이었다. 은수가 선수 유니폼과 병아리 선생님에 대한 '성의의 표시'를 구입한다며 학급비를 거두었고, 종하는 아이들을 매로써 징계하는 횟수가 잦아졌다. 또한 영래와 귀가 방향이 같은 기지촌 애들 몇 명까지 덩달아 으쓱거리게 되었다. 그들 중 하나라도 반 애와 싸움을 하게 되면 권투 시합 십 회전을 시켜놓고 죽 둘러서서 구경하다가 불리해질 경우 몰매를 놓는 거였다. 기지촌에 사는 가난한 그애들은 다른 애들의 점심 도시락을 빼앗아 먹는 일도 있었다. 그애들이 영래의 지시에 어긋나는 일을 저지른 애들을 꼬박꼬박 일러바쳤기 때문에 반 애들 모두가 우선 그애들 비위를 상하지 않게 하려고 조심했다. 나는 영래를 마음속에서도 찬양하는 아이들이 이젠 거의 없다는 걸 알았다. 새로 오신 교생선생님은 무엇이나 열성을 다해 가르치려고 애쓰는 것 같았다. 어느 때는 우리가 모르는 어려운 얘기까지 꺼내어 학과의 분명치 않은 곳을 밝혀주려고 했었다. 우리 실력을 향상시켜주느라고 벼락시험도 자주 치르었다. 나는 그 무렵에 밤 서너시까지 과외공부로 시달렸던 때였으므로 다른 애들과 현격한 차이로 거의 만점을 맡곤 해서 그이의 주의를 끌 수가 있었으나, 그이는 나를 영래나 그쪽 떨거지 놈들과 하나도 구별 없이 대할 뿐이었다. 나는 야속했다.

한번은 선생님이 청소 감독을 끝내고 돌아가는 시간까지 기다렸다가, 가만가만 뒤쫓아가본 적도 있었다. 멀리서 앞서가는 선생님의 뒷모습은 아직 어른이 아니었다. 키가 작아 어른들 틈에 끼이니까 우리와 동년배의 소녀처럼 보였다. 내가 일부러 다른 델 보면서 선생님을 질러갔다가 뒤돌아보고 인사를 했더니, 그이는 내 손을 잡으며 반가워했었다. "김수남, 왜 이제 집에 가지요?" 나는 눈물이 핑 돌았다. "저…… 친구 집에 들렀다가 늦었어요." "집에서 걱정하실 텐데요. 다음에 그런 일이 있으면 미리 말씀드려야 합니다." 나는 선생님이 시내로 들어가는 전차를 타야 할 역전 네거리 앞 종점까지 함께 걸었다. 말없이 걷던 그이가 "김수남 어린이는 이번 시험에도 성적이 아주 뛰어나더군요" 말했으므로 나는 얼굴이 새빨개졌고 얼떨결에 "반장은 어때요, 선생님?" 하며 내 속마음을 드러내고 말았다. "이영래…… 어린이 말인가요." 그이는 뭔가 곰곰 생각해보는 듯한 표정이다가 "어떻게 생각해요, 김수남 어린이는 혼자서 살 수 있나요?" 물어왔다. 나는 동생 없이 엄마 없이, 누구보다도 선생님 없이는 살 수 없다고 생각했고 혼자서는 못 산다고 대답했다. 그이가 말했다. "혼자서만 좋은 사람이 될 수는 없다고 생각합니다. 또 한 사람이 잘못 생각하고 있었다면 여럿이서 고쳐줘야 해요. 그냥 모른 체하면 모두 다 함께 나쁜 사람들입니다. 더구나 공부를 잘한다거나 집안 형편이 좋은 학생은 그렇지 못한 다른 친구들께 부끄러워할 줄 알아야 합니다." 나는 무슨 얘기인지 잘 알아들을 수는 없었지만, 선생님께서 나를 책망하고 있다는 느낌이어서 풀이 죽어버렸던 것이다.

며칠 후에 선생님은 처음으로 우리에게 노한 모습을 보여주었다. 그이는 교실에 들어오자마자 책을 펴지도 않고 몹시 슬퍼 뵈는 얼굴로 말했던 거였다. "어른들이 제일 나쁜 점은 자기 잘못을 애써 감추려 하는 그것입니다. 천박한 속을 드러내지 않으려고 겉으로만 번지르르하게 내세우는 건, 스스로 자신이 없기 때문이에요. 나는 여러분들이 이 혼란한 시기에 이런 창고에서 책상도 없이 공부할망정 마음씨와 배우려는 자세가 소박하고 고울 줄로만 여겨왔습니다. 여러분은 못된 어른들의 본을 받아서는 절대로 안 됩니다. 선생님은 선생님다워야 하며 어른은 어른다워야 하고, 어린이는 어린이다워야 합니다. 어제 방과후에 학급 대표들을 돌려보내고 나는 참으로 슬펐습니다. 물론 그것이 학급 전체의 뜻이 아니었기를 나는 믿으려 합니다." 나중에 알게 된 건 선생님이 영래네 패들의 '성의 표시' 때문에 화가 났다는 것이다. 저 깡패 같은 더러운 자식들이 내 선생님께 허벅지까지 올라가는 외제 나일론 스타킹을 드렸었다는 것이었다. 나는 불같이 성이 치밀어올라 잠들기 전에는 그 녀석들에게 수십 번씩 욕을 되풀이 퍼붓고야 마음이 가라앉곤 했다.

한번은 기지촌 아이들 중의 하나가 양조장집 아들의 도시락을 빼앗아 먹고 있는 것을 선생님이 우연히 알아채게 되었다. "어린이는 왜 점심을 안 싸오지, 배고프지 않아요?" 울먹울먹하며 그애는 연방 빼앗아간 쪽을 바라보았고, 그놈은 입가에 손가락을 대며 주먹을 쥐어 흔들어 보였다. "자, 이리 와 나하구 같이 먹어요." 빼앗긴 아이가 수줍어하며 가까스로 말했다. "선생님…… 싫어요. 진짜는 저, 도시락을 가져왔어요." "그런데 왜 안 먹을까, 몸이 아픈가요?" "아니에요……" 선생님이 웃음을 방긋 머금고 말했다. "아, 착한 어린이군요. 누구를 위해 주었군요, 그렇죠?" 그애가 더욱 울상을 짓더니 고개를 끄덕였다. 선생님이 재빨리 말했다. "네 좋습니다. 저는 여러분의 이렇게 서로 돕는 정다운 행동에 마음이 한없이 기뻐요." 남의 도시락을 앞에 놓고 있던 아이는 고개를 푹 숙이고 있었다. "아마 나보다도 여러분이 학급 친구의 사정을 훨씬 더 잘 알고 있겠지요. 도시락을 못 가져오는 어린이가 몇 사람 더 있을 줄로 압니다. 내일부터 누구든지 그런 친구의 도시락을 함께 싸올 어린이가 많았으면 좋겠어요. 너무 무리를 하지 말고, 어머님께 여쭤봐서 허락을 얻으면 말이에요." 나는 영래랑 어울려서 으쓱대던 그애들이 미웠지만, 내 아름다운 선생님의 말씀을 언제라도 거역할 수가 없었으므로 어머니에게 여쭈어보았다.

어머니가 처음엔 걱정을 했다. "글쎄 너두 딱하구나. 난리통이라 살기 힘든 세월인데, 하루이틀도 아니고 매일 어떻게 둘씩이나 싸달란 말이냐." 내가 그럼 저녁마다 조금씩 먹으면 되잖느냐 졸라댔고, 나중에 아버지가 돌아와 얘길 듣고는 유쾌하게 응낙했다. "좋은 일이다. 선생님이나 급우들을 실망시켜선 안 되지. 중요한 건 네가 도움을 받는 친구보다 훌륭하다는 생각은 절대로 하지 말아야 한다. 또 있어. 조금치도 그 친구를 전과 달리 대하지 말고, 당연한 것으로 받도록 노력해라." 나는 일찌감치 학교에 가서 그 애의 자리에다 도시락을 갖다두었고, 노트를 찢어 "변또는 나중에 돌려줘. 김수남"이라고 써두었다. 그런 다음부터 도시락을 빼앗기거나 누가 점심을 굶는 일이 없어졌다. 나는 그쪽에서 쑥스럽게 내미는 도시락을 아무 말 없이 슬쩍 받아 넣어갖고 돌아오곤 했었다. 석환이도 동열이도 서로 내색은 않고 있었지만, 선생님을 무척 좋아하고 있는 눈치였으며 점심을 둘씩 준비해오는 게 뻔했다. 기지촌에 사는 세 아이들은 한결 양순해졌고 적의를 갖고 대하던 우리에게도 욕을 넣지 않고 말을 건네오곤 하였다. 아이들이란 참으로 단순한지라 전과 달리 서로를 알게 되어 집을 방문하기도 하며 친해질 수가 있었다. 그애들은 차츰 급우들을 미워하지 않게 되었다.

동열이를 배반자로 몰아세웠듯이 영래는 자치회 때에 눈에 난 아이들을 앞으로 불러내서는 벌을 가했다. 신발주머니를 까먹고 안 가져왔던 애들은 벌청소를, 청소가 불량했던 분단은 몽땅 손들고 오리걸음으로 걷게 한다거나, 전 반원이 참가하여 다른 반 애들과 붙었던 시계불알 땅뺏기에서 빠졌던 애들은 코 잡고 맴돌기 오십 번을 시키는 식이었다. 아이들은 이젠 그런 일에 전처럼 열광하지도 않았고 시들해 있었으며 전보다는 오히려 서로가 화목해진 편이었다. 모두들 축구라거나 땅뺏기에 이겨야 한다는 핑계로 마구 다루는 데 휩쓸리고프지도 않았다. 애들이 앞에 나가서 코끼리 맴돌기를 하고 있을 때, 자치회를 위하여 자리를 피해주었던 선생님이 눈을 휘둥그레 뜨며 놀랐다. "뭘 하구 있는 거예요." 아이들은 입을 꾹 다물었고 영래가 자신만만하게 말했다. "벌을 주고 있습니다." "무슨 벌을?" "애들이 단체행동에서 빠지려구 합니다." "단체행동이라니……" "애들 때문에 우리가 졌어요. 우리 반의 명예를 위해서 전부 놀이에 참가할 작정이었습니다." "네, 그런가요. 언제 그 놀이를 해보자구 여럿이서 의논을 했었나요?" 선생님의 한결같이 부드러운 질문에 영래가 대들듯이 거칠게 대답했다. "아뇨, 하나 마나죠. 우리 반을 위해서 나는 모두 참가해야 된다구 생각했습니다." "물론 여럿이 하는 일에 마음이 모두 맞기란 어려운 일입니다. 그렇지만 각자의 의견도 묻지 않고 혼자의 생각만 주장해서는 절대로 무슨 일에서건 이길 수 없을 거예요. 급장은 책임이 중할수록 누구에게 불만이 없는가를 살피고, 있다면 그 불만이 자기가 저지른 어떤 잘못 때문이 아닌가 스스로 반성해보아야 합니다. 마음을 모으겠다는 핑계로 제 잘못을 감추려는 일이 있어서도 안 됩니다."

그러나 자치회 때의 일로 영래와 종하, 은수 그애들은 선생님을 점점 미워하게 되었고, 자기네와 별로 나이 차이가 많지 않은 소녀라고 눌러보려 했던 것이다. 그애들은 병아리 선생님에 관한 음탕한 욕지거리를 지껄이거나 그이가 돌아서서 칠판에 글씨를 쓸 때 일어나 쑥떡을 먹이며 이상스런 몸짓을 하는 거였다. 나는 이 공

공연한 모독에 의한 아이들의 수치심이 점차로 깊이 만연되어가고 있었던 상태를 전혀 느끼지도 못했었다. 어느 산수 시간에 뒷자리 아이로부터 내게까지 작게 접은 종잇조각이 건네져왔으며, 펴보고 나서 나는 드디어 더이상 두려워해서는 안 된다고 결심했다. 종잇조각에는 "본 다음에 앞으로 돌릴 것, 임종하"라고 쓰여 있고 밑에다 그이에 관한 욕설에 곁들여 변소에서도 간혹 볼 수 있는 추잡한 그림이 그려져 있었다. 나는 그림을 책갈피에 끼워넣고 시간이 끝나기를 애가 달아 기다렸다. 그동안 나는 별의별 무서운 공상에 시달렸다. 나는 얻어터진다. 머리가 깨어져 다 죽게 된다. 그이가 나를 업고 간다. 몇 날 몇 달을 끝없이 간다. 시간이 끝나고 선생님이 나가자마자 뒤에서 종하가 대견한 짓이라도 해냈다는 듯이 "애들아, 그 쪽지 어디까지 갔는지 이쪽으루 다시 돌려라" 하며 떠들었다. 나는 벌떡 일어나 겁내지 않으려 애쓰면서 말했다. "내가 가졌다 왜. 정말 너 이따위 장난만 하기냐?" 종하와 은수가 얼굴을 마주보더니 어이없다는 듯 낄낄 웃어댔다. "그게 니 깔치니?" "구경했으면 고맙다구 그럴 게지, 이 새끼가……" 나도 지지 않고 말했다. "너희들 사과 안 하면 그냥 안 둔다." 그에게로 가서 종잇조각을 내밀어주었다. "사과해, 너는 선생님을 욕보인 나쁜 놈이다." "그래 병아리 선생님은 좋은 분이야" 하고 석환이가 잇달아 말하는 소리가 들렸다. "자, 이걸 네 손으로 찢어버려." "이 새끼가…… 맞아볼래?" 종하가 내 멱살을 잡아 앞뒤로 흔들다가 바닥에 쓰러뜨렸다. 은수와 영래가 "밟아버려, 밟아" 외치는 소리도 들렸다. 아이들이 뒤로 한꺼번에 몰려들어 제각기 떠들었다. "너희들이 잘못이다." "우리는 병아리 선생님을 좋아한다." "그분은 훌륭한 사람이야." 기가 죽어 지내던 장판석이도 종하를 내게서 떼어 밀치면서 말했다. "애들 때리면 재미적다." 은수와 종하는 아직도 영래의 행동을 기다리며 씨근거렸다. 아이들이 사방에서 한마디씩 했다. "학급비를 거둬다 우리한텐 알리지두 않구 맘대로 쓴 건 잘못이다." "요전에 동열이를 때린 것두 잘못이라구 생각한다." "한 번도 자치회에서 물어보지도 않구 혼자 맘대로 한 건 더욱 잘못이다." 영래는 자기가 반 아이들에게서 완전히 고립되어 있다는 걸 알았는지 얼굴이 샛노랗게 질려 있었다. "너희들 반장에게…… 이러기냐?" "너는 반장 자격이 없어." "그만둬라." 나는 종하에게 종이쪽지를 내밀었다. 종하가 어떻게 했으면 좋겠느냐는 듯이 영래를 바라보자 그애는 의외로 나약해진 목소리로 중얼거렸다. "찢어, 인마." 종하가 그걸 찢었다. 나는 그것으로 충분하지는 않다고 생각했다. "내게 사과 안 할 테냐?" 아이들이 거칠어지고 있었다. "그래 사과하란 말야, 짜식들아." "사과 안 하면 몰매를 놓아서 쫓아내라." 종하가 아주 비굴하게 들릴까 말까 한 음성으로 말했다. "미안하다." 우리는 모두가 그애들이 너무나도 초라하게 풀이 죽은 걸 보고서 어리둥절해질 지경이었다. 나의 들끓던 수치감은 그때에 꽉 몰려 있던 오줌이 방광을 비집고 쏟아져

나올 때처럼 외부로 터져나갔고, 가벼운 몸서리를 흠칫 느꼈던 것이었다.

　나는 노깡 속의 어둠을 생생히 기억하구 있다. 선생님과 헤어지기 며칠 전에 어머니에게 졸라서 그분을 집으로 초대한 적이 있었지. 그날 나는 부끄러워하면서 내 악몽의 비밀을 말씀드렸더니, 선생님은 말했어. "애써보지도 않고 덮어놓고 무서워만 하면 비굴한 사람이 됩니다. 그래서 겁쟁이가 되어 끝내 무서움에서 놓여날 수가 없는 거예요." 나는 그뒤 몇 번이나 벼른 끝에 모험을 감행하게 되었고, 노깡 속에 다시 한번 들어갔더랬지. 나는 그 속의 뼈다귀가 개뼈, 소뼈, 사람 뼈다귀인지 몰랐지만 어쨌든 아무렇지 않게 길을 들였던 것이다. 나는 그이가 어린이들끼리의 일들을 미리 알고 있었는지 아니면 모르거나 모른 체했었는지 아직도 알 수 없구나. 다만 아이들이 존경하는 그이가 옆에 계시니까 욕스럽게 하지 말아야겠다고 스스로 깨달았던 것만은 분명하다.
　여럿의 윤리적인 무관심으로 해서 정의가 밟히는 일이 있어서는 안 될 거야. 걸인 한 사람이 이 겨울에 얼어죽어도 그것은 우리의 탓이어야 한다. 너는 저 깊고 수많은 안방들 속의 사생활 뒤에 음울하게 숨어 있는 우리를 상상해보구 있을지도 모르겠구나. 생활에서 오는 피로의 일반화 때문인지, 저녁의 이 도시엔 쓸쓸한 찬바람만이 지나간다. 그이가 봄과 함께 오셨으면 좋겠다. 보이지도 않고 만질 수도 없어, 그이가 오는 걸 재빨리 알진 못하겠으나, 얼음이 녹아 시냇물이 노래하고 먼산이 가까워올 때에 우리가 느끼듯이 그이는 은연중에 올 것이다. 그분에 대한 자각이 왔을 때 아직 가망은 있는 게 아니겠니. 너의 몸 송두리째가 그이에의 자각이 되어라. 형은 이제부터 그이를 그리는 뉘우침이 되리라.

우리는 너를 항상 기억하고 있으며, 너는 우리에게서 소외되어버린 자가 절대로 아니니까 말야.

(1972)

이웃 사람

1

아니 이건 누굴 놀리는 거요?

당신이 부드러운 얼굴로 제법 가까운 척해 보이지만 내가 믿을 줄 아십니까. 나야 기왕 도마에 오른 고기요, 댁 같은 나리님야 맘 탁 놓구 내 신세타령을 듣자는 거지, 뭐 별수 있습니까. 나두 머리가 꽤는 돌아가는 사람이고 그런 눈치쯤야 어깨너머루 배웠지요.

이거 보쇼. 내 수갑 찬 손목이 조여서 아파 죽겠군요. 선생은 알 록달록 근사한 넥타이를 목에 두르셨는데, 내 모가지에 굵다란 삼 밧줄이 걸리는 걸 상상해보시지요. 덜커덩! 하면서 목뼈가 딱 부 러지는 장면을 말이오. 어쨌거나 죽는 놈은 불쌍하지 않습니까. 나 두 그 새끼를 죽일 마음은 전혀 없었다구요. 정신을 차려보니 자빠져 있데요. 그 녀석이 무슨 죄가 있었겠어요. 운이 나빴던 거죠. 나두 재수 옴 붙어버린 놈이구요. 그러니 할말두 별루 없구. 댁의 허여멀쑥한 얼굴을 대하기두 싫으니까 얼른 가보시오. 좀 쉬구 싶습니다.

사실 내 옛날부터 당신네 같은 사람을 믿어본 적이 없습니다. 뭐라구…… 이해한다구요? 이해 좋아하시는군. 쳇. 그게 당신네들 상투 수작입니다. 댁은 나하구 아예 인종이 틀려요. 모두들 그런 식으루 속이더군요. 속고 또 속으며 자라나서 이제 나이 스물다섯이라 그 얘깁니다. 생각하면 씨팔, 내라는 놈두 한 많은 청춘이죠. 자, 내 입 더럽히기 싫으니까 말 좀 시키지 마쇼. 내 식칼은 이미 피맛을 봤다구요. 엉뚱하게 그런 녀석이 걸려들 줄이야 누가 알았겠소.

저기 좀 보시지. 저기서 어떤 도둑놈이 손가락에 잉크 칠을 하구 피아노를 치는군요. 지문이 올라갈 테니 저놈두 인제 완전히 찍힌 거죠. 저 새끼 빌빌 싸는 꼴이란 정말 복날 강아지 새끼로군. 어떻게 좀 빌붙어서 요놈의 사회에 용납될 수 없을까 하구 갖은 아양을 다 떠는 모양이오. 그러면서 저 혼자 불쌍하구 버림받은 척하지요. 나 같은 놈두 그런 식으루다 살아왔지만 이제야 알겠다 그 말입니다. 젠장, 밥 세끼 안 놓치고 먹고살려구 버둥댄 게 뭐 그리 잘나 자빠진 거라구…… 애초에 뭔가 잘못돼 있었다 그거예요.

나으리들은 척 알아보시는 모양입니다. 내 면상을 한번 쓱 훑어

보더니 점잖아지든데요. 왜 그런 줄 아십니까? 나 같은 건 축에두 못 끼울 정도루 치사하구 간사스런 놈들이 판을 치는 세상인 것 같습디다요. 그걸 빤히 아니까 나같이 어리석구 천한 놈두 이렇게 뻣뻣하구 당당해지데요. 나는 내숭을 떤다든가 똥따리를 붙이는 일은 정 못하겠습디다. 그러니 나 비슷한 놈들은 선생께서 제일 꺼리는 놈이겠지요. 말하자면 나는 당신네가 싸지른 똥이라 그겁니다. 컴컴한 구덩이에 뚝 떨어져서 고약한 냄새를 풍기며 썩는…… 조금 전까지도 선생님네 뱃속에 들어앉았던 뜨끈뜨끈한 온기가 남은 똥이란 말입니다. 아, 좋지요. 담배를 태우는 것두 과히 불쾌하진 않겠군요. 그러구 보니 내가 너무 흥분했던 모양인데, 지금 나는 제정신이 아니라서요. 사실은 선생께서 팔자소관을 나보다 낫게 타구나신 거구, 뭐 그런 거지 나하구 정 다른 사람일 리야 있겠습니까요. 내가 공연한 심사를 부린 거지요. 배가 고파서 그런 모양입니다. 선생님, 실례지만 저…… 찐빵이라두 좀 사다주시겠습니까. 가만 생각해보니 잡히기 전부터 지금까지 꼬박 네 끼를 아무것두 못 먹었군요.

헌데 왜 자꾸 묻는 겁니까, 좆같이. 그 뒈져버린 불쌍한 새끼가 선생의 조카 녀석이라두 된단 말입니까? 아시다시피 어느 날 몇시 어디서 흉악범이 사람을 식칼루 쑤셨다는 게 얘기의 전부라니까요. 그게 아니라…… 뭐 인간적으루요? 허허, 그 참 좋은 말입니다. 선생 같으신 분이야 머리 써서 글깨나 읽으셨으니 깊은 이치라

두 캐겠다는 겁니까? 아무래두 내 심정은 모를 겝니다. 나두 산전
수전 겪은 놈이죠. 벌써 요 나이에 수십 명을 죽여본 사람이오. 아,
물론 전쟁터에서 그랬지만요. 내가 잡힌 건 순전히 저 불쌍한 놈
하나 때문이죠. 선생께선 사려분별이 깊으시고 세상살이 처세두
모두 익힌 분이니까 뭐 별 사고 없이 한 여든 남짓 살겠는데요. 나
야 곧 넥타이공장인가 하는 험악한 데루 직행할 놈이지만.

　자꾸만 그렇게 꼬치꼬치 물으시니 얘기를 해볼까요, 까짓거! 고
깃값두 못하구 가는 터에 무슨 얘긴들 못 할라구요. 나두 내 속을
확 뒤집어 뵈는 게 시원할 것두 같습니다. 뭐 쥐뿔두 특별한 것 없
지요. 흔한 얘기니까. 헌데 주의 좀 해주쇼. 원체 성미가 급해놔서
요. 선생께서 내 얘기를 듣는 동안 절대로 아는 체한다든가 말참견
은 하지 말아주시오. 그렇잖으면 내 두 발이 아직 자유로우니까 선
생의 사타구니를 차버릴지 몰라요. 댁은 안락의자에 앉아 말발깨
나 조기는 분이시고 나는 시방 수갑을 찼다 이겁니다. 아, 씨팔, 나
는 정말 신세 조진 사나이로군그래.

2

　제대한 지 다섯 달 만에 나는 고향을 떠나 서울로 올라왔습니
다. 시골에는 형님께서 노모를 모시구 계신데, 조카가 젖먹이까지
합쳐 자그마치 여섯 명이나 됩니다. 우리 형님이야 법 없이두 사실

88

착실한 양반이죠. 배운 거라군 그저 때맞춰 농사짓는 일입니다. 자작은 못 되고 남의 땅이나 부쳐먹는 처지에 식구들은 많지요. 그러니 군대에서 딴 나라 전장에까지 나가 고생하구 온 놈이 어디 그냥 엎혀 빈둥거릴 수가 있어야죠. 노골적이지 농사일은 하기 싫었구요. 나 같은 놈이 뭣 땜에 시골구석에서 썩으려구 하겠어요. 세상의 쓴맛 단맛을 안다는 놈이 말요. 꼭 자수성가해서 남부럽잖은 사람이 되어 식구들을 호강시키리라 결심했던 겁니다. 그게 지난가을이었나요. 서울역에 척 내려서자마자 앞일이 아득하더군요. 주머니에는 이리저리 꿍쳐두었던 삼천원이 전 재산이었습니다. 어디라구 붙일 곳이 있어야죠. 무턱대구 찾아다니다가 우선 근로자 합숙소에서 당분간 고생하며 기거하기루 했지요. 대처에서 겨울을 난다는 것이 얼마나 어려운 일인가를 그땐 몰랐습니다.

한 달 동안은 갈월동 노동회관에서 사십원짜리 숙박을 했었지요. 창고 같은 델 널판자로 칸막이했구요. 시멘트 바닥 위에다 다다미를 깐 좁다란 방에 스무 명쯤이 서로 발바닥을 맞대고 누워 자는 형편이었죠. 침구라곤 반으로 자른 군용 누비이불이 전부죠. 창문이 없어서 아침에도 불을 켜야 할 정도루 어두웠어요. 거의 날품팔이들인데, 열여덟 살짜리부터 환갑이 가까운 늙다리들까지 천차만별입니다. 밤 아홉시쯤에 하나둘씩 모여들고 아침 여덟시엔 관리인이 전부 바깥으로 쫓아내더군요. 저녁마다 이 방 저 방에서 보잘것없는 술판이 벌어지고 법석대며 싸우는 난장판 때문에 새벽이 되어야 겨우 코 고는 소리들이 들리지요. 문 앞에서부터 벌써 퀴퀴한 더러운 살냄새가 나구요, 벌거숭이 사내들이 빨지 못해 누리끼해진 속옷 바람으로 복도를 어슬렁거리는 꼴은 무슨 짐승 우리 같은 느낌입니다. 아니, 바깥 길거리가 헐벗은 들판이거나 야산이라면 또 모르되 아침마다 신사, 숙녀들이 꽃 같은 차림으로 지나가는 바로 열 걸음 안쪽이 그 모양이니 말씀이지요. 처음 자던 날로 나는 가졌던 돈을 몽땅 잃어버렸어요. 자는 사이에 누군가 훔쳐간 모양이었습니다. 내 옆자리에는 마흔 살쯤 된 엿장수와 기동이라는 내 또래 청년이 있었는데 사흘이 못 가서 식구처럼 친해졌지요. 기동이가 일러준 대로 나는 새벽 네시 반에 일어나 빌딩을 짓는 공사장에 찾아가 막일꾼을 자원했어요. 십장이 지원자에 따라 노임을 깎고 일을 붙여주데요. 모래나 자갈이 담긴 들통을 지고 비계를 올라가는 일이었습니다. 거름지게와 나뭇짐을 지며 자라온 내게는 견딜 만한 밥벌이였습니다. 그런데 일거리를 매일 붙잡을 수가 없었습니다. 우리네 같은 놈들이 한둘이라야 말이죠. 조금이라도 시간 차질이 나면 그날 하루는 공을 치는 거였습니다. 다시 합숙소로 돌아와 막일꾼을 모으러 오는 떠돌이 십장을 기다리거나 아니면 중앙시장으로 가서 채소나 나르는 일거리가 걸리길 바라고 어슬렁대죠.

선생, 내 얘기를 듣고 계십니까? 그래 내가 아까 흔해빠진 얘기라구 그랬잖소. 지금이라두 당장 서울역 부근에 나가보슈. 나 같은

90

놈들이 하나둘인가. 거기 막국수 좌판이나 순대 함지 곁에 잠깐만
서 있어보쇼. 웬 젊은 녀석이 다 떨어진 작업복에 아직도 나뭇결이
선명한 지게를 느슨히 걸쳐 메고 정작 사 먹지도 못하면서 좌판 앞
을 기웃거릴 겁니다. 뿐만 아니라 아주머니 영감 애새끼 들까지 모
두 철 따라서 대처엘 왔다가 시골루 되돌아가는 사람들이 많지요.
시골이나 대처나 몸 붙일 데가 없지만 그런 짓이 몇 년이구 되풀
이되다보면 그것두 어엿한 생활이죠. 개중엔 나처럼 젊은 신세를
망쳐버리든지, 계집년인 경우엔 대부분 작부나 갈보로 흘러버립
니다. 언젠가 골목에서 고향 아주머니 한 분을 만났는데 웬일이냐
구 그랬더니 부촌의 집집으루 돌아다닌답니다. 무슨 장사냐구 했
더니 장사가 아니라 젊은 부부 사는 집을 찾아가 빨래나 해주고 밥
한 끼 얻어먹고 또 다음 집을 찾아가구 한답디다. 시골에 양식이 돌
동안 그 짓을 계속하는 거라 이 말씀이오. 식모살이두 연줄이 없으
면 힘들지요. 식모를 누가 살기 싫어한답디까. 그런데 우리네 같은
한창 나이의 젊은 놈들은 매일 잡지도 못하는 일거리를 찾아 돌다
가 겨우 일당 이백원이 평균 꼴인 셈이죠. 입장을 생각해보슈. 하
루 기백원을 가지고 먹고 자고 하는 게 이런 도시에서 얼마나 어
렵겠나. 그것두 늘 그렇다는 게 아니라 어떤 때엔 한푼도 없이 쫄
쫄 굶으며 이틀까지 넘길 때두 있다 그거요. 어느 날, 나두 밥값을
딱 한 번 구걸해본 적이 있습니다. 빈 지게를 메고, 뭔지 다정하게
지껄이며 지나가는 내 또래의 젊은 쌍에게 옆으로 따라가며 수작

을 건넸죠. 여자가 나를 힐끔 보더니 사지가 멀쩡하니 어쩌니 했던 것 같습니다. 좌우간에 그날 얼마를 적선받긴 했지만, 다시는 못할 짓이더군요. 사람 타락시킵디다. 지게를 지는 일이 고행이지, 어째서 귀천이 없느니 신성한 노동이니 하는질 모르겠다 이 말입니다. 용을 쓰며 걸음을 옮길 때 근육을 구경하기야 아주 좋겠죠만. 니기미, 하지만 가끔 배고프고 추울 때 구걸할 생각은 꿀떡같이 떠오르데요. 하루를 살기가 이처럼 매정한데 아무리 부지런해봤자 희망은 파리 눈곱만큼도 없는 것 같습디다.

다행히도 기동이가 어느 날 일거리를 찾아갖구 왔습니다. 교외에다 어느 벼락부자 양반이 호화주택을 짓는데 인부가 다섯 사람 필요하다구 그런다나요. 우리는 그날로 합숙소를 나와 집 짓는 데서 착실히 한 달쯤 지냈지요. 일거리두 편하구 노임도 괜찮습디다. 기동이란 녀석이 신세가 편해지니까 시멘트 포대를 슬쩍해먹는 통에 다시 하루살이 인생으로 되돌아가구 말았지요. 어언 첫눈이 내리고 날씨가 매섭게 추워졌습니다. 예전처럼 싹수 그른 날엔 노숙을 한다거나 물이나 마시고 끼니를 거른다든가 하는 짓은 더이상 못하게 된 거죠. 속이 비면 겨울엔 꼼짝없이 얼어죽는 수밖에 별도리가 없으니까요. 날씨가 추워지면서 일거리는 차츰 떨어져갔습니다. 짓다 만 시장 점포 건물 구석에다 가마니를 치고 닷새를 버티던 어느 날 기동이가 혼자서 씨부립디다.

─쪼록이나 잡으러 갈까부다.

무슨 소리인지는 모르고 나는 그게 개천의 물고기 이름이나 되는 줄 알았지요.

—어이, 자네 천원 벌이 하구 싶잖은가? 단 삼십 분에 천원.

귀신 씻나락 까먹는 소리를 중얼대길래 나는 기동이란 녀석이 농담하는 줄로 여기면서도, 그애가 서울 밑바닥 생활 고참이길래 한편으로는 행여나 하는 기대도 가졌습니다. 기동이는 주먹을 쥐었다 폈다 해 보이면서,

—이거…… 이거 말이다.

하더군요. 나중에 알구 보니 그게 바로 종합병원으로 찾아가 피를 파는 짓이었습니다. 아마 피 뽑혀 나오는 소리가 빈 뱃속에서 회치는 소리하구 비슷한 모양이지요. 나를 팔아 내가 먹는다! 살자구 서울 올라와 구걸까지 하고 한뎃잠이나 자는 판에 어쩌자구 제 목숨을 깎아먹는담, 하는 따위의 생각이 들어서 선뜻 내키진 않았습니다만 달리 어쩌겠습니까. 그날은 함박눈이 펑펑 쏟아졌습니다. 우리는 염천교를 향해 걸어갔습니다. 하루에도 여러 차례 오가던 다릿목이건만 그날따라 눈발에 덮인 철로가 처량한 느낌을 주더군요. 난장이 서던 자리엔 눈만이 소복이 쌓였고 행인들도 별로 보이질 않았지요. 나는 일거리가 없을 때 가끔 거기 다리 난간에 걸터앉아서 역으로 들어오고 나가는 기차를 하염없이 내려다보는 적이 있었습니다. 많은 사람들이 어딘가에서 와서 내리고 타고 올라가고 내려갔습니다. 나는 그 다리께에만 오면 시골 동네가 가차

워지는 기분이 들곤 했지요.

피검사를 받고 채혈할 수 있는가를 판정받은 다음에 번호표를 들고 기다리죠. 나는 기동이와 함께 수도에 가서 숨이 가빠질 정도로 물을 들이켰습니다. 혹시 또 압니까? 피 대신에 물이 빠져나올지…… 나두 사람이란 말입니다. 목숨이 모질다는 생각으로 악착스럽게 혼자 다짐하면서도 막상 철침대에 가서 주삿바늘을 꼽고 누우니까 두려운 생각이 들데요. 내 생명이 모두 한 방울 두 방울 밖으로 새어나갈 것 같았구요. 어쩐지 억울했습니다. 간호원이 말했죠.

—주먹을 움직여주세요.

나는 손을 쥐었다 폈다 하면서 링겔병 속에 차올라가는 피거품을 바라봤습니다. 수돗물, 국수, 수제비, 앙꼬빵, 우묵, 가래떡, 암죽, 어머니 젖……에다가 비스켓, 시레이션, 파인애플까지도…… 그리고 아직 남아 있는 내 땀, 열흘쯤 고인 채 묵어 있을 용갯물, 염천교 위에 넋을 잃고 서서 참아뒀던 눈물…… 등등을 상상하는 사이에 주삿바늘이 뽑혀나가데요.

—삼백팔십 시시입니다. 전표 가져가세요. 다음 분……

공연히 그런 것 같아서였는지 복도로 나오는데 연탄가스 설먹은 놈처럼 사지가 따로 놀고 휘청대는 기분입니다. 영양빵 두 개를 받아 한편으론 무슨 맛인지도 모르고 씹어대며 오백원짜리 두 장을 받아쥐고 거리로 나왔죠. 내게는 빨각거리는 돈만이 생각날 뿐, 그 첫번째 벌이에 관해 이렇다 하게 뚜렷이 기억되는 일이 없습니다. 기동이가 서울역 지하도를 지나면서 푸념하던 말은 대강 생각나는군요.

—쪼록은 원래 오입질하는 거나 마찬가질세. 궁하면 하구 싶구, 저지른 뒤엔 후회되지. 노동하는 놈이 쪼록 맛을 들이면 볼장 다 보는 거네. 애달캐달하기가 싫어지고…… 우리 개고기라두 한 그릇 사 먹지. 아니면 술이라두 실컷 퍼먹든지.

그러나 우리는 실비집이라는 밥집에다 일주일 식대로 맡겨버렸지요. 정말 그러구 나니까 마음에 여유가 생기고 배짱도 두둑해져서 잘하면 한밑천 잡을 것도 같았습니다.

그러나 쪼록은 낚싯밥 같은 거라서 한번 당하구 나니 두번째엔 더 쉬워지데요. 두번째는 겨우 열흘이 지나서였습니다. 안전 기간이 차지 않으면 채혈을 하지 않으니까 다른 병원으로 찾아갈 수밖에 없었죠. 그때에 만난 게 중앙시장서 아홉 살부터 똘마니 노릇으로 자라났다는 넙치라는 뎃방이었습니다. 뎃방을 다른 말로는 쉬파리라구두 하지요. 참말이지 우리보다두 더 악착스럽구 매정한 인생입디다. 병원 주변에 얼씬거리다가 이미 꾼이 될 소질이 있어 뵈는 쪼록쟁이를 만나면 한사코 붙어서 구전을 빨아먹는 놈이지요. 소개받고 구전을 안 주는 날에는 역전 바닥에 붙어 있을 재간이 없지요. 그런 녀석에 비하면 우리가 얼마나 어리석은가 실감이 됩니다. 왜 그런 살벌한 때에 진작 작은 죄라두 저지르고 유치장에 갈 생각을 못했는지 모르겠군요. 그럼 여름쯤엔 다시 나올 수 있었을 텐데. 세상에서 전과자라는 녀석들 지금 생각해보니 뭐 별 거 아닌 거 같군요. 한끼에 목을 매단 놈이 어디 사람입니까. 어차피 사람 아니긴 매일반 아닙니까. 아 선생님께서두 노동자나 마찬가지라구요? 절대루 그렇진 않습니다. 대체 노동이란 게 뭡니까. 손으로 땀흘려 하는 일이 노동이지요. 네, 그럴까요? 선생께서 사무를 보면서 나처럼 일하는 사람들을 생각하구 있을 때, 그때에 선생은 저와 같다 이겁니까? 절대로 그렇진 않습니다. 요는 그런 말 속엔 일의 조건, 사람의 조건 같은 건 깡그리 무시되구 있다 그 말입니다. 나는 그전엔 몰랐습니다. 내가 왜 이런 조건 속에서 무섭고 혹독한 인생을 견디고 있나, 하는 의심조차 품지 않고 참기만 했었죠. 참 놀랍도록 미련하게 참았죠. 그런데 내가 이 거리를 걷고 있는 수많은 사람들 중의 하나라는 걸 알게 된 겁니다. 아 나두 사람이었구나. 헌데 어째서 나는 이 떨어진 군복을 입고 있을까, 왜 내의도 못 입고 추운 겨울바람에 떠나, 왜 굶나, 왜 피까지 파는가…… 하다보니 나뿐만 아니라 이 도시 전체가 사람이 아닌 것들로 들끓고 있는 것 같았지요. 구찌를 터준 값으로 넙치에게 이백원을 떼어주고 육백원 받았어요. 이왕에 뎃방을 잡은 터라 세번째 팔아버렸죠. 세 번을 뽑구 나니 확실히 전신의 근육이 풀려버린 게 느껴지데요. 손발이 차가워지고 식은땀이 나고 눈이 어둡고 앉았다 일어설 땐 핑 돌면서 귓속에서 소리가 들렸어요. 그러니까 내가 졸도를 한 것은 그저께 일입니다. 선생께 한말씀 드리구 싶습니다. 비록 내 말이 거칠기는 하지만, 선생께서 내게 악심을 품지 않은 만큼 나두 댁네들께 적대심을 갖진 않았습니다. 미워할 방향마저 나는 잃어버린 놈이니깐요. 미운 쪽이 너무 크고 잡히질 않으니 알 수가 있어야죠. 한편 생각해보면 사실 내 고생이란 아무것두 아닌지도 몰라요. 나하구 비슷한 놈들이 좀 많겠습니까. 그 점을 미처 생각 못하고 오히려 실수한 셈입니다.

3

내가 졸도하기 전날 아침에, 기동이는 벌이를 나가서 아예 시장 빈터로 돌아오지 않았습니다. 아마도 다른 지방 도시로 꺼져버렸거나, 청소부나 경비 따위의 안전한 직장을 구했는지도 모르죠. 내라도 무슨 좋은 수가 있었다면 소리없이 사라졌을 테니까. 나는 더이상 공사판을 찾거나 지게를 질 수가 없게 되었습니다. 벌써 악성 빈혈 증세가 심해져 있었어요. 둘이 함께 지내다가 혼자 남게 되니 더욱 불안했구요. 될 대루 되라는 식으루 오랜만에 술이나 실컷 퍼먹구 싶어졌지요. 그래서 도동의 당구장으루 넙치를 만나러 갔습니다. 넙치는 내 몰골을 훑어보고 고개를 흔들더군요.

—소개는 좋지만, 보아하니 쪼록 인이 박였는데 어떻게 할려구 그래. 괜히 송장 치다 살인나게?

나는 이번 한 번만 거래를 붙여달라구 사정했지요. 넙치는 신중히 생각해보더니,

—그래 이번이 마지막이다. 앞으론 서로 안면 바꾸는 거야, 다음에 알은척했다간 묵사발을 만들 테니깐.

하고 나서, 알아보겠다고 전화를 걸러 갔어요. 잠시 후에 커다란 입이 귀밑까지 찢어져가지고 돌아왔습니다.

—재수 좋았는데. 잔칫집이 걸렸어!

그는 영문도 모르는 나를 끌고 남산을 넘어 병원이 아닌 주택가로 갔습니다. 축대와 계단이 남대문만큼 높더군요. 뜨락이 우리 시골 동구 앞 공터보다두 넓었습니다. 넙치가 중년 부인에게 병원에서 보낸 사람이라며 뭔가 속삭이더니 돈을 받는 눈치데요. 그는 돌아가면서 내 등을 두드려줬지요.

—자, 인제 쥐구멍에 볕 들었다. 내 밖에서 기다릴 테니 구전 천 원만 주구…… 나머진 장사 밑천 하라구.

나는 그저 고개만 끄덕였죠. 부인네가 나를 식당으루 안내하데요. 떡 벌어진 상이 차려져 있습디다. 서울 와서는 말할 필요두 없구, 시골집에서도 먹지 못했던 음식들 앞에 앉자 나는 여우에 홀린 기분이었습니다. 부인네가 문을 닫고 나가자마자 나는 정신없이 허겁지겁 갈비를 뜯고 국을 들이켜고, 전을 닥치는 대루 쑤셔 넣으며 완전히 포식을 해버렸어요. 숨이 가쁠 지경이라 앞뒤 사정 볼 것 없이 식당 벽에 등을 대고 바닥에 질펀하니 주저앉아버렸

습니다. 그때서야 나는 어느 정도 내 입장을 이해할 수가 있었습니다. 그래서 넙치가 잔칫집이라고 좋아했던 것이겠죠. 나는 누군가에게 수혈을 해주어야 될 것을 알았습니다. 세상에 어느 미친놈이 생면부지의 부랑자에게 이유도 없이 좋은 음식을 차려 먹이겠습니까. 아무리 돈이 좋아 못 할 짓이 없다지만, 사람이 사람의 피를 사는 데 필요한 최소한의 예의와 대접이겠지요. 부인네가 안내를 해서 어느 방으루 들어가니까 역시 웬 깡마른 늙은이가 잠옷 바람으로 누워 있더군요. 간호원이 와 앉아서 준비중이었어요. 나는 방 한쪽에 엉거주춤 서 있었는데, 부인네가 보약이…… 어쩌구 하면서 자고 있는 늙은이를 흔들어 깨우데요. 늙은이는 무심한 표정으로 나를 힐끗 쳐다보곤 아무 말두 건네지 않았어요. 나는 늙은이 옆에 바늘을 꽂고 누워서 눈을 감았습니다. 참말, 만감이 오락가락합디다. 어쩌다 눈을 뜨고 올려다보면 이상한 구슬이며 꽃무늬가 달린 전등이 산산이 흩어진 채로 보이는 것 같았어요. 간호원과 늙은이가 주고받는 얘기가 들렸지요.

—탈 없겠지. O형인가?

—네 회장님, 검사는 다 해봤는데 아주 건강한 사람이에요.

—늙어서 일을 하려면 우선 건강이 제일이지. 보신하기두 이거 원 번거로워서.

—회장님 어떠세요, 확실히 다르죠?

—좋아진 거는 같은데 뭐 효험이 좀 있을까?

─그럼요. 젊은 청년이나 꼭같이 원기왕성해지실 텐데요.

나는 주먹질을 계속했습니다. 주먹을 쥐었다가 펼 때마다 석유통에서 난로로 석유가 새어나가듯 내 피가 가늘게 새는 소리가 들렸지요. 쫄쫄 쪼로록…… 피가 가끔씩 공기 방울에 막힌 채 링겔병 속에 차오르는 게 보였지요. 한 스물댓 번 주먹질을 하구 나니까 곧 사백 시시가 됐지요. 입속에서 쇠녹 비슷한 맛이 감돌면서 침이 바싹 마릅디다. 주삿바늘이 빠져나갔지요. 나는 휘청대며 일어나려다가 문설주에 걸려서 다시 넘어졌습니다. 부인네와 간호원이 부축을 해주는데 그제서야 콧날이 찡합디다. 쉬었다 가라는 것을 마다하고 가까스로 문 앞까지 나왔는데 흰 봉투 하나를 주머니 속에 꾹 찔러주더군요. 철문이 내 등뒤에서 쾅 닫히고, 까마득하게 내려다뵈는 계단을 내려갈 일이 감감했습니다. 회충약을 많이 먹었을 때처럼 세상이 온통 샛노랗게 보였죠. 아래서 기다리고 섰던 넙치가 올라와 저를 부축했습니다.

─괜찮다, 살기가 그렇게 힘든 거야. 영양 보충은 엔간히 해뒀을 테니 물이나 좀 마셔둬. 얼마 받았지? 사백 시시면 사천원일걸.

나는 그 녀석을 뿌리치고 땅바닥에 오백원짜리 두 장을 내던졌어요. 그놈은 멀거니 나를 바라보더니 뭐라고 툴툴대면서 돈을 집어갖고 뺑소닐 쳐버렸지요. 전봇대를 잡기도 하고 담에 기대기도 하면서…… 땅을 보면 발이 헛디뎌지는 것 같아 노랗게 흐려진 하늘을 향해 머리를 치켜들고 허청허청 걷는데 눈물이 자꾸 귀밑으로 흘러내립디다. 어떤 골목으로 들어서서 시멘트 쓰레기통에 상반신을 기대고 얼마쯤 쉬었습니다.

잠깐 깜빡, 했던 모양인데 눈을 떠보니 벌써 사방은 캄캄한 밤이었어요. 눈을 뜨자마자 흐릿한 별들이 보였거든요. 나는 일어날 생각도 않고 오랫동안 별을 올려다보았습니다. 어쩐지 마음이 잔잔하게 가라앉았습니다. 일어나려니까 온몸이 굳어버렸는지 얼었는지 감각이 없었습니다. 몇 걸음 걷다가 기대고는 다시 걸으면서 큰길로 나갔지요. 몸이 아주 조그맣게 되어버린 것두 같구, 사지가 길게 늘어나서 걸리적거리는 것같이두 느껴집디다. 나는 천천히 낮에 왔던 길을 거쳐서 남산을 넘었습니다. 양동 쪽으로 내려가기 전에 나는 잠깐 동안 벼랑 난간에 서 있었습니다. 서울의 꽃밭 같은 불빛이 내려다보입디다. 자동차의 불빛들이 일렬로 엇갈려 흘러가데요. 그제야 나는 호주머니 속에 들어 있을 돈 삼천원 생각이 났지요. 리어카나 한 대 살까, 행상이나 할까, 국민학교 앞에 가서 설탕과자나 만들까, 번데기를 받아다 팔까, 별의별 할 만한 장사가 다 떠올랐다가 힘없이 스러져버렸지요. 억척으로 살아갈 맘이 내키질 않았습니다. 우선 나는 술을 마셨습니다. 하도 오랜만에 마시니까 고주망태로 취해버렸지요. 그리고 시장에서 두 뼘쯤 되는 식칼을 한 자루 사서 신문지에 뚤뚤 말아 가슴속에 챙겨넣었습니다. 통행금지가 될 무렵까지 정처 없이 거리를 쏘다녔지요. 가슴속에 칼을 품자마자 누구든지 아무나 걸리기만 해봐라. 사정없이 쑤셔버릴 테다—하는 생각으로 가득차서 내 온몸엔 활기가 넘치는 기분이었죠. 나는 그제서야 이 거리의 사람들 틈에 끼여진 듯이 여겨지데요. 갑자기 품은 살기 때문에 나는 얼마 전 병정이었을 때의 자랑 비슷한 게 생겨났지요. 그뿐 아니라, 여자 생각이 납디다. 여자! 포근한 가슴이며 따뜻한 배와 부드러운 콧소리를 내는 여자. 삶은 게의 냄새 같은 땀내를 풍기는 똥치라도 좋지요. 우선 사창가에라두 가서 여자의 푹신한 가슴에 머리를 얹고 푹 자고 싶었어요. 분이든, 영자든, 애란이든…… 솔직히 그게 하구 싶은 생각은 전혀 없었습니다. 물건두 서울 와서 굴러다니는 사이에 사타구니 끝에 솔방울처럼 말라붙어버렸으니까요. 제년들 내력을 내가 모를 리가 있겠습니까. 틀림없이 김이나 매고 새참이나 나르다가 앞뒤 동네에 식순이 살러 갔던 누가 왔는데 돈 모았다더라 하니까, 꼭 나처럼 눈에 쌍불을 켜고 도시루 도망 나왔겠죠. 해서는 촌년을 노리는 포주 앞잡이한테 걸렸겠지. 어느 놈인가를 시켜 콱 덮치고 나서 에라 이왕 썩은 거기 돈이나 벌어라—하구 나면 그런대루 쌍말에 재미도 붙이구, 부녀보호소에 들락거리구, 종자를 알 수 없는 애새끼두 떼면서 똥치의 관록을 쌓았겠죠. 그런 줄 다 알면서두 어쩐지 야코가 팍 죽습디다. 어찌나 사람을 시큰둥하게 대하는지, 나는 내처 정신없이 잠만 잤습니다. 자다가 가끔 더듬어보면 새 탕을 뛰느라구 출장 나가서 끝끝내 안 돌아오데요. 잡년들이 분명한데 우리 같은 건 사람으루 생각하질 않아요. 손 닿

102

는 것조차 싫어하는 게 아마 고향 사람 같아서 그러는 모양이지요.

4

해가 높다랗게 솟아오른 뒤에야 나는 거리로 나왔습니다. 전날 밤 술값 천백원 날아가고 포주에게 천오백원, 칼 사느라고 백원, 주머니에 남은 건 꼭 삼백원뿐이었어요. 잔치가 하루 만에 끝장난 거죠. 일거리를 잡느라고 싸돌아다니거나, 추위에 떨고 굶주려야 할 기약두 없는 보통 날들이 호주머니 속에서 기다리구 있는 걸 알았어요. 어디로 가야 할 건가? 무작정 아무 버스나 올라탔죠. 나는 엔진 앞자리에 앉아서 어슷비슷하게 지나가고 다가오는 서울을 내다봤습니다. 젠장할…… 이상하든데요. 수많은 사람들 속에서 나를 봤다 그겁니다. 그 녀석은 호주머니에다 두 손을 찌르고 넝마 같은 차림으루 비틀대며 걸어갑디다. 나는 분명히 버스에 타구 있었는데, 내가 여전히 거기서 걸어가구 있더란 말입니다. 나는 그날에야 어렴풋이 서울을 알았다구나 할 수 있을 겁니다. 내 처지를 이해했다 그거죠. 아니면, 죽지도 않고 사람을 약으루 알구 있는 그 뻔뻔한 늙은 부자와 함께 나란히 누웠을 때에, 진작에 알아버렸을지두 모르겠어요. 그래서 내가 식칼을 샀겠지요. 나는 버스가 흔들거릴 적마다 갈비를 건드리는 식칼의 자루를 느꼈지요. 뽑아서 쑤시리라. 그런데 어디를, 누구를 쑤셔야만 숨이 콱콱 막힐 듯한 답답함이 가실 것인지 알 수가 없었습니다. 아직 칼끝은 내 발치를 향하고 있었습니다.

버스가 번화가를 벗어나 자꾸만 샛길로 빠져들어가고 울퉁불퉁한 길을 지나 변두리의 종점에 닿았을 때, 나는 난민촌 비슷한 수라장의 한가운데에 서게 되었던 겁니다. 나는 종점을 지나 누구 아는 이라두 찾겠다는 듯이 어슬렁대며 이곳저곳을 돌아다녔습니다. 취해서 길가에 늘어진 놈이 없나, 대가리가 깨지라구 싸우는 놈들이 없나, 길은 똥오줌으로 범벅된 질척한 진탕입디다. 애새끼들이 아랫도리를 벗은 채루 맥없이 집 앞 양지쪽에 서 있구요. 부인네가 봉지쌀을 사들구 골목 한옆에 조그맣게 오그라들어가지구 지나갑디다. 천막 안에서 주정뱅이가 마누라를 패는지 죽여라, 살려라, 악쓰는 소리가 들리네요. 그래두 이게 동네려니 생각하니까 다정한 느낌이 들었어요. 서울이 보이질 않아요. 갑자기 세상에서 없어져버린 것 같더군요. 버스를 부리나케 타고 되돌아오면 요사스런 거리가 분명히 그 자리에 있었어요. 생각 속에만—아, 서울—하며 있는 게 아니라 서울은 분명히 그 수많은 사람들하구 함께 있었지요. 그런데두 한편으론 서울은 상상 속에만 있었습니다. 다시 다른 버스를 탔죠. 또 종점에 이르러 보면 거긴 내가 가려던 곳이 아니죠. 되돌아 시내로 들어와두 그렇구요. 몇 달 전에 고향을 떠나서, 또 며칠 전에 피를 팔면서까지, 조금 전에 버스를 타고 달아나려구 했던 바로 그곳에 돌아와 있는 겁니다. 나는 하루종일 버스를 타고 종점에서 중심가로 오락가락하면서 그곳은 바로 내 자신이란 사실을 깨달았습니다. 나는 그때까지는 나 이외의 아무 것두 깨닫지 못했지요. 나중에 선생님께 얘기하겠지만, 죄를 짓고 나서야 전체적인 윤곽이라두 알아챈 겁니다.

내가 봉천동 종점에서부터 상도동을 지나가고 있었을 때엔 어스름한 저녁 무렵이었습니다. 나는 겉돌지 않고 서울 속에 스르르 녹아져들어가구 싶었습니다. 밑두 끝두 없이 상도동에서 내렸지요. 남은 돈은 버스삯으로 거덜이 나버렸고, 우선 하룻밤 잘 곳도 막연했어요. 나는 공연히 주택가를 싸돌아다녔습니다. 좁은 골목을 걷노라면 텔레비에서 극 하는 소리, 도란거리는 식구들 말소리, 생선 굽는 냄새, 갓난애 어리광하는 소리들이 아득하게 들려오더군요. 어느 집 앞을 지나려니까 대문이 열려 있고, 누군가 그 앞에 자전거를 세워놓았데요. 아마 임자가 방금 타고 와서 잠깐 그집 안으로 들어간 모양이었습니다. 나는 무심코 몇 발짝 지나쳤다가, 되돌아가서 천연덕스럽게 자전거에 올라탔지요. 그러고는 한길을 향해 정신없이 페달을 저었습니다. 얼마쯤 가니까 가슴이 두근거리구, 차가 경적을 칠 때마다 깜짝깜짝 놀라지데요. 그런 기분도 잠깐이죠. 노량진을 지날 때쯤부터는 강바람이 상쾌했어요. 그대루 시골까지 밤새껏이라두 달려가구 싶었어요. 나는 아마 노래두 했을걸요. 그래서는 자전거 임자에게서가 아니라, 식칼을 품어야만 마음이 놓이는 알 수 없는 답답함에서 될 수 있는 대로 멀리

달아났지요. 핸들부터 바퀴살까지 지나가는 자동차 불빛에 번쩍거릴 정도루 새 자전거였어요. 나는 한달음에 한강을 건너 용산 쪽으로 내려갔습니다.

용산엘 가니까 차가 많이 밀려서 달릴 수가 없더군요. 얼마쯤 주춤주춤 가다가 길가에 자전거를 세워놓고 잠깐 쉬고 있었지요. 몸이 나빠진 탓인지 식은땀이 목덜미루 마구 흘러내렸습니다. 숨을 몰아쉬고 있자니, 정류장에서 서성대던 웬 할망구가 나를 자꾸 쳐다봐요. 나두 켕기는 구석이 있어서 자꾸 쳐다봤지요. 할망구가 내게루 옵디다. 보니까 웃는 얼굴이라서 안심했죠.

— 놀다 가슈. 이쁜 애 소개해주께.

나는 자전거 안장 위에 올라앉아 할멈을 쓱 내리훑었죠. 뭐 나쁘지 않을 거 같데요. 어제두 갔는데, 오늘 같은 날 안 갈 건 없잖나, 하는 생각이 들어요. 내가 돈이 없다구 그랬더니,

— 자전거가 썩 좋구만요.

한단 말예요. 그래 이걸 받구 재워주겠냐니까, 두말없이 가자는 겁니다. 할멈을 따라갔지요. 아주 수줍어하는 애가 있었어요. 비쩍 말라서 볼품은 없었지만 정말 순진한 게 똥치 같지 않았어요. 나는 군대 얘기를 해줬고, 그애는 보호소 얘길 합디다. 거기서 이용 기술 배우던 일, 담을 넘어 도망하던 일, 식사가 나쁘다구 데모하다가 맞은 일, 어릴 때 얘기…… 밤새도록 얘기를 했죠. 그렇게 통할수가 없었어요. 내가 서울 와서 노동 품팔이로 골병이 들었다니까

격려를 해주데요.

　나는 다시 역전 근처루 나가서 열심히 일해보리라 다짐했지요. 오전 내내 돌아다녔지만 예전과 다를 게 뭐가 있겠습니까? 두 끼나 거르고 오정 때가 되니까 걸어다닐 기력조차 없이 지쳐빠졌지요. 나는 노천대합실 의자에 누워 여러 가지로 생각해봤습니다. 그 자전거라는 물건이 삼천원은 훨씬 넘을 것 같았어요. 화대가 천오백원이면, 이럭저럭 깎아친다 해두 남는 게 한 천원쯤 되리라 계산이 나오데요. 차라리 자전거를 팔 걸 잘못했다는 생각이 들었죠. 자전거를 맡은 쪽은 포주지 그애가 아니라는 생각, 또한 포주가 그애를 착취하구 있다는 것에까지 생각이 가더군요. 돌아가서 그 남은 돈을 계산해달래야겠단 작정을 했지요. 어떻게 좀 사정조루 빌붙으면 편리를 봐줄 것두 같았습니다. 웬걸 순진한 건 고년이 아니라 바루 나였지요.

　—저는 댁에를 뵌 기억이 없는데요.

　이러잖겠습니까. 내 딱한 사정을 몇 마디로 추려서 읊었지만 아랑곳없더군요. 포주가 달려나와서 벌써 두 팔을 걷고 악다구니를 썼습니다.

　—뭐라구, 천원을 돌려줘? 너 어디서 굴러먹던 말 뼉다군데, 호구에 들어와서 뗑깡이야. 그래 잘 왔다. 그 자전거가 네 거냐, 네 거야? 갖다 꼬나박으면 너만 손해구 하소연할 데두 없으니까 좋게 말할 때 얼른 꺼져.

나는 히히닥거리며 구경하는 창녀들에 둘러싸인 채 묵묵히 서 있었지요. 그러다가 그년이 간밤에 꼬리 치던 생각을 해보니 참을 수가 없어서 세상에 떠도는 갖가지 쌍욕이란 욕은 다 퍼부었지요. 욕이나 실컷 해주고 돌아갈 셈이었습니다. 그때에 뒤에서 굵다란 목소리가 들려오더군요.

　—무슨 일야, 어떤 놈의 행패냐?

　힐끗 돌아다보니 방범대원 복장을 하구 있습디다. 아마 그 부근 서 꺼덕거리는 놈이었겠죠. 새끼, 얼굴이 샛노랗구 핏기가 없는 게 밤샘질하느라구 녹아나는 모양입디다. 나는 아무 대답두 없이 품 에서 신문지에 싼 식칼을 뽑았죠. 그리고 돌아서며 담담하게,

　—넌 뭐야, 이 새끼.

하면서 푸욱 찔렀습니다. 칼 맞을 상대가 나타나, 짜릿하도록 반가 울 정도였습니다. 배에 가서 꽂혔으니 벌써 첫 방에 그 새끼는 뒈 졌을 겁니다. 그런데두 나는 넘어진 놈을 타구 앉아서 쑤시고 또 쑤셨습니다. 멍청히 앉아 있자니 그 녀석은 피로 곤죽이 됐구, 나 두 피루 멱감은 거 같았어요. 골목 안엔 한 사람도 보이질 않았습 니다. 자, 이렇게 내가 사람 하날 죽이게 된 겁니다. 식칼은 그렇 게 누군가를 쑤시구 말았죠. 헌데 노골적이지 나는 그 새끼에게 아 무 감정도 없었습니다. 이상하다, 그 말이죠. 그놈은 나하구 똑같 은 놈이거든요. 전장에서, 시골서, 서울 노동판에서, 또 피 병원에 서까지 끈질기게 참아냈던 내가 그 녀석에게 참지 못한다는 것이

이해할 수가 없다 그거예요. 뭐라구요? 애정의 표현이라뇨? 딴은 만만하게 믿었던 데가 있었을지두 모릅니다. 아까두 얘기했지만 변두리에 가보니까 알 것 같더군요. 그렇죠. 너까지 그러기냐, 하는 마음이 잠깐 지나갔는지두 모르겠어요. 나는 칼끝이 어디루 향해야 할지두 모르는 채 칼을 품고 다녔으니까. 그놈은 나한테 죽은 게 분명하지만 어쩌면 나에게 죽지는 않았는지두 모르겠구, 나는 내가 찌르지 않은 것 같단 말입니다. 저 딴 나라의 전장에서 휘두른 내 총부리가 그랬던 것처럼요. 죄를 짓구 나서 내가 배운 게 있다구 그랬지요. 우리는 언제까지 우리끼리 이래야 하는 건지 답답합니다. 저기 내 담당 취조관이 오는군. 시간이 다 된 모양인데 그만 일어서겠습니다. 참, 재판 전에 내 어머니에게 연락 좀 해주시겠습니까.

(1972)

삼포森浦 가는 길

영달은 어디로 갈 것인가 궁리해보면서 잠깐 서 있었다. 새벽의 겨울바람이 매섭게 불어왔다. 밝아오는 아침 햇빛 아래 헐벗은 들판이 드러났고, 곳곳에 얼어붙은 시냇물이나 웅덩이가 반사되어 빛을 냈다. 바람 소리가 먼 데서부터 몰아쳐서 그가 섰는 창공을 베면서 지나갔다. 가지만 남은 나무들이 수십여 그루씩 들판가에서 바람에 흔들렸다.

그가 넉 달 전에 이곳을 찾았을 때에는 한창 추수기에 이르러 있었고 이미 공사는 막판이었다. 곧 겨울이 오게 되면 공사가 새봄으로 연기될 테고 오래 머물 수 없으리라는 것을 그는 진작부터 예상했던 터였다. 아니나 다를까, 현장사무소가 사흘 전에 문을 닫았고, 영달이는 밥집에서 달아날 기회만 노리고 있었던 것이다.

누군가 밭고랑을 지나 걸어오고 있었다. 해가 떠서 음지와 양지의 구분이 생기자 언덕의 그림자나 숲의 그늘로 가려진 곳에서는 언 흙이 부서지는 버석이는 소리가 들렸으나 해가 내리쪼인 곳은 녹기 시작하여 붉은 흙이 질척해 보였다. 다가오는 사람이 숲 그늘을 벗어났는데 신발 끝에 벌겋게 붙어 올라온 진흙 뭉치가 걸을 때마다 뒤로 몇 점씩 흩어지고 있었다. 그는 길가에 우두커니 서서 담배를 태우고 있는 영달이 쪽을 보면서 왔다. 그는 키가 훌쩍 크고 영달이는 작달막했다. 그는 팽팽하게 불러오른 맹꽁이 배낭을 한쪽 어깨에 느슨히 걸쳐 메고 머리에는 개털모자를 귀까지 가려 쓰고 있었다. 검게 물들인 야전잠바의 깃 속에 턱이 반 나마 파묻혀서 누군지 쌍통을 알아볼 도리가 없었다. 그는 몇 걸음 남겨놓고 서더니 털모자의 챙을 이마빡에 붙도록 척 올리면서 말했다.

"천씨네 집에 기시던 양반이군."

영달이도 낯이 익은 서른댓 되어 보이는 사내였다. 공사장이나 마을 어귀의 주막에서 가끔 지나친 적이 있는 얼굴이었다.

"아까 존 구경 했시다."

그는 털모자를 잠근 단추를 여느라고 턱을 치켜들었다. 그러고 나서 비행사처럼 양쪽 뺨으로 귀가리개를 늘어뜨리면서 빙긋 웃었다.

"천가란 사람, 거품을 물구 마누라를 개 패듯 때려잡던데."

영달이는 그를 쏘아보며 우물거렸다.

"내…… 그런 촌놈은 참."

"거 병신 안 됐는지 몰라. 머리채를 질질 끌구 마당에 나와선 차구 짓밟구…… 야, 그 사람 환장한 모양이더군."

이건 누굴 엿 먹이느라구 수작질인가, 하는 생각이 들어서 불끈했지만 영달이는 애써 참으며 담뱃불이 손가락 끝에 닿도록 쭈욱 빨아넘겼다. 사내가 손을 내밀었다.

"불 좀 빌립시다."

"버리슈."

담배꽁초를 건네주며 영달이가 퉁명스럽게 말했다. 하긴 창피한 노릇이었다. 밥값을 떼고 달아나서가 아니라, 역에 나갔던 천가 놈이 예상외로 이른 시각인 다섯시쯤 돌아왔고 현장에서 덜미를 잡혔던 것이다. 그는 옷만 간신히 추스르고 나와서 천가가 분풀이로 청주댁을 후려패는 동안 방아실에 숨어 있었다. 영달이는 변명 삼아 혼잣말 비슷이 중얼거렸다.

"계집 탓할 거 있수 사내 잘못이지."

"시골 아낙네치군 드물게 날씬합디다. 모두들 발랑 까졌다구 하지만서두."

"여자야 그만이었죠. 처녀 적에 군용차두 탔답디다. 고생 많이 한 여자요."

"바가지한테 세금두 내구, 거기두 줬겠구만."

"뭐요? 아니 이 양반이……"

사내가 입김을 길게 내뿜으며 껄껄 웃어졌혔다.

"거 왜 그러시나. 아, 재미 본 게 댁뿐인 줄 아쇼? 오다가다 만 난 계집에 너무 일심 품지 마셔."

녀석의 말버릇이 시종 그렇게 나오니 드러내놓고 화를 내기도 뭣해서 영달이는 픽 웃고 말았다. 개피떡이나 인절미를 전방으로 호송되는 군인들께 팔았다는 것인데 딴은 열차를 타며 사내들 틈을 누비던 계집이 살림을 한답시고 들어앉아 절름발이 천가 여편네 노릇을 하려니 따분했을 것이었다. 공사장 인부들이나 떠돌이 장사치를 끌어들여 하숙도 치고 밥도 파는 살림인데, 사내 재미까지 보려는 눈치였다. 영달이 눈에 청주댁이 예사로 보였을 리 만무했다. 까무잡잡한 얼굴에 곱게 치떠서 흘기는 눈길하며, 밤이면 문밖에 나가 앉아 하염없이 불러대는 〈흑산도 아가씨〉라든가, 어쨌든 나중엔 거의 환장할 지경이었다.

"얼마나 있었소?"

사내가 물었다. 가까이 얼굴을 맞대고 보니 그리 흉악한 몰골도 아니었고, 우선 그 시원시원한 태도가 은근히 밉질 않다고 영달이는 생각했다. 그가 자기보다는 댓 살쯤 더 나이들어 보였다. 그리고 이 바람 부는 겨울 들판에 척 걸터앉아서도 만사태평인 꼴이었다. 영달이는 처음보다는 경계하지 않고 대답했다.

"넉 달 있었소. 그런데 노형은 어디루 가쇼?"

"삼포에 갈까 하오."

사내는 눈을 가늘게 뜨고 조용히 말했다. 영달이가 고개를 흔들었다.

"방향 잘못 잡았수. 거긴 벽지나 다름없잖소. 이런 겨울철에."

"내 고향이오."

사내가 목장갑 낀 손으로 코밑을 쓱 훔쳐냈다. 그는 벌써 들판 저 끝을 바라보고 있었다. 영달이와는 전혀 사정이 달라진 것이다. 그는 집으로 가는 중이었고, 영달이는 또다른 곳으로 달아나는 길 위에 서 있었기 때문이었다.

"참…… 집에 가는군요."

사내가 일어나 맹꽁이 배낭을 한쪽 어깨에다 걸쳐 메면서 영달이에게 물었다.

"어디 무슨 일자리 찾아가쇼?"

"댁은 오라는 데가 있어서 여기 왔었소? 언제나 마찬가지죠."

"자, 난 이제 가봐야겠는걸."

그는 뒤도 돌아보지 않고 질척이는 둑길을 향해 올라갔다. 그가 둑 위로 올라서더니 배낭을 다른 편 어깨 위로 바꾸어 메고는 다시 하반신부터 차례로 개털모자 끝까지 둑 너머로 사라졌다. 영달이는 어디로 향하겠다는 별 뾰족한 생각도 나지 않았고, 동행도 없이 길을 갈 일이 아득했다. 가다가 도중에 헤어지게 되더라도 우선은 말동무라도 있었으면 싶었다. 그는 멍청히 섰다가 잰걸음으로 사내의 뒤를 따랐다. 영달이는 둑 위로 뛰어올라갔다. 사내의 걸음이 무척 빨라서 벌써 차도로 나가는 샛길에 접어들어 있었다. 차도 양

쪽에 대빗자루를 거꾸로 박아놓은 듯한 앙상한 포플러들이 줄을
지어 섰는 게 보였다. 그는 둑 아래로 달려내려가며 사내를 불렀
다.

"여보쇼, 노형!"

그가 멈춰 서더니 뒤를 돌아보고 나서 다시 천천히 걸어갔다.
영달이는 달려가서 그 뒤편에 따라붙어 헐떡이면서,

"같이 갑시다. 나두 월출리까진 같은 방향인데……"

했는데도 그는 대답이 없었다. 영달이는 그의 뒤통수에다 대고 말
했다.

"젠장, 이런 겨울은 처음이오. 작년 이맘때는 좋았지요. 월 삼천
원짜리 방에서 작부랑 살림을 했으니까. 엄동설한에 정말 갈데없
이 빳빳하게 됐는데요."

"우린 습관이 되어놔서."

사내가 말했다.

"삼포가 여기서 몇 린 줄 아쇼? 좌우간 바닷가까지만도 몇백 리
길이오. 거기서 또 배를 타야 해요."

"몇 년 만입니까?"

"십 년이 넘었지. 가봤자…… 아는 이두 없을 거요."

"그럼 뭣허러 가쇼?"

"그냥…… 나이드니까, 가보구 싶어서."

그들은 차도로 들어섰다. 자갈과 진흙으로 다져진 길이 그런대

로 걷기에 편했다. 영달이는 시린 손을 잠바 호주머니에 처박고 연방 꼼지락거렸다.

"어이, 육실허게는 춥네. 바람만 안 불면 좀 낫겠는데."

사내는 별로 추위를 타지 않았는데, 털모자와 야전잠바로 단단히 무장한 탓도 있겠지만 원체가 혈색이 건강해 보였다. 사내가 처음으로 다정하게 영달이에게 물었다.

"어떻게 아침은 자셨소?"

"웬걸요."

영달이가 열쩍게 웃었다.

"새벽에 몸만 간신히 빠져나온 셈인데……"

"나두 못 먹었소. 찬샘까진 가야 밥술이라두 먹게 될 거요. 진작에 떴을걸. 이젠 겨울에 움직일 생각이 안 납디다."

"인사 늦었네요. 나 노영달이라구 합니다."

"나는 정가요."

"우리두 기술이 좀 있어서 일자리만 잡으면 별걱정 없지요."

영달이가 정씨에게 빌붙지 않을 뜻을 비쳤다.

"알고 있소. 착암기 잡지 않았소? 우리넨, 목공에 용접에 구두까지 수선할 줄 압니다."

"야, 되게 많네. 정말 든든하시겠구만."

"십 년이 넘었다니까."

"그래도 어디서 그런 걸 배웁니까?"

"다 좋은 데서 가르치고 내보내는 집이 있지."

"나두 그런 데나 들어갔으면 좋겠네."

정씨가 쓴웃음을 지으며 고개를 저었다.

"지금이라두 쉽지. 하지만 집이 워낙에 커서 말요."

"큰집……"

하다 말고 영달이는 정씨의 얼굴을 쳐다봤다. 정씨는 고개를 밑으로 숙인 채로 묵묵히 걷고 있었다. 언덕을 넘어섰다. 길이 내리막이 되면서 강변을 따라서 먼산을 돌아나간 모양이 아득하게 보였다. 인가가 좀처럼 보이지 않는 황량한 들판이었다. 마른 갈대밭이 헝클어진 채 휘청대고 있었고 강 건너 곳곳에 모래바람이 일어나는 게 보였다. 정씨가 말했다.

"저 산을 넘어야 찬샘골인데. 강을 질러가는 게 빠르겠군."

"단단히 얼었을까."

강물은 꽁꽁 얼어붙어 있었다. 얼음이 녹았다가 다시 얼곤 해서 우툴두툴한 표면이 그리 미끄럽지는 않았다. 바람이 불어, 깨어진 살얼음 조각들을 날려 그들의 얼굴을 따갑게 때렸다.

"차라리, 저쪽 다릿목에서 버스나 기다릴 걸 잘못했나봐요."

숨을 헉헉 들이켜던 영달이가 투덜대자 정씨가 말했다.

"자주 끊겨서 언제 올지두 모르오. 그보다두 현금을 아껴야지. 굶어두 돈 있으면 든든하니까."

"하긴 그래요."

"월출 가면 남행 열차를 탈 수는 있소. 거기서 기차 타려오?"

"뭐…… 돼가는 대루. 그런데 삼포는 어느 쪽입니까."

정씨가 막연하게 남쪽 방향을 턱짓으로 가리켰다.

"남쪽 끝이오."

"사람이 많이 사나요, 삼포라는 데는?"

"한 열 집 살까? 정말 아름다운 섬이오. 비옥한 땅은 남아돌아가구, 고기두 얼마든지 잡을 수 있구 말이지."

영달이가 얼음 위로 미끄럼을 지치면서 말했다.

"야아, 그럼, 거기 가서 아주 말뚝을 박구 살아버렸으면 좋겠네."

"조오치. 하지만 댁은 안 될걸."

"어째서요."

"타관 사람이니까."

그들은 얼어붙은 강을 건넜다. 구름이 몰려들고 있었다.

"눈이 올 거 같군. 길 가기 힘들어지겠소."

정씨가 회색으로 흐려가는 하늘을 걱정스럽게 올려다보았다. 산등성이로 올라서자 아래쪽에 작은 마을의 집들이 점점이 흩어져 있는 게 한눈에 들어왔다. 가물거리는 지붕 위로 간신히 알아볼 만큼 가느다란 연기가 엷게 퍼져 흐르고 있었다. 교회의 종탑도 보였고 학교 운동장도 보였다. 기다란 철책과 철조망이 연이어져 마을 뒤의 온 들판을 둘러싸고 있는 것도 보였다. 군대의 주둔지인 듯했는데, 마을은 마치 그 철책의 끝에 간신히 매어달려 있는 것 같았다.

그들은 읍내로 들어갔다. 다과점도 있었고, 극장, 다방, 당구장, 만물상점, 그리고 주점이 장터 주변에 여러 채 붙어 있었다. 거리는 아침이라서 아직 조용했다. 그들은 어느 읍내에나 있는 서울식당이란 주점으로 들어갔다. 한 뚱뚱한 여자가 큰 솥에다 우거짓국을 끓이고 있었고 주인인 듯한 사내와 동네 청년 둘이 떠들어대고 있었다.

"나는 전연 눈치를 못 챘다구. 옷을 한 가지씩 빼어다 따루 보따리를 싸놨던 모양이라."

"새벽에 동네를 빠져나간 게 틀림없습니다."

"어젯밤에 윤하사하구 긴밤을 잔다구 그래서, 뒷방에서 늦잠 자는 줄 알았지 뭔가."

"새벽에 윤하사가 부대루 들어가자마자 튄 겁니다."

"옷값에 약값에 식비에…… 돈이 보통 들어간 줄 아나, 빚만 해두 자그마치 오만원이거든."

영달이와 정씨가 자리에 앉자 그들은 잠깐 얘기를 멈추고 두 낯선 사람들의 행색을 살펴보았다. 영달이는 연탄난로 위에 두 손을 내려뜨리고 비벼대면서 불을 쪼였다. 정씨가 털모자를 벗으면서 말했다.

"국밥 둘만 말아주쇼."

"네, 좀 늦어져두 별일 없겠죠?"

뚱뚱한 여자가 국솥에서 얼굴을 들고 미리 웃음으로 얼버무리며 양해를 구했다.

"좌우간 맛있게만 말아주쇼."

여자가 국자를 요란하게 놓고는 한숨을 내리쉬었다.

"개쌍년 같으니!"

정씨도 영달이처럼 난로를 통째로 껴안을 듯이 바싹 다가앉아서 여자를 물끄러미 올려다보았다.

"색시가 도망을 쳤지 뭐예요. 그래서 불도 꺼졌고, 국거리도 없어서 인제 막 시작을 했답니다."

하고 나서 여자가 남자들에게 외쳤다.

"아니 근데 당신들은 뭘 앉아서 콩이네 팥이네 하구 있는 거예요? 냉큼 가서 잡아오지 못하구선. 얼마 달아나지 못했을 테니 따라가서 머리채를 끌구 와요."

주인 남자가 주눅이 든 목소리로 대답했다.

"필요 없네. 아무래도 월출서 기차를 탈 테니까 정거장 목만 지키면 된다구."

"그럼 자전거 타구 빨리 가서 기다려요."

"이거 원 날씨가 이렇게 추워서야."

"무슨 얘기예요. 그 백화라는 년이 돈 오만원이란 말요."

마을 청년이 끼어들었다.

"서울식당이 원래 백화 땜에 호가 났던 거 아닙니까. 그애가 장사는 그만이었죠."

"군인들이 백화라면, 군화까지 팔아서라두 술을 마실 정도였으니까."

뚱뚱이 여자가 빈정거렸다.

"웃기네, 그래봤자 지가 똥갈보라. 내 장사 수완 덕이지 뭐. 그년 요새 좀 아프다는 핑계루…… 이건 물을 긷나, 밥을 제대루 하나, 손님을 받나, 소용없어. 그년두 육 개월이면 찬샘 바닥서 진이 모조리 빠진 거예요. 빚이나 뽑아내면 참한 신마이루 기리까이할려던 참이었어. 아, 뭘 해요? 빨리 가서 역을 지키라니까."

마누라의 호통에 주인 사내가 깜짝 놀란 듯이 어깨를 움츠렸다.

"알았대니까……"

"얼른 갔다 와요. 내 대포 한턱 쏠게."

남자들 셋이 우르르 밀려나갔다. 정씨가 중얼거렸다.

"젠장, 그 백화 아가씨라두 있었으면 술이나 옆에서 쳐달랠걸."

"큰일예요, 글쎄. 저녁마다 장정들이 몰려오는데……"

"아가씨 서넛은 있어야지."

"색시 많이 두면 공연히 번거로워요. 이런 데서야 반반한 애 하나면 실속이 있죠, 모자라면 꿔다 앉히구…… 왜 좀 놀다 갈려우? 내 불러다주께."

"왜 이러슈, 먼길 가는 사람이 아침부터 주색 잡다간 저녁에 이

마을서 장사 지내게?"

"자, 국밥이오."

배추가 아직 푹 삭질 않아서 뻣뻣했으나 그런대로 먹을 만하였다. 정씨가 국물을 허겁지겁 퍼넣고 있는 영달이에게 말했다.

"작년 겨울에 어디 있었소?"

들고 있던 국그릇을 내려놓고 영달이는,

"언제요?"

하고 나서 작년 겨울이라고 재차 말하자 껄껄 웃기 시작했다.

"좋았지 정말. 대전 있었습니다. 옥자라는 애를 만났었죠. 그땐 공사장에서 별 볼일두 없었구 노임두 실했어요."

"살림을 했군?"

"의리 있는 여자였어요. 애두 하나 가질 뻔했었는데. 지난봄에 내가 실직을 하게 되자, 돈 모으면 모여서 살자구 서울루 식모 자릴 구해서 떠나갔죠. 하지만 우리 같은 떠돌이가 언약 따위를 지킬 수 있나요. 밤에 혼자 자다가 일어나면 그애 때문에 남은 밤을 꼬박 새우는 적두 있습니다."

정씨는 흐려진 영달이의 표정을 무심하게 쳐다보다가, 창밖으로 고개를 돌리고는 조용하게 말했다.

"사람이란 곁에서 오랫동안 두고 보지 않으면 저절로 잊게 되는 법이오."

뒤란으로 나갔던 뚱뚱이 여자가 호들갑을 떨면서 돌아왔다.

"아유 어쩌나…… 눈이 올 것 같애. 하늘에 먹구름이 잔뜩 끼고, 바람이 부는군. 이놈의 두상이 꼴에 도중에서 가다 말고 돌아올 게 분명하지."

정씨가 뚱뚱보 여자의 계속될 수다를 막았다.

"월출까지는 몇 리요?"

"한 육십 리 돼요."

"뻐스는 있나요?"

"오후에 두 대쯤 있지요. 이년을 따악 잡아갖구 막차루 돌아올 텐데…… 참, 어디까지들 가슈?"

영달이가 말했다.

"바다가 보이는 데까지."

"바다? 멀리 가시는군. 요 큰길루 가실 거유?"

정씨가 고개를 끄덕이자 여자는 의자에 궁둥이를 붙인 채로 앞으로 다가앉았다.

"부탁 하나 합시다. 가다가 스물두엇쯤 되고 머리는 긴데다 외눈 쌍까풀인 계집년을 만나면 캐어봐서 좀 잡아오슈. 내 현금으루 딱, 만원 내리다."

정씨가 빙그레 웃었다. 영달이가 자신 있다는 듯이 기세 좋게 대답했다.

"그럭허슈. 대신에 데려오면 꼭 만원 내야 합니다."

"암, 내다 뿐이오. 예서 하룻밤 푹 묵었다 가시구려."

"좋았어."

그들은 일어났다. 문을 열고 나오는 그들의 뒷덜미에다 대고 여자가 소리쳤다.

"머리가 길구 외눈 쌍까풀이에요. 잊지 마슈."

해가 낮은 구름 속에 들어가 있어서 주위는 누런 색안경을 통해서 내다본 것처럼 뿌옇게 보였다. 바람이 읍내의 신작로 한복판에서 회오리 기둥을 곤두세우고 있었다. 그들은 고개를 처박고 신작로를 따라서 올라갔다. 영달이가 담배 한 갑을 샀다. 들판을 스치고 지나가는 바람 소리가 날카롭게 들려왔다.

그들이 마을 외곽의 작은 다리를 건널 적에 성긴 눈발이 날리기 시작하더니 허공에 차츰 흰색이 빡빡해졌다. 한 스무 채 남짓한 작은 마을을 지날 때쯤 해서는 큰 눈송이를 이룬 함박눈이 펑펑 쏟아져내려왔다. 눈이 찰지어서 걷기에는 그리 불편하지 않았고 눈보라도 포근한 듯이 느껴졌다. 그들의 모자나 머리카락과 눈썹에 내려앉은 눈 때문에 두 사람은 갑자기 노인으로 변해버렸다. 도중에 그들은 옛 원님의 송덕비를 세운 비각 앞에서 잠깐 쉬어가기로 했다. 그 앞에서 신작로가 두 갈래로 갈라져 있었던 것이다. 함석판에 페인트로 쓴 이정표가 있긴 했으나, 녹이 슬고 벗겨져 잘 알아볼 수도 없었다. 그들은 비각 처마밑에 웅크리고 앉아서 담배를 피웠다. 정씨가 하늘을 올려다보며 감탄했다.

"야, 그놈의 눈송이 탐스럽기두 하다. 풍년 들겠어."

"눈 오는 모양을 보니, 근심 걱정이 싹 없어지는데……"

"첨엔 기분두 괜찮았지만, 이렇게 오다가는 길 가기가 그리 쉽지 않겠는걸."

"까짓 가는 데까지 가구 내일 또 갑시다. 저기 누가 오는군."

흰 두루마기를 입고 중절모를 깊숙이 내려쓴 노인이 조심스럽게 걸어오고 있었다. 노인의 모자챙과 접한 부분 위에 눈이 빙수처럼 쌓여 있었다. 정씨가 일어나 꾸벅하면서,

"영감님, 길 좀 묻겠습니다요."

"물으슈."

"월출 가는 길이 아랩니까, 저 윗길입니까?"

"윗길이긴 하지만…… 재가 있어놔서 아무래두 수월친 않을 거야. 아마 교통두 두절될 모양인데."

"아랫길은요?"

"거긴 월출 쪽은 아니지만 고을 셋을 지나면, 감천이라구 나오지."

영달이가 물었다.

"감천에 철도가 닿습니까?"

"닿다마다."

"그럼 감천으루 가야겠구만."

정씨가 인사를 하자 노인은 눈이 가득 쌓인 모자를 위로 들어 보였다. 노인은 윗길 쪽으로 가다가 마을을 향해 꺾어졌다. 영달이

는 비각 처마끝에 회색으로 퇴색한 채 매어져 있는 새끼줄을 끊어
냈다. 그가 반으로 끊은 새끼줄을 정씨에게도 권했다.

"감발 치구 갑시다."

"견뎌날까."

새끼줄로 감발을 친 두 사람은 걸음에 한결 자신이 갔다. 그들
은 아랫길로 접어들었다. 길은 차츰 좁아졌으나, 소달구지 한 대
쯤 지날 만한 길은 그런대로 계속되었다. 길옆은 개천과 자갈밭이
었고 눈이 한 꺼풀 덮여 있었다. 뒤를 돌아보면, 길 위에 두 사람의
발자국이 줄기차게 따라왔다.

마을 하나를 지났다. 그들은 눈 위로 이리저리 뛰어다니는 아이
들과 개들 사이로 지나갔다. 마을의 가게 유리창마다 성에가 두껍
게 덮여 있었고 창 너머로 사람들의 목소리가 들려왔다. 두번째 마
을을 지날 때엔 눈발이 차츰 걷혀갔다. 그들은 노변의 구멍가게에
서 소주 한 병을 깠다. 속이 화끈거렸다.

털썩, 눈 떨어지는 소리만이 가끔씩 들리는 송림 사이를 지나는
데, 뒤에 처져서 걷던 영달이가 주춤 서면서 말했다.

"저것 좀 보슈."

"뭣 말요?"

"저쪽 소나무 아래."

쭈그려앉은 여자의 등이 보였다. 붉은 코트 자락을 위로 처들고
쭈그린 꼴이 아마도 소변이 급해서 외진 곳을 찾은 모양이다. 여자

가 허연 궁둥이를 쳐들고 속곳을 올리다가 뒤를 힐끗 돌아보았다.

"오머머!"

여자가 재빨리 코트 자락을 내리고 보퉁이를 집어들면서 투덜거렸다.

"개새끼들 뭘 보구 지랄야."

영달이가 낄낄 웃었고, 정씨가 낮게 소곤거렸다.

"외눈 쌍까풀인데 그래."

"어쩐지 예감이 이상하더라니……"

여자는 어딘가 불안했는지 그들에게로 다가오기를 꺼리며 주춤주춤했다. 영달이가 말했다.

"잘 만났는데 백화 아가씨, 찬샘에서 뺑소니치는 길이구만."

"무슨 상관야, 내 발루 내가 가는데."

"주인아줌마가 댁을 만나면 잡아다달래던데."

여자가 태연하게 그들에게로 걸어나왔다.

"잡아가보시지."

백화의 얼굴은 화장을 하지 않았는데도 먼길을 걷느라고 발갛게 달아 있었다. 정씨가 말했다.

"그런 게 아니라…… 행선지가 어디요? 이 친구 말은 농담이구."

여자는 소변보다가 남자들 눈에 띈 일보다는 영달이의 거친 말솜씨에 몹시 토라져 있었다. 백화가 걸음을 빨리하며 내쏘았다.

"제 따위들이 뭐라구 잡아가구 말구야. 뜨내기 주제에."

"그래, 우리두 너 같은 뜨내기 신세다. 찬샘에 잡아다주고 여비라두 뜯어 써야겠어."

영달이가 여자의 뒤를 바싹 쫓아가며 농담이 아님을 재차 강조했다. 여자가 획 돌아서더니, 믿을 수 없을 만큼 재빠르게 영달이의 앞가슴을 밀어냈다. 영달이는 미처 피할 겨를도 없이 눈 위에 궁둥방아를 찧고 나가떨어졌다. 백화가 한 팔은 보퉁이를 끼고, 다른 쪽은 허리에 척 얹고 서서 영달이를 내려다보았다.

"이거 왜 이래? 나 백화는 이래 봬두 인천 노랑집에다, 대구 자갈마당, 포항 중앙대학, 진해 칠구, 모두 겪은 년이라구. 조용히 시골 읍에서 수양하던 참인데…… 야, 내 배 위루 남자들 사단 병력이 지나갔어. 국으루 가만있다가 조용한 데 가서 한코 달라면 몰라두 치사하게 뚱보 돈 먹자구 나한테 공갈 때리면 너 죽구 나 죽는 거야."

영달이는 입을 벌린 채 일어설 줄을 모르고 백화의 일장 연설을 듣고 있었다. 정씨는 웃음을 참느라고 자꾸만 송림 쪽으로 고개를 돌렸다. 영달이가 멋쩍게 궁둥이를 털면서 일어났다.

"우리두 의리가 있는 사람들이다. 치사하다면, 그런 짓 안 해."

세 사람은 나란히 눈 쌓인 길을 걸었다. 백화가 말했다.

"그럼 반말 놓지 말라구요."

영달이는 입맛을 쩍쩍 다셨고, 정씨가 물었다.

"어디까지 가오?"

"집에요."

"집이 어딘데……"

"저 남쪽이에요. 떠난 지 한 삼 년 됐어요."

영달이가 말했다.

"얘네들은 긴밤 자다가두 툭하면 내일 당장에라두 집에 갈 것처럼 말해요."

백화는 아까와 같은 적의는 나타내지 않았다. 백화는 귀 옆으로 흘러내리는 머리카락을 자꾸 쓰다듬어 올리면서 피곤한 표정으로 영달이를 찬찬히 바라보았다.

"그래요. 밤마다 내일 아침엔 고향으로 출발하리라 작정하죠. 그런데 마음뿐이지, 몇 년이 흘러요. 막상 작정하고 나서 집을 향해 가보는 적두 있어요. 나두 꼭 두 번 고향 근처까지 가봤던 적이 있어요. 한번은 동네 어른을 먼발치서 봤어요. 나 이름이 백화지만, 가명이에요. 본명은…… 아무에게도 가르쳐주지 않아."

정씨가 말했다.

"서울식당 사람들이 월출역으루 지키러 가던데……"

"이런 일이 한두 번인가요 머. 벌써 그럴 줄 알구 감천 가는 길루 왔지요. 촌놈들이니까 그렇지, 빠른 사람들은 서너 군데 길목을 딱 막아놓아요. 나 그 사람들께 손해 끼친 거 하나두 없어요. 빚이래 야 그치들이 빨아먹은 나머지구요. 아유, 인젠 술하구 밤이라면 지굿지굿해요. 밑이 쭉 빠져버렸어. 어디 가서 여승이나 됐으면……
냉수에 목욕재계 백 일이면 나두 백화가 아니라구요. 씨팔."

걸을수록 백화는 말이 많아졌고, 걸음은 자꾸 처졌다. 백화는
여러 도시에서 한창 날리던 시절의 얘기를 늘어놓았다. 여자가 결
론지은 얘기는 결국 화류계의 사랑이란 돈 놓고 돈 먹기 외에는 모
두 사기라는 것이었다. 그 여자는 자기 보퉁이를 꾹꾹 찌르면서 말
했다.

"아저씨네는 뭘 갖구 다녀요? 망치나 톱이겠지 머. 요 속에는
헌 속치마 몇 벌, 빤쓰, 화장품, 그런 게 들었지요. 속치마 꼴을 보
면 내 신세하구 똑같아요. 하두 빨아서 빛이 바래구 재봉실이 나들
나들하게 닳아 끊어졌어요."

백화는 이제 겨우 스물두 살이었지만 열여덟에 가출해서, 쓰리
게 당한 일이 많기 때문에 삼십이 훨씬 넘은 여자처럼 조로해 있었
다. 한마디로 관록이 붙은 갈보였다. 백화는 소매가 해진 헌 코트
에다 무릎이 튀어나온 바지를 입었고, 물에 불은 오징어처럼 되어
버린 낡은 하이힐을 신고 있었다. 비탈길을 걸을 때, 영달이와 정
씨가 미끄러지지 않도록 양쪽에서 잡아주어야 했다. 영달이가 투
덜거렸다.

"고무신이라두 하나 사 신어야겠어. 댁에 때문에 우리가 형편없
이 지체되잖아."

"정 그러시면 두 분이서 먼저 가면 될 거 아녜요. 내가 고무신

130

살 돈이 어딨어?"

"우리두 의리가 있다구 그랬잖어. 산속에다 여자를 떼놓구 갈수야 없지. 그런데…… 한푼두 없단 말야."

백화가 깔깔대며 웃었다.

"여자 밑천이라면 거기만 있으면 됐지, 무슨 돈이 필요해요?"

"저러니 언제 한번 온전한 살림 살겠나 말야!"

"이거 봐요. 댁에 같은 훤출한 내 신랑감들은 제 입에 풀칠두 못해서 떠돌아다니는데, 내가 어떻게 살림을 살겠냐구."

영달이는 백화의 입담을 감당할 수가 없었다. 세 사람은 감천 가는 도중에 있는 마지막 마을로 들어섰다. 마을 어귀의 얼어붙은 개천 위로 물오리들이 종종걸음을 치거나 주위를 선회하고 있었다. 마을의 골목길은 조용했고, 굴뚝에서 매캐한 청솔 연기 냄새가 돌담을 휩싸고 있었는데 나직한 창호지의 들창 안에서는 사람들의 따뜻한 말소리들이 불투명하게 들려왔다. 영달이가 정씨에게 제의했다.

"허기가 져서 속이 떨려요. 감천엔 어차피 밤에 떨어질 텐데, 여기서 뭣 좀 얻어먹구 갑시다."

"여긴 바닥이 작아 주막이나 가게두 없는 거 같군."

"어디 아무 집이나 찾아가서 사정을 해보죠."

백화도 두 손을 코트 주머니에 찌르고 간신히 발을 떼면서 말했다.

"온몸이 얼었어요. 밥은 고사하고, 뜨뜻한 아랫목에서 발이나 녹이구 갔으면."

정씨가 두 사람을 재촉했다.

"얼른 지나가지. 여기서 지체하면 하룻밤 자게 될 테니. 감천엘 가면 하숙두 있구, 우리를 태울 기차두 있단 말요."

그들은 이 적막한 산골 마을을 지나갔다. 눈 덮인 들판 위로 물오리떼가 내려앉았다가는 날아오르곤 했다. 길가에 퇴락한 초가 한 칸이 보였다. 지붕의 한쪽은 허물어져 입을 벌렸고 토담도 반쯤 무너졌다. 누군가가 살다가 먼 곳으로 떠나간 폐가임이 분명했다. 영달이가 폐가 안을 기웃해보며 말했다.

"저기서 신발이라두 말리구 갑시다."

백화가 먼저 그 집의 눈 쌓인 마당으로 절뚝이며 들어섰다. 안방과 건넌방의 구들장은 모두 주저앉았으나 봉당은 매끈하고 딴딴한 흙바닥이 그런대로 쉬어가기에 알맞았다. 정씨도 그들을 따라 처마밑에 가서 엉거주춤 서 있었다. 영달이는 흙벽 틈에 삐죽이 솟은 나무막대나 문짝, 선반 등속의 땔 만한 것들을 끌어모아다가 봉당 가운데 쌓았다. 불을 지피자 오랫동안 말라 있던 나무라 노란 불꽃으로 타올랐다. 불길과 연기가 차츰 커졌다. 정씨마저도 불가로 다가앉아 젖은 신과 바짓가랑이를 불길 위에 갖다대고 지그시 눈을 감았다. 불이 생기니까 세 사람 모두가 먼 곳에서 지금 막 집에 도착한 느낌이 들었고, 잠이 왔다. 영달이가 긴 나무를 무릎으로 꺾어 불 위에 얹고, 눈물을 흘려가며 입김을 불어대는 모양을 백화는 이윽히 바라보고 있었다.

"댁에…… 괜찮은 사내야. 나는 아주 치사한 건달인 줄 알았어."

"이거 왜 이래. 괜히 나이롱 비행기 태우지 말어."

"아녜요. 불 때는 꼴이 제법 그럴듯해서 그래요."

정씨가 싱글싱글 웃으면서 영달이에게 말했다.

"저런 무딘 사람 같으니. 이 아가씨가 자네한테 반했다…… 그 말이야."

"괜히 그러지 마슈. 나두 과거에 연애해봤소. 계집년이란 사내가 쎄빠지게 해줘두 쪼금 벌릴까 말까 한단 말입니다. 이튿날 해만 뜨면 말짱 헛것이지."

"오머머, 어디 가서 하루살이 연애만 해본 모양이네. 여보세요, 화류계 연애가 아무리 돈에 운다지만 한번 붙으면 순정이 무서운 거예요. 내가 처음 이 길 들어서서 독하게 사랑해본 적두 있었어요."

지붕 위의 눈이 녹아서 투덕투덕 마당 위에 떨어지기 시작했다. 여자는 나무막대기를 불속에 넣고 휘저으면서 갑자기 새촘한 얼굴이 되었다. 불길에 비친 백화의 얼굴은 제법 고왔다.

"그런데…… 몇 명이었는지 알아요? 여덟 명이었어요."

"진짜 화류계 연애로구만."

"들어봐요. 사실은 그 여덟 사람이 모두 한 사람이나 마찬가지 였거든요."

백화는 주점 '갈매기집'에서의 나날을 생각했다. 그 여자는 날 마다 툇마루에 걸터앉아서 철조망의 네 귀퉁이에 높다란 망루가 서 있는 군대 감옥을 올려다보았던 것이다. 언덕 위에 흰 페인트로 칠한 반달형 퀸셋 막사와 바라크가 늘어서 있었고 주위에 코스모 스가 만발해 있어, 그 안에 철창이 있고 죄지은 사람들이 하루종일 무릎을 꿇고 있으리라고는 믿어지질 않았다. 하루에 한 번씩, 긴 구령 소리에 맞춰서 붉은 줄을 친 군복에 박박 깎인 머리의 군 죄 수들이 바깥으로 몰려나왔다. 죄수들이 일렬로 서서 세면과 용변 을 보는 모습이 보였다. 그들은 간혹 대여섯 명씩 무장 헌병의 감 시를 받으며 마을로 작업을 하러 내려오는 때도 있었다. 등에 커다 란 광주리를 메고 고개를 숙인 채로 그들은 줄을 지어 걸어왔다.

"처음에 부산에서 잘못 소개를 받아 술집으로 팔렸었지요. 거기 에 갔을 땐 벌써 될 대루 되라는 식이어서 겁나는 것두 없었구요, 나이는 어렸지만 인생살이가 고달프다는 것두 깨달았단 말예요."

어느 날 그들은 마을의 제방 공사를 돕기 위해서 삼십여 명이 내려왔다. 출감이 멀지 않은 사람들이라 성깔도 부리지 않았고, 마 을 사람들도 그리 경원하지 않았다. 그들이 밖으로 작업을 나오면 기를 쓰고 찾는 것은 물론 담배였다. 백화는 담배 두 갑을 사서 그 들 중의 얼굴이 해사한 죄수에게 쥐여주었다. 작업하는 열흘간 백화는 그들의 담배를 댔다. 날마다 그 어려 뵈는 죄수의 손에 몰래 쥐어주곤 했다. 다음부터 백화는 음식을 장만해서 감옥 면회실로 그를 만나러 갔다. 옥바라지 두 달 만에 그는 이등병 계급장을 달고 백화를 만나러 왔다. 하룻밤을 같이 보내고 병사는 전속지로 떠나갔다.

"그런 식으로 여덟 사람을 옥바라지했어요. 한 달, 두 달, 하다 보면 그이는 앞사람들처럼 하룻밤을 지내구 떠나가군 했어요."

백화는 그런 일 때문에 갈매기집에 있던 시절, 옷 한 가지도 못 해 입었다. 백화는 지나간 삭막한 삼 년 중에서 그때만큼 즐겁고 마음이 평화로웠던 시절은 없었다. 그 여자는 새로운 병사를 먼 전속지로 떠나보내는 아침마다 차부로 나가서 먼지 속에 버스가 가리울 때까지 서 있곤 했었다. 백화는 그뒤부터 부대 근처를 전전하며 여러 고장을 흘러다녔다.

아직 초저녁이 분명한데 날씨가 나빠서인지 곧 어두워질 것 같았다. 눈은 더욱 새하얗게 돋보였고, 사위는 고요한데 나무 타는 소리만이 들려왔다.

"감옥뿐 아니라, 세상이란 게 따지면 고해 아닌가……"

정씨는 벗어서 불가에다 쬐고 있던 잠바를 입으면서 중얼거렸다.

"어둡기 전에 어서 가야지."

그들은 일어났다. 아직도 불길 좋게 타고 있는 모닥불 위에 눈을 한 움큼씩 덮었다. 산천이 차츰 희미하게 어두워졌다. 새들이

이리저리로 깃을 찾아 숲에 모여들고 있었다. 영달이가 백화에게
물었다.

"그래 이젠 어떡할 셈요, 집에 가면……?"

백화가 대답을 않고 웃기만 했다. 정씨가 말했다.

"시집가야지 뭐."

"시집은 안 가요. 이제 와서 무슨 시집이에요. 조용히 틀어박혀
집의 농사나 거들지요. 동생들이 많아요."

사방이 어두워지자 그들도 얘기를 그쳤다. 어디에나 눈이 덮여
있어서 길을 잘 분간할 수가 없었다. 뒤에 처졌던 백화가 눈 덮인
길의 고랑에 빠져버렸다. 발이라도 삐었는지 백화는 꼼짝 못하고
주저앉아 신음을 했다. 영달이가 달려들어 싫다고 뿌리치는 백화
를 업었다. 백화는 영달이의 등에 업히면서 말했다.

"무겁죠?"

영달이는 대꾸하지 않았다. 백화가 어린애처럼 가벼웠다. 등이
불편하지도 않았고 어쩐지 가뿐한 느낌이었다. 아마 쇠약해진 탓
이리라 생각하니 영달이는 어쩐지 대전에서의 옥자가 생각나서
눈시울이 화끈했다. 백화가 말했다.

"어깨가 참 넓으네요. 한 세 사람쯤 업겠어."

"댁이 근수가 모자라서 그렇다구."

그들은 일곱시쯤에 감천 읍내에 도착했다. 마침 장이 섰었는지
파장된 뒤인데도 읍내 중앙은 흥청대고 있었다. 전 부치는 냄새,

고기 굽는 냄새, 곰국 냄새가 풍겨왔다. 영달이는 이제 백화를 옆
에서 부축하고 있었다. 발을 디딜 때마다 여자가 얼굴을 찡그렸
다. 정씨가 백화에게 물었다.

"어느 방향이오?"

"전라선이에요."

"나는 호남선 쪽인데. 여비는 있소?"

"군용차를 사정해서 타구 가면 돼요."

그들은 장터 모퉁이에서 아직도 따뜻한 온기가 남아 있는 팥시
루떡을 사 먹었다. 백화가 자기 몫에서 절반을 떼어 영달이에게 내
밀었다.

"더 드세요. 날 업구 왔으니 기운이 배나 들었을 텐데."

역으로 가면서 백화가 말했다.

"어차피 갈 곳이 정해지지 않았다면 우리 고향에 함께 가요. 내
일자리를 주선해드릴게."

"내야 삼포루 가는 길이지만, 그렇게 하지?"

정씨도 영달이에게 권유했다. 영달이는 흙이 덕지덕지 달라붙
은 신발 끝을 내려다보며 아무 말이 없었다. 대합실에서 정씨가 영
달이를 한쪽으로 끌고 가서 속삭였다.

"여비 있소?"

"빠듯이 됩니다. 비상금이 한 천원쯤 있으니까."

"어디루 가려오?"

"일자리 있는 데면 어디든지……"

스피커에서 안내하는 소리가 웅얼대고 있었다. 정씨는 대합실 나무의자에 피곤하게 기대어 앉은 백화 쪽을 힐끗 보고 나서 말했다.

"같이 가시지. 내 보기엔 좋은 여자 같군."

"그런 거 같아요."

"또 알우? 인연이 닿아서 말뚝 박구 살게 될지. 이런 때 아주 뜨내기 신셀 청산해야지."

영달이는 시무룩해져서 역사 밖을 멍하니 내다보았다. 백화는 뭔가 쑥군대고 있는 두 사내를 불안한 듯이 지켜보고 있었다. 영달이가 말했다.

"어디 능력이 있어야죠."

"삼포엘 같이 가실라우?"

"어쨌든……"

영달이가 뒷주머니에서 꼬깃꼬깃한 오백원짜리 두 장을 꺼냈다.

"저 여잘 보냅시다."

영달이는 표를 사고 삼립빵 두 개와 찐 달걀을 샀다. 백화에게 그는 말했다.

"우린 뒤차를 탈 텐데…… 잘 가슈."

영달이가 내민 것들을 받아쥔 백화의 눈이 붉게 충혈되었다. 그 여자는 더듬거리며 물었다.

"아무도…… 안 가나요?"

"우린 삼포루 갑니다. 거긴 내 고향이오."

영달이 대신 정씨가 말했다. 사람들이 개찰구로 나가고 있었다. 백화가 보퉁이를 들고 일어섰다.

"정말, 잊어버리지…… 않을게요."

백화는 개찰구로 가다가 다시 돌아왔다. 돌아온 백화는 눈이 젖은 채로 웃고 있었다.

"내 이름 백화가 아니에요. 본명은요…… 이점례예요."

여자는 개찰구로 뛰어나갔다. 잠시 후에 기차가 떠났다.

그들은 나무의자에 기대어 한 시간쯤 잤다. 깨어보니 대합실 바깥에 다시 눈발이 흩날리고 있었다. 기차는 연착이었다. 밤차를 타려는 시골 사람들이 의자마다 가득차 있었다. 두 사람은 말없이 담배를 나눠 피웠다. 먼길을 걷고 나서 잠깐 눈을 붙였더니 더욱 피로해졌던 것이다. 영달이가 혼잣말로,

"쳇, 며칠이나 견디나……"

"뭐라구?"

"아뇨, 백화란 여자 말요. 저런 애들…… 한 사날두 촌 생활 못 배겨나요."

"사람 나름이지만 하긴 그럴 거요. 요즘 세상에 일이 년 안으루 인정이 확 변해가는 판인데……"

정씨 옆에 앉았던 노인이 두 사람의 행색과 무릎 위의 배낭을

눈여겨 살피더니 말을 걸어왔다.

"어디 일들 가슈?"

"아뇨, 고향에 갑니다."

"고향이 어딘데……"

"삼포라구 아십니까?"

"어 알지, 우리 아들놈이 거기서 도자를 끄는데……"

"삼포에서요? 거 어디 공사 벌릴 데나 됩니까? 고작해야 고기
잡이나 하구 감자나 매는데요."

"허허! 몇 년 만에 가는 거요?"

"십 년."

노인은 그렇겠다며 고개를 끄덕였다.

"말두 말우, 거긴 지금 육지야. 바다에 방둑을 쌓아놓구, 추럭이
수십 대씩 돌을 실어나른다구."

"뭣 땜에요?"

"낸들 아나. 뭐 관광호텔을 여러 채 짓는담서, 복잡하기가 말할
수 없데."

"동네는 그대루 있을까요?"

"그대루가 뭐요. 맨 천지에 공사판 사람들에다 장까지 들어섰는
걸."

"그럼 나룻배두 없어졌겠네요."

"바다 위로 신작로가 났는데, 나룻배는 뭐에 쓰오. 허허, 사람이

많아지니 변고지. 사람이 많아지면 하늘을 잊는 법이거든."

작정하고 벼르다가 찾아가는 고향이었으나, 정씨에게는 풍문마저 낯설었다. 옆에서 잠자코 듣고 있던 영달이가 말했다.

"잘됐군. 우리 거기서 공사판 일이나 잡읍시다."

그때에 기차가 도착했다. 정씨는 발걸음이 내키질 않았다. 그는 마음의 정처를 방금 잃어버렸던 때문이었다. 어느 결에 정씨는 영달이와 똑같은 입장이 되어버렸다.

기차가 눈발이 날리는 어두운 들판을 향해서 달려갔다.

(1973)

돼지꿈

1

　벌거숭이 붉은 언덕과 주택 부지들이 펼쳐져 있고, 언덕 한가운데에 굴뚝만 흉물스레 높이 솟은 기와공장이 홀로 서 있었다. 해가 저물고 있었다. 기와공장의 굴뚝에서 솟은 불티가 어두운 하늘 속에서 차츰 선명하게 반짝였다. 언덕 아래로 빈터의 곳곳에 간이주택과 낮은 움막집들이 모여 있었다.

　강씨는 리어카를 끌면서 화학공장의 뒷담 옆으로 해서 회색빛 폐수가 늘 괴어 있는 저지대를 지나갔다. 폐수 속에 높다란 쓰레깃더미가 군데군데 비춰 보였다. 그는 낡은 코르덴 당꼬바지에 러닝셔츠만 입고 뚫어진 밀짚모를 눌러썼다. 옷차림이야 넝마에서 골라 입은 탓이겠지만, 표정마저 가뭄에 탄 시냇가의 돌 꼬락서니로

낡게 퇴색된 것 같았다. 머리가 희끗희끗한 오십대였으나 걸음걸이는 당당했고, 왕년의 목도꾼답게 어깨가 딱 벌어졌다. 강씨는 누렇게 변색한 옛날 사진 속에서 튀어나온 사람 같았다. 그는 녹슨 양철로 얼기설기 움막을 지은 재건대 지부의 작업장 가운데로 리어카를 끌고 지나갔다. 쓰레깃더미 속에서 대여섯 사람이 분주하게 쓰레기들을 분류하고 있었다. 종이, 빈병, 깨어진 유리, 나무상자, 깡통 같은 잡동사니들이 저희들끼리 나뉘어 쌓여 있었다. 넝마 줍기에서 돌아오는 자가 대바구니를 어깨에서 끌러내고, 우선 쓰레깃더미에다 쏟아놓고 있었다. 강씨는 작업을 시키고 섰는 나이든 양아치에게 말을 건넸다.

"어이, 뭣 좀 잡았나?"

"이제 오슈."

좋은 말로는 재건대장이며 예전 같으면 왕초인 사내가 건성 인사를 받았고, 옆에 있던 양아치가 농을 쳤다.

"잡기는 젠장…… 앗씨 가운뎃다리나 잡으까."

예비군 모자를 코허리에까지 눌러쓰고 양쪽에 귀 같은 호주머니가 달린 야전복을 입은 왕이 눈살을 찌푸렸다.

"니 애비한테 그래라, 인마."

하면서 그는 면장갑 낀 손으로 코밑을 쓱 훔쳤다. 강씨는 대꾸하지 않고 마른기침을 뱉었을 뿐이다. 왕이 말했다.

"뚜룩이나 치면 모를까, 노상 줏어오는 게 고작 요런 것들이우."

왕도 강씨가 어쩐지 느긋해 보이고, 인사까지 건네오는 품수로 보아 일진이 별로 나쁘진 않았겠다고 느끼면서 말했다.

"그나저나 수입 잡은 모양인데, 한잔 사슈."

"다리 품앗이 값두 못 되네."

했다가 강씨는 참지 못하고 말을 해버렸다.

"오늘은 줄을 좀 잡았지."

"줄? 몇 관이나요."

"두어 자."

강씨의 하루 벌이란 고작해야 삼사백원꼴이었다. 어떤 때에는 아이 녀석들이 제법 쓸 만한 물건들을 어른들 몰래 들고 나올 적이 있었고, 장물아비를 놓친 좀도둑들이 뚜룩친 물건들을 파는 날도 있었다. 그러면 강씨는 주위를 둘러보고 나서 재빨리 엿이나 현금을 바꿔주고는 뺑소니를 치는 것이었다. 잘못 걸렸다간 닭장으로 직행하기 십상이었으니까. 오늘은 웬 수상스런 놈팡이에게서 전선을 싸구려로 사다가 팔았던 것이다. 그뿐이 아니었다.

"이 사람 요 밑엘 좀 들여다보게."

강씨가 엿목판을 밀어내고 튀긴 강냉이를 담은 비닐 자루를 옆으로 치웠다. 왕이 거 무슨 보물이라도 있는가 싶어 고개를 삐죽이 들이밀다가 기겁을 했다.

"이게 뭐요, 네발짐승 아뇨?"

그는 자루 아래로 삐죽이 내밀어진 회색 털의 개 다리를 보았던

144

것이다. 강씨가 의기양양하게 말했다.

"왜 아냐, 송아지만한 놈인데."

"셰퍼드로군. 크긴 제법 큽니다그려. 어서 났수, 꼬여다 때려잡
은 것두 아닐 테구."

"예끼, 떳떳하게 임자한테서 얻었다구."

그는 탐스러운 털을 가진 셰퍼드의 꼬리를 잡아 약간 쳐들어 보
였다. 어찌나 무거운지 달싹도 하지 않는다. 왕이 개의 귀를 만지
려 하자, 강씨는 슬그머니 엿목판으로 그의 손을 밀어냈다. 왕은
손을 빼기가 못내 아쉽다는 듯이 입맛을 다셨다.

"것 참 안성맞춤이네요. 지난 복날에두 허탕을 쳤는데."

"빈손은 안 붙이네."

"아따, 그 양반! 술 받는 건 문제가 아니구, 잘못 먹구 골루 가는
건 아뇨?"

강씨는 얘기할 흥미조차 잃었다는 시늉으로 왕의 아래위를 훑
고 나서 리어카를 밀어냈다. 왕은 안달이 난 목소리로 말했다.

"알겠시다. 생명에 지장은 없는 거구. 끄슬리는 건 내가 할 테니
꼭 부르쇼."

"탁주 한 바께쓰 낼 텐가?"

"글쎄 염려 놓으시라니까."

"조오치."

강씨는 느긋하게 고개를 끄덕였다. 누구든지 동네로 들어서는

강씨의 거동을 보면 대개 그날의 일진에 관해서 알아맞힐 수가 있었다. 그의 걸음걸이가 당당하고 고개를 치켜들었다든가, 또는 리어카가 가뿐하게 굴러들어온다든지, 모자가 비뚜름하다든가, 만나는 사람에게마다 하루 재수를 먼저 묻는다든가 하는 짓들이 나오면 틀림없이 최상의 날이었다. 강씨는 엿목판 아래로 신경을 쓸 때마다 첫선 본 큰애기처럼 가슴이 두근거리는 것이었다. 잡아먹기가 아깝도록 잘생긴데다, 한창때의 장정만큼이나 무게가 나가도록 실하게 살찐 개였다. 왕이 아직도 미심쩍어하면서 말했다.

"용케 구하셨어. 복철에 개 보기가 쉬운 일이 아닌데……"

"그게 궁금한가. 리어카 끌구 강남학교 앞으루다 내려오는데, 웬 아주머니가 날 부른단 말야. 뭐 고철이라두 있는가 해서 따라갔더니……"

가축병원이었다. 개가 차에 갈린 모양인데 쉽게 죽지는 않을 것 같았지만 뒷다리가 모두 부러져서 병신이 될 것만은 틀림없었다. 그래서 주인은 개가 편안히 죽을 수 있도록 주사를 놓아주기를 부탁했고, 개는 잠깐 동안에 사지를 뻗고 죽어버렸다. 문제는 이 덩치 큰 짐승을 어떻게 처치하느냐였는데, 가축병원에서는 빨리 치워주기를 원하고 있었으며, 개 임자는 어디엔가 양지바른 곳에 묻을 작정이었다. 그러나 집의 화단에다 묻기는 뭣하고, 그냥 쓰레기통에다 버릴 수도 없다는 얘기였다. 또한 거기서 개를 묻을 만한 빈터나 산을 찾으려면 먼 데까지 가야 했다. 아주머니의 따님께서

146

는 죽은 개 때문에 징징 울고 있었다. 그들이 강씨의 가위 치는 소리를 들은 것은 바로 그러한 망설임 중에서였다. 아주머니는 숫제 사정조로 개를 강씨가 가져다가 꼭 묻어주기를 부탁하는 한편, 따님을 달래느라고 정신이 없었다.

"이 사람아, 혀를 길게 빼구 널브러진 놈이 꼭 호랑이더라 그 말야. 침이 연방 넘어가지만서두, 그쪽에서는 아예 그런 끔찍상스런 생각은 않는 모양이지."

강씨는 못 이기는 체하고 개를 리어카에 싣는데, 아주머니가 수고비라며 삼백원 돈이나 얹어주었다. 호박이 덩굴 뿌리째 굴러떨어진 것이다. 따님은 울었고, 아주머니는 안도의 한숨을 쉬었으며, 강씨는 하도 신이 나서 콧날개가 벌름대는 것을 참느라고 어금니를 꽉 물고 있어야 했다. 그들이 안 보이는 곳에 이르자, 강씨는 개의 크기를 다시 한번 확인하느라고 리어카 속을 들여다보았다.

"요새 기름길 못 먹어서 버짐꽃이 핀단 말일세. 아침마다 살가루가 싸라기마냥 쏟아진다구. 그렇잖아두 가출한 똥개라두 한 마리 때려잡아 보신하려던 참인데……"

강씨의 얘기를 찬사와 감탄의 빛으로 듣고 있던 왕이 맞받아서,

"듣구 보니 아씨가 아니라 그 운짱 양반께 인살 드려야겠네."

강씨도 물론 반대할 마음이 아니다.

"실은 그렇지. 쥐약을 먹은 것두 아니요, 지랄병두 아니구……살이 디룩디룩 찐 멍멍일 생으루 때려잡았으니까. 운전수 양반이

남 존 일 했지."

두 사람은 이제 완전히 기분이 통해서 기꺼이 웃었다. 하루 수
입도 만만찮게 올렸겠다, 수고비도 받았겠다, 강씨는 눈에 걸리는
대로 어느 선술집에 들어가 쐬주 두어 잔 걸쳐, 이 감격을 달래고
오는 길이었다.

"자아, 이따 보세."

강씨는 의기양양하게 리어카를 밀어냈다. 폐수가 흘러나가고
있는 하천변에 반 미터쯤의 낮은 둑이 있고, 둑가에 쓰레깃더미와
분간할 수 없이 늘어선 팔십번지 동네로 그는 들어섰다. 강씨는 염
소 우리가 있던 변소 옆을 지나다가 거기서 나오는 일수쟁이 영감
과 부딪쳤다. 작년까지도 이 동네 반장이 흑염소를 기르다가 손해
만 봐서, 지금은 동네 공중변소로 쓰이는 헛간이다. 영감이 활짝
편 얼굴로 말했다.

"손자 보게 됐습디다."

일수 영감은 더러운 파자마 속에다 양손을 찔러넣고 서 있었다.
강씨는 어리둥절했다.

"갑자기 그게 무슨 얘기요?"

"미순이가 왔데요."

"그년이……!"

"몰라보겠두만. 홀몸이 아니든데."

강씨는 별수없이 혀만 끌끌 찼다. 그는 며칠 전에 마누라가 미

148

순이의 편지를 들고 훌쩍이던 것이 생각났다. 돈놀이를 해처먹어서, 사람의 속을 뻔히 알아, 손바닥 위에서 가지고 놀려는 영감쟁이의 구렁이 같은 취미를 모르는 바 아니었지만 오장육부가 꽤나 쓰라렸다. 강씨는, 그게 어디 내 딸년이오…… 하려다가 너무 야박스럽고 낯이 간지러워져서 말을 돌렸다.

"골치 아파서 원. 그년이 죽든지 살든지…… 돈일랑 제 에미한테 받으슈."

영감은 오늘따라 시원시원했다. 영 안 낼 배짱인가보다고 포기했던 터인데, 이번만큼은 가망이 있어 보이는 모양이었다.

"이제 장본인이 왔으니까, 수월히 되었소."

"그러믄요. 순전히 영감님 책임이죠."

"본인 말을 들어보면 알겠지만, 틀림없는 일이오. 부모들이 어느 정도 책임져야지."

"좌우간에 난 모른다 그겁니다."

영감은 마땅찮게 강씨의 리어카와 그 행색을 훑어보면서 이죽거렸다.

"허허, 걔 배가 꼭 북통 같데. 배 꼴이 아들 쌍둥이는 될걸."

"망할 년 같으니."

강씨는 리어카를 왈칵 밀고 낮은 블록 벽들이 늘어선 골목으로 들어갔다. 콜타르의 종이 지붕 위에 눌러놓은 돌들이 보이고, 환기 구멍 겸 창문 대신 뚫어놓은 연두색 플라스틱 슬레이트가 위를 향해 치켜져 있는 게 보일 만큼 집들이 주저앉아 있었다. 골목을 빠져나가면 동네의 유일한 펌프가 있었고, 옛날 버릇대로 유휴지의 이곳저곳에 제각기 일구어놓은 채소밭이 있었다. 파, 옥수수, 배추 등속이 자라나 있었다. 벌이를 나갔던 사람들이 대부분 돌아와서 이미 세수를 하고 발도 씻고서는 파자마 반바지 차림으로 빈터의 곳곳에서 바람을 쐬는 중이었다. 이제 오나, 어 그래, 하는 것으로 대충 인사말을 건넸다. 아이놈이 강씨를 먼저 보고 제 동무들을 버려두고 이내 달려왔다.

"아부지, 삼춘 왔다. 삼춘이 미순이 데려왔어."

강씨는 리어카에서 엿목판과 강냉이 자루를 꺼내고, 개를 들어냈다. 아이들이 제일 먼저 모여들었고, 제각기 흩어져 앉았던 어른들 사이에 가벼운 동요가 일어났다. 그는 엿목판에 극성으로 달라붙는 아이놈의 등줄기를 호되게 내리쳤다.

"이눔 새끼."

하면서 그는 진작에 어두워진 집 안쪽을 살폈다. 보통 때 같으면 뭔가 반응이 있을 법도 한데 고요했다. 아이놈이 발버둥질하면서 강씨의 뒤통수에다 욕을 퍼부었다.

"아부지 개새끼야. 아부지 씨비씨비."

강씨는 못 들은 척하며 힘들여 개를 붙안고 부엌 시렁 위에 날라다 얹었다. 나무 선반이 휘청, 구부러진다. 동네 사람들 중에서 뽑혀왔는지 한 사내가 머리만 디밀고 말했다.

"오늘 할 테면, 불 피우까?"

강씨는 선선히 대답했다.

"어, 그래그래."

불 꺼진 방 안에 들어섰을 때, 강씨는 하마터면 처의 허리께를 밟을 뻔했다. 그 여자는 아예 홑이불을 머리 꼭대기까지 둘러쓰고 누워 있었던 것이다. 강씨가 불을 켜고 선 채로 한참이나 아내의 흰 몸뚱어리를 쏘아보았다.

"초저녁부터 무슨 청승야. 진종일 헤매구 돌아오는 사람 심정두 쬐끔은 알아줘얄 말이지."

"듣기 싫어. 나한테 말 시키지 말아요."

"얼씨구, 지랄하구 자빠졌다."

강씨는 고함이라도 꽥 지르고 싶은 심사를 억눌렀다. 공연히 덧들이기가 싫어서다. 마침 아이놈이 방문턱에 와 걸터앉아 칭얼대기 시작했으므로 강씨는 기세 좋게 소리쳤다.

"이런 상년에 자식, 죽구 싶어!"

아이가 울음을 터뜨리고, 강씨 처는 홑이불을 쓴 채로 중얼거렸다.

"잘헌다. 참말 부자지간에 육갑 떨구 있네. 저 팔푼이 같은 새끼는 뭘 또 처먹지 못해서 칭얼대, 칭얼대길."

"그래, 네년의 새끼들은 다 잘났더라."

여자가 홑이불을 까내리고 발딱 일어나 앉았다.

"입이 천 개라두 할말이 없을걸. 개들한테 언제는 애비 노릇 해 본 적 있어? 아, 있느냐구. 참 남부끄러워 못살아, 그 나이에 밝히기 는…… 안 할 말이지마는 날 요 꼴루 수절도 못하게 해논 게 누구 짓야. 내가 저 새낄 몇 살에 난 거냐구. 또 몇을 지웠구. 말 좀 해봐."

"정말 이 여편네가. 모녀간에 잘 논다. 미순이 왔다지?"

"아이구 원통해, 이년이 미친년이지."

맞은편에 붙은 골방의 미닫이가 달각거리는 것으로 미루어 거기에 누군가 있는 게 분명했다.

"에이 망할 집구석, 불을 확 싸지르든지…… 니미."

드디어 문이 열렸다. 역시 말끔한 양복 차림에 넥타이까지 단정하게 맨 처남이 엉거주춤하게 서서 말을 건넸다.

"매부, 안녕하세요. 고정들 하십시오. 남들이 듣겠습니다."

"아 왼 동네가 다 아는데 무슨……"

강씨는 제 심사에 못 이겨서 자꾸 무르팍만 쥐어박았다.

"속을 썩여두 곱게 썩여야지. 나가는 년이 뭣 땜에 거짓말루 꾸며서 일숫돈을 빼갓구 나가느냐 이거야. 우리가 단련을 얼마나 받았냐구. 그래, 그 꼴을 해갓구 왔다길래, 한마디하는 게 그렇게 고깝단 말인가. 나두 체면이 애비라구, 애비."

"어유, 그러셔? 대견해서. 벌이두 못하는 애비, 우거지면 삶아서 국이라두 끓여 먹지."

"누님두 그만두세요. 성경에두 나와 있지만……"

152

또 나오는구나 싶어진 강씨는 분연히 일어났다. 질려서 지레 달아나려는 아이놈의 손목을 잡으며 강씨는 지나치게 처량한 어조로 말했다.

"밖에 나가자. 아부지가 엿 주께."

강씨의 처가 길게 한숨을 쉬었는데, 호흡이 꼬리 근처에서 떨리며 흐느꼈다. 그 여자는 다시 드러누웠고, 삼촌은 단정한 자세로 앉아 기도를 하기 시작했다. 그의 목소리는 믿음직한 바리톤이었다.

"전지전능하신 여호와 아버지 기도하옵는 것은, 이 가정에 깃든 불안과 고통을 씻어주옵시며, 저희가 더이상 아버지 앞에 죄를 짓지 않도록 하심을 바라나이다. 이제 나갔던 식구가 돌아오고 온 가족이 모이게 되었사오나 저들은 감사할 줄 모르고 오히려 불화하여 아버지 은혜를 잊고 있나이다. 하나님 아버지 우리가 비록 지상에서는 가난과 괴로움 속에 허덕이며 천국을 잊고 있지마는, 아버지께서는 우리에게 길을 인도하여주옵시고 심판의 날에는 주의 반열에 들게 하소서. 우리에게 천국이 임하게 될 때에 저희 죄인들은……"

"집어치워! 그 죄인, 죄인 하는 소리 기분 나쁘니까. 요즘 세상에 옥황상제라두 귀찮아."

강씨 처가 고함을 쳤지만, 삼촌의 기도는 잠깐 멈칫했을 뿐 그치지 않았다.

"저희 죄인들은…… 모두 회개하여 참사람이 되어서 주의 영광을 찬송할 겁니다. 우리가 불행함은 죄인이기 때문임을 잘 아나이다. 지금 공장에 나가 야근을 하고 있는 근호와, 이 집 가장에게 은총이 늘 함께하시고, 미순이가 잉태한 생명에게도 복을 주셔서……"

할 때에 미닫이 너머에서 끅, 하는 소리가 들렸고, 강씨 처도 잠잠해졌다. 기도가 계속되었다.

"모두 하나님 자녀 되게 해주소서. 거듭 바라옵건대 우리가 유황불이 타는 지옥에 들어가지 말게 하시고 주의 은혜로써 진리와 소망에 살기를 바라나이다. 부족한 죄인 아무 공로 없사오나 예수 그리스도의 이름으로 기도하옵나이다. 아멘."

기도가 그쳤다. 방 안에는 죄인, 천국, 지옥 하는 말들로 인해서 갑자기 나른하고 달착지근한 슬픔과 기대가 가득차는 것만 같았다. 미닫이 뒤에서 가슴을 죄고 있던 미순이는 가슴이 후련했고, 강씨 처는 어쩐지 억울한 느낌을 버릴 수가 없었다. 삼촌은 아직 경건한 자세를 풀지 않은 채, 페이지마다 색연필로 가득히 줄 쳐놓은 성경을 이 장 저 장 뒤적이며 속으로 읽었다. 벽에서 낡은 괘종이 여덟시를 쳤다. 그 옆에 퇴색한 옛날 사진들이 끼워진 액자가 붙어 있고, 근호가 갖다붙인 화장품회사의 선전용 달력에는 비치는 속옷 바람의 여자가 가랑이를 벌리고 있는 사진이 들어 있었다. 낮은 책상 위에 일본어 교본, 네 귀퉁이가 다 닳은 『경제원론』이라는 책, 그리고 무협소설, 카네기 자서전, 『성공의 비결』 등이 꽂혀 있었다. 야외용 전축과 겸한 라디오가 낡은 구식 장롱 위에 있는데, 강씨 처는 기분이 날 때마다 전축의 볼륨을 있는 대로 틀어놓는 것이었다. 오르간으로 연주되는 흘러간 옛 노래가 냄비에서 죽이 끓는 듯한 소리를 내며 흘러나왔다. 이 물건은 강씨가 고물상에 넘기지 않고 그의 처에게 선물한 것이었다. 그러나 지금 강씨 처는 도무지 음악에 신명을 올릴 기분이 들질 않았다. 미순이가 죽이고 싶도록 밉고 불쌍했으며, 자라온 세월을 돌이켜보면 잘못은 모두 어머니인 자기에게 있는 것 같았다. 밤바람이 차갑다고 느낀 강씨 처는 천장 쪽으로 트인 창문의 줄을 요란하게 닫고는 또 한번 한숨을 내리쉬었다. 아까보다도 훨씬 가라앉은 표정이었는데, 워낙 성질이 대장간 쇠토막 같아놔서 잘 달고 쉽게 식었다. 그 여자는 오십이 가까웠어도 얼굴 피부가 팽팽하고 아직 몸매도 흐트러지지 않았다. 강씨 처가 혼잣소리로 탄식했다.

"모두 내 잘못이다. 잠깐 눈이 뒤집혀서 저 팔푼이 같은 두상한테 개가했지."

그 여자가 강씨를 만난 것은 천안에서였다. 그 여자는 대부섬 마을에서 풍랑으로 남편을 잃고 나서 천안에 정착했었다. 혼잣몸으로 근호와 미순이 남매를 데리고 살아가기 힘겹던 그 여자는 열차에서 개피떡 장사를 했다. 강씨 쪽도 아직 근력이 좋던 때라 역전 수화물부에 있었다. 공안원들을 피하느라고 개구멍을 드나들던 떡장수 여자와 수화물 창고 인부가 어느 결에 눈이 맞았다.

강씨는 원래 오쟁이를 졌던 남자여서 여자에 주눅이 많이 들어 있었다. 보통 홀아비라도 모르는데, 그런 지경이었으니 아직 교태가 남아 있던 과수댁에게 홀딱 반하지 않을 수 없었던 것이다. 그들이 서울에 올라온 것은 막내가 태어나기 훨씬 전이었다. 워낙 생활력이 있는 사람들이어서 빈손이었는데도 강씨네 식구는 재빨리 서울 생활에 적응해왔던 것이다. 멍청히 앉아 여러 가지 생각에 잠겼던 강씨 처는 되도록 온건하게 딸을 불렀다.

"미순아, 좀 건너와라."

"니에……"

기어들어가는 목소리로 간신히 대답한 미순이가 머리를 가슴팍에 푹 처박고 골방 문턱에 엉거주춤 앉았다.

"너 어쩔 작정야, 애를 그냥 낳을 거냐?"

미순이는 치마 끝을 쥐고 손가락을 꼼지락거릴 뿐 대답이 없다. 강씨 처가 재차 물으면서 미순이의 턱을 치켰지만, 미순이는 다시 고개를 떨어뜨린다.

"안 되겠다. 이따 네 오빠하구 상의해서 낼 같이 병원에 가자."

강씨 처는 아직 어리기만 한 딸의 가냘프게 여윈 얼굴과 누가 보더라도 쉽게 알아챌 정도로 볼록이 불러오른 아랫배를 내려다보며 눈물을 손가락으로 찍어냈다.

"육 개월이 채 못 되었다니 손을 쓸 수 있을 거다."

미순이가 고개를 번쩍 쳐들었다.

"싫어요."

"애비 없는 새끼 낳아서 어쩌겠다는 거야."

"있어요."

"있으면 내 앞에 나타나얄 거 아냐. 사실이 이러저러됐으니 성혼을 시켜달라든가, 형편이 안 되면 얼마를 기다리라든가, 무슨 기별이 있어야지. 벌써 그 꼴루 비루먹은 암캐처럼 기어들어올 때부텀 싹이 노랗더라. 근호가 보면 널 죽이겠다고 길길이 뛸걸."

성경을 들여다보던 삼촌이 곁에서 참견했다.

"누님, 어떻게 멀쩡하게 산 애기를 죽입니까?"

"넌 참견 마라, 그것두 나오면 입이라구…… 살기가 얼마나 힘든데 그래."

"미순이가 찾아왔길래 전 놀랐습니다. 그래서 아무리 물어봐야 말을 해야죠. 울기만 하니 말예요. 아마 둘이서 살다가 헤어진 모양입니다."

강씨 처가 미순이에게 다그쳤다.

"그 녀석하구 헤어진 거냐, 어떻게 됐어?"

"군대 갔어요. 운전 기술 배워갖구 제대하면 결혼하재요."

"너 그놈 아니면 안 되겠니?"

미순이가 어머니의 기분은 염두에도 두지 않고 염치 좋게 말했다.

"잘 몰라요. 성깔은 착하지만, 건달이에요."

강씨 처는 미순이의 머리를 쥐어박고서는 한숨만 내리쉴 뿐이었다.

"하는 수 없다. 서둘러서 결판을 내야지. 애를 떼든가, 아니면 그놈에게 편지를 보내 책임지도록 해야 한다."

"책임질 위인이 못 돼요."

"우선 이 몸으룬 안 되구."

"애를 길러줄 사람한테 시집가야겠어요."

삼촌이 무릎을 쳤다.

"잘됐습니다. 주여, 감사합니다."

"아 시끄러워요. 남은 지금 복창이 터져 죽겠는데."

미순이는 이제 완전히 달관해서 아무래도 좋다는 몰골이었다. 그 여자는 눈물만을 몇 방울 찔끔거리다가 말았을 뿐, 사실상은 제 어머니보다는 덜 상심하고 있는 것처럼 보였다.

"시키는 대루 할래요."

"어이구 장하셔라. 미친년!"

강씨 처는 속으로 어림 계산을 해본다. 아무리 애를 써서 형식으로 치른다 할지라도 삼사만원은 들 것 같았다. 더군다나 미순이가 도망갈 때 일수를 이만원이나 얻어갔으니 그 돈 갚고 혼사 치르려면 오만원은 족히 들 것이었다. 또한 몸을 풀 때까지는 전에 나가던 가발공장에도 못 나갈 테니 먹여줘야 할 것이다. 그런데 문제는 누가 이걸 데려가는가 하는 것이었다. 근심이 가시는가 하자 새로운 걱정거리가 무더기로 밀려들었다.

"이래저래 큰일이로구나. 일수 얻어다 뭐에 썼어?"

"사글셋방 하나 얻었어요. 다 까구 만원 남았든 거…… 그이 군대 간 뒤 한 달 동안 내가 먹어버렸구요."

"차라리 뒈어지기나 했으믄, 내 속이 편하잖아."

강씨 처는 다시 근호가 이달 안에 얼마를 들여올까를 계산했다. 이번 달에는 야근이 많았으니까, 못 받아도 일만사천원쯤은 받을 것이었다. 강씨가 매일 들고 들어오는 돈으로 먹는 건 이럭저럭 밀가루와 보리로 적당히 때우기로 하고 골방에 자취 손님이라도 들여야겠다고 작정을 해보았다. 그러나 제 마음대로의 작정뿐이었지 막상 돈이 필요한데 살아가는 일들이 틀림없이 맞아떨어지리라는 보장은 없는 것이었다. 이런 때, 친정붙이라고 하나 있는 삼촌이라도 조카 혼사에 보태라며 돈 만원쯤 내놓으면 얼마나 자랑스러우랴 싶었다. 강씨 처가 삼촌의 성경책을 집어서 그의 코앞에다 들고 흔들었다.

"먹고 나서 예수고 뭐고지, 허구헌 날 산속 기도원에나 백혀 있으믄 세상이 뒤집어지는 줄 알아. 이거 빨리 청산해야 너두 돈 좀 만질 거다."

"누님두…… 뭐 내가 못할 짓 하는 겁니까. 내 실성기가 나은 게 모두 하나님 탓입니다. 내달부터는 기도원 운영을 내가 맡기루 되어서 생활비가 월 삼만원씩 나오게 됩니다."

"말은 좋다. 내 땅변이라두 낼 테니, 너 이번 혼사에 만원 보태

줄래?"

"전도사 어른께 미리 말씀드려보지요."

"얘, 행여나 돈이 나오겠다. 거기 가서 엎드려 비는 이들이 전부 속 답답하거나 못살아서 죄진 사람들인데, 그 사람들 갖다바치는 걸루 네게 줄 돈이 차례나 오겠다."

"아녜요. 요샌 오히려 그런 쪽이 경제가 낫습니다."

어쨌든 강씨 처는 마음을 정하자마자 한결 근심이 덜어지는 것 같기도 했다. 날마다 죽을 둥 살 둥 하면서 그래도 가난 때문에 온 가족이 뿔뿔이 흩어져야 할 위기를 몇 번이나 넘기면서도 용케 살아나왔던 것이다. 사람이 죽으란 법은 없으니까…… 어떻게든 되겠지. 강씨 처는 막연하게나마 딸의 혼사를 치르기로 작정은 했으나, 뱃속의 아이가 무엇보다도 큰 걱정이었다. 그렇지만, 애비 없는 자식이니 낳게 할 수는 없었다. 그 여자는 부엌으로 내려서며 혼자 중얼거렸다.

"언제는 돈 있어서 살았냐, 속아서 살았지."

2

하천 건너편 빈터에서 모닥불이 타고 있었다. 마을 사람들이 사과 상자를 패어 살려놓은 불이었다. 이미 캄캄해진 공장 부지의 들판 가운데서 불길이 기세 좋게 타올랐다. 쓰레깃더미와 이곳저곳에 어른 키만큼 자란 잡초가 불빛에 드러났고, 불 주위에 모인 마을 남자들의 법석대는 소리와 낄낄거리는 웃음, 콧노래 들이 들려왔다. 연기가 그치고 고운 화염이 솟아오르자 그들은 개를 불 위에 얹고 그슬리기 시작했다. 불이 있고, 술과 고기가 있으니, 그 주변은 자연히 싱싱한 활기가 돌게 마련이었다. 모여선 어른들은 서리를 끝내고 돌아온 짓궂은 시골 소년들처럼 킬킬대며 농지거리들을 주고받았다. 아낙네들도 이런 저녁마다 시큰둥해서 풀이 죽어 있던 동네 남자들 사이에 쾌활한 모임이 벌어지고 있는 광경을 대견스레 구경했다. 여자들은 하천 건너편에 남아 있었지만 극성스런 아이놈들이 벌써부터 건너와 어른들 뒷전에 살살거리며 모여 있었다. 개털이 타는 노린내가 불가에 가득찼고, 붉은 불빛이 그들의 벗은 몸과 얼굴에서 일렁였다.

모인 사람들은 대략 칠팔 명쯤 되었는데, 강씨의 공로에 대해서 한마디씩 치사를 잊지 않았다. 막걸리도 한 바께쓰 갖다놓았는데, 모두들 술값을 추렴들을 했기 때문에 고기를 기다리는 일이 떳떳했다. 왕이 가져온 쇠솥에서는 더운물이 펄펄 끓고 있었다. 마른나무가 타는 소리가 들리고, 까맣게 그슬려진 개의 피부에서 기름이 번졌다. 사람들은 기와공장 아랫동네에 관한 얘기를 했다. 오늘은 한 점의 불빛도 보이지 않는 그쪽의 허허벌판을 그들은 가끔 두려운 듯이 바라보았다. 안경을 쓰고 머리가 희끗희끗한 반장이 말했다.

"저쪽 동네는 오늘 낮에 모두 뜯겼는데 우린 참, 운이 좋았지요.

구청 직원 말이 우리 동네는 생겨난 지가 십 년이 넘으니까, 권리
금이 나올 거라 그겁니다. 내년까지는 아무 탈이 없을 거요."

"이 동네가 어떻게 생겨난 동네라구. 공장 질 때, 거기 나가 기
초공사를 했던 사람이 전부란 말야."

"뜯겨난대두 가구당 오만원씩은 나온다 그겁니다."

"젠장, 뜯겨두 좋겠구먼 뭘."

"이 친구 정신없는 소리 하네. 돈 오만원하고 저 궁궐 같은 집을
바꾸잔 말야?"

"딴은 그래. 우리네한테는 궁궐이지."

그들의 등뒤에서 자전거 벨 울리는 소리가 요란하게 들렸다. 키
가 크고 허우대가 건장한 남자가 뒤에다 함지 등속을 서너 개 포개
어 싣고 그들 곁으로 다가왔다.

"나는 빼놀 셈인가, 이 작자들아."

"덕배 잘 왔네. 술장사가 술을 내얄 거 아닌가."

"오늘은 그 포장마찰랑 때려치우구 여기서 보신이나 하게그
려."

덕배라고 불리는 사내는 자전거를 세우지 않고, 허벅지로 받친
채 반장에게 물었다.

"어찌됐습니까? 얼핏 들으니 가구당 오만원으루 책정되었다든
데……"

"언제 뜯길진 모르지만, 올해 안으론 별일 없을 걸세. 이게 모두

내 덕인 줄이나 알게."

반장이 자기 가슴을 툭툭 두드려 보였고, 덕배는 이마에 흘러내린 땀을 손등으로 걷어서 뿌리며 잠깐 생각했다.

"이런 경우는 어떻게 됩니까. 우리집에 세를 놓을까 하는데, 나갈 때 그 사람들두 오만원을 받는 겁니까?"

"그러니까, 미리 타협해서 계약을 해야지."

"계약 좀 같이 해주쇼. 내일 사람이 온댔는데."

"입회해달라 그 얘기로군. 한턱 내게나. 해줄 테니."

"예, 저는 반장님만 믿구 있겠습니다."

"여보게 덕배, 우리집에두 방이 하나 비는데 말이지……"

강씨는 일숫돈을 아무래도 갚아야겠다는 생각이 났으므로 말을 꺼냈다. 아내와 다투고 나오긴 했지만 내심으로는 미순이의 그런 꼬락서니에 약간의 가책이 느껴졌던 것이다. 실상 그들 남매에게 정을 보여줬던 적이 한 번도 없었다. 덕배에게 말했다.

"자네는 길가에서 사람 상대가 많으니 하는 말이네. 우리두 좀 구해주게."

"가만있으슈. 그 사람이 오면 연줄이 닿을 테니까."

"뭣하는 작자들일까……"

"뭣하긴…… 예서 방 구하는 게 전수 촌에서 올라온 공원 지원자들 아닌가."

"어 그렇겠구먼."

"집이야 저 정도면 촌놈들께 이만원은 받아야겠지?"

"이 녀석아, 너는 촌놈 아냐?"

"말 말어. 내 수돗물 먹은 지가 벌써 육 년째야."

"저건, 시내 지리두 아직 잘 모르면서…… 인석아, 여긴 촌 아닌 줄 알어? 보리 깡촌이라구."

덕배는 동네 사람들의 법석대는 농담을 뒤에 두고, 자전거를 밀면서 빈터를 지나갔다. 아직 밭고랑의 흔적이 남아 있는 길이라서 몹시 울퉁불퉁했다. 자전거 바퀴가 걸려 주춤거릴 때마다 덕배는 혼자 씨부렸다.

"옘병할, 병신 같은 년!"

오밤중에 모자라는 국수를 삶아오라니 짜증이 안 날 수가 없었다. 하긴 요즘 들어서 장사가 잘된다는 얘기이기도 했지만, 무슨 놈의 여편네가 준비성도 없느냐는 것이었다. 해삼도 그냥 상해버릴 것을 함지 가득히 받아다가 손해만 봤고, 순대도 반 나마 버렸는데 국수는 야근자들이 부쩍 찾는 걸 알면서도 적게 준비했던 것이다. 그는 둑에 걸쳐놓은 나무판자의 다리를 건너서 한길로 올라섰다. 널따란 아스팔트가 좌우로 뻗어나간 길이었다. 양쪽에 가로등이 휘황했고, 공장들이 줄지어 있었다. 기계 돌아가는 소리가 빈 길 위에 가득차 있었다. 덕배네 포장마차는 공장 건물들이 그치고 상가가 나오는 짤따란 번화가의 끝에 있었다. 복개되지 않은 개천 위에 통나무와 널판자로 자리를 만들어 그 위에 터를 잡아놓은 것이었다.

"뭣허다가 인제 나타나는 거유."

자전거를 포장 뒤에 세워놓은 덕배의 등덜미에서 그의 처가 푸념을 늘어놓기 시작했다.

"방금도 두어 패나 놓쳤단 말예요. 근데 큰놈 안 갔습디까?"

"못 봤는데."

"내 그럴 줄 알았다니까, 또 만홧가게서 텔레비에 눈을 박구 있는가봐. 이놈 새끼 나타나기만 했다봐라."

덕배는 끌끌, 혀를 차고는 홧김에 국수 함지를 쿵 소리나게 내려놓고 포장 안으로 들어갔다. 막걸리를 들이켜고 있던 사내가 술잔을 들어 보이며 알은체를 했다. 트랜지스터 행상인 그 사내는 날마다 덕배네 포장마차에서 저녁 술을 걸치고 갔다. 덕배도 맞받아 끄덕이며 멋쩍게 말했다.

"네 네 오셨군. 마누라쟁이가 극성이라서……"

"먹구사는 게 다 그렇지요."

"암, 말 잘했수. 먹구산다는 게 시끌법석하죠. 오늘은 좀 늦으셨어."

"어유, 정말 한 백 리는 걸었을걸."

행상은 성근 수염이 자라난 턱을 내리쓸었다. 그의 얼굴은 언제나 침울해 보였다. 몇 달 전보다는 덜 심각해 보였으나, 아직도 표정이 어두운 편이었다. 덕배는 남자들의 얼굴에 깃들이는 실업의 무기력하고 불안한 표정을 잘 알고 있었다. 행상은 지난봄에 출감한 사람이었다. 그의 말로는 별게 아니라지만 하천 건너편 동네 사람들의 뒷소문에 의하면 실성기가 있는 여편네를 칼로 찔렀다는 것이었다. 덕배는 되도록 그가 술을 많이 마시지 않기만을 바랐다. 그는 어쩌다 신이 나면 예전의 서기 시절을 떠올려 허풍을 떠는 적이 있었다. 덕배는 지금쯤 그의 동네가 허허벌판이 되었음을 알고 있었으며 그래서 도무지 불안하기만 했다. 덕배는 오늘따라, 그의 안주 접시 위에 튀김 두어 개가 얹혀 있는 것을 보고는, 꼴뚜기를 썰어서 얹어주며 말했다.

"피곤할 텐데 얼른 집에나 가보슈."

"가봤자…… 지긋지긋하게 찌는데, 여기서 쉴랍니다."

"오늘 동네서 난리 안 났습디까? 당신은……"

하는 아내의 옆구리를 쿡 찔러놓고 덕배는 공연히 신탄진 한 개비를 권했다.

"무슨 난리요?"

행상이 심드렁하게 물었다. 덕배가 말했다.

"아니…… 거, 저 뭣인가…… 물난리겠지. 날이 가물어서 원."

덕배의 처가 그제야 생각났다는 듯 연방 투덜대면서 들어와 둘렀던 앞치마를 풀었다.

"내 요놈의 새끼를…… 가게 좀 봐요."

"내비둬."

"허라는 공분 않구, 맨날 텔레비에다 만화에다…… 어이구, 지겨워. 어디 그뿐야, 툭하면 돈 통에 손을 넣는단 말여요."

덕배도 한숨을 쉬며 말했다.

"자식 가르치기가 무척 힘이 듭니다. 내 어떻게든 큰놈은 갈켜서 펜대 잡게 만들려구 허오만…… 나두 중학교까지 나왔는데 요 꼴이니."

월부 통장의 입금란을 따져보고 있던 행상은 말없이 웃기만 했다. 덕배의 아내가 부리나케 나가면서 외쳤다.

"공장 애들 오면 장부 보구선, 지난달 치 떡값 받아놔요. 내 빨리 댕겨오께."

"어, 저 여편네가…… 어이, 야!"

"국수 하나 말아주오."

쫓아나가려는 덕배 앞으로 어느 노인이 들어서자, 덕배는 하는 수 없이 도로 들어왔다. 노인은 손잡이가 달린 숫돌대와 접는 의자를 메고 있었다. 칼이나 가위를 갈아주는 업인 모양이었다. 덕배가 국수를 마는 동안 노인은 한참이나 찹쌀떡이며 인절미 등속을 바라보다가 동전을 꺼냈다. 그러곤 여러 번 동전을 헤아려보고 나서 말했다.

"저 인절미 한 개 얼마요?"

"예, 십원인데요. 두어 개 잡수시면 밥보다두 든든합죠. 끼니 때우긴 찹쌀이 젤이니까."

"꼭 하나만 주."

"앗씨, 죄송함다."

하는 걸쭉하게 쉰 음성과 함께, 더벅머리에 요란한 무늬의 셔츠를 입은 스물 남짓한 청년이 들어섰다. 덕배가 건성으로 받았다.

"어이, 근호가 웬일야."

"네에, 그렇게 됐음다. 한잔 걸쳤음다. 앗씨, 나 술 좀 주슈."

"많이 걸친 거 같네."

탐탁지 않게 말하면서 덕배는 그제야 근호가 왼손을 온통 붕대로 싸감은 것을 발견했다.

"왜 또 손은 그래? 싸웠구만."

"예? 아, 이거…… 한판 벌렸수."

"귀한 자식이 엄닐 생각해서락두 피해야지…… 이 사람아, 자네 누이가 왔는 모양이야."

막걸리 주전자에 손을 뻗치던 근호가 잠깐 주춤했다.

"누가요? 앗씨, 누가 왔다구?"

"누구긴…… 미순이 말야."

근호는 상을 잔뜩 찌푸렸다가, 다시 고개를 좌우로 거세게 흔들었다. 잠시 멍하니 제 발밑을 내려보다가 아까보다는 가라앉은 태도로 술잔을 기울였다. 노인에게 국수를 내주고 나서 덕배는 행상에게 물었다.

"하루에 얼마나 올리쇼."

"뭐…… 돈 천원 나올까요."

"야, 그거 괜찮은데."

"괜찮은 날은 그렇지요. 장마가 낀데다 날씨가 더워서 어디……"

"나두 왕년에 해봐서 잘 아는데, 이런 때 양산이나 해보지 그러쇼. 외상 주면 부인네들 시샘해가며 산단 말야."

"양산 같은 건 호랑이 담배 먹을 적 얘기요. 유행이 다른데."

"세월이 그렇게 됐군. 내 한 이백 올려봤수."

"한참 좋았구면요."

덕배는 자기도 술을 따라 한잔 들이켜지 않을 수가 없었다.

"참 씨팔…… 드러워서, 요 꼴이 될 줄 누가 알았나."

하면서 덕배는 아직도 고개를 숙인 채 뭔가 궁리중인 듯한 근호의 머리통께에다 대고 말했다.

"나 허풍이 아니야. 이백…… 정말 돈 벌리기 시작하니까 정신이 없더구만."

행상이 건성조로 감탄하며 맞장구를 쳤다.

"찬스지, 찬스. 그것만 잡았다 하면 돈 버는 거야 무섭죠."

하는 쪼가 자기도 왕년에는 수천금 잡았었다는 태도였다. 노인도 그들의 얘기에 솔깃해졌는가보았다.

"현금으로?"

"빠다라시 은행권이죠."

"그래 얼마 동안에 잡았소?"

덕배가 신이 오르기 시작했다.

"한철, 여름 한철이라니까. 좌우간에 첨에 나 혼자 뛰다가 밑천은 내가 대구 종형에다 처남까지 손잡구 했었다 그 말요. 딱 벌어서 그걸루다 안전한 장사를 하는 건데 말이지⋯⋯"

덕배가 자기의 이마를 때리고 나서,

"내가 서울 요리를 알았어야지. 서울 와서 뭘 했겠소. 내 곰곰이 생각을 해봤단 말야. 장사에는 머리다, 머리를 쓰는 거다. 자본 있겠다, 기운 팔팔하겠다, 가만 생각해보니, 서울에 노인네 없는 집이 없었어. 이 양반들 출타하려면 지팡이가 있어야 거란 말요. 그왜 절간이나 놀이터 앞에서 팔잖습디까. 자본을 몽땅 들였지. 매일 지팡이를 백여 개씩 깎아다가 애들까지 고용해서 보냈다 그거요. 원 이런 병신에⋯⋯ 우라질, 서울이 묘하더구만. 노인네가 어딜 보여야지. 그러니 요놈 지팡이가 불쏘시개보다두 못하게 되어버렸다 그 얘기요."

국수 국물을 마시던 칼갈이 노인이 말했다.

"듣구 보니, 머리 한번 잘못 쓰셨어. 한꺼번에 벼락금을 만지려면 도적놈 심보를 가져야지. 그러게 촌놈은 땅이 제일이오. 지팡이란 게 촌사람 생각이지. 나두 자식이 둘 있소만, 내 모가치 벌지 않곤 이런 대처선 못 살아요."

덕배는 이왕 얘기로 기분도 냈겠다. 발동이 걸렸으니 술이나 푸

170

짐히 먹고픈 생각이 들었다. 그는 거의 반 되 넘어 마셔대고 있었던 것이다. 그때에, 포장 사이로 소녀의 기다란 머리카락이 힐끗 들어왔다가 나갔고 밖에서 재깔대는 소리가 들려왔다.

"남자들이 많어 얘."

"어떠니 뭐…… 먹는 게 숭이니?"

덕배가 재빨리 쫓아나갔다. 철야에 들어가는 여공들이 요기를 하러 와 있었다. 고만고만한 또래들이었다. 요런…… 새끼 조개를 보게, 하면서 덕배는 그중 반반하고 얌전하게 뵈는 쌍갈래머리의 등을 밀었다.

"아가씨들 들어오쇼. 내 푸짐하게 국수 말아줄 테니."

"떡두 있죠?"

"떡이란 떡은 다 있지. 내 솜씨가 제법 맛을 낸다구."

"아이 더러워라."

"예끼, 노상 물에다 담근 손인데."

"아저씨 언제 소변봤어요?"

"나는 뒷짐지고 일보는 사람이라구."

어쩌고 하면서, 덕배는 벌겋게 된 얼굴에 흡족한 웃음이 가득해서 소녀들을 앞세워 들어왔다. 그들이 들어서자, 갑자기 비좁은 포장마차가 탱탱한 공처럼 터져나갈 것 같았다. 그들은 우선 국수부터 한 그릇씩 먹어대고 나서, 떡을 집어먹으며 지껄이기 시작했다.

"나 이번 달두 적자야. 큰일났어, 얘."

"공장 관둘까봐. 언제나 견습 면하구 사원 돼보나."

"고향엔 이젠 못 간다. 늬들 갈 수 있다고 생각해?"

"앞으로 몇 년만 참으면, 기술이라두 배우잖어?"

"기술 좋아하네. 그런 게 기술이면 밥 짓는 것두 기술이구 연애하는 것두 기술이겠다, 얘."

"그러엄, 기술이지…… 잘만 물어봐."

"홀에나 나갈까, 아니면 놈씨나 하나 잡을까."

"공돌이?"

"걔들은 안 돼. 십 년 지나야…… 겨우 반장쯤인걸."

그때, 도구를 챙겨 메고 밖으로 나가던 노인이 투덜거렸다.

"온…… 천하에 못돼먹은 년들 같으니. 내외할 줄두 모르구, 버젓이 밤중에 쏘다니면서 상소리나 해? 그저 내 딸년 같으면 다리 몽갱이를……"

"어머나아!"

여공들이 일시에 소리쳤다. 덕배는 손가락을 입에 대고, 한 손은 저으면서 노인이 나가는 걸 지켜보고 나서 말했다.

"영감네들야 모두 저렇지. 그저 옛날 생각이나, 아니면 촌에서 마실 댕기던 대루 여긴단 말야."

술 마시기를 그치고 생각에 잠겼던 근호가 말했다.

"노인네 말씀이 맞을지두 모르겠는데."

"뭐예요?"

172

"아니, 댁들이 꼭 그렇대는 건, 아니지만…… 이놈의 동네, 어딜 가나 다 그렇지. 댁에들 솔직히…… 말만 잘하믄 주는 거 아니냐 이거지. 내 얘기는……"

"여보세요, 댁이 시방 누굴……"

"히야까시하느냐구."

"주긴 뭘 줘."

"아저씨, 애인 하나 소개해줘요."

점점 들까불기 시작하는 여공들을 둘러보며 덕배는 게슴츠레해진 눈으로 말했다.

"내가 어때?"

주로 되바라진 말만 내뱉던 여공이 계획적으로 보이도록 아양을 부렸다.

"너무 늙어서 안 되겠어요."

"누가 우리 방세 좀 안 내주나?"

"그보담 오늘 먹은 거 짜악, 빈대 잡을 수 없으까요?"

근호가 취기가 적당히 오른 목소리로 참견했다.

"씨팔, 나두 돈 있다 이거야. 나하구 데이트합시다. 오늘 쑈 들어왔든데."

여공들은 뭔가 '프라이드'가 상했다는 얼굴로 새침해졌다. 제일 나이가 많은 듯한 얌전한 쌍갈래머리가 물었다.

"지금 몇시나 됐어요?"

"쌍년들 통빡 죽이구 있네."

근호가 씨부렸고, 덕배는 시계를 보느라고 팔을 크게 휘두른 다음에 말했다.

"아홉시 십 분 전."

"나훈아 쑈가 들어왔든데, 내일 비번인 사람 같이 갑시다."

근호의 말에 여공들이 일시에 샐쭉해졌다가, 되바라져 보이는 여공이 내쏘았다.

"딴 데 가서 알아봐요."

밖에서 누군가 덕배를 불러냈는데, 경관의 모자와 유니폼이 힐끗 보였다. 덕배는 갑자기 얼굴이 굳어져서 밖으로 나갔다. 여공들이 다시 지껄이기 시작했다.

"얘, 우리 날마다 몸 뒤지는 키 작은 경비 녀석 있지? 엊저녁에 나더러 배드민턴 치러 가자구 꼬시더라. 밤에 뭐가 보이니 글쎄."

"너 지지난달에 제품부에 들어온 명자 알지? 걔는 요새 생활비가 딸려서 여관에 출장 나간대. 고게 공장 와서는 혼자 얌전을 다 떤다구. 누가 봤다면서 슬쩍 찔렀더니, 화장실루 데려가서 울면서 사정을 하더래, 얘."

"김기사 있지? 얼마 있으면 일본에 기술 배우러 간대."

"그치 꼬시는 수법이 그래, 얘. 반반한 여직원들한테는 꼭 그 얘기부터 한대."

"나두 일본말이나 배웠다가, 본사에 가봤으면."

"우리 같은 건 본사 직원 근처엔 얼씬두 못해. 검사과에 있는 미쓰 박이라구 홀쭉한 애 있잖아. 와다나베인가, 와리바신가 하는 꼰대하구 살림 차렸대."

"와다구시노 공순이노 도오꾜노 사요나라."

깔깔대는 여자들 틈에 시큰둥해서 앉아 있던 근호가 갑자기 요란하게 노래를 시작했다.

"얼씨구 씨구 들어간다. 절씨구 씨구씨구 들어간다. 서울 못 보고 죽은 귀신 어디에다 묻어줄까. 서울 못 보고 죽은 귀신 역전앞에다 묻어주지. 공돌이 각설이 들어간다."

여공들이 귀를 막았지만, 근호는 붕대 감은 손을 휘저으며 진짜 알깡패처럼 악을 썼다.

"공부 못 하고 죽은 귀신 대학교 앞에다 묻어주고, 돈 못 쓰고 죽은 귀신 명동 입구에다 묻어주고, 춤 못 추고 죽은 귀신 호텔 앞에다 묻어주고, 책 못 보고 죽은 귀신 만화방 앞에다 묻어주고, 등산 못 가 죽은 귀신 야호 앞에다 묻어주고, 장가 못 가고 죽은 귀신 종삼에다 묻어주고, 술 못 먹고 죽은 귀신 무교동에 묻어주고, 휴일 없이 죽은 귀신 예배당 앞에 묻어주고, 자가용 못 타고 죽은 귀신 양옥집 앞에다 묻어주고, 쪼꼬레또 못 먹고 죽은 귀신 월남에다 묻어주고, 밥 못 먹고 죽은 귀신 밥솥에다 묻어라. 공돌이 각설이 들어간다. 어, 시끄럽다 각설아, 한푼 줄게 꺼져라!"

근호가 처음부터 되풀이하기 시작했을 때, 덕배의 머리가 포장 안으로 쓱 들어오며 고함을 쳤다.

"야, 거 조용하지 못해? 철딱서니 없는 자식."

여공들이 우르르 몰려나갔다. 밖에서 덕배는 한 손을 뒷덜미께에 얹고 연방 고개를 끄덕이며 섰고, 경관이 낮은 목소리로 뭔지 훈계하는 참이었다. 덕배의 처가 볼이 퉁퉁 부어오른 아이놈을 몰고 그들에게로 다가왔다. 경관은 사람 눈이 많아져서 재미가 적다고 느꼈는지 덕배의 등을 툭툭 두들겨주고는 아주 느릿느릿한 걸음으로 한길을 건너갔다. 덕배 처가 그의 등에 매서운 시선을 보내면서 말했다.

"얼마 뜯겼수?"

어깨가 축 처져버린 덕배가 시무룩해서 말했다.

"이천원."

"아이구, 사흘 장사 망쳤네."

경관이 온 것과 장사 망친 게 아이의 탓이거나 한 것처럼, 덕배 처가 아들의 볼따구니를 쥐어질렀다. 아이가 죽어가는 소리로 악을 썼고, 덕배는 앞치마를 벗어서 땅에다 내동댕이쳤다.

"쥐약들을 멕여서 다 몰살을 시키든지…… 아니면, 예미랄 거어디 왕서방한테 팔아뻐리든지. 이년아, 사내가 지키는 걸 알구 와선 손을 내밀잖어."

그들이 정신없는 틈을 타서 여공들이 하나둘씩 빠져나가고 있었다. 한참을 떠들다가 그제야 정신이 든 덕배가 마차 안팎을 휘둘러보고 나서 공장 가로를 뛰어 쫓아갔다. 네거리에 이르러 그들이 어디로 뛰었는지를 종잡을 수 없게 되자, 덕배는 방향을 잃고 헐떡이는 숨을 가라앉히며 서 있었다.

"좆같은 날이네. 여편네가 짱알대니 되는 일이 있어야지."

그런데 외등의 불빛으로 드러난 어두운 골목 저편의 전봇대 아래로 붉은색이 후딱 지나치는 게 보였다. 잡았구나 싶어져서 덕배는 열이 올라서 그쪽으로 냅다 뛰었다. 골목 안으로 들어서니까 작은 발짝 소리가 앞에서 들려왔다. 차츰 가까워지자 덕배는 고함을 꽥 질렀다.

"야, 저엉 달아날래?"

뛰던 여공이 발을 천천히 놀리더니 오뚝 섰고, 질린 눈으로 그를 돌아보았다. 그가 옆으로 다가서자 여공이 목을 잔뜩 움츠렸다. 쌍갈래머리의 얌전이였다. 덕배는 다짜고짜로 여공의 손목을 움켜잡았다.

"요놈의 기집애들아, 돈을 안 낼 테면 이노꼬리라두 잡혀야지…… 당장 파출소루 가자!"

쌍갈래머리가 주저앉으려고 궁둥이를 빼면서 사정했다.

"아저씨, 그런 게 아녀요. 한 애가 산다구 그러구선 우릴 골탕 멕이느라구 달아났어요."

"여러 말 할 거 없다구, 돈을 내."

"정말예요. 내 월급날에 꼭 갚아드릴 테니까 한 번만 봐주세요.

야근 들어가야 해요."

덕배는 여공의 손을 우악스럽게 잡아끌다가―까짓거 기백원 되는 걸, 놓아 보내줄까―하는 약한 마음도 들었다. 하지만 그것도 이 동네 초창기 시절의 얘기이고, 그래봤자 병신 되는 건 순전히 선의를 보인 쪽일 뿐이었다.

"돈이 없으면 아무거라두 잡혀. 시계 있지?"

"없어요. 벌써 몇 달 전에 전당포에 맡겼는데 찾지 못했어요."

"집이 어디야?"

"요 너머 간이주택 삼동 쪽에서 자취해요."

"거기 가자."

여공이 사정조의 몸짓과 목소리를 멈췄다. 얌전이는 덕배의 손을 탁 뿌리치더니 앞장서서 걸어갔다. 덕배는 머쓱해져서 얌전이의 뒤를 따라갔다. 공장 가로가 끝나고 시장을 통과했지만, 덕배는 이미 마음을 푹 놓고 뒤를 쫓아갔다. 여공의 빨간 티셔츠가 십 미터 밖에서도 보일 정도였고, 사실 여공도 치사하게 달아나는 일은 되풀이하고 싶지 않은 모양이었다. 얌전이는 한 번도 뒤편을 돌아보지 않았다. 그들은 덕배네 동네보다는 겉보기로 한결 나은 간이주택 동네의 비좁고 질척한 골목을 이리 꼬불 저리 돌아서 한 지붕 아래 스무 가구는 사는 걸로 뵈는 여공의 숙소로 들어갔다. 긴 복도가 있고 양쪽에 줄지은 미닫이 방 안에서 주정하는 소리, 남녀가 떠들며 노래하는 소리들이 들려왔다. 여공이 열쇠를 따고 안에 들어가서 불을 켰다. 덕배는 공연히 따라왔다고 후회가 되었으며, 어쩐지 가슴이 두근대기 시작하는 것이었다.

"들어오시죠. 이거뿐이니깐."

얌전이가 헝클어진 캐시밀론 이불을 발로 밀어젖히면서 말했다. 라면 상자 위에 냄비 두 개와 그릇들, 세면도구가 놓여 있었다. 벽에 남자와 여자의 허술한 옷가지들이며 앞가슴을 풀어헤치고 노래하는 남진의 사진과 거울이 걸려 있고 방바닥에 재떨이도 있었다. 덕배는 약간 난처했으므로 문턱에 걸터앉아 담배에 불을 붙였다.

"실은 나두 이럴 작정이 아녔는데, 하는 짓들이 괘씸해서 말이지."

여공이 입을 삐죽하더니 웃음을 머금은 얼굴로 덕배의 코끝을 빤히 들여다보았다.

"오늘은 앗씨 땜에 야근두 못 들어갔으니까요. 이불 가져가시라구요."

"뭘…… 그럴 거까지야 없구우."

하다가 덕배는 벽에 압정으로 눌러놓은 작은 종잇조각에 눈이 갔다.

'삶―생활이 그대를 속일지라도 슬퍼하거나 노하지 말라. 설움의 날을 참고 견디면 머지않아 기쁨의 날이 오리니 현재는 슬픈 것 마음은 미래에 살고 모든 것은 순간이다. 그리고 지난 것은 그리운 것.'

글씨 끝에 갈매기와 구름을 그려넣은 취미가 제법 그럴듯해서 딴에 뭘 아는 거 같아 보였다. 어쩐지 혼자 떠돌아다니던 때가 생각나서 덕배는 자기도 모르게 문턱에서 방 안으로 깊숙이 들어앉았다.

"내…… 그냥…… 얘기나 하다가 가지."

얌전이는 벽에 등을 기대고 심란하게 앉아서 과거는 흘러갔다, 그러니 어쩌겠냐는 내용의 노래를 부르고 있었다. 덕배가 말했다.

"젊을 때 고생은 사서두 한단 말이 있지만, 기술이나 배우구 슬슬 시집가믄 되는 거지 뭘 그래."

"시집요? 참 나……"

얌전이가 곱게 눈을 흘겼다. 여자는 편하게 다리를 주욱 뻗고는 깡총한 치마를 사타구니 쪽에 몰아다 들뜨지 않도록 주먹으로 내리누르고 있었다. 덕배는 허옇게 드러난 허벅지 쪽으로 눈이 가지 않도록 신경을 써야만 했다.

"아 그럼 혼자 늙어 죽을 건가. 한창 좋은 때에……"

"앗씨, 이왕 좋은 일 하려면 한 가지만 더 해보세요."

"무슨 일."

"우리 방세 좀 내주실래요? 내달에 꼭 갚아드릴게. 이번 달에는 아파서 꼭 일주일 결근했는데 이렇게 차질이 나잖아요."

"내가 골이 비었나?"

덕배는 완전히 방 안에 들어와 여자와 마주보고 앉았다. 여자는 갈래머리를 풀고 손가락을 펴서는 뒤로 자꾸만 쓸어넘겼다. 훨씬 여자답고 나이들어 보였다. 덕배는 손바닥에 밴 땀을 무릎에 닦으면서 침을 꿀꺽 삼켰다.

"처녀 방에 웬 놈의 사내 냄새가 이렇게 심할까, 원."

얌전이가 고개를 들어 벽에 걸린 남자옷들을 힐끗 보고 나서 말했다.

"친구들이랑 넷이서 같이 합숙해요."

"요 관만한 방에 넷이 누우면 그냥 포개지겠는데."

"영원히 친구로만 되자구 약속했어요."

얌전이가 자기 손목에 바늘로 따넣은 잉크의 반점 두 개를 쳐들어 보였다. 덕배는 고개를 저었다.

"서루 바꿔 자기두 하는 모양인가. 남자 여자 남자 여자 눕다보면."

"이 아저씨 인제 보니 우동값 받으러 온 게 아니구……"

여자가 두 팔을 위로 쳐들어 기지개를 켜면서,

"어쨌든 보통 아니셔."

덕배가 조금씩 다가앉았다.

"나두 가정적으루다…… 불운한…… 사람인데 말이지."

"아유, 몸살 나시겠네. 이불 갖구 빨리 가세요."

얌전이가 한쪽 다리를 넌지시 올리고 머리를 갸웃하게 얹었다. 덕배는 깨어가던 술이 한꺼번에 올라오는 느낌이었다.

"좌우간 오늘 장사 망했다. 젠장할!"

덕배는 발끝으로 거칠게 미닫이를 닫아버렸다.

3

악, 악, 악, 뷰티풀 선데이.

악, 악, 악, 뷰티풀 선데이.

근호는 행상 사내와 엇비슷하게 비틀대면서 요새 귀에 익은 양곡의 같은 소절만을 연거푸 불러댔다. 그 구절 이상은 모르고, 또한 몰라도 상관이 없었다. 악, 하고 박력 있게 끊을 때마다 신이 저절로 돋우어지는 것이었다.

"안 그렇습니까? 형님, 기부운…… 기분으루 산다 이겁니다."

"조오치! 내 우리집 가서 한잔 더 내지."

행상이 어깨에다 멘 라디오 짐의 멜빵을 척 치키면서 주먹을 쥐어 허공에다 결연히 흔들어 보였고, 근호는 손을 홰홰 내젓고 자기 가슴께를 툭툭 두드리며 말했다.

"아니, 나두 오늘 돈 좀 받았다 이거요. 돈…… 얼마든지. 우리 시장 골목 청주옥에 가서 주물렁탕이나 하다 갑시다. 악, 악, 악, 뷰티풀……"

그들은 전자제품 조립공장의 창고가 늘어선 철조망 옆으로 비틀대며 걸어갔다. 여러 대의 화물자동차가 서 있고, 반바지만 걸친 몸집 좋은 남자들이 포장된 상자를 나르고 있었다. 철야에 들어가는 여공들이 줄을 지어 서서 작업 카드에 확인을 받고 있는 게 보였다. 공장에서 사이렌 소리가 들리고 있었다. 자매로 보이는 두 소녀가 서로 손을 꼭 잡은 채 그들을 앞질러서 뛰어갔다. 창고 앞 길을 지나자, 거기서부터는 외등이 없어서 발끝이 잘 안 보일 만큼 캄캄했다. 행상이 근호에게 물었다.

"그런데 자넨 한 달에 얼마나 버나?"

"나요? 칫…… 일당 삼백이십원 받죠."

"고걸 가지고 큰소리야. 난 또……"

근호가 우뚝 섰다. 그는 셔츠 윗주머니에서 두툼해 보이는 봉투를 꺼내어 행상의 코앞에다 대고 흔들었다.

"월급이 아니라구요. 내 손을 좀 보슈."

근호는 권투선수같이 커다랗게 붕대가 감긴 손을 자랑스럽게 치켜들었다.

"요 꼴 덕택으루 한 땡 잡았다 그겁니다."

"뭐야…… 싸운 건가?"

"씨팔, 사람이나 치구 댕기는 놈으루 아슈? 다쳤어요. 홧김에 술은 마셨지만, 지금은 기분이 좋은 건지 나쁜 건지 나두 잘 모르겠수."

행상이 말했다.

"치료비 받았군."

"비싼 건지, 싼 건지는 잘 모르겠지만, 아무튼 손가락 세 개가 싹 나갔습니다."

"손가락 세 개?"

"그래요. 엄지, 검지, 가운데…… 일렬루 사그리 나갔다구요. 술을 내가 살 만하잖아요."

"난 그런 술 못 먹네. 우리집에나 가자구."

행상이 근호의 겨드랑이에 팔을 넣으면서 낮게 말했다. 근호가 잠깐 뻗대었다.

"우리집 갑시다. 나 혼자 쓰는 방이 있으니까."

"가출했던 누이동생이 왔대며?"

"아 까짓 년, 때려죽여두 시원찮은 판인데, 내쫓아버리면 되지요. 두고 보슈. 지금 당장 만나는 즉시루다 머리끄뎅이를 잡아서 태질을 칠 테니까."

격해서 떠들던 근호가 갑자기 울컥하더니 허리를 구부리고 발 밑에 토했다. 행상은 그의 등을 두드려주었고, 근호는 쭈그려앉아 자기 입속에 성한 손을 넣고 토악질을 계속했다.

"이 사람아, 여자란 서방 잘못 만나면 신세 조지는 거야."

근호는 들은 숭 만 숭 거센 소리로 가래침을 돋우어 뱉었다. 근호가 머리를 흔들고 나서 한숨을 푹 쉬며 일어섰다.

"형님, 지금 뭐라구 그랬소?"

"여자가 불쌍하다구."

"나두 들어서 압니다. 빵에 갔다가 오셨다지?"

"싸움에 말려들었지. 사실 나는 기업주 쪽에 붙어먹었던 놈이야."

"이쪽저쪽…… 그런 데 휩쓸리면 저만 손해입니다."

"가운데서 화해시킨다는 명목이었지만, 진짜는 쇼부쳐서 얼마 잡아갖구 자립하려구 그랬었지."

행상이 입맛을 쩍쩍 다셨다. 그의 목소리가 차츰 안으로 기어들어가듯 작아졌다.

"몹쓸 짓이지."

"돈 벌자는 게 뭐가 나쁩니까?"

"살아보면…… 알게 되네. 자넨 손 다쳐 목돈을 만지니 기분이 좋은가?"

근호는 그제야 붕대 감은 손을 물끄러미 내려다보았다. 그렇다, 운이 약간 나빴을 뿐이다. 그리고 돈이 안 생긴 것보다는 낫다.

"기분이 안 좋으면 어쩝니까, 내 실순걸."

"얼마 받았는데……"

"한 개에 만원씩, 삼만원요."

삼만원에다, 공장 병원의 치료비 무료, 한 달 동안의 노임도 공짜로 나온다고 했다. 그렇게 친다면 높은 사람 쪽도 성의가 없는 건 아니라고 근호는 생각하고 있었다. 근호는 자기가 별로 기가 죽지 않았다는 것을 표시하고 싶었다.

"의사는 술 마시면 금방 뒈질 것처럼 엄포를 놓데요. 치만, 이 묘한 기분에 술두 안 먹구 넘길 재간이 있습니까."

두 사람은 둑 아래 이르렀다. 행상이 고개를 숙이고 묵묵하게 앞서서 걸었다. 근호가 모처럼 은하수 두 갑을 사서 행상과 자기 것을 나눠 가졌다. 둑을 올라가며 행상이 말했다.

"술은 그만하구 집에 가서 푹 자는 게 좋겠구만."

"아니, 이제 와서 오리발 내밀기요?"

"그게 아니야."

그는 걸음을 빨리하면서 말했다.

"가서 쉬라구. 오늘만 날인가 뭐."

"섭섭한데요."

근호가 트림을 길게 내뿜았다. 행상은 짐을 바꿔 메고 나서 자기네 동네 쪽인 개천 건너편의 넓은 빈터를 바라보았다. 행상이 혼잣말로 중얼거렸다.

"이상한데, 정전인가?"

"형님, 노골적이지 알게 돼서 정말 반갑습니다. 종종 만나서 한 잔씩…… 악, 악, 악, 뷰티풀 선데이……"

"덕배씨네 포장서 만나자구. 자넨 얼루 가나?"

"우리집은 요 둑 아랩니다."

"거긴 불이 들어왔는데……"

"섭섭하다, 진짜."

"자아, 또 만나세."

행상은 개천을 건넜고, 근호는 둑을 따라서 걸었다. 그의 뷰티
풀 썬데이 소리에 벌레들이 잠잠해지곤 했다. 근호는 일본의 본사
에 텔레비전과 라디오의 박스를 납품하는 하청공장의 목공부에서
공원으로 일을 했다. 그가 하루종일 하는 일이란 합판이나 베니어
나 합성수지를 똑같은 규격으로 전기톱에다 자르는 일이었다. 오
늘도 언제나 그랬듯이 작업은 여섯시부터였다. 기계를 가동하고
나서 합판을 가로 십오 센티 세로 삼십 센티로 한 이백여 장 잘랐
을 때였다. 검사과에서 규격이 틀린다는 전갈이 왔다. 약 일 센티
정도의 차이가 난다는 것이었다. 근호는 줄자로 원단에 표시를 한
다음 모범품을 한 장 빼내기 위해 톱날 위에 견주어보고 있었다.
평상시의 기계적인 습관대로 근호는 가동 스위치를 밟아버렸다.
앗 뜨거! 하자마자 핏방울이 작업복 위로 뻗쳐왔다. 뒤에서 동료
가 그를 잡아당겼다. 아픔보다는 왼쪽 팔뚝 전체에 엄청나게 큰 쇠
뭉치의 타격을 맞은 것처럼 저리고 시거운 게 견딜 수가 없었다.

"근호 인제 오나?"

근호의 어머니였다. 강씨댁은 둑에다 가마니를 깔고, 삼촌과 나란
히 앉아 밤바람을 쐬고 있었던 것이다. 근호는 선 채로 무뚝뚝하게,

"삼촌 왔수?"

하고 나서 강씨댁에게 대어들듯이 물었다.

"미순이 들어왔다면서요?"

강씨댁은 말없이 고개만 끄덕였다. 삼촌이 옆에서 참견했다.

"아무 소리 말아라."

"이년을 그냥……"

강씨댁이 그들을 지나쳐서 둑 아래로 내려가는 근호의 팔뚝을 잡고 매달렸다.

"너는 모른 척하면 된다. 잘돼가는 중인데…… 너 또 술 먹었구나."

"잘되긴 뭐가 돼가요?"

"방금 미순이 신랑감이 와서 얘기하다 갔단다. 미순이한테 말해보겠다구 내려갔어."

"아야야, 아퍼요. 이쪽 손은 잡지 마세요."

강씨댁은 그제야 근호의 손에 감긴 붕대를 발견했다.

"잘헌다. 술 먹구 쌈박질이나 하구 와선……"

"미순이 신랑이 언 놈이오?"

삼촌이 궁둥이를 털고 일어났다. 그는 항상 조카가 자기를 못마땅해하는 줄을 잘 알고 있었으므로, 약간 주눅이 든 음성으로 말했다.

"뭐라든가…… 저 재건대 대장이라나……"

"그럼 왕초 노릇 하는 왕씬가 하는 노총각 말이죠?"

강씨댁이 말했다.

"얘, 그래 봬두 고물 수입이 엄청나대드라."

"엄청나봐야 양아치 새끼지 뭐. 어머니, 우린 어엿한 농사꾼 집 안요. 고작, 거지발싸개 같은 새끼헌테 주려고 미순일 길렀어요? 어머니하구 개하군 달라요. 개는 처녀예요, 처녀."

근호는 취한 김에 강씨댁의 재혼에 관해서도 빗대놓고 비난을 해버렸다. 강씨댁이 말했다.

"처녀? 얘, 말두 마라. 그렇다면 오죽이나 좋아. 홀몸이 아녜요, 홀몸이……"

근호는 팔뚝을 움켜쥐고 둑에 주저앉았다.

"아휴, 쑤셔서 미치겠네."

"많이 다쳤냐?"

근호는 은하수를 꺼내어 한 개비 붙여 물고 한참이나 멍청히 앉아 있었다. 지금 와서 누이를 패봤자 기분만 나빴지 섭섭함이 가실 리는 없다고 생각했다. 그럴수록 어머니가 원망스럽기도 했다.

"뭐래요, 미순이는……"

"낸들 아니? 지금 아마 저희끼리 얘기하구 있을 거다."

근호가 머리통을 흔들어 진저리를 치면서 내뱉었다.

"에이, 쌍놈에 집구석 같으니."

"너 간조 탔구나."

"낼부터 일 안 나가요."

"혹시 너 해고당한 건 아니겠지. 쌈질한 게 아니냐?"

"손 다쳐서 그래요. 노임은 여전히 나올 테니 염려 마세요. 그러구요……"

근호가 윗주머니에서 돈이 든 두툼한 봉투를 꺼내어 강씨댁에게 내밀었다.

"돈 받아두슈. 아버지한텐 모른 척하시구요. 알아서 써요, 괜히."

강씨댁이 돈을 꺼내들고 불안하게 주위를 둘러보았다.

"이게…… 웬 돈이 이렇게 많니?"

"삼만원이에요."

"삼…… 삼만, 어서 났어?"

"손 다쳤다구 회사에서 줬어요."

"아이구, 고마워라. 이런 때 돈 삼만원! 그러게 도무지 근심이 안 되더라니까. 어쩐지 모두 잘 풀려나갈 것 같더라니. 잘됐다, 잘 됐어."

"쑤셔서 환장하겠네. 술이 모자란가……"

근호는 부어오르기 시작한 손목께를 주물렀고, 강씨댁은 돈을 코앞에다 바싹 갖다대고 한 장 두 장 세어넘기고 있었다. 개천 건너 빈터에서 사람들의 웅성대는 소리가 들리고 모닥불 빛이 보였다. 근호가 물었다.

"저기 웬 사람들이야, 뉘 집 제사하나?"

강씨댁은 돈 세기에 여념이 없고, 삼촌이 혀를 차면서 말했다.

"술 먹느라구 그러지 뭘."

"얘, 이만팔천원인데……"

"아 참, 거기서 내 술값 이천원은 빼구."

"무슨 술을 이천원어치나 처먹어, 진작에 왔으면 공술에 개고기루 자알 먹을걸."

"개고기요? 어서 때려잡았으까."

"느이 아버지가 황소만한 놈을 얻어왔단다. 장정들 십여 명이 밤새껏 뜯어먹어두 고기가 남을 거다."

"벌이는 않구, 주책없이……"

"먹기 싫으면 관두렴."

근호는 뭐라고 강씨에 대한 불만을 말하려다가 곧 단념해버렸다. 효자보다도 못된 영감이 낫다고 하질 않는가.

"지금 집에 가면, 그 녀석하구 미순이뿐이겠네."

"그래, 가서 인사나 트구, 분위기 봐서 잘 얘기해줘라."

강씨댁이 사정조로 타이르자 근호는 한결 성깔이 누그러져서 우물쭈물 말했다.

"쯧, 나야 뭐…… 미순이가 잘되면 좋죠. 허지만 참견 않겠어. 나갈 때두 제 배 맞아 나간 년인데 이번에두 자기 배꼽 서는 대루 하겠지. 한강물 배 지나간 자리라 그건가, 골치 아퍼서 참. 어머닌 진짜루 혼사 치를 셈이우?"

강씨댁이 돈을 허리춤에 찔러넣으며 말했다.

"못할 거 뭐 있냐. 그 사람이 달란 말두 먼저 꺼냈으니까, 내친

김에 속히 치를란다. 원한다면 요 삼 일 상간에라두 괜찮지."

"소문나겠수. 애 밴 처녀 팔아치운다구."

"저 자식이…… 주둥아리루 씨부리면 말인 줄 알어."

"내 돈 삼만원은 아무래두 결혼 비용으루 나가겠는걸."

"그래서 억울하냐. 돈 삼만원을 혼사에 보태는 게…… 하나밖에 없는 네 누이동생 아니냐."

"누님, 근호가 어디 그런 뜻으루 얘기한 겁니까? 제 스스로가 대견해서 저러지요."

삼촌이 두 사람의 울컥해진 분위기를 불안해하며 강씨댁을 슬슬 밀어냈다. 근호가 둑 아래로 주춤주춤 내려가며 외쳤다.

"니기미랄. 손가락 세 개 값이란 말예요."

"저런 동기간에 의리라군 눈곱만큼두 없는 자식. 까짓 다쳤으면 치료해서 나으면 되잖아. 살림이 이렇게 험악하니깐 다 때에 맞춰서 이러구러 넘기면서 살아야지. 야야, 니가 멕여살리면 마부 벼슬 얻은 종놈처럼 눈꼴이 시겠다 야."

근호는 개고기가 있다는 개천 건너 빈터 쪽으로 달아나버렸다. 강씨댁이 한참 욕을 퍼붓다가, 눈물을 찔끔거리며 곧 후회했다. 그러고 나서 두 아이를 혼자서 기르던 떡장수 시절의 얘기를 꺼내어 삼촌에게 넋두리를 늘어놓았다.

"글쎄 주님만 믿으면 마음의 평화를 얻는다니까요."

삼촌이 누이의 등을 토닥토닥 두들겨주며 말했다.

"나두 더 늙기 전에 예수당에라두 나가야 할까부다."

"잘 생각하셨어요."

두 사람은 가마니를 말아들고 집 쪽으로 내려갔다. 동네는 쥐
죽은 듯이 고요했다. 아이들과 남자들이 모두 빈터로 가버리고, 아
낙네들은 곳곳에서 가마니를 깔고 노숙 잠을 자는 판이었다. 그들
은 집의 부엌 앞에 가서 살그머니 안의 동정을 살폈다. 한창 미순
이를 설득시키고 있는 왕의 굵직한 목소리가 들려왔다.

"안 그렇습니까? 기러기두 같이 날아가야 한다구, 우리 외로운
사람들끼리 살아보자 이겁니다. 나두 안 해본 것 없이 갖은 풍파
끝에 서른다섯이 되도록 마땅한 여자를 만날 수가 없었습니다. 허
허, 인생이 뭐 중뿔날 거 있겠어요? 아까 돌아오셨단 말을 듣구,
첨엔 야속하기두 하구 화두 납디다만…… 결심했습니다. 사랑해
선 안 될 사랑이지만, 아기야 아무 사람의 애면 어떻습니까? 내가
애비 노릇 하며 같이 키우지요."

아마도 왕은 자신의 말솜씨에 완전히 취한 것 같았다.

"이래 봬두 독수리표 전축에다 흘러간 노래 판이 서른 장……
내 손으루 지은 브로크 집두 있겠다. 까짓 텔레비에 자개장롱두 들
여놉시다."

강씨 처는 동생을 꾹꾹 찔러가며 고개를 끄덕였다.

"저 봐, 인제 미순이만 네 하구 대답하면 다 이루어진 혼사라니
까. 내 온…… 세상에 저렇게 번개 같은 청혼은 또 처음 봤네!"

뭔가 낮은 미순이의 목소리가 들리고 껄껄대는 왕의 음성이 들려왔다.

"조옿습니다. 내 아주 동네에다 광을 내구 올 테니깐."

방문이 떨어져나갈 듯이 요란하게 열리며 벌겋고 흡족하게 웃는 왕의 넓적한 얼굴이 튀어나왔다. 문가에 섰던 강씨 처가 그의 손목을 덥석 잡았다.

"이 사람아, 뭐라든가?"

강씨댁은 이젠 마음놓고 하게를 놓기까지 하면서 물었다.

"장모님, 내 이래 봬두 왕년엔 팔난봉이었다 그겁니다. 염려 놓으슈. 내가 아주 오뉴월에 엿가락 녹이듯이 해놨으니까. 젠장맞을 노총각 장가들기 힘들다."

그러나 방 안에선 기뻐서 그러는지 아니면 이젠 살았다는 안도의 그것인지 궁상맞게 홀쩍이는 울음소리가 들려왔다. 강씨 처가 소리를 꽥 질렀다.

"씨끄러, 복 떨어내지 말구 앉았어."

"내 그럼 새 기분으루 술 한잔 먹구 오겠습니다."

왕은 또 껄껄대는 헛웃음을 터뜨리면서 빈터 쪽으로 뛰어갔다. 술판도 이제는 거의 파장에 이르러, 동네 사람들 대부분이 거나하게 취해 있었다. 바닥이 드러난 국솥 아래 남은 불티가 까물거렸다. 강씨는 이제 막 두 그릇째의 장국을 비우는 참이었다. 뷰티풀 선데이를 외치던 근호는 드디어 맨땅에 큰대자로 떨어져서 코를 골며 자고 있었다. 국솥 주위에는 바께쓰며 양재기들이 나뒹굴어 있고, 제삿집처럼 흥청했다. 왕이 강씨 앞에 가서 넙죽 절을 하며 호기 있게 말했다.

"사위 인사 받으슈."

춤을 덩실대던 사람들과 소리를 뽑던 사람이 일시에 멈춰 휘둥 그레졌다.

"이 사람이 무슨 짓야."

강씨가 어리둥절하자, 왕은 껄껄 웃어대며 일어나 바께쓰 바닥 에 조금 고인 막걸리를 반 양재기쯤 떠서 바치며 말했다.

"아따 놀라시긴, 미순이하구 혼례를 올리기루 되얐다 그겁니다. 장인, 술 받으슈."

"허, 날마다 술 먹게 생겼네그랴."

누군가 무릎을 치며 말했다.

"좌우지간에, 오늘 우리 동네 경사 만났구먼."

반장이 앞으로 나섰다.

"경사다 뿐인가. 우리가 철거 안 된 게 누구 덕인가. 다 수완 좋아 요로에 진정하구 다닌 내 덕이지."

"개고기 먹고, 술 먹고, 푸짐하게 놀았고……"

"차, 미순인 시집가구 거긴 노총각 면했구려."

빈터에는 묘한 활기가 가득차 있는 것 같았다. 불이 모두 꺼져 서 쇠솥이 차갑게 식을 때까지 그들은 노래하고 춤을 추고 주정을 했으며 핏대 올려 말다툼도 하였다. 드디어는 하나둘씩 지치고 피곤해져서 야기 때문에 비교적 시원해진 비좁은 방 안을 찾아 돌아갔다. 빈터에서 그대로 곯아떨어진 사람들은 식구들이 제각기 찾아와 양쪽 겨드랑이를 받치거나, 질질 끌다시피 해서 데려갔다. 근호는 아직 땅바닥 위에 벌렁 드러누운 채였다. 그의 발치쯤에서 재 속에 남아 있는 불 찌끼가 벌겋게 빛을 내고 있었다. 속치마 바람의 미순이가 개천을 건너서 빈터 쪽으로 걸어왔다. 배가 불렀지만 날렵하게 징검돌을 건너뛰는 모습이 작은 계집아이 같았다. 미순이는 나약하게 신음하며 앓고 있는 근호의 등을 살그머니 흔들었다. 만취한 사내가 노래를 부르며 둑 위를 지나가고 있었다.

(1973)

섬섬옥수

나는 파혼을 하기로 결심했다. 오빠에게만 간단히 파혼하겠다는 뜻을 비쳤는데, 크게 벌린 입을 다물지 못하다가 무엇 때문이냐고 물었다. 나는 지극히 간단하고도 당연한 대답을 했었다. 사랑하지 않기 때문이란 대답이었다. 가족들이 처음엔 당황하는 반응을 보이다가 어려서부터의 내 성미를 아는지라 묵묵히 허용하는 기색이었다. 우리 아버지는 지방 소도시에서 유지 노릇을 하는 흔한 부자였다. 흔하다고는 하지만, 극장과 백화점을 경영하는 성공한 실업가라고 말할 수 있었다. 그들의 내게 대한 기대와 관심은 대단했다. 한때는 내 훌륭한 약혼자였던 남자에게 나는 짤막한 편지를 써 보냈다. 불면으로 눈이 충혈된 그 남자가 새벽에 달려왔고, 나는 그를 집 안으로는 들이지 않기로 작정했다. 노여움에서가 아니라 그럴 필요가 없었다. 두 사람은 아침 산책을 가는 사람들 틈에 끼어 걸었다. 나는 상냥하게 웃거나 그저 짤막하게 네, 아뇨, 하기만 했었다. 남자가 자존심 때문에 괴로워했다. 여자에게서 미역국을 먹었다는 사실에만 신경을 쓰고 있는 듯한 그의 태도가 답답해서 나는 긴말을 늘어놓지 않았다. 그뒤 나는 거의 한 달 동안이나 외출을 하지 않고 지냈다. 논문 준비를 하고 있었는데 책이 손에 잡히지 않았다. 여름이 갔으니 이젠 학교생활도 끝난 거나 마찬가지였다. 나는 조카들을 돌보기도 하고 올케언니와 요리 학원에도 나갔다. 아파트의 베란다에 서서 숲과 아랫동네의 지붕들을 별생각 없이 한참 내려다보는 적도 있었다. 시골서 어머니가 올라왔었는데 나는 아무것도 말씀드릴 수가 없었다. 그 무렵에 한 남자를 알게 되었다.

그는 기름투성이의 검게 물들인 작업복을 입고 있었다. 코끝과 뺨에 모빌유가 검게 묻었고, 바닥이 시꺼멓게 더럽고 끝이 다 떨어진 목장갑을 끼고 있었다. 머리카락이 오른편 눈썹 위에 길게 늘어졌는데 꽉 잠겨서 억지로 나오는 듯한 목소리가 듣기에 괜찮았다.

"파이프가 샌다면서요?"

내가 그를 화장실로 데려갔다. 그는 가져온 도구들을 타일 바닥에 벌여놓고 작업을 시작했다. 그가 저고리를 벗자, 소매 없는 러닝만 입고 있어서 둥그렇고 탄탄해 뵈는 어깨가 멋이 있었다. 남자가 일을 하면서 휘파람을 불었다. 나사를 틀고 구멍을 막고 파이프를 갈아끼우는 동안 나는 그 남자 뒤에 서서 말을 붙였다.

"이건 뭐예요?"

"멍키스패너라구 합니다."

"저건요."

"줄톱하구 베비드라이버죠."

내가 입고 있는 몸에 꼭 끼는 바지 차림이 남자를 거북스럽게 만들고 있음을 알았다. 눈길을 돌리려고 쩔쩔매며 애를 쓰는 남자를 관찰하기가 아주 재미있었다. 나는 자신이 그렇게 요사스럽고 음탕한 여자는 아니라고 생각한다. 그 남자는 꺼칠했지만 자세히 보니 제법 잘생긴 인상이었다. 특히 눈이 크고 맑았다. 손은 무척 투박하고 더러웠다.

"전기에 대해서두 좀 아세요?"

"텔레비나 냉장고는 잘 모릅니다."

"그럼 전기스탠드가 고장인데, 고쳐주시겠어요?"

"그 정도라면 해보겠습니다."

"솜씨가 보통이 아닌데요."

내가 그에게 음료수를 만들어주었다. 내게는 그의 숙맥 같은 동작과 큰 덩치가 꼭 어릴 적 시골집의 턱없이 양순하기만 하던 잡종 개처럼 만만했다. 끈에 매어진 개의 코밑에 닿을까 말까 하는 거리에다 먹이를 던져주고 즐기던 놀이가 생각났다. 물론 나쁜 짓인 줄 알지만, 그런 놀잇감이 되려고 오히려 도발하는 듯한 그 온순하고 무방비한 덩치 때문에, 이쪽이 나쁜 짓을 하게끔 만드는 것이었다. 그러니 놀이의 피해자는 결국은 감정이 섬세한 쪽인 셈이다. 허사로 돌아가는 끊임없는 동작을 지켜보는 것은 괴로운 즐거움이었다. 나는 그가 파이프를 고치다가 다친 손가락의 작은 상처 위에 반창고를 붙여주었다. 그의 넓적하고 두툼한 손에는 상처의 흠집투성이였다. 나는 그 남자가 손가락을 만지작거리며 기쁨과 조바심으로 온밤을 새울 걸 상상하니 어쩐지 고소했다.

나는 식모인 순자에게서 관리실의 공인工人이라는 그 청년에 관한 얘기를 들었다. 나이는 스물여섯이고 이름은 상수라고 한다는데 아파트의 식모들 사이에서 대단한 인기를 모으고 있다는 것이다. 내가 심드렁하게 말을 꺼내자마자 그애는 곧 열기를 띠고 지껄였다. 나는 그 남자에게 아무런 욕정도 품지 않았는데도 좀 수치스러웠다. 나는 다만 심리적인 놀이로서 실험을 해보고 싶을 뿐이었다. 그런 종류의 무지스러운 남자가 나 같은 여자에게 보내는 시선의 의미를 나는 잘 알고 있었다. 그들이 우리 같은 여대생을 본다는 것은 이미 약속을 깨뜨리기 시작한 거나 마찬가지였다. 어떤 약속인가 하면, 소가 닭을 보는 것처럼, 전혀 살아온 환경과 계층이 다른 사람들끼리 상대를 피차의 입장대로 인정해야 한다는 약속이다. 그런데 그들이 우리 쪽을 바라보기 시작하면 그 시선은 벌써 약속을 깨뜨리기 시작했으므로 어딘가 어긋나 있었다. 나는 방학 때 귀가할 적마다, 그 남자 또래의 시골 청년들이 무심히 지나가는 나를 잡아먹을 것 같은 시선으로 벌거벗기는 듯한 착각에 빠지곤 했었다. 그들의 눈빛이 감당할 수 없을 정도로 맹렬하게 내 얼굴부터 아랫도리까지 훑어내리는 것이었다. 그러나 상수에게는 그런 식으로 한 수 접히지 않았다. 왜냐하면 거리가 너무 가깝기 때문이었다. 내가 먼저 상대를 제압해버렸다고나 할 것이다. 나는 무표정하게 시치미를 떼고 있었지만, 마음속으로는 생글생글 웃어준다는 생각이 들 정도로 준비를 단단히 했기 때문이다. 그의 시선에서 적의가 사라지고 따라서 힘도 쭉 빠져서 이젠 어쩔 수 없이 내가 조작해내는 자동인형이 되리라고 나는 생각했다. 그날부터 나는 파혼 뒤에 찾아온 들뜬 마음을 겨우 가라앉히고 책을 읽을 수가 있었다.

비가 오는 날이었다. 나는 눈을 떴지만, 자리에서 일어나지는 않았다. 잠자리 속에 퍼져 있는 체온을 즐기며 게으름을 피웠다. 바람이 몹시 불었던 요란스러운 밤이었다. 유리창 위에 비가 떨어져 줄지어 흘러내리고 있었다. 나는 희미한 휘파람 소리를 들은 것 같았다. 그 소리는 가까워졌다간 다시 멀어지고 잠시 후에는 창 밑을 지나갔다. 나는 그대로 누워 있었으나 그치지 않는 휘파람이 마음에 걸렸다. 나는 입바람을 내뿜고 웃었다. 자리를 차고 일어나 얼룩진 유리창에 얼굴을 갖다댔다. 역시 상수가 자전거를 타고 창 밑 공터를 빙빙 맴돌고 있었다. 그의 젖은 머리털이 찰싹 달라붙었고 옷도 후줄근히 젖어 있었다. 나는 가슴이 아프지만 아름답다고 생각했다. 상수가 두 손을 놓기도 하고 좌우로 지그재그 회전을 해

보이기도 했다. 내가 보고 있다는 걸 알리기 위해 창문을 활짝 열었다. 그렇지만 고개는 내밀어주지 않았다. 자전거 벨소리가 요란히 들려왔다. 나는 창문을 열어둔 채로 레코드를 한 장 골라서 얹었다. 쾌적하고 감미로운 아침이었다.

편지를 부치고 오는 길에 계단에서 상수와 부딪쳤다. 그가 큰 몸집을 조그맣게 우그러뜨리고 층계참 구석으로 피하며 길을 비켜주었다. 나는 남자에게 눈길 한 번 주지 않고 곧장 층계를 올라갔다. 끝까지 올라가서 다시 구부러지기 전에 뒤를 돌아보았더니 상수가 낙망해서 고개를 푹 떨군 채 내려가려는 시늉이었다.

"상수씨."

내 생각에도 제법 앙큼하게 그를 불렀다. 그가 흠칫 놀랐다. 뜻밖에 이름이 불리어지자 소스라친 모양이었다. 상수가 천천히 고개를 돌려 자신 없는 목소리로 네…… 하며 나를 올려다보았다.

"요전번에 보니까, 자전거 잘 타시던데요."

"아…… 뭐…… 그냥."

"운동 좋아해요?"

"네…… 뭐…… 조금."

"정구 칠 줄 알아요?"

"모릅니다."

"낼 아침에 공원으루 나와요. 가르쳐주께."

나는 낼름 층계를 뛰어올라갔다. 아침에 상수는 공원으로 나오지 않았다. 며칠 지나서 관리실 앞에서 우리는 마주쳤다. 그가 몹시 우울하고 의기소침해 보였다. 의외에도 상수는 나를 거들떠보지도 않았다. 나는 화 같은 건 나지 않았다. 나는 상수에게 스스럼없이 물었다.

"그날 공원에 갔었나요?"

"못 갔습니다."

"왜요?"

"갈 수가 없어서요."

"잘됐네요. 나두 늦잠을 잤는데……"

나는 눈을 마주치지 않으려고 고개를 숙여 발끝을 내려다보고 섰는 커다란 남자를 도전적으로 노려보다가 픽 웃고 말았다.

"저 사실은요…… 저…… 다른 일이 있어서 말입니다."

상수가 진정이라는 듯이 말하고 나서 나를 힐끗 쳐다보았다.

"어디 수도가 새는 데는 없나요?"

"아뇨, 전혀 그렇지 않은데요."

"고장나면 불러주십쇼."

어라, 이것 봐라! 집으로 돌아오며 나는 내가 너무 경솔했음을 뉘우쳐야 했다. 그런데 이상하게도 자존심은 상하지 않았다. 그가 마음속에 뭔가 갈등을 일으킨 게 분명했다. 내가 막상 아주 가까운 곳까지 다가선 듯해 보이자, 이해할 수가 없는 그 남자는 너무나 불안해서 오히려 방어할 태세를 갖추고 있는 모양이다. 하지만 오래가지는 못할 거라고 나는 생각했다.

나의 예상이 빗나갔다. 일주일이 훨씬 넘어서도 그는 우리 동棟
근처에는 얼씬도 하지 않았다. 나는 은근히 초조해졌다가, 어이없
이 코웃음이나 칠 수밖에 없었다. 작은 동냥은 거절한다는 거지를
보낸 뒤처럼 얄밉고 어처구니가 없었다. 반대로 나는 점점 놀이에
열이 났다. 어디 두고 보라지, 하는 오기까지 치솟는 것이었다. 나
는 순자를 시켜서 상수를 불러다가, 베란다에 화분 받침대를 만들
어주도록 부탁했다. 새 옷을 입은 순자는 망치질에 열중한 상수 곁
에서 호들갑을 떨면서 잠시도 떠나지 않았다. 나는 일부러 무표정
한 얼굴로 안락의자에 앉아서 그들을 관망하기만 했다. 상수가 가
끔 내 쪽을 돌아보았다. 나는 상수와 순자의 사이에 뚫린 공간으로
지나가는 전깃줄을 물끄러미 바라보기만 했다. 그의 망치 소리가
크게 들려왔다. 나는 순자에게 외쳤다.

"애, 나갔다 올 테니까 점심 대접해드려라."

무엇에 기분이 상했는지 순자는 뾰루퉁해져서 대답을 하지 않
았다. 외출했다가 돌아오니 그럴듯한 화분 받침대가 세워져 있었
다. 내가 물었다.

"그래, 갔니?"

"네, 방금요. 정말 껄렁한 자식 다 봤네."

순자는 몹시 김이 새버렸다는 표정이었다.

"지가 뭐 도련님이라구. 기껏해야 고용살이 주제에…… 참 기

가 막혀."

"왜 그래, 무슨 일이 있었어?"

"나더러 글쎄 남자 같대요. 아휴, 정나미 떨어져. 사람은 사귀구 봐야 해. 저는 뭐 어디 세련된 데나 있나."

순자의 연정을 위해서는 상수가 허드렛일을 하고 있는 현장을 안 보는 게 오히려 나을 걸 그랬다. 따라서 상수는 언제나 희게 빛나는 와이셔츠 차림으로 깊은 사색에 잠겨 있거나, 책을 읽거나, 노래를 흥얼거리며 산책을 해야만 멋이 있을 것이었다. 순자가 생각하는 남자는 이미 상수가 아닐 것이다. 하지만 내게는 상수의 그런 입장이 아무 문제가 되지 않았다. 차라리 호기심을 일으키게 하는 요소였다. 또 그에 대한 감정을 내 임의대로 처리하고 즐길 수가 있었다.

내가 연극을 구경하고 늦게 돌아오던 날 밤이었다. 나는 극장에서 나와 급우들과 맥주를 조금 마셨기 때문에 기분이 나른해져 있었다. 연극의 줄거리도 당시의 내 심정과 비슷하게, 사랑의 무상함에 관한 것이었다. 사랑은 마치 시간을 잘못 정해서 어긋나버린 약속과도 같다는 얘기였다. 맺어지거나 흩어지거나 사랑은 언제나 불완전한 약속일 뿐이라는 것이다. 여학생들은 말끝을 물고 이어지는 알쏭달쏭한 의견들을 주고받으며 기분을 냈었다. 차에서 내려 가파르고 기다란 계단을 오르던 나는 섬칫 놀랐다. 계단 꼭대기에 검은 사람의 형체가 정면으로 서 있었다. 그는 꼼짝 않고 아래를 내려다보는 듯했다. 내가 일부러 가녘 쪽을 택해서 피해 지나려 하자 그가 앞을 가로막고 섰다.

"왜 이래요, 누구시죠?"

"얘기 좀 합시다."

그가 내 팔뚝을 단단히 죄어잡았다. 상수였다. 어둠 속의 그 남자는 나를 아무 거리낌 없이 대하고 있었다. 폭행을 하려는 게 아님이 분명했지만, 나는 상수의 너무나 당당한 태도에 몹시 위축되어버렸다.

"시간이 늦었어요."

"오래 걸리진 않습니다."

"이걸 놓으세요."

내가 담담하게 말하자, 상수는 곧 손을 놓았다. 내가 그 기회를 놓치지 않았다.

"상수씨는 자기 처지를 잘 모르는 거 같은데…… 나는 순자하군 달라요. 이렇게 어둡다구 마구 그러면 못써요."

"댁이 먼저 잘못했다구 생각합니다."

하고 나서 상수가 한숨을 푹 내리쉬었다.

"저 오늘 여길 그만뒀습니다. 다른 일거릴 잡았습니다. 낼 아침에 여기서 나갑니다. 가기 전에 한 가지 꼭 물어보구 싶은 게 있습니다."

나는 고가도로 위로 부산하게 오르내리는 자동차의 불빛만 바라보고 있었다. 자기가 어째서 이런 따위의 남자에게 이다지도 관대한가를 나는 이해할 수가 없었다. 상수가 말했다.

"나를 놀리는 겁니까, 아니면······"

"좋아해요."

나는 거침없이 그의 말을 끊었다. 상수가 어리둥절해져서 말하기를 잊고 있었다. 나는 어둠 속에서 그에게 생글거리는 웃음을 보냈다.

"자, 그럼 됐죠?"

나는 그를 피해서 걸어올라갔다. 상수가 따라오지 않고 그 자리에 선 채로 나를 향해 말했다.

"댁에하구 자구 싶은데, 그냥 갑니다. 혼자서 기분 많이 내슈."

나는 처음에 무심히 들어넘겼으므로 어떤 얘기인지 알아채지 못했다. 그뿐 아니라, 상수가 감정의 억양이 없는 듯한 목소리로 중얼중얼 예사롭게 말했기 때문이었다. 내 방에 돌아와서야 그 말을 알아들었다. 나는 뭔가 잡쳐버린 느낌이었다. 답답하고 짜증이 나서 음악도 듣지 않고 방 안을 서성거렸다. 상수의 말이 너무나 생생해서 나는 자기가 이미 그에게 능욕이라도 당한 듯한 느낌이었다. 약혼자였던 남자와 가난한 사범대학생의 얼굴이 겹쳐져서 내 앞에 어른거렸다. 나는 두 남자의 얼굴을 또렷하게 생각해내지 못했다. 나는 거의 새벽이 될 때까지 침대에 멍청히 누워 있었다. 갑자기 어떤 충동이 일어났다. 상수에게 전화를 걸기로 방금 작정해버린 것이다. 나는 상수가 중얼거렸던 말을 그대로 두어둘 수가 없었다. 최소한 그것은 사실로서 아름다울 필요가 있었다. 나는 망설이다가 교환을 불렀다. 잠시 후에 상수의 졸리운 음성이 들려왔다.

"여보세요."

나는 그 남자의 물음이 재차 들려올 때까지 잠깐 기다렸다. 그가 뭐라고 투덜거릴 때에 재빨리 말했다.

"나예요. 이따가…… 마장동 시외버스 정류장으루 일곱시까지 나오세요."

"……"

"준비는 이쪽에서 모두 할 테니까."

"어디 가십니까."

"아무데나."

나는 수화기를 탁 내던졌다. 얼굴이 화끈했다가 서서히 식어갔다. 이젠 좀 견딜 수가 있었다. 나는 창문을 열고 심호흡을 몇 차례 했다. 갑자기 싱싱한 활기가 온몸에 돌아가는 느낌이었다.

나는 스물세 살의 여자대학교 문과대학 학생이다. 나는 실업가의 외동따님답게 아무 불편 없이 자라났고, 얼굴도 남들이 말하는 대로 '드문 미모'에 속한다. 나는 지난봄에 어떤 장래가 유망한 청년과 약혼을 했다. 집에서 골라준 상대였다. 물론 내게는 남자친구가 많이 있었고, 그들과 연애 비슷한 일도 치렀지만 세상살이가 어떻다는 것쯤 알고 있는 성숙한 여자로서 어리석은 생각은 하지 않았다. 장만오씨는 아내를 위해서뿐만 아니라 그 자신을 위해서도 편안한 생활을 추구해갈 건전한 상식인이었다. 그는 일찍이 공대를 나와 유학 가서 석사가 되어 돌아온 훌륭한 집안의 도련님인데 내 상대로 알맞은 청년이었다. 우리는 아무런 장애 없이 내가 졸업하자마자 결혼할 예정이었다. 한데 내게는 작은 골칫거리가 한 가지 있었다. 서울에서 대학을 다니는 얼굴이 예쁜 여학생이면 누구나 한 번쯤은 가졌음직한 골칫거리였다. 즉 어떤 남자가 일방적으로 여자를 좋아해서 개인적인 생활의 영역을 침범해 들어오는 따위의 사건 말이다. 그가 직접 저돌적인 행동으로 나를 애먹이기 시작한 것은 우리가 약혼하고 난 직후부터였다. 나는 한 남자의 집요한 추적 때문에 참으로 지난 몇 달 동안을 진저리가 나도록 불안에 빠져 있었다. 처음에는 스스로의 자만심도 적당히 만족시켰고, 주위 사람들에게서 동정도 받긴 했지만, 나중에는 사회적으로 인정받은 우리들의 순결하고 품위 있는 약혼에까지도 막대한 지장을 주게 되었다. 그는 학교 교문 앞에서 나를 쫓아왔고, 그 무렵에 내가 들어가 있던 수녀회 부설 생활관을 지키고 서 있거나, 하다못해 밤중에 내 침실에까지 잠입하려 했던 것이다. 그는 도무지 환상이라곤 없는 남자였다. 아마 연애를 학기말 시험이나 아르바이트로 알고 있는 모양이었다. 내 약혼자가 사실을 알게 된 것은 그가 야밤중에 생활관에 뛰어들었던 일 때문이었다. 낮에 뛰어들었다가 파출소에 잡혀간 게 두 번, 그리고 밤에 뛰어든 일은 처음이었다.

　미리야, 미리야!

　벽에 부딪쳐 울리는 소리가 복도에 가득찼다. 누군가 복도를 뛰어다니며 외치고 있었다. 방문마다 열고 들어가서는,

　여기 박미리 없어요?

하고 떠드는 모양인데, 잠에서 놀라 깨어난 여학생들의 부르짖음이 들려왔다. 뒤숭숭해진 온 건물이 천천히 깨어나고 있었다. 여학생들이 창밖으로 고개를 내밀고 사람을 부르는 소리가 요란했다. 건물의 층마다 불이 켜졌다.

　미리야, 나와라!

　나는 잠결에 내 이름이 갑자기 큰 소리로 들렸을 적에 이미 놀라서 깨어나 있었다. 그가 누구라는 걸 대뜸 알아차렸고, 일어나서 침착하게 옷을 입었던 것이다. 나는 방문을 걸고 문 옆에서 귀를 기울였다. 같은 방의 친구들이 깨어났다. 그들은 아직 잠이 덜 깬 목소리로 한마디씩 했다.

　널 부르잖니 얘. 또 왔어.

　무서워 죽겠어.

　단단히 미쳤나봐.

　장환이라는 그 남학생이 문을 거칠게 두드리며 지나갔다. 복도를 뛰는 여러 사람들의 발걸음 소리가 들리고 사감 수녀와 관리인들의 흥분한 말들이 들려왔다.

나가지 않으면 경찰을 부르겠어요.

이런 미친놈 같으니…… 새벽부터 함부로 들어와 난동이야.

이거 놓으쇼. 놓구 말하라구요. 미리야, 미리야!

나는 오가는 말들을 귓전으로 흘리며 벽에 기대어 서 있었다. 한 여학생이 문을 따고 조심스럽게 바깥을 내다보며 말했다.

저거 봐, 표정이 이상하다 얘. 제정신 가지구야 저럴 수 있겠니?

다른 친구들도 문턱으로 몰리며 말했다.

불쌍하다 얘.

사내 녀석이 저게 무슨 꼴이람.

기숙사 관리인 두 사람이 합세해서 장환을 질질 끌고 복도를 지나갔다. 잠옷 바람의 여학생들이 복도로 몰려나와서 키들대고 있었다. 이른 새벽부터 놀라기는 했지만 재미있고 신나는 소동이라고 여기는 눈치들이었다. 어느 방에서는 끌려나가는 장환을 박수로 환송했다. 층계를 내려가며 그가 소리를 질러대고 있었다.

미리야, 나 좀 봐. 날 보라구.

나는 벽에서 미끄러져 마룻바닥에 쪼그리고 앉아버렸다. 오빠네 아파트에 있기가 불편해서 공부나 좀 하겠다고 입사하게 되었던 것이다. 친분 있는 신부님의 추천 덕분이었는데, 이런 일이 거듭되다가는 자진해서 퇴사해야 할 형편이었다. 여러 방과 복도에서 웃음소리에 섞여 여학생들의 재재거리는 소리가 들려왔다.

미리 언니는 좋겠네.

미치도록 좋다니…… 아, 멋져!

사랑 한번 요란했어.

같은 방 친구들이 떠들면서 돌아왔다.

관리인들한테 끌려갔어. 파출소에 가면 요전처럼 따귀나 맞구 나올걸.

얘, 걱정 마, 네 탓은 아니잖니?

나는 쪼그리고 앉은 채 고개를 두 무릎 사이에 처박고 있었다. 나는 밝는 길로 집에 내려가고 싶어졌다.

냉정하게 딱 잘라 말해주지 그랬어?

침대 속에서 몸을 뒤채던 친구가 나직하게 속삭였고, 나는 내키지 않게 대답했다.

말했어.

너 저 사람 좋아했던 거 아니니?

그 친구가 호기심이 가득차서 자꾸만 나를 건드리고 싶은 눈치였다. 나는 짜증이 났다.

너라면 어땠겠어?

분위기두 없구, 서툴기만 한 남자, 취미 없어 얘.

친구는 웃음을 못 참겠다는 듯, 입을 막았다가 말했다. 사감 수녀가 나를 부른다는 전갈이 왔다. 사감은 두 손을 가운의 소매 속에 찔러넣고 나무 십자가가 걸린 벽 아래 굳어져 앉아 있었다. 나는 가슴이 묵직해지는 느낌이었다. 사감 수녀의 눈초리가 냉정했고 방 전체가 썰렁한 것 같았다.

　이리 앉아요.

하고 나서 수녀가 자리에서 일어나 창가를 서성대며 말했다.

　우리 기숙사의 규칙은 잘 알겠죠. 이런 일은 도저히 있을 수 없
는 일입니다. 우리 재단에서는 품행이 단정하고 학업 성적이 우수
한 여학생들을 위해 예산을 들여서 이 기숙사를 운영하구 있어요.
여기엔 삼백 명이나 되는 여학생들이 있죠. 입사한 사람 모두가 기
대에 어긋나지 않게 노력해왔어요. 우리두 부모님들께 그런 점으
로 안심을 시켜드려왔습니다. 그런데……

　사감 수녀가 정면으로 나를 바라보며 말을 중단했다. 나는 그
여자의 시선을 피했다.

　이런 일…… 저두 전혀…… 죄송합니다. 퇴사하라시면 나가겠
습니다.

　퇴사하라는 얘기가 아니구, 어째서 상의를 하지 않는 거예요?

　수녀가 이어서 말했다.

　부모님들이 멀리 계시니까 그 대신에 우리가 여러분 의논 상대
가 되어주잖아요? 그 남자 누구죠, 무슨 일이 있었나요?

　나는 망설이다가 대답을 기다리는 수녀의 시선에 몰려 입을 뗐다.

　작년에 미팅에서 만난 친구예요. 친구로 대한 적밖에 없는데,
저는 그 사람이 왜 저러는지 몰라요. 전혀 몰라요.

　지금 졸업반이죠?

나는 대답 없이 고개를 끄덕였다. 수녀가 나를 의심스런 눈초리로 빤히 쳐다보았다.

누가 그러더군. 약혼했다면서요?

네, 지난봄에……

저 남자가 약혼한 사실을 아는가요?

알아요. 제가 수십 번 말해줬어요.

검은 천과 흰 칼라에 가리어진 그 여자의 조그만 얼굴 가운데서, 날카롭게 선 콧날이 새의 부리 같았다. 중년인 사감 수녀의 얼굴에는 나이의 흔적이 전혀 보이질 않았다.

여자가 냉정하게 거절하는데 저런 식으로 나올 남자는 없을걸. 약혼자에겐 알렸어요?

아뇨…… 그럴 수가 없었어요.

사감이 나를 비난하고 있다는 느낌 때문에 나는 고개를 들고 정면으로 바라보았다.

그이에게 부담을 주고 싶지 않았어요. 우리는 아직 예의를 서로 지켜주고 있는 사이니까요.

약혼자에게 얘길 해야지. 남자들끼리 해결하라구 말이죠.

약혼자에게 내가 처한 입장을 자랑삼아 지껄이지는 않는다 치더라도 듣기에 따라서는 잘못 받아들일지도 몰랐다. 이를테면, 무슨 특별한 관계가 있다든가, 내가 남자를 홀렸다는 식으로 상상할 가능성도 있었다.

수녀가 말했다.

다시는 이런 일이 있어선 안 되겠어요. 응접실에두 와서 기다리구, 낮에두 방을 열어본 적이 있다죠? 관리인들이 파출소에 여러 번 신고했었다는데…… 나는 오늘에야 알았군요.

다음번에는…… 제가 기숙사에서 나가겠습니다.

얘기가 끝났다고 생각한 나는 문을 열고 나서려는데 수녀가 말했다.

길 건너 파출소에서 전화가 왔는데, 좀 와달라는군. 그 사람두 학생이니까 가서 잘 얘기해줘요.

나는 가로등만 훤히 켜져 있는 한길을 건너갔다. 네거리 모퉁이에 파출소 건물이 보였다. 통금 해제 사이렌 소리가 들려왔다. 나는 파출소 앞에서 서성거렸지만 막상 들어갈 용기가 나지 않았다. 장환과 얼굴을 마주칠 게 두려웠다. 창문으로 그들의 모습과 말소리가 들려왔다. 나는 차가운 타일 벽에 기대서서 한참 동안이나 마음을 진정시키려고 애썼다. 순경의 호통 소리가 들려왔다.

젊은 놈이 공부나 열심히 할 것이지 기집애들 꽁무니만 따라다녀 쓰겠어!

다시 낮게 웅얼거리는 소리가 들리고 구슬리는 것 같은 목소리가 들렸다.

김장환, 너 왜 자꾸 이러나? 기숙사에서 신고하니까 우리두 어쩔 수 없다만, 귀찮다 이거야. 남들은 너처럼 학교에 못 다녀서 야단인데…… 너 학교나 제대루 나가나?

나는 창문으로 그의 모습을 보았다. 그는 끌려오느라고 뜯어진 작업복 소매를 한 손으로 치켜올리고 있었다. 그의 가무잡잡한 얼굴은 수면 부족으로 푸석푸석하게 부은 듯했다. 그가 머리를 들지 않았다. 높은 순경이 참을성 있게 그를 불렀다.

김, 장, 환, 학교 안 나가지?

휴학중예요.

왜 어디 아픈가?

아닙니다.

그럼 뭐야, 경제적 사정이냐?

등록금은 제 손으루 벌어왔어요.

에이 답답해서 원, 도대체 너희들 정신상태가 썩었어. 공부하기가 싫어서 휴학했다는 얘기 아냐?

더이상 공부할 생각 없습니다.

야, 요즘 세상에 대학이라두 나가는 게 얼마나 호강인지 아냐?

아까 보니까, 여기 들어오기 전에 배지를 달던데요.

옆에서 급사가 참견했고, 경장이 말했다.

그래 이번엔 기숙사엘 침입해서 어쩔 작정이었나?

어쩌겠다는 생각두 없었습니다.

계획두 없이 새벽부터 뛰어들 리가 있나, 어젯밤에 어디서 뭘 했어?

소주 한 병을 마시구 여관에 들어가서 잤습니다.

취한 김에 객기를 부린 거라 그 말이지.

술은 완전히 깨 있었어요.

그가 잠깐 말을 끊었다가 글을 읽듯이 나직하게 중얼거렸다. 나는 곧 기숙사로 돌아가버렸으면 싶었다.

노력하면 꼭 이루어질 거라는 생각만 했습니다. 그애는 곧 결혼하게 되거든요. 시간이 얼마 없습니다. 저는 사랑에 빠져 있습니다. 그런 상태를 진심으로 보여주고 싶었을 뿐입니다.

인마, 싫다는 여자를 억지로 강요해서야 되겠어? 이왕 행동으루 나갈 바엔 아예 먹어주든지, 패버리든지 할 것이지. 자꾸 이래봐야 너만 피 보는 거야.

말조심하시죠. 내 아내가 될 사람입니다.

새끼, 자신만만하기는…… 아내 좋아하네.

파출소 안에서 폭소가 터져나왔다. 나는 더욱더 안으로 들어갈 수가 없게 되었다.

너 고향이 원래 서울인가?

아뇨, 시골입니다.

여기 주소는 서울루 되어 있는데…… 게다가 좋지 않은 동네로군. 누구 집이지?

제가 자취하는 덴데요.

학교에두 안 나가는 녀석이 뭣허러 이런 동네서 빌빌거려. 너

요새 뭘 해먹구 살길래 고향엔 안 내려가나?

집에서는 제가 학교에 나가는 줄로 알고 있습니다. 이 심정으로
는 고향에 가고 싶지 않았어요. 저두 이젠 서울이 싫습니다. 그렇
지만 여기서는 박미리를 만날 수가 있습니다. 미리는 제 마지막 목
표입니다.

시골집엔 누가 있나?

어머니, 할아버지, 또 동생 남매가 있습니다.

아버지는 안 계시는군. 집에선 뭘 해?

양조장을 하다가 망해서…… 지금은 남의 삼전蔘田을 매어 먹습
니다.

너 박미리하구 데이트라두 해봤었나?

그런 것까지 대답해야 되나요? 요전처럼 자인서를 쓰게 하면 되
잖습니까?

이 사람아, 사정이나 알자 그거지. 이봐, 경찰이 무턱대구 너 같
은 사람을 경범죄루 잡아넣기만 해서야 쓰겠어? 우리가 듣고 나면
무슨 해결책이라도 나올지 아냐 말야.

신입 회원 친목회 때에 저는 그애하구 짝이 된 적이 있었지요.
아마 미리는 기억을 못하겠지만, 전 똑똑히 생각납니다. 우리 번호
가 십팔번이었습니다. 숫자가 가보라서 약간 기대를 걸었는데, 그
런 정도가 아니라 다른 녀석들이 모두 탐을 내는 미인인 박미리하
구 짝이 된 겁니다. 저는 넋이 빠져나갈 지경이었습니다. 음악도

들리고, 다른 자리에서는 웃음소리도 나는데 저는 연신 머리만 긁 었어요. 저는 간신히 말했죠. 대학에 들어오면 모든 게 다 이루어 질 줄 알았다구요. 하여간에 사랑이며 행복이며 빛나는 앞날이 코 앞에 잡힐 듯했습니다. 그렇지만, 그애는 제가 몹시 불만인 것 같 았습니다. 그애가 자리를 뜨더니 자기 친구하구 상대가 되어 있는 놈에게 가서는 아양을 떠는 겁니다. 그래 제가 찾아가 좀 와달라 구, 이건 당당한 권리라구 그랬더니…… 싫어서 가는 건 자기 권 리라면서 집으루 가버렸습니다. 그때부터 저는 그애 하나만을 줄 곧 생각하게 되었습니다. 그애만 가질 수 있다면 저는 완전히 성공 의 조건을 모두 갖출 수가 있으니까요. 그런데 실현될 수 없을 거 라는 생각이 들수록 웬일인지 미리라는 여자가 아니면 저는 영영 행복을 얻지 못할 것 같았습니다.

야, 간단히 말해서 박미리가 좋았다는 얘긴데 말야. 우리가 묻 는 건 몇 번이나 데이트를 해봤냐 이거야.

그는 계속해서 중얼거렸다. 내가 듣기에는 그가 얘기를 해갈수 록 능청스러워지고 자기 목소리에 도취되는 모양이었다.

중학교 때 저는 이미 시골을 떠날 것을 결심했습니다. 저는 거 기서 그냥 썩어질 사람은 아니라구 생각했죠. 저는 꼭 성공하리라 마음을 굳게 먹었습니다. 서울 와서 야간부 학교를 다니면서 낮에 는 신문 배달이나 행상이나 급사 노릇을 했습니다. 저는 정말 고향 의 누구에게나 떳떳했습니다. 그만큼 최대한으로 노력을 했으니까요. 누구나 저만 잘하면 된다는 것을 믿었습니다. 사실 그런 삼류 고등학교의 야간부에서 우리 대학에 들어가기는 하늘에 별 따기보다도 더 어렵습니다.

야아, 집어쳐! 알겠으니까. 박미리는 벌써 약혼한 여자구 그건 그 사람의 자유니까 네가 속박할 이유는 없는 거다. 알겠나? 야, 서울 장안에 깔린 게 맨 여자라 그거야. 꼭 박미리만 된다는 건 미친 놀음 아니냐?

그애는 제 행복의 열쇠입니다.

이놈아, 먹구 보면 다 그게 그거라니까. 그런 여잘 차지하려면…… 그럼 최소한 공부라두 열심히 해보란 말야.

저는 알았거든요. 제 성공에는 한계가 있습니다. 그것으론 미리를 돌아오게 할 수가 없습니다. 저는 진심밖엔 없으니까요.

인마, 그 진심 갖구서 즉결에 넘어가서 벌금을 물든지, 구류를 살든지 해라.

어이, 그놈 가방 좀 뒤져봐.

가만있어…… 책은 하나두 없구. 세면도구, 어휴, 냄새…… 빨랫감에다 이건 뭐야, 사랑과 죽음의 순간? 제목 좋다. 저금통장이 있는데.

얼마야?

응, 총액 팔만원에서 사만오천원이 남았는데.

너 이거 웬 돈이냐?

지난봄에 한 학기분의 등록금과 생활비를 보내달란 편지를 고향에 썼습니다.

자식, 자금두 있어야겠지만, 너무 뻔뻔하다는 생각이 안 드나?

여태껏 지내온 생활을 돌이켜본다면 오히려 떳떳한 생각이 들었습니다. 서울에선 직업을 구해 고학하기가 점점 어려워지고 몸도 아프다. 이제 일 년이면 끝나는데 곧 월급을 타서 모두 갚게 된다. 집안 형편을 모르는 바 아니지만 서울 생활 중에서 단 한 번뿐이다. 할아버님께는 장환이가 병이 났다고 말씀드리고 어머니가 좀 어떻게 만들어줘야겠다, 하는 엄살조의 편지를 썼습니다. 의외로 어머니 쪽에서 풍족히 못 준다고 안쓰러워하고 부끄러워하는 편지와 함께 돈이 왔습니다. 여기서야 고향의 삼밭뙈기쯤은 금방 잊혀질 수 있었죠. 군대 삼 년 빼고 객지에서 보낸 칠 년간의 고되고 외로운 나날에 비한다면 이까짓 돈은 보상이라고 할 수도 없을 것 같았습니다. 저는 이 살벌한 경쟁의 도시에서 지금처럼 절박한 때에 돈이 없이는 도저히 이길 것 같지 않았습니다. 사실 제 용기는 그 저금통장의 사만오천원이란 지참금에서 나옵니다. 저는 지금 당장이라도 고향에 내려가 논두렁에서 김을 매고 있는 옛날 국민학교 동창생을 만난다면 자신 있게 말을 해줄 것 같습니다. 나는 참 너 같은 입장에서 벗어나와 얼마나 시원한지 모르겠다구 말입니다. 나를 질시와 반목의 눈으로 볼 것두 없다구 말입니다. 저는 정말 서울 와서 누구 못지않게 고생을 했으니까요. 저는 옆에 머리도 좋고 뛰어난 미인인 박미리가 아내로서 있게 된다면 이제는 완전무결하리라 생각했습니다. 그런데 어느 날 미리가 약혼했다는 소문이 퍼졌습니다. 저는 절대로 포기할 수가 없었습니다. 제가 목표로 했던 것은 언제나 근면한 노력으로 이룩하는 데 성공했으니까요. 저는 야간학교의 교실에서 다졌던 투지가 있습니다. 바로 미리는 저를 서울로 올라오게 했던 목적 그 자체입니다.

나는 더이상 참을 수가 없어졌다. 파출소 안으로 들어갔다. 갑자기 내가 들어서자 이제까지 고요한 자세였던 장환이 벌떡 일어서며 내게 달려들었다. 순경들이 그를 붙잡았다. 지서 주임이 상의를 입으면서 귀찮은 듯이 내뱉었다.

유치시켰다가 본서루 넘기라구. 어디 한두 번이래야지.

미리씨…… 미리…… 꼭 한마디만 하겠습니다.

나는 그를 쳐다보지도 않고 주임에게 말했다.

지금 제정신이 아니니까…… 관대한 처분을 바랍니다만, 저분이 있는 데선 저는 아무런 도움도 드릴 수 없습니다.

곧 그를 유치실로 데려가도록 했다. 나는 그들의 질문에 간단간단히 대답하고 되도록이면 이런 일이 경범이랄 수도 없는 개인적인 일임을 강조했다. 내가 장환과 비교적 친해졌던 것은 작년 가을이었다. 변두리의 빈촌에서 야학할 때 같은 요일의 시간을 맡았기 때문이었다. 어느 날 그가 조심스럽게 약속을 걸어왔고, 나는 가볍게 응했다. 그는 엉성한 신사복에 넥타이까지 맨 차림으로 나와 만났다. 내가 화장실에 다녀오려고 자리를 뜨려 해도 장환은 일일이 어디 가느냐고 물었고, 나는 그를 안심시키려고 애썼다. 나는 얼마 동안 그와 함께 생각의 공통점을 찾으려고 애써보기도 했다. 얘기 끝에 드디어 나는 당신처럼 개성도 없고 무취미한 사람은 싫다고 말해버렸다. 또한 나는 욕심이 많은 이기주의자이기 때문에 내 꿈을 묻어버리고 싶지도 않다고 말해줬다. 하지만 내게 열을 올려 귀찮게 했을 때마다 나는 그를 원망하지는 못했다.

상수는 작업복 차림 그대로 한산한 대합실의 나무의자에 고개를 숙인 채 앉아 있었다. 나는 홍천 가는 버스표를 두 장 샀다. 홍천엘 가겠다는 뜻이 없었지만, 내가 대합실에 도착했을 때, 그쪽 방면의 표를 팔고 있었던 것이다. 거스름돈을 받아쥐고 돌아서니 상수가 헝클어진 머리카락 사이로 나를 이윽히 내다보고 있었다. 버스가 출발하려고 요란한 엔진 소리를 내고 있었다. 나는 그의 곁을 지나치면서 말했다.

"가요."

그는 가랑이 사이에 모으고 있던 커다란 두 손을 주체하기가 몹시 거북하다는 듯이 뒷짐을 지고 어슬렁거리며 내 뒤를 따라왔다. 우리들의 자리는 재수없게도 해가 들이비치는 쪽이었다. 내가 안쪽에 앉고 상수가 바깥에 앉았다. 그는 신문지를 펼쳐 얼굴을 가리고 기대앉아 있었다. 종이 뒤에서 상수가 말했다.

"잠을 한숨도 못 잤습니다."

"저두 그래요."

"홍천엔 뭣하러 갑니까."

"그냥요. 바람이나 쏘일 겸……"

"심심한가요?"

"심심해요."

"오늘 돌아올 겁니까."

"글쎄요……"

나는 그를 기대와 자만감 속에 잠겨 있지 못하도록 약을 잔뜩 올려놓을까 생각했다. 기분 내는 것은 오로지 나의 자유의사이고, 너는 그러한 운명의 횡포 아래 무력한 고깃덩이일 뿐이란 말야. 그러나 그는 그 이상의 것에 관해서는 신경을 쓰지 않고 곧 코를 드르렁거리며 잠이 들었다. 버스가 이제 붐비기 시작하는 시가지를 빠져나가고 있었다. 나는 차창을 열었다. 습기 있는 바람이 들이쳤다. 그의 얼굴에서 신문지가 날아 떨어졌다. 그의 어린이 같은 방심한 얼굴이 잠깐 머물렀다가 곧 흩어지며 눈이 찡그려졌다. 상수는 나를 낯선 시선으로 바라봤다. 나는 좀 깔보는 표정을 하고서 말했다.

"누구한테 말하지 않았죠?"

"아뇨."

긴 머리카락이 건장한 말의 갈기처럼 나부끼는 그럴듯한 모습을 상상하면서, 나는 바람이 불어오는 창문 쪽으로 머리를 숙여 보였다.

"경우에 따라서는 며칠 묵을 수도 있어요."

그는 다시 눈을 감으면서 아주 당연하다는 투로 말했다.

"중간에 내립시다. 내가 잘 아는 데가 있으니까."

나는 잠을 잤다. 미풍은 부드러웠고, 초가을의 햇볕도 그리 따갑지 않았다. 귓전에서 계속해서 그가 코 고는 소리가 들려왔다. 그가 넋을 가졌다고 상상되지 않는 듯한 더러운 홀쩍거림과 콧김이 끼쳐왔는데, 나는 바로 이 점 때문에 그와 함께 편안한 심정으로 동행하고 있다는 확신이 들었다. 잠이 깼을 때, 버스는 소읍의 시끄러운 주차장 가운데 서 있었다. 상수는 자리에 없었다. 그는 바지 단추를 잠그며 낮은 판자문 앞을 떠나고 있었다. 그가 돌아왔으나 나는 계속 자는 척했다. 그가 나를 힐끔 돌아보고 나서, 뭔가 우적우적 먹기 시작했다. 나는 실눈을 뜨고 보았다. 실눈 사이로 명암이 분명해진 그의 억세게 생긴 옆얼굴이 보였다. 어떤 점이 이 남자를 잘생겼다고 믿게 했을까를 곰곰이 되새기며 관찰했으나, 역시 그가 내 눈에 얕보였다는 점밖에는 그저 평범하고 뼈대가 큰 일꾼의 모습일 뿐이었다. 비 오는 날, 순자 종류의 여자에게나 통할, 자전거 솜씨를 자랑할 정도밖에 안 되는 연애 심리를 가진 멍청이었다. 그런데 그는 화를 낼 줄도 안다. 자기를 뭘로 보느냐는 것이었다. 그는 자기의 입장과 조건에 민감한 반면, 나 같은 여자에게는 일종의 경멸 비슷한 무관심을 가지고 있는 것 같다. 마치 못 오를 나무는 처다보지 않겠다는 주의가 뿌리 깊이 박힌 데서 오는 무관심일 것이다. 그렇다면 내가 선뜻 그에게 허용한 것은 그에게는 뜻하지 않은 호박이 덩굴째로 굴러떨어진 격이다. 그런데도 그는 지금 감격할 줄을 모르는 게 아닌가. 내가 당장 마음이 변해 돌아가버린다 한들 그는 슬퍼할 리가 없다. 상수는 그럴 줄 알았다는 듯이 툴툴거리고 내 등뒤에다 쌍소리 섞인 욕지거리나 지껄여 심사를 풀 것이리라. 처음에 나는 어쩔 수 없이 속이 상해서 그를 골탕 먹이고 싶어 오기가 치밀었는데, 사실은 내 술수가 도무지 무능한 그에게 전달되지 않았기 때문이었다. 내게 조바심을 일으키게 하는 것은 그가 나를 열망하는 게 사실인데도, 쉽게 포기해버리는 천부의 무관심 때문이었다. 심리적인 놀이라고 내가 작정했을 때, 그것은 곧 반응 없이 나 자신에게 되돌아와서 오히려 스스로를 노리개로 만들어가고 있었다. 그가 아래턱을 움직일 때마다 턱뼈가 솟아오르고 관자놀이까지 크게 오르내렸다. 상수는 싸구려 빵을 비닐봉지째 삼킬 만큼 열중해서 먹었다. 그가 음료수를 마시기 시작하자 꿀럭거리는 소리가 생생하게 울려나왔다. 상수는 다시 한번 나를 힐끔 처다보았다. 나는 실눈을 펴고 그에게 말을 걸었다.

"배고팠어요?"

"네."

"졸음은요?"

"한잠 자구 나니, 괜찮습니다."

우리는 아무 할말이 없었다. 나는 먼지가 뽀얗게 일어나는 길 저편으로 지나가는 어슷비슷한 산천을 내다보았다. 추수가 시작되었는지, 낟가리가 묶여서 논두렁에 일렬로 늘어놓아져 있었다. 버스가 어느 먼지 나는 신작로 위에 섰고, 상수를 따라서 나도 내렸다.

"이 부근서 군대생활을 했습니다. 저 너머루 가면 강나루가 있지요."

신작로를 떠나 들깨의 밭고랑 사이를 지나며 그가 말했다. 나는 그를 역습했다.

"전화 받구 어땠어요?"

"뭐라구요……?"

"새벽에 전화했잖아요."

"놀리시는 줄 알았습니다."

"그런데 왜 나왔어요."

"안 나올 수가 없었습니다."

"어째서요?"

그는 멋쩍은 듯이 씩 웃었다.

"모르겠습니다."

역시 그는 언제나 내가 던지는 것을 모조리 되돌려보내는 묘한 재주를 가지고 있었다.

"누구 좋아해본 적 있어요?"

"있습니다. 많지요."

"어떤 여자들예요, 순자같이 얌전한가요?"

"왜 그런 걸 묻습니까?"

"여자들은 그런 일을 알구 싶어하니까요."

"순자 같은 애들 취미 없습니다. 남자가 조금만 친절히 대해주면 바보인 줄 알지요. 나는 그런 애들이 싫습니다."

길가에 멋없이 줄기만 자라버린 코스모스가 드문드문 피어 있었다. 상수는 잠깐 생각했다.

"여선생님이 좋았습니다."

"그야, 어릴 때 얘기죠."

"네, 하지만…… 그때가 진짜 좋았습니다. 지금도 그때만큼은 못 되지만, 좋군요. 나는 나하구 비슷한 처지의 여성들은 별루 좋아지질 않아요."

"많이 알았다면서요."

"뭐 장난이지요."

"저런!"

"기술학관 친구 녀석들이 지금 나를 보면 놀랄 겁니다."

"내가 뭐 별종이나 되는 거 같네요."

상수가 나를 눈부신 듯이 보고 나서,

"댁은 여대생입니다. 우리 친구 놈들은 대학생 비슷한 여공 애들한테 몇 번이나 속은 적이 있습니다. 못생기구 안경을 쓰구 뚱뚱해두…… 배지만 달면 기가 죽는다 그겁니다."

"상수씨두 그래요?"

"저는…… 옛날엔 그랬습니다. 기술 학원 나갈 때요. 어떤 일이 있었지요. 지금은 안 그렇습니다."

"어떤 일인데요?"

"말하기 싫습니다."

푸른색과 주황색으로 반쯤 익은 고추밭 가운데서 수건을 쓴 임신부와 노인이 일을 하고 있었다. 차갑게 열린 하늘 위로 고추잠자리가 우쭐거리고 있었는데, 나는 저 사람들을 넣은 주변의 경치를 사생하고 싶어졌다. 그림 같은 가을이었다. 그가 풀숲을 향해 돌아섰다.

"잠깐…… 먼저 가십시오."

그가 소변을 보는 모양이다. 내가 언덕 위에 올라섰을 때까지도 그는 엉거주춤 선 채로 움직이지 않았다. 상수가 내 쪽으로 어슬렁대며 걸어왔을 때에는 나는 이미 얘기를 계속할 분위기가 잡쳐 있었다. 함석지붕을 올린 낮은 오두막과 물가에 매어놓은 나룻배가 보였다. 제법 큰 물이었다. 강변의 이쪽은 기다란 자갈밭이었고, 건너편은 물에서부터 키가 넘는 풀들이 계속되어 있었다. 아마도 왕골이나 갈대일 것이다. 그 뒤로는 아직 어린 소나무들이 빽빽

해서 흙이 보이질 않았다. 모든 것이 내게는 제법 그럴듯한 영화의
무대장치로 보였다. 어쩐지 가슴이 두근거리기 시작했다. 내가 물
었다.

"부근엔 인가가 없나요?"

"강변을 따라서 죽 올라가면 면이 나옵니다. 여긴 수몰지구죠.
이 물밑에 마을이 있었어요. 저 건너편은 섬이나 마찬가집니다. 천
렵하기에 아주 좋지요."

"거기 갈 거예요?"

"그럼요."

나는 걸음을 멈추고 그를 슬쩍 떠보는 식으로 말했다.

"둘이서 저길 간단 말이죠? 괜찮을지 모르겠네요."

"여기선 저기가 제일 좋습니다."

"이만쯤에서 그냥 서울루 돌아가면 어때요?"

상수가 땅바닥에 침을 내쏘고 나서 지겹다는 표정을 지었다. 그
는 착 가라앉은 음성으로 중얼거렸다.

"놀리지 마쇼."

그가 나의 팔을 끌어잡고 성큼성큼 내려갔다.

"남자라면 몇 대 줘팼을 겁니다."

"화낼 건 없잖아요?"

"댁이 돈을 내구 날 부리는 거하군 다르다는 걸 아시오. 나두 감
정이 있다 이겁니다."

230

나는 창피했다. 비탈길을 재빨리 끌려내려가며, 한편으로는 그에게 심하게 얻어맞고 싶은 나른한 기분에 빠졌다. 잠깐 나도 모르는 사이에 자고 싶다는 생각이 스쳐지나갔다. 울창한 숲, 찢긴 옷, 상처 난 다리, 달음박질, 짓눌림, 바람 소리.

사람을 부르자 사공은 없고 소년이 나왔다. 소년이 빙글빙글 웃으며 우리 행색을 살폈다. 상수가 말했다.

"얘, 건너갈 텐데 배 좀 내라."

"낚시는 안 하세요?"

"보쌈하면 되잖아."

"그러세요…… 어항 빌려드릴까요?"

"그래, 준비해다오."

우리는 그 집에서 무뚝뚝하지만 솜씨는 아주 좋은 소년의 어머니가 비벼준 국수를 먹었다. 하도 매워서 잇몸이 아릴 정도였다. 소년이 신나게 배를 밀어내고 익숙한 솜씨로 배를 저어나갔다. 뱃머리에 앉은 내게로 물냄새를 묻힌 바람이 불어와 머리털과 옷깃을 날렸다. 잘게 일어난 물결이 찰박이며 뱃전에 부딪치고 있었다. 배가 길게 자라난 왕골 줄기를 좌우로 쓰러뜨리며 낮은 기슭으로 올라갔다. 뭔가 물탕을 튀기고 수초들 사이로 재빨리 사라졌다.

"야, 고기가 많겠는데."

"뱀장어, 메기, 잉어, 없는 게 없어요. 어항으론 쪼무래기밖엔 못 잡아요."

"이따가 해 질 무렵 해서 오너라."

"강가에서 부르세요."

우리는 까치밥이며 억새가 휘감기는 왕모래 땅에 닿았다. 온통 갈대가 허리에까지 닿을 정도로 자라나 솔숲으로 이어져서 조금만 자세를 낮추어도 하늘 외엔 아무것도 보이지 않을 것 같았다. 상수는 준비해온 어항에다 짓이긴 밥에 섞은 된장 덩이를 듬뿍 바르고서, 수초 틈에다 가라앉혔다. 바람이 불 적마다 기다란 풀들이 헝클어지며 흔들렸다. 나는 푹신하게 누인 갈대의 묶음 위에 앉아 있었다. 머슴과 아름다운 양가 처녀가 아무도 모르게 화전이나 일구며 살아간다는 아름다운 이야기를 떠올렸다. 그러나 잠시 후에 그런 얘기가 깨어져버렸다. 자연은 그럴듯하지만 사람은 조금도 아름답지 않은 것 같았다. 한때의 바람기에 인생을 걸 만큼 자기가 어리석다고는 절대로 생각되지 않았다. 나는 마음이 비눗방울처럼 들떠 있었다. 파혼을 했기 때문이 아니라, 그 이전에 어쩐지 마음 붙일 데 없이 허전하고 시큰둥했었기에 파혼을 했던 것이다. 내가 천성적으로 바람둥이는 아니지만, 욕심이 많은 여자이긴 했다. 분위기와 환상에 몹시 약했다. 막상 맞닥뜨리면, 음악을 듣거나 책을 보았을 때의 고양감이 사라진다. 역시 즉물적으로 부딪치면 세상은 천박하고 피곤한 일투성이다. 결혼을 해서 남의 아내가 된다는 사실이 눈앞에 닥쳐왔으나 그것은 너무나 맥빠진 관계에 지나지 않았고, 더구나 장환의 그 터무니없는 행동으로 사랑이 무미건조한 일상생활로 직결되는 입구라는 것을 알게 됐던 것이다. 책도 읽히지 않았고, 학교도 다니기 싫었고, 친구들도 만나기 싫었던, 허탈한 상태에서 나도 모르는 사이에 아무렇게나 내던져버리고 싶다는 욕구가 생겼던 모양이었다. 상수에게 새삼스럽게 자존심 따위를 들먹이기도 우스운 노릇이다. 나는 기다렸다. 머리 위로 새떼가 높직하게 날아 지나갔다. 가끔 그가 텀벙대며 수초 사이를 걸어다니는 물장구 소리가 들렸다.

　말을 꺼내자마자 나는 곧 후회하기 시작했다. 만오의 귀가 시뻘게지고 눈썹 사이가 좁아졌기 때문이다. 그에게 여태까지 장환이 내게 귀찮게 했던 일을 차근차근 설명해주고 도움을 청했던 것이다. 나로서는 아주 당연한 행동이었다. 한편으론 그가 은근히 소유감을 확인하고 자부심을 갖게 되리라 예상했었다. 나는 다른 누구의 것이 아닌 바로 당신의 것이에요, 라는 식이었다. 그러나 만오가 내 말의 첫마디에서 선입관을 가졌던 듯했다. 아마도 자기 손수건 위에 떨어진 흙탕물의 작은 오점이나, 팔목시계 유리 위의 흠집 정도를 고작 떠올렸는지 모르겠다. 왜 진작 알리지 않았느냐면서 쓰디쓴 얼굴이었다.

　만약에 내 친구나 친척들이 먼저 알았다면 뭐라구 오해했겠습니까?

　제 잘못이 아닌데요 뭐.

그래두 체면이 서야 말이죠. 가령 길거리에서 옥신각신하는데 누가 봤다구 칩시다. 약혼은 타인들에게 공고되어 그 순결을 인정 받고 있는 일종의 사회적 행위란 걸 모르십니까. 우선 학교루 찾아 갑시다. 그 학생의 신상을 알아봐야겠으니까. 아주 광인이 아닌 담에야 그럴 수가 있나 참!

입맛을 쩝쩝 다시는 그의 눈길이 나를 비난하고 있었다. 그는 연신 조그마한 입을 벌리고 혀를 약간 빼내어 윗입술을 핥곤 했다. 그가 곤란해질 때마다 나오는 버릇이다. 나는 만오가 자기 입 장에만 급급하는 처사가 미워져서 상대방의 얼굴이 꼭 치즈를 핥 고 난 수고양이 같다고 생각했다. 만오는 마치 내가 무엇이 부족하냐, 이렇게 훌륭한 남편감을 만난 네가 조신히 굴기는커녕 이런 짜 증나고 창피한 부담거리를 떠맡기다니―라고 나를 힐난하는 것 처럼 보였다. 그는 내가 책이라도 들고 나가면 고개를 기웃이 기울 여 제목을 훑고는,

아직도 이런 데서 못 벗어났군.

따위로 기를 죽이곤 했다. 그의 정결함과 조심스러움은 고만고만 한 차이로 잘 조화되어 차가운 냉기까지 느껴질 만큼 체질화된 것 이었다. 그는 별로 말이 없는 대신 자상하게 굴기도 했다. 잔신경 을 쓴다고나 할까.

아, 재스민을 썼군.

이라든가,

234

그 루주 레브론인가.

그뿐이 아니다. 내 양말에 담뱃불 자국이 생기자, 어느 틈에 슬그머니 나가서 치수가 맞는 걸로 사다주기도 했다. 가끔 그가 자랑스러울 때도 있었다. 자기 동료와 식사를 함께했던 적이 있었는데 역학이 어떻고, 공간이 저렇고, 구조가 이렇고…… 딱딱 끊어지는 명확한 발음으로 전문지식에 관하여 주고받는 모습과 선명한 셔츠 칼라가 너무 멋이 있었다. 그가 건축 잡지를 펼쳐들고 책상 위에 눈을 모은 채 한 손으로 천천히 실수 없이 커피잔에 설탕을 넣을 때, 긴장이 풀려 넥타이를 느슨히 늘어뜨리고 빈 컵을 검지와 엄지 끝으로 돌리면서 시선이 먼 곳에 향해 있을 때, 비 오는 날 검은 바바리를 입고 머리에는 몇 점의 물방울을 얹고서 찻집 안으로 들어설 때, 등등 모두 좋았다. 정이 뚝 떨어져버릴 정도로 싫은 모습도 있었다. 가령 장환에 관한 얘기를 꺼냈을 때도 그랬지만, 내 눈화장이 어지럽게 번진 걸 보고는,

천박해 보이는군. 규수답게 단정히 화장할 수 없소?

나를 기숙사 앞에까지 바래다주고 가볍게 포옹해준 날이 있었다. 내가 문득 아뜩해져서 그의 어깨에 매달리며 기댔더니,

이 처녀가…… 날 언제부터 이렇게 좋아하나.

나는 화가 나고 섭섭해서 눈물까지 흘렸다. 좋으면 서툴러지는 법이고, 서투르면 곧 속을 내보이게 마련이다. 그럴 때마다 그는 그 서투른 것을 싫어했다. 내가 뭔가 말하거나 행동하면 그것이 서

투른 경우에 가차없이 집어냈다.

내 생각에는 여자는 그럴 경우, 남자를 속였다구 생각하지. 따라서 당신이 지금 생각하구 있는 건 바로……

내가 그의 말을 듣고서야 비로소 아, 그랬던가 할 정도로 그는 헤집어놓았다. 사회적으로 유리한 입장에 서게 될 경우에 관한 그의 재빠른 판단도 싫었다. 누군가를 시켜서 시골의 아버지 사업에 관하여 소상히 알아본 것도 싫었다. 그의 집 응접실의 썰렁한 점잖음이 싫었고, 그의 젊은 모친의 하얀 치마저고리가 싫었고, 하와이 관광객처럼 요란한 무늬의 남방을 입고 파이프를 피우는 그의 씽씽한 부친이 싫었다. 싫고 좋은 점이 날마다 겹쳐왔던 것이다.

여하튼 우리는 김장환이 다니고 있는 명문의 사범대학 학생과로 찾아갔다. 만오는 자기가 나의 오빠라고 자처할 작정이었다. 아무래도 사실대로라면 쑥스러워 안 되겠다는 그의 주장이었다. 경찰서에 알아보니 장환은 벌써 즉결재판소에 넘어가버린 뒤였다. 순경들도 그의 행동을 제제할 별다른 방법이 없다고 빨리 결혼하시는 게 상책일 거라고 빈정대더라는 것이다. 우리는 장환네 학교의 주임교수와 마주앉아 선량하고 정상적인 사람들임을 과시했다. 만오가 그 학생을 벌주려는 게 아니라, 한창 중요한 때에 너무 낭비가 심한 것 같아 학교 당국에 선도를 요청하러 왔노라고 서두를 꺼냈다.

그 학생이 실성을 했다구 들었습니다. 동생이 여러 가지로 피해

236

를 보고 있습니다. 학교에도 불안해서 못 나갈 형편입니다.

학생과 직원에게서 생활기록부철을 넘겨받은 교수가 그것을 들추면서 말했다.

사범대학에선 그런 학생이 해마다 몇 명씩 나옵니다. 나쁜 환경에서 성실하게 살아보려는 노력형들이 많으니까요. 한창 그럴 나이들이 아닙니까. 여자 쪽은 대개 대학에 진학했을 정도면 환경들이 좋은 편이니까. 실상 여학생과 남학생은 그런 점에서 조건이 다르죠. 군대 문제, 금전 문제, 취직 문제보다도 연애 문제는 더욱 심각합니다. 사회에서 속박당하는 면이 많은 그만큼 연애에 관해서도 자연스럽지 못한 겁니다.

보편적으로 그렇진 않겠지요. 그 학생은 좀 지나친 게 아니겠습니까?

예, 하긴 고지식하고 융통성이 없는 점두 있습니다. 김장환이는 친구도 없어요. 별로 생활을 안다는 동급생이 한 사람도 나서질 않습니다. 성적은 보시다시피 입학해서는 아주 우수했구요, 이학년 이학기에 입대할 때까지도 수석이었습니다. 제대 뒤의 삼학년 때엔 학점을 따지 못한 학과가 거의 반 나마 됩니다. 그리고 올봄부터 아예 등록두 하지 않았군요.

외국에선 학생 개개인마다 카운셀링을 하고, 자상한 생활지도를 하던데요.

여기서두 테스트를 합니다. 반응에 의하면 다소 차이는 있지만 욕구불만에 의한 신경불안 증세는 모두 나타내고 있습니다. 김군 같은 경우가 좀 지나친 편이고…… 그런데 사회에 대한 적응도는 아주 열성이란 얘기죠.

나는 두 사람 사이에 오락가락하는 얘기가 몹시 상투적이란 느낌이 들었다. 교수가 계속해서 얘기했다.

김군의 출신 학교를 보세요. 세칭 삼류 실업고교의 야간부입니다. 그 학교에서는 개교 이래로 여태껏 한 사람도 우리 학교에 들어온 예가 없었습니다. 이런 점으로 보더라도 어린 나이에 얼마큼 발분의 노력을 했는가를 알 수가 있죠. 아마 이런 학생이었다면, 몇 년쯤 재수를 해서라도 입학했을 겁니다. 사실이…… 오 년쯤 연거푸 재수한 학생도 있어요. 아마 인생의 의미보다는 생존경쟁의 지름길을 찾게 되는 세태 때문일 겁니다. 그러니까 여학생이 받게 된 여러 가지 피해두 요즈음 경쟁 풍속의 부산물이라고나 할까요?

교수가 안경을 위로 치키며 껄껄 웃어젖혔다. 만오가 중얼거렸다.

중학은 시골서 졸업했군요.

한정된 조건을 뛰어넘으려는 끈기가 옛날 청년들보다 더하지요. 달라진 게 있다면 요샌 수단의 구별이 없어졌거든. 역사소설두 그런 거나 나오구, 아니면 재벌의 전기가 인기란 말입니다. 그나마 초라하지요. 기대와 현실의 엄청난 간격을 메우는 동안에 생각도 비뚤어지고 타협도 해가면서, 쥐어짜놓은 듯한 졸장부로 변해가는 청년들이 많지요. 그러니 누이 문제에 관해선 도량 있게 이해를 하시오.

교수는 또 껄껄 웃었다. 내가 꼭 예상했던 그대로였다. 우리는 학생들이 군복을 입고 사열식 연습을 하고 있는 운동장을 지나 교문을 나섰다.

내게 방법이 있긴 있는데⋯⋯

그는 골똘히 생각했다.

신경쓰지 마세요. 저는 그냥 알려드려야 할 거 같아서 얘기했는데 뭐.

가만있자, 내가 그 친굴 한번 만나지. 나중에 봐요.

만오는 그가 장환을 만났던 얘기를 내게 꺼내지 않았다. 둘 사이에 단단한 약속이라도 했는 성싶었다. 그러나 일주일이 못 되어 나는 교문 앞을 지키고 있는 장환과 또 부딪쳤다.

그는 때가 까맣게 낀 와이셔츠 바람에 여전히 매일 끼고 다니는 가방을 땅바닥에 깔고 앉아서 뭔지 종이쪽지에다 열심히 끼적이고 있었다. 내가 슬그머니 지나치려 했지만, 그가 본능적으로 느꼈음인지 고개를 번쩍 쳐들었다. 나는 안된 생각이 들었고, 죄를 지은 사람의 심정이 되어 그에게 말을 걸지 않을 수가 없었다.

저를 기다리셨어요?

어제부터 기다렸습니다.

어제는 강의가 없었어요.

당신 약혼자라는 사람을 만났습니다. 예의가 바른 사람이었습니다. 나를 많이 이해해주셨습니다. 당신을 다시는 안 찾기로 약속했었습니다.

내가 그를 비켜가려고 좌우로 걸음을 옮길 적마다, 그는 다급하게 가로막고 섰다. 지나가던 학생들이 멈춰 서서 우리를 구경하고 있었다.

꼭 이번 한 번뿐입니다. 단 오 분이라두 좋습니다. 얘기를 하도록 해주십쇼.

무슨 얘기를요.

당신은 나에 관해서 아무것두 모르십니다. 나는 당신에게서 오해를 받구 있어요. 나를 무슨 방법으로든지 당신께 이해시켜야 되겠습니다.

그래요. 단 오 분이에요. 일 분이라두 지나면 일어서겠어요.

좋습니다. 일생 중에 오 분이라면 너무 짧습니다만.

컴컴하고 음악이 나오는 다방보다는 밝은 제과점이 나을 것 같아 나는 그쪽을 택했다. 앉자마자 그가 이야기를 늘어놓기 시작했다.

일부러 벌금을 물지 않고 구류를 살면서 여태까지의 내 행적을 곰곰이 생각해보았습니다. 역시 과단성 있고 신념이 강한 자가 최후의 승리를 차지하는 세상 아니겠습니까. 따라서 미리씨의 남편이 될 사람은 이 세상에 나밖엔 없다는 확신을 얻었습니다.

그건 어디까지나 장환씨 혼자만의 생각이잖아요.

아뇨, 틀림없이 나를 좋아하게 될 겁니다. 나는 사업가가 되어

240

볼 결심입니다. 내가 야학에 충실했던 것은 교육 사업의 원대한 포부를 실현시키기 위해서 경험을 쌓고 싶었기 때문입니다. 사설 학원을 발전시켜 인가를 받아 학교를 세운다 그겁니다. 미리씨는 제 아내가 되는 것입니다.

싫어요. 그런 생각 전혀 없는데요.

나는 우리 둘의 관계가 숙명이라고 느끼구 있습니다. 지금 내가 여관을 전전하며 세웠던 여러 가지 계획의 종말은 미리씨와 함께 댁에 찾아가서 승낙을 받는 일만 남았습니다.

내가 일어서자, 장환이 황급히 일어나서 통로를 가로막았다.

아직 삼 분밖에 안 됐습니다.

걱정 마세요. 백은 두고 갔다 올게요.

나는 백을 탁자 위에 남겨놓았다. 만오에게 전화를 걸었다.

지금 김장환씨에게 잡혀 있어요.

그런 미친 자식! 어디요?

학교 앞, 알프스 제과점이에요. 늦으시면 그 사람께 끌려서 먼 데루 가버릴지두 몰라요.

아, 알았어. 내 이 망할 녀석을……

내가 돌아가자 장환은 아까부터 끼적이고 있었던 종이쪽지를 내밀었다.

어제, 오늘, 이틀에 걸쳐서 당신께 쓴 편지입니다. 말루는 못할 얘기를 적었습니다. 내가 당신에게 할 수 있는 최대한의 자기표현입니다.

좋아요. 여기서 읽어야 되나요?

읽고 나서 결정을 해주십시오.

나는 시험지에다 깨알처럼 잘게 적어놓은 장환의 '자기표현'을
읽었다.

이 글을 적게 된 동기는 냉정하고 종잡을 수 없는 남의 도시인
서울에서 내가 언제나 끼어들지 못하고 있다는 사실 때문입니다.
나는 일찍이 거름통과 뼈저린 고역을 버리기 위해 새벽 차를 타고
고향에서의 탈출을 감행했습니다. 우리 사정으로는 도저히 진학
도 못할 형편이었습니다만 어렸을 적의 어떤 일이 나를 자극했습니
다. 방학 때마다 시골에 내려오는 서울 소녀가 있었습니다. 우
리 동네에 서당집이라고 호농이 있었는데 그 소녀의 외가였습니
다. 그애는 내가 늘 보아온 시골 계집아이들처럼, 아무데서나 궁둥
이를 홀떡 까고서 오줌을 갈기거나, 그 또래 남자애들에게 악다구
니를 쓰거나, 코를 흘리지도 않고, 목에 때도 없는 정결하고 상냥
한 소녀였습니다. 소녀는 하늘하늘한 꽃무늬의 간탄후쿠를 입고
긴 양말에 구두를 신었으며 기다란 머리를 지져서, 어린이 잡지의
삽화에 나오는 왕녀처럼 보였습니다. 나는 검은 빤쓰를 입은 벌거
숭이에다 검은 고무신을 신은 꼴이었습니다. 머리엔 기계충이 옮
아서 부스럼이 가득 났었죠. 그래도 학교에서는 독특한 우등생으

로 알려졌던 나는 먼발치에서 그 소녀를 볼 적마다 숨이 막힐 지경이었습니다. 지금 생각해보면 아마 나는 그때 전형적인 원주민이었을 것이고, 그 소녀는 먼 나라에서 날아온 본국인과 같은 차이였을 겁니다. 우리 어머니가 서당집의 삼밭을 매어주고 있었으므로, 나는 그 소녀와 두려운 가운데 차츰 친해졌습니다. 소녀의 호감을 사는 짓이면 무엇이든 해냈습니다. 방죽을 열 바퀴도 넘게 송장걸이로 헤엄쳐 보일 수도 있었고, 송사리를 잡아주려고 한나절을 냇가에서 헤맬 수도 있었으며, 찐 옥수수를 사타구니에 숨겨서 갖다줄 수도 있었습니다. 그러던 소녀가 중학교에 들어가서 흰 교복을 입고 왔을 때에는 나를 못 본 척했습니다. 이듬해부터 그애가 오지 않았습니다. 나는 중학교 삼학년이 되었을 때에, 우리 할아버지와 면서기의 차이를 알았고, 읍내의 구제병원집 아들과 내 차이를 알았고, 심지어는 교장 관사의 송아지만한 셰퍼드와 우리 검둥이의 차이를 알았습니다. 중학교를 졸업하고 일 년 동안 집의 일을 거들면서 완전히 이 모든 것을 알았습니다. 올라와서 고학을 하던 때에는 여자 따위가 눈에 들어오지도 않았습니다. 내가 무엇을 해야 되는가를 너무나 잘 알았으니까요. 그리고 대학에 입학했습니다. 나는 내 능력의 한계를 잘 알고 있었습니다. 사범대학 정도면 내 힘으로도 충분히 졸업할 것 같았고, 무엇보다도 취직이 보장되니까요. 군대도 갔다 왔습니다. 그런데 그 무렵 나는 새로운 사실에 직면했던 것입니다. 내가 어릴 적에 경험했던 저 아름다운 사건이 이

제는 현실성을 갖고서 나타났단 말입니다. 마치, 여기까지는 잘 추
진해왔다, 그러나 그게 고작 뭐란 말이냐?고 물어오는 질문과도
같이 말입니다. 내가 달성했으며 또한 곧 이루어지려는 목표에 관
해서 나는 한 번도 의심해보지 않았던 것입니다. '젊은 모임'회에
서 미리씨를 만나게 되었죠. 미리씨를 아내로 갖고 싶다는 신념
이 생기자마자, 여태껏 내가 잘해왔노라고 자부하던 목적이 형편
없이 초라하게 변해버렸습니다. 갖은 고생으로 바라온 게 겨우 학
교 훈장이 뭐란 말이냐? 요즈음 여기서는 한 남자의 사회적 능력
의 표징은 그가 거느린 여자의 됨됨이로 나타난다는 생각이 들었
습니다. 똑똑하고 아름답고 최고의 수준으로 교육받은 여자……
그것은 바로 남자가 얼마쯤의 신분으로 직결되는 선을 통과했느
냐 하는 물적 증거 자체입니다. 백 잡고 백, 오십 잡고 오십입니다.
그러한 엄정한 교환가치 앞에서 나는 차츰 자신을 깨닫게 되었습
니다. 그렇지만 내게도 어린 결심 아래 집을 버렸던 시절의 패기가
남아 있습니다. 지금 만약 미리씨가 내게 오신다면, 나는 이 한정
되어 보이는 나의 미래를 뛰어넘을 자신이 있습니다. 미리씨는 지
금 이 교문을 꾸역꾸역 몰려나오고 있는 수많은 여대생들 중의 하
나에 불과하지만, 내게는 가장 가까운 가능성입니다. 어떤 때엔 이
거리를 걸어다니는 싱싱한 말 같은 여자들을 볼 때마다 이유 없이
죽여버리고 싶습니다. 나도 그렇고, 저들도 모두 본성을 잃어 미쳐
버린 껍데기가 아닌가 하는 끔찍한 생각도 듭니다. 나는 자유스럽

지 못합니다. 누군가에게 내 몫을 빼앗긴 것만 같습니다. 굶주림보다도 더욱 못 견딜 고통입니다.

나는 거기까지 읽고서 종이를 탁 덮고는 눈을 감았다. 너무 각박한 표현이란 느낌도 들지만 어쩐지 처량한 생각이 들었다. 장환에게 짜증이 일어나는 그만큼 너무나 자신만만해하는 만오가 얄밉게 생각되는 것이었다. 내가 말했다.

자, 이젠 가야겠어요.

말씀해주십시오.

뭘요?

내 아내가 되어달라구 그랬습니다. 못하시겠다면 그 이유를 말해주세요.

세 가지루 말해드리죠. 첫째, 저는 약혼한 사람이에요. 둘째, 장환씨는 저하군 모든 면에서 맞지 않아요. 셋째, 지금 제게 낭비하시는 반만큼 다른 여자에게 눈을 돌리면 충분히 행복하실 수 있을 거예요.

실례지만, 박미리씨죠?

잠바 차림의 우락부락하고 건장한 청년 둘이 테이블 앞에 서 있었다.

네, 그런데요……

밖에서 장만오 선생이 찾습니다.

나는 어리둥절해진 채로 일어섰다. 뒤따라 일어나려는 장환을 한 사내가 눌러앉혔다.

어, 형씨는 우리하구 볼일이 있수.

나가서 얘기 좀 하시까?

그들은 장환을 가운데 끼워 세우고 내 뒤를 따라 나왔다. 나가자마자 길 건너편에 만오의 회색빛 싱글이 눈에 띄었다. 나는 짚이는 게 있어서 그에게로 달려갔다. 만오는 양손을 호주머니에 찌르고 나를 부드러운 시선으로 내려다보았다.

어쩔 작정이세요, 저 사람들은 누구예요?

응, 우리 동창생 건축사무소의 현장 사람들이오.

그 사람들이 무슨 상관예요.

자, 우린 갑시다. 점심 먹었어?

그보다도 왜들 저러죠?

만오의 표정에 당황하는 기미가 스치고 지나갔다. 두 사내와 장환이 제과점 옆의 비좁은 골목으로 사라지는 뒷모습이 보였다. 만오가 쾌활하게 말했다.

우리의 고민에 관해서 공개 토의를 했었지. 미친개는 몽둥이가 약이라는군.

나는 갑자기 소리라도 꽥 내지를 정도로 신경이 곤두섰다. 그의 개입이 지나치다고 느꼈고, 그 단정하고 빈틈없는 얼굴을 확 할퀴어주고 싶었다.

그걸 말이라구 하세요.

그가 안색이 새파랗게 질리며 입술을 떨었다. 그는 곧 자제하고 정상으로 되돌아갔다.

내 기분이 어떨지는 당신이 잘 알리라구 믿소. 어쨌든, 나두 불쾌하니까 어떤 방법으로든 해결이 나야 할 거 아니오. 지금 저 친구는 넋을 잃었으니 제정신 돌아오라구 혼을 좀 내주자는 거요. 친구들과 의논했는데, 그 방법밖엔 없다는군.

나는 눈물이 핑 돌았다. 뒤로 몇 걸음 물러났다. 그가 무슨 괴물처럼 보였다.

어딜 가는 거요?

그가 팩하는 음성으로 날카롭게 말했다. 나는 대답하지 않고, 골목 안으로 뛰어갔다. 벌써 두 남자가 굳어진 표정을 하고서 나와 지나쳐갔다. 장환은 연탄재와 쓰레기가 쌓인 오물처리장 가운데 무릎을 꺾고 주저앉아 있었다. 아마도 가방을 찾고 있는지 땅바닥을 두리번거리고 있었다. 입술이 찢어졌고 코피가 터졌는데 몹시 다친 사람처럼 처참해 보였다. 막상 가까이 가니까 나는 장환의 상판대기조차 보기 싫었다. 흘러내린 피가 남방 위를 이상하게 고운 색깔로 적시고 있었다. 나도 그의 옆에 쪼그리며 손수건으로 얼굴을 닦아주고 머리에 하얗게 뒤집어쓴 연탄재를 털었다. 나는 애써서 감정이 표백된 정확한 발음으로 말했다.

미안합니다. 장환씨 때문에 제가 괴로워서 더이상 못 견디겠어요.

저두 생각이 있습니다. 왜, 생각이 없겠습니까.

그가 허탈한 웃음을 웃었다. 그러는 모습이 나이를 많이 먹은 사람처럼 보이게 했다. 가방을 옆에 끼고 일어나면서 그가 내 부축한 손을 가볍게 뿌리쳤다. 그는 얼굴을 위로 쳐들고 절뚝이면서 골목 밖으로 나갔다. 나는 쓰레기를 타넘고 골목 안으로 계속 걸어갔다. 아는 사람을 어느 누구도 만나고 싶지 않았다.

사흘 동안 연거푸 기숙사로 전화가 왔지만, 나는 아프다는 핑계로 따돌려버렸다. 만오에게 묵은 빚을 갚는다는 심정이었다. 늘 그에게 뭔가 꿀리고 손해 보고 들여다보인다는 느낌을 한편으로 떨쳐낼 수가 없었는데, 이젠 후련했다. 그런 일로 서로 만나지 않게 되니 차츰 생각도 멀어졌다. 서둘러서 오빠네 아파트로 이사했다. 학교로 장환의 편지가 왔다. 몇 줄 안 되는 아주 짤막한 편지였다.

그날 멍청히 걷다가 학교에까지 갔습니다. 강의실에서 밤을 새웠습니다. 밤하늘의 별을 보니까 어느 틈에 모든 일이 또렷해졌습니다. 쉬러 고향에 갑니다. 다시는 뵙지 못할 것입니다. 요전에 말을 잘못 썼기에 바로잡습니다. 목적이 아니라 사랑입니다.

상수는 바짓자락을 걷고 수초 속에 움직이지 않고 서서 나를 불렀다. 나는 잠깐 묘한 상상을 했었다. 사방에 하얀 갈꽃을 묻히고 물가로 내려갔다. 상수가 입에다 손가락을 세워 흔들며 속삭였다.

"좀 보십시오."

희끄무레한 유리 어항이 들여다보였다. 고기떼가 모여들어 구멍 안으로 다투어 들어가는 중이었다. 어항 안에 고기가 **빽빽**해지면 상수는 들어내서 바구니 속에 부었다. 흰 배를 번쩍이며 고기들이 펄펄 날뛰었다. 고기잡이에 열중한 상수의 볼이 상기되어 있었다.

"이젠 고만 잡아요."

"네, 그립시다. 회 먹을 줄 아십니까."

"못 먹어요."

"내 가르쳐줄 테니 좀 먹어보슈."

상수가 바구니에서 손가락만한 고기 한 마리를 꺼내어 산 채로 양재기의 초고추장 속에다 푹 찍어다가 입에 넣었다. 입술 끝에서 고기의 꼬리가 세차게 파닥거렸다.

"하, 맛있다. 이게 얼마 만야. 어릴 때 개천가에서 먹어보군 처음입니다. 은어라는 고긴데 맛이 향기롭고 신선해요."

그가 내장을 따내고 깻잎에 싼 고기를 내밀었다. 내가 입을 꾹 다물고 고개를 저으니까, 그는 자기 입속에 쑥 집어넣었다.

"나는 그냥 만져보구 싶어요."

바구니 속에 손을 담그니 매끄럽고 부드러운 고기들의 몸이 그득하게 만져졌다. 손이 닿을 때마다 고기들이 물을 치면서 빠져나가고, 사로잡힌 놈은 온몸으로 경련을 일으켰다. 그 감촉이 좋아서 나는 고기들을 자꾸만 만졌다.

"이 많은 걸 다 먹어요?"

"웬걸요, 재수없는 몇 마리만 맛을 보고는 버릴 겁니다."

"버리는 게 아니라, 놓아주는 거죠."

"그렇군."

나는 고기를 한 마리씩 잡아서 물 위에 살그머니 놓아주었다. 또는 공중으로 던졌다. 고기가 물속으로 천연스럽게 헤엄쳐 사라졌다. 어떤 놈은 천천히 주변의 수면으로 유영을 해보고 나서 자유를 실감한 뒤에 멀리 갔다. 나는 한 마리씩 물에 던졌다. 상수는 갈대 사이로 가리어져 보이지 않았다. 드디어 빈손이 되었다. 바구니엔 비늘 몇 점만이 남아 있었다. 상수는 왕골 줄기를 꺾어 질끈 물고 누워서 하늘을 올려다보고 있었다. 나도 좀 떨어져 누우며 기지개를 켰다.

"아, 졸려."

바람이 불었다. 솔숲을 지나 갈대 위로 휩쓸고 지나갔다. 아직도 해가 높다랗게 남아 있었다. 가끔 고기들이 뛰는지 투명한 물소리가 들렸다.

나는 눈을 꼭 감고 잠이 들었다. 꿈도 꾸지 않았다. 그냥 벌건 어둠과 갈잎의 서걱이는 소리만 있었다. 참으로 아늑하고 짧은 잠이었다. 그렇게 축복받은 잠에 빠졌던 때가 평생 몇 번이나 있었을까. 나는 관능의 입구를 활짝 열어놓고 내가 여태껏 잘못 길들여왔던 세상의 찌꺼기를 씻어낸 것 같았다. 그때에 그가 나를 안았다.

그의 입술은 서투르고 딱딱했다. 무미건조했다. 내 가슴 위에 얹힌 손과 머리 밑의 팔이 훨씬 가까웠다. 생선의 비린내와 왕골의 쓴맛이 감돌았다. 그의 손놀림은 무의식적이고 기계적이어서 청결했다. 하지만 나는 자연스럽지 않았다. 이상하게도 나 혼자 누워 있는 것 같았다. 차츰 잠에서 깨어나며 나는 일종의 감각의 결핍 상태로 돌아왔다. 사람들이 물결쳐 밀려 오가는 번화가가 생각났다. 생각은 다시 단절되었던 요 조그만 물을 건너 신작로로 달려갔고 여러 가지 책무며 세상에서 내게 요구하는 사항들이 떠올라왔다. 나는 다시 찌꺼기를 주워모아서 내 전신에 휘감았다.

나는 자기가 정말로 볼품없는 여자라는 걸 깨달았다. 그가 나의 속옷에까지 손을 댔을 때, 나는 서둘지 않고 그를 약간만 밀어냈다. 그가 고개를 들었다. 그의 표정은 지금도 생생하다. 너무나 무심했다. 입을 반쯤 벌리고 시선은 낯설었다. 일어섰다. 아찔, 현기증이 일어났지만 잠깐 뒤에 밝아졌다. 그가 얼결에 내 한쪽 다리를 잡았다. 운동화가 벗겨졌다. 나는 물가로 뛰어갔다. 배를 부르기 위해서였다. 멍청히 섰던 상수가 그제야 벗겨진 신발을 던지며 투덜거렸다.

"똥치 같은 게 겉멋만 잔뜩 들어가지구."

(1973)

섬섬옥수 251

장사壯士의 꿈

그때에 나는 낙원탕의 시다바리로 있었지. 누가 보더라도 누워
있는 살찐 녀석이랑 때를 밀고 있는 나는 묘하게 대조가 됐을걸.
녀석은 살아서 눈도 껌벅이고 코도 찡그리고 하지만, 내 쪽은 살
아 있어서 움직이는 게 아니라 기계로서 움직이는 것처럼 보일 테
니깐 말야. 내 희망은 일찍이 레슬러였지. 내 별명은 몸집이 우람
하다고 모두들 꺽새라고 부르지. 내 키는 백팔십에 가슴둘레는 일
미터가 넘고 삼두박근이 고릴라 같다구. 균형이 꽉 잡힌 늘씬한 사
나이야. 얼굴도 남에게 뒤지지 않을 정도로 구수하고 씩씩하게 생
겼거든. 검고 짙은 일자의 눈썹에 날이 선 콧날에다 입술은 좀 두
툼하고 눈이 시원스레 커다랗지. 남들이 모두들 저 유명한 검둥이
권투선수인 클레이를 닮았다구 그러더군. 내야 그전엔 뭘 알았었
나. 도회지 와서 촌때를 많이 벗고 교제를 넓히는 중에 지금은 정

252

말 유식해졌지. 가만있자, 그렇지만 어딘가 억울한 느낌은 드는군 그래. 내가 뭘 잃어버린 건 없나 하는 의심도 든단 말야.

서리놀음에 밤을 새우던 일, 쥐불 놓던 일, 골짜기에 눈이 덮이면 토끼 사냥하러 다니던 일, 아니 그건 소싯적에 한창 팔자가 좋았던 때의 얘기지. 우리 집안이 폭삭 망해버린 것은 그놈의 낙지 때문이었어. 아버지는 바다의 사나이였다 그 말씀야. 사 형제의 셋째인데 위로 둘이 오징어잡이 배를 탔다가 먼바다에서 죽고, 끝엣 삼촌은 대를 이어야 한다며 운전사가 되어서 아버지가 선대의 가업을 물려받은 셈이었지. 그 양반은 나보다두 억세구 덩치가 커서 모두들 햇말 장사라구 불렀지. 전설 같은 얘기지만 철도 레일을 한 손으로 서너 번씩 꼬늘 수가 있었다니까. 좌우간에 그분은 천성으로 타고난 뱃놈이었어. 배를 부린 지 십 년 만에 세 척으로 가산을 늘려놓았단 말야. 지금도 그 양반을 생각하면 바닷바람에 생긴 마른버짐이 희끗거리는 거친 얼굴과, 팔뚝에 솟은 동아줄 같은 핏줄, 그리고 컬컬하게 쉰 음성이 떠오르는군. 우리 할아버지는 한술 더 떴다는 거야. 역시 그분도 젊을 적에 바다에서 죽었지. 그 양반은 일찍이 멧돼지를 맨손으로 때려잡았다지 아마. 햇말 너머에 묘심사라는 절이 있는데 말야, 칠성각의 네 기둥 중에서 하나가 새것이지. 그 빠진 기둥 자리가 우리 할아버지 기운 자랑의 흔적이라더군. 나는 참으로 힘에 있어서는 역사와 전통이 뚜렷한 가문에서 태어났단 말이야. 아버지가 바다에서 초주검이 되어서 돌아온 게 내가 소학교를 마치던 해였지. 먼 대처의 항구에다 고기를 부리고 돌아오다가 풍랑을 만났다는군. 일주일을 바다 위에서 혼자 살아 떠돌았대. 구조되자마자 낙지를 안주로 해서 막소주를 한 말이나 마셨대니, 그 뱃속이 온전하겠냐 말야. 우리 아버지는 시름시름 앓다가 말라비틀어진 수수깡 꼬락서니가 되어 누워 지냈었지. 그이는 돌아가기 전날 갑자기 자리를 차고 일어나더니 웃통을 벗더래. 어머니가 말릴 수도 없었다더군. 벌거벗은 아버지는 햇말 동구 앞에 쌓아올린 바람막이 돌담가로 달려갔지. 동네 사람들도 좋은 구경났다고 하얗게 모였는데, 아버지가 담벼락에 찰싹 붙어서 힘을 쓰기 시작했지. 등에 가죽 같은 근육이 솟고 장딴지는 부풀었으며 얼굴은 푸르딩딩 팔뚝이 덜덜 떨렸어. 돌담이 기우뚱하더니 와르르 무너져내렸지. 아버지는 무너진 돌 위에 털썩 주저앉더니,

"어 후련하다!"

그러더래. 그날 밤에 아버지가 죽었지. 가만있었으면 빌빌 그냥저냥 한 십여 년 족히 살았을 거라고 모두들 그러데. 한숨에 모조리 뽑아냈으니 기운이 쇄서 어디 살겠느냔 얘기지. 그래 지금도 나는 낙지는 먹지 않지.

집안이 엉망이 되어버리고, 우리는 바다가 보이지 않는 산간의 읍내로 이사를 했어. 어머니는 내가 조상의 뒤를 이어 뱃놈이 되는 걸 원하지 않았거든. 우리는 막냇삼촌의 의견대로 차부 앞에다 술도 파는 밥집을 냈었지. 그때부터 내 몸은 별 운동두 안 했는데 부

쩍 늘어나서 열여섯에는 이미 훤칠한 장정이 되어버렸어. 내가 슬슬 역기나 아령이라두 하게 된 건 읍내 운동회 때문이었어. 농한기에도 그랬지만 특히 추석을 전후해서는 읍내에서 꼭 씨름판이 벌어지거든. 나는 출전 첫해에 나가서 이십 명을 거꾸러뜨리고 단연 무적이 되었다 그 말이야. 이듬해에는 근육도 늘고, 안다리 걸기, 밭다리 후리기, 들어 메치기 하는 요령도 눈치로 배워서 군청 주최 대회에까지 진출했지. 시골 운동회란 어느 행사보다도 가장 살맛이 나는 잔치 중의 잔치라구 생각해. 줄다리기도 좋고, 투석도 좋지만 역시 나는 씨름판에 나서는 게 제일 신나더라. 앞에 떠억 버티고 선 놈이 어떻게나 정다워지는지 몰라. 샅바를 잡고 어깨를 비빌 때엔 피차가 상대의 가려운 곳, 아픈 곳, 근지러운 데, 쑤시는 데를 먼저 알아내는 게 중요하단 말이지. 제 몸이 되어야 하지.

"아라랏차차차……"

하면서 알아챈 상대방의 그곳으로 파고들어가지. 그 고함의 신명 나고 소름 끼치게 즐거운 울림이 귀에 쟁쟁하구만. 가을 하늘은 차갑도록 푸르고, 곡식은 누렇게 익었는데, 확성기에서는 우리가 늘 사모해왔던 열아홉 애송이 여선생님께서 치는 풍금 소리가 들려오지. 넝넝 너구리의 불알은 바람도 안 부는데 흔들흔들 아버지 그것이 무엇인가요. 그것은 느이 아버지 밑천이란다. 그뿐인가……

지키는 사람 없는 논에서는 참새들도 잔치 덕을 입어서 날아가지도 못할 정도로 이삭을 배가 터지도록 포식하는 거야. 그런 날에 나는 영광의 장사로 뽑히곤 했어. 장사의 곁에는 콧김 세고 뿔도 늠름한 황소가 들러리를 서거든. 나를 사모하는 처자들의 눈길이며, 패배한 녀석들의 술 취한 고함소리, 나를 에워싸고 들판에까지 쫓아오는 동네 꼬마들의 기나긴 행렬. 나는 실로 장가드는 기분이었다니까. 하지만 잔치는 매일 있는 게 아닌지라 보통 때 나는 식당에서 국밥을 나르거나 계란을 부치다가 산에 올라가서 운동을 하곤 했어. 정신 통일 한다며 바위에 앉아 눈도 감아보구 그랬었지. 요즘에 와서 그 무렵에 내가 우연히 관상을 봤던 일이 자꾸 생각나는군. 어쩐지 맞힌 것 같기두 하구 재수없는 쪽만 그럴듯이 좋게 꾸민 사기같이도 여겨지네. 비 오는 날인데 어떤 영감태기가 들어왔어. 물 빠진 헌털뱅이 중절모에 돋보기를 쓰고 고의춤에다 황소 불알 같은 안경집을 차구 있었어. 순댓국을 말아다가 갖다주는데, 영감은 수저를 들 생각은 않고, 안경 너머로 나를 지그시 노려본단 말이렷다.

"뭘 보슈?"

"허허, 아깝다 아까워."

"뭐가 아까워요?"

"인물은 난 인물인데 개천에서 썩는 용이로구나."

"무슨 소리요?"

"일찍이 조실부모하야 타관 객지로 헤맬 몸인데, 워낙에 뼈가 귀한지라 비단옷을 입고 말을 타니 만인이 앙시하겠도다."

이렇게 청산유수로 술술 풀어내는데 무슨 도깨비 노랫가락인지 알아들을 수가 있어야지.

"비단옷을 입고 말을 타는 게 대체 무슨 얘기냔 말요?"

"즉…… 인기인이 된다는 얘기일세."

"인기인이라뇨?"

"허허, 벽창호로다. 몸을 팔아 만인의 사랑을 받는 직업을 모르는가? 얼굴에 나타나 있구만. 쓰임새가 큰 자는 큰 바닥으로 나가야 하느니."

"정말 큰 데 가면 출세할 수 있습니까?"

"출세하다 뿐인가, 돈을 엄청나게 벌 것일세."

하여간에 그때 내 기분은 하늘이라두 뚫고 날아오를 듯했어. 나는 진작에 씨름판을 휩쓸었던 기개가 살아 있을 때였거든. 간땡이가 부었지. 한데 부은 간이 터져버릴 사건이 일어났어. 근근이 밥집이나마 운영해왔던 어머니가 덜컥 돌아가시게 되었어. 오줌을 누지 못하는 병이라는데 온몸, 발가락, 코, 귓밥까지 통통 부어서 죽을 때엔 안면도 알아볼 수가 없었지. 어머니는 내게 당부하더구만.

"너는 아예 배를 탈 생각은 말아라. 죽더라도 뭍에서 죽어야 되느니라."

"네, 저두 결심이 서 있습니다. 대처에 가서 성공하렵니다."

"아니다, 네 따위가 대처엘 가면 불량배나 되기 꼭 알맞지. 삼촌을 따라서 운전이나 다녀라."

산판에서 나오는 재목 실은 트럭이나 항구에서 생선을 떼어오는 고기 차가 범고개 열두 굽이를 요리조리 돌아서 우리 읍내에 닿으면, 운전사들은 점심을 먹고 떠나지. 나는 운전사들이 묻혀온 타관의 활기찬 말과 욕지거리와 맵시가 늘 부러웠어. 그들은 국밥을 퍼먹고 나서 내가 한 번도 넘어본 적이 없는 까마득한 재를 다시 넘고 넘어 먼 고장으로 떠나곤 했었지.

나는 도청 주최 장사 선수권대회에 출전할 계획도 포기해야만 되었지. 아…… 지금은 알지. 그런 계획이 얼마나 부질없었는가를. 어머니의 병원비와 장례 비용으로 밥집도 들통이 났으니 나두 먹구살아야 할 일거릴 찾아야 했어. 더구나 나의 먹성은 대단했거든. 국밥은 서너 그릇, 막걸리는 두어 말, 계란은 이삼십 개, 불고기는 너덧 근이라야 포식이랄 수가 있었으니까. 뭐 보통 사람들처럼 먹고도 곧잘 참아내기는 하지만, 기운을 쓰자면 그 정도는 먹어야 했어. 나는 부두에서 생선을 떼어다 도회지 어물 시장으로 넘기는 청부를 맡은 어느 차주 밑에 들어갔지. 물론 막냇삼촌의 소개루 말야. 내 언제 운전대에 한번 올라가보기나 했나. 고작 조수였지. 나는 안개가 자욱이 낀 재를 넘어 트럭을 타고서 영광의 추억이 깃든 읍내를 떠났어. 재를 넘어 강을 건너고 골짜기를 지나 읍에서 군으로, 항구에서 도시로 트럭과 함께 떠돌아다녔지. 촌때를 벗는 중에 씨름이란 오래전부터 한갓 풍류거리로나 남아 있다는 사실을 알았어. 요새는 레슬링이라는 게 인기가 있다더군. 오냐, 레슬링…… 그래서 난 레슬러가 되리라 작정했지.

내가 무일푼으로 도회지에 왔을 때, 제일 처음에 물어 물어서 찾아간 곳이 체육관이었어. 무슨 수로 회비를 내고 무슨 수로 먹고 자야 할지 모르겠더군. 야 참말로 바퀴 밑에 들어가 모빌을 뒤집어 쓰고 멍키하구 씨름하는 건 지겨웠어. 저 가을날의 하늘…… 그런데 레슬러는 까마득하다구만. 어찌어찌 낙원탕으로 굴러들어와 이 추운 겨울을 다행히 벗구 살지. 그런데 때밀이 짓도 아까 말했듯이 기계처럼 미칠 노릇이구만. 더구나 이용사 새끼도 말하고 꼬마도 그러는데, 텔레비에 나오는 레슬링을,

"그건 순 사기다, 사기. 미리 짜구 붙는 거다."

이렇게 말하니 완전히 나는 갈 바를 잃어버렸지. 나는 스팀의 온기가 따뜻한 의자 뒤의 후미진 구석에서 마른 타월을 깔고 누워 생각해보곤 했었어. 그리고 왠지 모르게 울었던 날도 있었단 말야. 잔치의 함성과 자랑스러운 승리와 늠름한 황소를 끌고 가던 지난날의 영광은 모두 욕탕의 비누거품 속에 사라진 것 같았지. 아니 어쩌면 읍내를 떠나던 날, 그런 것들은 안개 속에 없어졌을지두 몰라.

어느 날, 묘한 손님이 왔지. 알록달록한 홈스펀 저고리를 입고 빨간 구두를 신었는데, 푸른빛이 날 정도로 흰 얼굴이며 흐릿한 눈깔이 아주 불쾌했어. 머리가 길었는데 손가락으로 꿈틀꿈틀 쓰다듬어올리는 모양이 흉물스럽더군. 작달막한 키에 살집이 통통해서 손목과 발목, 무릎의, 관절마다 주름이 잡혀 있었지. 기분 나쁜 자

식은 벗은 아랫도리를 수건으로 가리고 높다란 목소리로 말하데.

"어이, 때밀이 없나?"

그 녀석 나를 힐끔 보았다가, 다시 깜짝 놀란 듯이 찬찬히 아래위를 훑어보더군.

"체격이 훌륭하군."

자기 몸을 맡기고 긴 의자에 늘어져 앉은 남자의 살을 만지면서 나는 몹시 꺼림칙했어. 녀석의 보드랍고 새하얀 살결을 만지자 구역질 비슷한 느낌이 솟아오르더란 말야. 옆구리에서 정강이로, 목덜미에서 손끝으로, 어깨에서 허리로, 궁둥이에서 발뒤꿈치로, 죽죽 밀어나가다가 드디어 가슴에서 불두덩으로 내려가는 순서에 이르렀지. 어럽쇼…… 없잖아. 불알이 없더라 그 말야. 터진 풍선 같은 살의 주름살이랑 손가락 한 개만큼의 상처 자리가 있더구만. 나는 생김새가 그렇기도 하겠다고 여기면서, 분주하게 허벅지에서 장딴지로 밀고 내려가는 중인데 귓전에서 손님 녀석의 목소리가 들렸어.

"자네 몇 살인가?"

"스물이오."

나는 별놈 다 보겠다고 생각하며 영 내키지 않는 손길로 그치 몸에 비누질을 시작했지. 손님이 불쑥 한단 소리가,

"직업 한번 바꿔볼 생각 없나?"

"……?"

"그런 몸 가지고 탕에서 썩기는 좀 안됐는걸."

"좋은 일거리가 있나요?"

"있지."

나는 녀석의 겨드랑이에 비누질을 했어. 예상대로 그 녀석이 기묘한 몸짓으로 흉하게 웃더군.

"낄낄, 고만 고만, 낄낄낄."

"선생은 뭐하시는 분인데요?"

"감독이지."

나는 얼결에 비누를 발밑에 떨어뜨렸어. 비누가 미끈덕하더니 배수로를 타고 흘러내려갔어. 나는 가슴이 뛰는 걸 꾹 참았지.

"뭐 심부름시킬 사람이라도 필요하신가요?"

"아냐, 내가 찾는 건, 배우라구."

"배우……"

"그렇지, 영화배우."

나는 이번에는 얼마나 놀랐던지 물바가지를 떨어뜨렸지. 나중에 알았지만, 그는 따루마 감독이었어. 그분께서는 내게 친절하게 약도를 그려주고 꼭 찾아오라고 신신당부를 하고 갔지.

옛날에, 아주 옛날에 일봉이라는 천하장사가 있었는데, 한때는 목욕탕 시다바리 꺽새였으나, 이제는 배우가 되었노라 하고 나는 예언적으루다 중얼거려보았어. 인생이 희비극이란 말도 있다지만, 내가 맡는 역은 모두 희비극의 주인공이 될 것이었어. 나는 앞날의 희망에 가득차서 낙원탕을 사직하고 그 키 작고 통통한 손님께서 가르쳐준 곳을 찾아 나섰지. 법석대는 시장의 한가운데서 '요지경' 카메라 상점을 겨우 찾아냈지. 진열장 안을 들여다보니 고물 사진기 몇 대와 내가 보기에도 이상스런 사진이 크게 확대되어 놓였더구만. 사람의 궁둥이 부분만 잔뜩 크게 박아놨는데 살갗에 소름이 돋은 것이며 땀구멍이며 그 위에 묻은 물방울들이 꽉 찼더란 말야. 원 세상에 할 짓 없어 궁둥이를 기념 삼는 녀석들도 있는 모양이라 했지. 따루마씨를 찾는다고 그랬더니, 아이 녀석이 내 허우대를 쓱싹 훑어보고는 이층으로 데리고 올라가데. 좁은 복도 끝에 문이 보였는데 창문에 검은 칠이 되어 있더군. 아, 요기가 사진관인가보다 했지. 아이가 문을 두드리며 누가 왔다고 말했어. 한참 있다가 따루마 선생이 푸석푸석한 얼굴을 찡그리고 내다보더군. 그치가 볼때기를 주욱 찢었지.

"아하, 우리 주연께서 오셨구만."

자식이 아주 내 어깨를 두드리고 안으로 손을 이끌고 들어가데. 나는 무슨 꿍심이 있는가 싶어 약간은 겁을 먹고 어둠 속으로 들어갔지. 들어서자마자 따루마는 쇠를 채우더군. 베니다로 세운 칸막이가 희미하게 보였어. 창문이란 전혀 없었지. 우리는 헝겊이 가려진 통로를 지난 거 같았어. 널찍한 방구석에 붉은 등이 하나 켜져 있었지.

"어이, 불을 켜라구."

불이 켜졌지. 여자가 있었어. 침대 위에서 여자가 속살을 허옇게 드러내놓고 비치는 잠옷 바람으로 앉았더군. 언젠가 항구의 작부집에서 봤던 적이 있지만, 이건 마음의 준비도 없었고 더구나 여자가 여우처럼 예쁘게 생겼더란 말야. 그 여자는 머리를 풀어헤치고 다리를 비스듬히 꼬고 앉아서 내 쪽을 멍하니 바라봤어. 커다란 방 안에 침대 하나, 의자가 두 개 그리고 바닥에는 두툼한 스펀지 자리 위에다 하얀 담요를 깔았더군. 전구가 여러 개 달린 막대기가 곳곳에 서 있고, 은종이를 말아서 붙인 판대기가 벽에 돌려가며 세워져 있더구만.

"좋은 콤비가 될 거야. 둘이 인사하라구."

"애자예요."

여자가 재빨리 말하더군. 애자…… 여러 군데서 많이 들은 것 같은 이름이었지. 나는 허리를 깊숙이 숙여 인사까지 하면서 일봉이라구 말했는데, 두 사람 모두 잘 들었는지 어쨌는지 모르겠더군.

"여기가 영화 만드는 곳인가요?"

"그렇지."

"다른 배우는 없나요?"

"이 사람하구 자네하구…… 있구만."

"저는 아무것두 모르는데요."

두 사람이 동시에 낄낄 해해 웃었지. 따루마씨는 내가 모를 소리로 연방 어려운 구라를 풀기 시작했어. 좌우지간에 인간이란 것이 즉 인간이다, 라는 둥 누구나 부끄러운 짓은 안 보는 곳에서는 모두 하고 있다거나, 또는 야술이란(따루마가 제일 많이 지껄인 말이다) 바로 솔직해야 하고 용기가 있어야 하며…… 어쩌구저쩌구. 뭔지 알아듣지 못할 서양 말도 많이 나왔지. 여자가 하품을 했어. 귀찮다는 듯이 고개와 팔을 함께 젓고는,

"일봉씨 연애해봤어요?"

불쑥 뚱딴지같이 내게 물었어. 나는 머쓱해졌다가 실실 웃음을 내보였어. 애자란 년이 또 그러데.

"여자하구 같이 자봤느냐구요."

이런 니미랄, 나를 뭘루 보는 거야. 나두 왕년 조수 시절에 일찍이 호구 출입을 해봤단 말이다. 따루마가 시계를 자꾸 보기 시작하자, 여자는 벌써 옷을 벗고 있었고 나는 자꾸만 외면하려고 애썼지. 발가벗은 애자를 보았을 때, 나는 뜨거운 물을 삼킨 때처럼 식도가 아팠어. 그래서 침을 꿀꺽꿀꺽 삼키기만 했었지.

그렇다. 배우라면 명배우였지. 애자는 훌륭했어. 매섭게 차가운 여자였어. 십오 분짜리를 찍기 위해서 두 시간 동안이나 견디면서 얼굴 한 번 찌푸리는 적이 없었지. 언제나 표정은 같았어. 자, 보아라. 나는 살아 있다. 살기 위해서 당당하게 움직이고 있다.

"이번엔 뒤로, 옆으로, 팔을 좀더 세게 잡아…… 껴안아 좀더."

애자는 깊은 바닷속에 들어가 해물을 사냥하던 처녀라고 그랬지. 그래서인지 그애의 살은 언제나 차가웠어. 그리고 섬뜩함과 매

끄러움이 한결같았어. 백열등과 조명판의 새하얀 빛이 우리 두 사람의 몸 위에 쏟아지고 있을 때 우리는 서로의 몸을 만지고 있는 게 아니라 불빛을 만지고 있는 듯했지. 인적 없는 숲속에 가서 야외 촬영도 했었는데, 목욕하는 장면, 또는 햇빛에다 물방울 돋은 몸을 드러냈을 때에 애자는 해녀로 되돌아간 듯했지. 나는 어느 결에 다른 사람의 눈초리 돌아가는 소리를 듣고 있다는 착각에 빠졌어. 그 소리는 자르르 돌아가는 팔 밀리 영사기의 자동 셔터 소리처럼 언제나 내 등뒤이거나 옆구리 또는 밑에서 들려왔어. 주점에서 혼자 술을 마실 때 머리 위에서, 시장의 혼잡 가운데를 걸을 때 앞의 골목 모퉁이에서, 버스를 탔을 때 내 목덜미 바로 뒤에서, 그 눈초리 소리가 들렸지. 상가 꼭대기의 자취방에서 비어 있는 고가도로 위를 걸어가는 청소부의 발걸음 소리만이 들려오는 새벽에 깨어났을 때에도, 그 다른 사람의 눈초리 돌아가는 소리가 들려왔던 것이었어. 따루마는 말했어.

"나무토막 같구만. 최소한 내 눈에 그림이 좋아야 손님들이 많이 찾지. 이건 돌멩이가 움직이는 게 아니라 그 말야, 사람이야. 아니 두 남녀란 말야. 비록 관중은 적지만 최고급의 손님들이야. 거기선 따루마의 작품이라면 적어두 신용을 한다구. 그뿐 아냐. 외국 손님두 있어. 진짜를 보여줘야 할 거 아냐. 뭐랄까 정서가 있구, 아름답구, 추한 느낌이 가지 않도록 말이지……"

일주일이 지나고, 한 달이 지났을 때에는 우리는 따루마의 말대로 호흡이 잘 맞았어. 주문이 많이 밀렸기 때문에 영화 다섯 편과 사진 백여 장을 찍었지. 지배인 녀석이 필름을 가지러 오기 전에 우리는 옷을 두툼히 입고 앉아서 영화 감상을 했어. 지루하더군. 세상에서 가장 지루한 장면들이었지. 부자들이 훌륭한 음식과 좋은 술을 먹고 마시며 고작 저런 따위에 넋을 잃는 게 이해가 안 가데. 따루마는 우리 외에도 제작 시간이 다른 팀을 급수에 따라 두어 팀 더 갖고 있는 눈치였어. 애자와 내 팀에 따루마는 신경도 제일 많이 썼고, 보수도 두둑이 주었지. 다른 팀에서는 '문화' 일이 아니고 '헬리콥터'인 모양이었어. 아마 싸구려 월급쟁이들이 끼리끼리 돈을 걷어서 골방에 웅크리고 앉아서 관람하는 모양이데. 나두 몇 번 '나팔' 애들이 '시비'를 붙는 경우를 겪었지.

"앗씨, 그림 보세요."

또는……

"단체 할인요. 세 분만 더 모십니다."

나는 어느 틈엔가 애자에게 정이 들어 있었지. 그애의 손만 잡아도 나는 뜨거워졌어. 눈만 마주쳐도, 목소리만 들어도, 조명등 아래에서 더듬는 시늉을 할 때보다 더욱 상대방이 현실적으로 느껴지더군. 촬영이 없는 날은 우리는 서로 코빼기도 보기가 힘들었지. 애자는 암실의 불빛 속에서만 만날 수가 있었어. 저 환한 대낮의 거리에서 애자는 어떤 여자일까. 나는 가끔 문간까지 뒤쫓아나가 얌전하게 옷으로 감싸고 사람들의 인파 속에 사라져가는 애자

266

의 뒷모습을 보곤 했었지. 애자가 바닷속에서 솟아오를 때, 그 손에 펄떡이는 사냥감을 높이 쳐들며 햇빛 쪽으로 얼굴을 향한 신선한 모습을 나는 실감나게 그려보려고 애썼지. 그렇지만 내가 생선차를 탔을 때처럼 그애가 연락선을 타는 데까지는 생각하고 싶지가 않았어. 우리는 그것을 예전에 버리고 말았으니까 말야. 언젠가 요정에서 필름을 가지러 온 단골이 내게 묵사발이 될 뻔했었어. 녀석은 화면으로 알몸을 익힌 여배우에게 대수롭잖게 상소리를 붙였거든. 며칠 뒤에 애자가 말했지.

"내 방 도배를 할려구 그러는데 좀 도와줄래요?"

우리는 '요지경'을 빠져나가 버스를 탔지. 교외로 변두리로 한없이 달리더군. 철로 연변에 그애가 혼자 사는 문간방이 있었어. 우리는 의당 그래야 했던 것처럼 시장에 가서 솥이며 냄비며 식기를 샀지. 나는 비닐백에 내의 몇 벌을 꾸려가지고 애자의 방으로 합류했어. 우리는 우리의 귀중하고 자랑스러운 밤을 지켜내기 위해서 배우 일을 버리기로 결심했던 것이었지. 따라서 우리는 잃어버렸던 서로의 살을 남의 눈초리로부터 빼앗아올 수가 있다고 믿었거든. 깨물면 내 살이 아프고, 쓰다듬으면 네 살이 뜨거워지고…… 우리들의 아름다운 살뿐만 아니라 우리들의 사랑에 대한 진심은 또 어떠했는지. 그러나 우리는 마음마저 빼앗아올 수는 없었지. 세상은 우리들의 마음을 자유롭게 놓아주질 않았지.

애자는 애기를 가졌어. 바다처럼 유순하고 산맥처럼 굳건할 애기를 가졌지. 우리는 영생환이란 수상스런 보약을 생산해내는 약품 행상 단체에 끼어들 수가 있었지. 차력을 조금 배웠다는 태산거사라는 사나이와 내가 쌍이 되어, 맥주병을 주먹으로 깨뜨리거나 몸을 자해하면서 장터의 손님들을 모았어. 애자는 천으로 아랫배를 감고 나가서 흘러간 노래들을 몇 곡씩 불렀어. 어느 비 오는 날 논두렁에 처박힌 행상 삼륜차 안에서 애자는 유산을 했지. 나는 애자를 업고 부근 지방 도시의 시립 병원 응급실로 데려갔어. 애자가 피를 많이 쏟아냈어. 나는 침대에 눕혀진 그애의 가슴에 머리를 기대고 잠깐 울었지. 애자가 말했지.

"미안해요. 당신은 내 남편이에요. 그렇지만 고생스러워서 이젠 같이 못 살겠군요."

"우리 따루마를 찾아가보자구."

애자가 고개를 흔들데.

"돈 많이 벌어서 다시 만나요."

우리는 이듬해 같은 날, 처음 살림을 차렸던 그 철도 연변의 동네 입구 다리에서 만나기로 약속했지. 나는 지금도 내가 병원 문을 닫고 나올 때, 내 등뒤에서 텅! 하고 들리던 적막한 울림 소리를 잊을 수가 없어.

꺽새 일봉이는 자기가 저 한없이 넓고 넓은 욕탕 안을 벗어날 힘이 없다는 것을 알았지. 살찐 자의 더러운 넓적다리에 고개를 파묻고 게걸스럽게 핥고 있다는 것도. 자아 때를 밀어라. 거길 한 손

268

으로 치우고 쓱싹, 거길 비켜서 쓱싹, 거길 들어올려서 쓱싹, 거길 감싸고 쓱싹, 쓱싹 싹싹싹. 두껍고 더럽고 냄새나는 때는 꾸역꾸역 밀려서 하수구를 타고 넘쳐흘러 길을 뒤덮고 고가도로를 깔아뭉개고 술집과 빌딩의 창문마다 빼곡 들어차서 허우적대는 사람들의 입속마다 꾸역꾸역 넘쳐오르고 관청과 방송국과 신문사에도 겹겹으로 쌓이면서 흘러 학교에도 넘치고 책에도 공책에도 아낙네 가랑이에도 어린애 눈구멍에도 부부의 이부자리에도 갓난애 재롱에도 그러고는 이 껙새 일봉이의 숨결마다 그것은 넘쳐흘러 나오고 있지 않느냐.

좋았어. 내 오물의 근원이 되어 한 땡 잡고야 말리! 기회만 오너라. 우리 조상님처럼 후련하게 해치울 테다.

"에 시끄럽고 말 많고 골치 아프고 근심 걱정 불안 많은 세상살이에 얼마나 노고가 많으십니까. 금번 명랑당 출판사에서 최근에 나온 단돈 오십원짜리 만담집을 여러분 앞에 소개합니다. 웃음을 잃지 않는 사람은 지옥에 가서도 축복을 받으리라고 한 말이 성경 말씀에 나와 있다고 본인은 확증할 자신이 없사오나, 여러분께서는 이의 없이 이 말에 찬성하실 것입니다. 이런 점을 감안해서 편집된 이 책의 내용을 볼 것 같으면, 배꼽이 달아날 이야기, 둘이 보며 웃다 웃다가 배꼽이 달아나 서로 빠진 배꼽을 바꿔 차게 되는 포복절도할 이야기인데……"

버스에서 이런 시시껍절한 구랏발을 풀어놓으면서, 나는 도회지 생활을 다시 시작했어. 어느 날 신문을 보다가 엄청난 기사를 보게 되었어. 구인란에 비슷비슷하게 몇 줄씩이나 실린 기사 내용은 구혼 광고 같지도 않은 아리송한 광고문이더라 그 말야. 칠천 대 팔천 대 자가용은 재산을, 삼십이 세 삼십오 세 삼십구 세는 젊음을, 고독녀 무자식 독신은 홀몸이란 것을, 동생 오빠 애인 비밀 교제 무조건 엔조이는 남자에 주렸음을, 각각 내세우고 있는 게 분명했거든. 나는 광고에 나온 전화번호에 따라 다이얼을 돌렸어. 어떤 곳은 소개비 사천원을 미리 내라고 그랬고, 또 어떤 데서는 우선 면담을 하자고 그러더군. 나는 면담 쪽을 택했지. 닳구 닳은 내가 보통 사기에 넘어가겠나. 안심 푹 놓구 약속한 다방으루 나갔어. 흰색 구슬백을 다탁 가운데 보란듯이 놓고 있는 여자가 있더군. 전화에서 시킨 대로 말을 걸었지.

"오마담입니까."

"네, 부인하구 약속하셨죠?"

그 여자는 날카로운 시선으로 내 뒤쪽을 살펴보고 나서, 마주 앉은 나를 같은 시선으로 뜯어보더군.

"우리는 보통 상담소와는 약간 성격이 다릅니다. 절대루 중계비를 받지 않습니다. 우리는 그저 신체 건강하고, 용모 단정하며, 성격이 온순한 젊은 남자를 인원 제한해서 모집하는 중입니다. 정원이 모이면 계약이 끝날 때까지는 다시 모집하지 않습니다. 내일 이 시간에 이곳 메모함에다 명함판 사진 한 장을 푸른색 봉투에 넣어서 갖다두세요. 그리구 주소를 좀 적어주시구요. 이제 댁으로 우편물이 가게 될 텐데요. 한 번이라도 이행을 안 하실 경우에는 해약하는 것으루 간주합니다. 일주일에 한 번씩이 될 거예요. 전화번호는 매일 바뀌니까, 유감스럽지만 전화로는 다시 연락이 되지 않습니다."

여자가 일사천리로 지껄이고 재빨리 차를 마시더군. 나이는 한마흔댓쯤, 기생 퇴물이나 한창 시절의 퇴역 가오마담 같은 인상이었지. 알맞게 살집이 올랐고 눈자위가 푸르죽죽하구 금테 안경을 썼더구만. 여자가 싱겁게 까딱하고 나가면서 말하데.

"아주 급히 연락할 일이 있으시면, 충무로 오여사 앞이라 해서 신문광고를 내주세요."

나는 기다렸지. 과연 일주일이 지난 월요일 저녁에 분홍 봉투가 배달되어왔어. 타이프로 짤막한 사연이 적혀 있었어.

수요일 아침 다섯시, 산책 차림으로 삼청공원 입구로 나오십시오. 상대는 빨간색 물통을 들고 빨간색 손수건을 왼쪽 손목에 매고 있습니다. 상대를 보게 되면, 잃어버린 물건을 찾는 시늉을 하시오. 뭘 잃었나요. 네, 만년필을 떨어뜨렸습니다. 그러고 나서 한번더 확인하려면 오여사 아시죠, 입니다. 또 연락드립니다.

나는 편지를 읽고 나서, 누구인가가 내 사진을 보고 나를 점찍어냈다는 걸 알 수 있었지. 그리고 새벽부터 약수터에서 만나자는 꼴을 보면 유부녀가 틀림없더군. 어느 바람둥이 부자의 여편네이거

나, 자주 들르지 않는 사장의 첩이거나 뭐 그런 것들이겠지. 거의
뜬눈으로 새우고 네시에 일어나 찬밥을 든든히 비벼 먹고서 공원
으로 갔어. 초여름이라서 날씨는 적당했지만, 나뭇잎과 풀잎에서
떨어지고 스치는 이슬 기운이 아주 차디차더군. 어슴푸레하게 밝
아오는 숲 사이에 안개가 끼어 있었지. 나는 호주머니 속으로 손을
넣어 내 물건을 비비면서 새삼스럽게 건장함을 확인해보았지. 그
때, 저쪽 길 아래편에서 빨간 것이 보인 듯했어. 두런두런 몇 사람
의 등산객이 약수터 쪽으로 사라지고 그 뒤를 따라 빨간 물통이 똑
같은 걸음으로 침착하게 다가오더군. 나는 쑥스러워져서 진땀이
나는 것 같데. 엉거주춤하고서 땅바닥을 두리번거리며 기다렸지.

"뭘 찾으세요?"

나는 빨강 손수건이 매어진 손목을 봤지. 그리고 고개를 쳐들자
깜짝 놀랐어. 여자는 너무나 점잖고 고상해 보이더란 말야. 혈색도
좋았고, 아주 쾌활해서 근심이나 불안의 빛이란 없었고 몸매도 늘
씬했어. 나는 자연히 우물쭈물했어. 여자가 고르게 박힌 이를 드러
내며 웃고 다시 물었어.

"뭘 잃으셨어요?"

"네…… 저…… 만년필을."

여자가 이번엔 입을 가렸지. 입 위에 올라간 희고 가느다란 손
가락 가운데엔 다이아를 끼우고 있었어. 그 여자와 나는 말없이 외
딴길로 들어섰지. 숲으로 들어가자 아직 이른 시각이라 알맞게 어

둠침침했어.

"오여사하구 잘 아세요?"

"네 아주 친하죠."

산등성이가 두 줄기로 내려오다가 좁아진 오목한 골짜기 가운데에 관목이 밀집해 있는 곳이 있었어. 여자가 말했지.

"저기가 좋으네요."

우리는 그 안으로 들어갔어. 이슬이 와르르 떨어졌지. 거미줄도 헝클어졌어. 나는 약간 비감해지고 흥분해서 떨리는 손으로 묵묵히 옷을 벗었지. 여자는 내게서 등을 돌리고 누울 자리를 정돈하더군. 내가 아침 이슬에 젖은 몸을 돌리고 여자를 향해 우뚝 서자, 여자는 스스로도 쑥스러움을 감추고 대담해지려는 듯 낮게 속삭이데.

"역시 잘 골랐군!"

"그래요. 댁은 운이 좋아."

여자가 일어나며 내게 봉투 한 장을 건네주었지. 나는 벗은 채로 풀을 깔고 누워서 담배를 피웠어.

"자아, 나는 약수를 받아갖고 갈 테니까 뒤에 와요. 내일 또 만나요."

빨강 물통은 재빨리 숲 사이로 사라졌어. 나는 봉투를 꾸깃꾸깃 집어넣고 산을 내려왔어. 그뒤에 빨강 물통과는 두 번 더 만났어. 나는 갈빗집과 소금구이 식당을 찾아다니며 쇠고기를 실컷 먹어 조졌어. 내가 거래에 관해 깨끗했던 것은, 이러한 청부를 거의 육 개월이나 맡았다는 사실로써도 증명이 된 셈이지. 당신은 누구냐, 어디 사느냐, 왜 이런 짓을 하게 되었는가, 남편은 있는가, 나에 관해 얘기해주겠다, 또 만날 수 없는가, 등등의 구질구질한 실수를 한 번도 저지른 적이 없었거든. 어떤 때엔 첫번의 약속으로 끝나기도 했고, 또 어떤 때에는 여자 쪽의 청에 따라서 세 번 이상을 만났고, 오마담 쪽에서 새로 지정해주는 상대와 겹치기로 만나기도 했었어. 벌이가 좋은 때엔 일주일 내내, 아니 하루에 시간 간격을 두고 두세 차례씩 뛰어다녔지. 공원도 갔고, 교외선도 탔고, 지정한 호텔의 예약된 방에도 갔으며, 침대차도 탔어. 그 수많은 여자들 중에 누가 누군지 기억도 나지 않지만 이런 말을 들은 적두 있었지.

"어째서 세상이 이렇게 쓸쓸할까. 어째서 사람 사는 재미가 없을까. 대하구 멋지게 잠을 자도, 아무리 자도 어째서 마음이 이렇게 쓸쓸할까. 외국엘 가도 여행을 해도 패물을 모아도 갯놀이를 해도 그이가 출세를 해도 왜 이렇게 눈물이 흐를까."

나는 직업에 따라서 화려한 양복을 여러 벌 맞추었고 조용한 주택가의 이층 양옥집에 하숙도 들었고, 은행에다 적금 거래를 텄어. 이제 꼭 일 년만 이런 생활을 한 뒤에 애자를 만나게 되는 거다. 약속한 달이 가까워올수록 안달이 났고, 그곳으로 찾아가서 공연히 어슬렁거리다가 돌아오곤 했었어. 그런데, 내 몸에 이상한 변화가 일어나기 시작했지. 전혀 맥이 없고 만사가 귀찮아지면서 내 그것이 말을 듣지 않게 되었어. 이 녀석은 묵묵히 사색에만 잠겨 있게 되었단 말이야. 처음에는 대수롭지 않게 생각하다가, 차츰 기간이 길어지자 나는 초조해졌어. 적금을 찾아 까먹어가면서 안정을 했지만, 증세는 더욱 나빠졌지. 나는 너무 피로했던 것으로 알았는데, 사실은 내 몸에 진절머리를 치고 있었던 모양이야. 여자를 보기만 해도 가까이 가기가 싫었지. 왜냐하면 그들은 내 일의 대상이었고, 책무였기 때문이었어. 쉽게 회복되지 않을 것 같은 예감이 들기 시작했어. 매일 하숙집에서 낮에도 두꺼운 담요를 치고 잠만 잤어. 언제가 낮이고 밤인지 분간할 수도 없었지. 나는 치욕감 때문에 상실한 기능을 되돌이켜보고 싶은 원망도 일어나지 않았지. 오히려 그런 증세를 반가이 맞이해서 안주하고 있었다고나 할 수 있을 거야. 마음도, 이제는 몸마저 잃어버린 것이지. 애자가 보고 싶었어. 그애의 퀭한 눈과 메마른 웃음을 보게 되면 나는 다시 예전의 격새 일봉이가 될 것 같았어. 손만 잡아보아도…… 약속한 날, 나는 철도 연변 동네의 그 다리 앞으로 나갔어. 아무리 기다려도 그애는 나타나지 않았지. 어디론가 다른 고장으로 흘러가버렸을지도, 누구에겐가 시집을 갔을지도, 다시 술집이나 사창가에 되돌아갔는지, 아니면 연락선을 탔든지. 아니 사실은 그 시립 병원의 텅 빈 응급실에서 내가 문을 닫고 뛰쳐나오자마자 눈을 감았는지도 모른다. 아니 그럴 리가 없지. 애자는 꼭 온다. 저기 누가 오는군. 그러나 모두들 다리를 건너 지나가고 지나올 뿐이었어. 밤이 되었고, 이튿날 새벽이 되었지. 애자가 이 세상에서 사라졌음을 느끼자, 나는 거세되어버렸다는 걸 알았고, 내가 노예였다는 사실을 깨달았어. 나는 몇 근의 살덩이에 지나지 않았어.

내 살이여 되살아나라. 그래서 적을 모조리 쓰러뜨리고 늠름한 황소의 뿔마저도 잡아 꺾고, 가을날의 잔치 속에 자랑스럽게 서보고 싶다. 햇말의 돌담과 묘심사의 새 기둥을 쓸어 만져보고 싶다.

무엇보다도 성나서 뒤집혀진 바다 가운데 서 있고 싶었지. 그때에 기적이 일어났지. 내 자지가 호랑이 앞발처럼 억세게 일어났어. 그것은 뿌듯하게 바지춤을 비집고 곤두섰어.

나는 다리를 건너서 철둑을 가로지르고 걸어갔지. 동네의 집집마다 불이 하나둘씩 켜지데. 걷기가 불편해진 나는 조금씩 절뚝이면서 눈물을 철철 흘리면서 이 도시를 떠나가기 시작했지.

(1974)

몰개월의 새

마지막 군장 검열이 끝난 막사 안은 들뜬 병사들로 술렁거리고 있었다. 이층 침상의 위 칸에는 새로 지급받은 의낭과 단독무장이 차례대로 놓여 있었고, 아래 칸에는 자정이 가까워오는데도 침구를 펴놓은 자리가 한 군데도 없었다. 그들은 모두 정글복 차림에다 수색대 모자인 붉은 운동모를 쓰고 우쭐댔다. 군화를 닦아 광을 내는 병사들, 일 년 치를 앞당겨 받은 봉급을 침 발라 헤는 병사들도 있었고, 벌써 주보로 달려가 일차를 걸친 축도 있었다. 대부분은 이 마지막 밤을 잠들어 보낸다는 것이 몹시 어리석은 짓이라고 여기는 모양이었다. 내게는 이틀 전에 무단이탈로 다녀온 서울에서의 하룻밤이 애매하게나마 남아 있었다. 나는 침상의 위 칸에서 일렬로 놓여진 의낭 위에 드러누워 있었다. 동료들의 행동 하나하나가 잘 내려다보였다. 군가 소리가 사방에서 제각기 다른 곡조로 들려왔다.

 일 년 반 만에 서울을 찾아가 다시 확인했던 것은 나의 무엇이었을까. 그것은 파충류의 허물과도 같은 것이고, 나는 그 허물을 주워서 다시 뒤집어쓰고 돌아온 건 아닌가. 어깨를 늘어뜨리고 싸돌아다니던 골목에는 아직도 같은 또래의 젊은이들이 어두운 얼굴로 서 있었다. 나도 언제나 끼이고 싶어하던, 머리 좋은 치들의 비밀결사는 여전히 토론을 벌이고 있었다. 그들은 성공한 신사들 같았다. 모친의 식료품 가게는 문을 닫았다. 그 어두운 가게의 천장 위에 내 '잠수함'은 뚜껑을 닫고 선장을 기다리고 있었다. 뚜껑을 젖히고 머리를 내밀자 나는 다시 심해에 잠기는 것 같았다. 내 다락방의 벽에는 떠나오던 날의 낙서가 여전히 남아 있었다. 밤새껏 승냥이는 울부짖는다—라고. 지붕 건너편에서 솜틀집의 활차 돌아가는 소리가 여전히 들렸고, 벽 하나를 사이에 둔 이발소집 형제는 유행가를 합창하고, 야채장수 부부는 또 한바탕 두들기고 울었다.

 나는 특교대의 출국 명령이 떨어지자마자 내 소속이 이제는 허공에 붕 떠버린 것을 알아차렸다. 전쟁터로 나가는 놈을 영창에 넣으랴, 하고는 철조망을 타넘었던 것이다. 밤기차의 승강구에서 나는 소주를 두 병이나 비웠다. 그러자 새벽의 어스름 속에 화냥년 같은 서울이 갑자기 나타났다. 이 짧은 밤의 여행은 군인이 되기 전 나의 온갖 외로움을 모아놓은 것과 같았고, 미친년처럼 얼룩덜

룩하게 화장한 육십년대의 축축한 습기가 배어 있는 듯했다. 그러나 고따위 물기로는 감자 한 알 적시지 못할 것이다. 아무튼 나는 열차 조역처럼 망치를 들고 하나씩 그곳을 두드려보았다.

한참이나 역 광장을 맴돌았다. 먼저 어디로 가서 나를 만날 것인가. 내 흔적이, 내 그림자가 어디에 남아 있는가. 나는 가족들의 식탁 뒤편에서 앓고 있다가 방금 일어나 끼어든 환자처럼, 도시의 활기가 어쩐지 분했다. 전화를 걸었다.

아…… 그런 사람 없습니다. 오래전에 그만두었는데요. 글쎄요, 알 수 없군요.

다시 전화를 걸었다. 수화기 너머로 음악 소리가 들리고 아직 잠에서 덜 깬 목소리가 들려왔다.

야, 오랜만인데, 방금 깼다. 음, 그렇게 됐니? 많이 죽이지 마라. 연합군한테 술 살까? 저녁에 안 돼? 겨우 하루라니. 그치가 누구야…… 누굴 말하는 거야, 아, 사라졌지. 물론 누가 꿰어찼겠지. 청춘이 다 그런 거다.

저녁에 기차를 타기 전에 전화를 걸었다. 그쪽에서 뒤늦게 알았다면서 전화번호를 알려주었다. 나는 전화를 걸었다. 소리가 아주 가까웠다.

여보세요, 여보세요, 여보세요……

딸깍, 끊기고 나도 수화기를 내려놓았다. 높은 소리의 마디가 맑고 가늘게 갈라지는 것이 그 목소리의 특징이었다. 약한 것, 부

드러운 것, 포근한 것, 따뜻한 것, 누이 어머니 여선생 할머니 간호
원 보모 그리고 어린애 비둘기…… 그것이 숨쉬는 가슴. 나는 정
글모가 코를 가리도록 깊숙이 눌러썼다.

　마침 일요일 저녁이라 플랫폼에는 떠나고 배웅하는 사람들이
많았다. 서울 근교의 병영에서 외출 나왔던 장병들이 서둘러 귀대
하고 있었다. 내 바로 앞에 공군 중위가 여자와 나란히 걷고 있었
다. 그 팔에 매달릴 듯이 걸어가는 여자의 짧은 머리카락이 목덜미
에서 나풀거렸다. 나는 군용열차칸의 승강구에 기대어 서 있었다.
그들은 기둥 앞에 나란히 서서 내려다보고 올려다보며 뭐라고 지
껄이고 웃고 했다. 중위가 여자의 머리카락을 건드리면서 입을 벌
리고 웃었다. 기차가 천천히 움직일 때에야 중위는 손을 흔들어주
고는 내 옆 칸의 승강구 위로 뛰어올랐다. 여자가 웃는 얼굴로 손
을 흔들며 몇 걸음 따르더니 그 자리에 서서 고무줄을 하는 계집아
이처럼 깡충깡충 뛰었다. 내가 그 여자와 시선이 부딪쳤던 것 같
다. 그러나 그 여자는 열차의 불빛에 막연히 시선을 던졌겠지. 그
두 사람은 어찌될까. 내가 전쟁터에서 돌아올 즈음에는, 아니 내
주 주말에는…… 플랫폼의 등불 빛이 재빨리 미끄러져갔다. 중위
는 곧 안으로 들어갔고 나는 승강구에 걸터앉았다. 저이들은 나를
모르고, 기억조차 하지 않으며, 불빛이나 소음이나 바람의 부분으
로 나를 끼워넣을 것이다. 그러나 나는 다시 만나지 못할지라도 그
들을 오래 기억할 것이다. 여자의 머리카락을 흐트러뜨리던 키 큰

중위의 웃음을 나는 생생히 떠올릴 것이다. 그 여자의 깡충거리던 작별의 동작을 잊지 않을 것이다. 나는 그 순간에 회한 덩어리였던 나의 시대와 작별하면서, 내가 얼마나 그것을 사랑하고 있는가를 알았다. 내가 가끔 못 견디도록 시달리는 것은 삶의 그러한 비늘 같은 파편들 때문이다.

누군가 이층 침상의 사다리를 오르고 있었다. 코가 길쭉해서 추장이란 별명이 붙은 이상병이 역시 그 기다란 코를 침상 가녘에 쑥 내밀었다.

"뭐하니…… 몰개월 나가자."

"잠이나 자야겠어."

내가 드러누운 채 심드렁하게 지껄이는 것이 그는 놀라운 모양이었다.

"헛…… 야, 너 미쳤구나. 다섯시에 출동이야. 지금 벌써 한시 가까이 되었다. 마지막인데 잠이 오냐?"

"졸려……"

"돈 아까워서 그러니? 이제부턴 휴지나 다름없는데 뭐할래…… 너 의리가 형편없구나."

나는 대답이 없는데 밑에서 또하나 올라왔다. 벌써 취기가 웬만큼 오른 안병장이었다.

"몰개월 동기끼리 이제 와서 배신하기냐? 야, 일어나. 쫄병이 기합이 빠져가지구 선임 수병을 뭘로 아는 거야."

나는 농기를 싹 빼고 말했다.

"몸이 불편합니다."

"인마, 술 먹으면 다 나을 병이야. 갈매기집 빠꿈이가 사타구니를 열구 기다린다."

"조용히 누워 있을라구 그래요. 둘이서들 갔다 오슈."

안병장은 착 갈앉은 내 말에 김이 새버렸는지 툴툴거리며 내려갔다.

"야야, 집어쳐 인마, 아무리 매미지만 그런 법이 어딨냐."

나는 잇달아 내려가려는 추장을 불렀다.

"이상병, 이거 갖다줘라. 탁 털은 거야."

그는 내가 내민 돈을 몇 번이나 훑어보았다.

"외상값이냐?"

"휴지나 마찬가지잖아."

"빠꿈이 수지맞았는걸."

추장은 돈을 구겨넣고 내려갔다. 막사가 잠시 동안에 텅 빈 것 같았다. 그들은 이곳저곳에 터진 철조망 구멍을 기어나갈 것이다. 간혹 막사를 거니는 발소리와 담뱃불이 보이는 것으로 미루어, 오지 않는 잠을 청하는 체하고 있는 병사들이 더러 있는 모양이었다. 한참이나 뒤척거리다가 나도 그들을 따라 나갈 걸 그랬다고 후회하기 시작했다.

추장과 내가 가까워진 것은 야간전투 훈련장에서였다. 그는 이 인용 텐트를 나와 함께 썼던 것이다. 우리는 언제나 배가 고팠고, 밤마다 나란히 드러누워 사회에서 먹던 음식 얘기를 늘어놓곤 했다. 추장은 주계병인지라 무슨 음식이든지 얘기만 나오면 처음부터 차근차근 입으로 요리해나갔다. 그의 얘기에 빨려들면 드디어 그럴듯한 요리가 나오는 장면에 이르러 우리는 거의 환장할 지경이었다. 그는 보급병인데다 사회에서 고생을 많이 해본 친구라, 맨손 가지고도 입을 달랠 뛰어난 재주를 가지고 있었다. 우리는 야간 전투 훈련장에서 나머지 사흘을 영계백숙으로 포식했다. 추장이 십여 리나 되는 주변 마을의 양계장으로 원정을 가서, 여섯 마리의 닭을 산 채로 사냥해왔던 것이다. 그는 그것을 우리 분대의 비밀 보급창에다 숨겨두었다. 작은 소나무 사이에 구두끈으로 닭의 발목을 매어놓고는 우의를 덮어놓았던 것이다. 분대원들에게는 무차별 급식을 해준다는 약속을 하고 교대로 감시를 시켰다. 우리는 한밤중에 일어나 철모에다 닭을 튀겨 먹곤 했다. 밤에 독도법 훈련이며 야간 매복 훈련을 나갔다가 돌아오면 추장이 먹을 것을 닥치는 대로 보급해왔다. 팔뚝만한 무, 설익은 수박, 고구마 따위였다. 추장은 늘 전우의 영양 상태를 걱정했다. 하루는 폭우가 쏟아지는 밤인데 추장이 나를 깨웠다. 그는 무릎에까지 치렁치렁 내려오는 판초 우의를 걸치고 있었다.

"한잔 빨러 가자."

"먹구 튀는 건 자신 없는데."

그는 우의를 슬쩍 쳐들어 보였다. 흙 한 번 묻히지 않은 새 군화가 세 켤레나 주렁주렁 매달려 있었다. 나는 반듯하게 각이 진 군화의 뒤창 모서리를 만져보면서, 추장이 사단 보급창을 거덜내는 게 아닌가 놀랐다.

"오늘 통신대에 워커 보급이 있더라."

통신대는 특수교육대와 길 하나 사이였다. 추장이 내무반의 혼잡 속으로 들어가 새로 받은 그들의 군화를 슬쩍 걷어온 모양이었다.

"침상 널빤지 밑에 감춰뒀는데, 들킬까봐 하루 내내 밥을 못 먹었다."

추장이 널빤지를 깔고 누워 환자 시늉을 한 것이 그 밑에 들어 있던 군화 때문이었다는 것을 뒤늦게 알았다. 우리는 비가 퍼붓는 특교대 연병장을 나란히 구보했다. 버젓하게 뛰어가야 동초가 아무 말 없다는 그의 주장이었다. 우리는 철조망을 무사히 통과했다. 개구리 소리에 귀가 멍멍했다. 논두렁을 지나면 한길이 나오게 되어 있었다.

"불빛 보이니?"

"응, 몰개월이다."

몰개월에는 전기가 들어오지 않았다. 특교대가 생겨나자 서너 채의 초가가 있던 외진 곳에 하나둘씩 주막이 들어섰는데, 거의가 슬레이트 지붕에 흙벽돌이나 블록으로 지은 바라크들이었다. 비

숫한 꼴의 나지막한 집 이십여 채가 울퉁불퉁한 자갈길 양쪽에 늘
어서 있었다. 원래의 몰개월 마을은 이 킬로쯤 더 가야 있었으나,
이곳을 모두 몰개월이라 불렀는데 바다가 바로 그 뒤편에서 철썩
이고 있었다. 어디서 흘러왔는지도 모를 작부들이 집마다 두세 명
씩 기거했다. 낮에는 모두들 깊이 자는지, 과외 출장을 나가는 때
에 몇 번 지나가보았으나 모래먼지만 뽀얗게 일어나고 있었던 것
이다. 그러나 특교대에서는 몰개월의 똥까이들이 전국에서 가장
깡다구가 센 년들이란 소문이 자자했다. 갈 데 없어 막판까지 밀려
와, 전장에 나가려는 병사들의 시달림을 받으니 그럴 법도 했다.
우리는 드문드문 남폿불이 새어나오는 몰개월로 들어섰다. 밤도
늦었고 비가 워낙에 억수로 퍼부어서 어느 년도 내다보질 않았다.

"가만있어…… 저게 뭐야."

나는 길옆의 허엽스레한 것을 보고 다가갔다. 시궁창에 하반신
을 담그고 엎드린 여자였다. 얇은 슈미즈만 입었으며, 비에 흠뻑
젖어 있었다.

"비도 오구 공치는데, 한잔 꺾었다 이건가."

"가만있어."

내가 여자를 들어올렸으나, 그 여자는 고개와 팔을 아래로 툭
떨어뜨렸다. 정말 억병으로 마신 듯했다. 간간이 으응, 하면서 신
음 소리를 냈다. 몸이 형편없이 야위었고 키만 멀쑥했다. 빗속에
내던져진 벌거숭이의 여자를 그냥 두고 가기에는 좀 언짢은 일이

었다. 공연히 우리가 먼 벽지나 부둣가의 어둠 속에 콱 처박히는
듯한 느낌이 들었다. 사실 그랬지만, 나는 서부의 노다지 광산을
찾아든 건달 같다는 생각을 했었다. 그리고 무엇보다도 시궁창에
처박힌 여자의 그런 모양이 내 욕정을 일으켰다. 몇 번 위로 추켜
보면서 나는 곤죽이 된 여자와 자고 싶었던 것이다.

"생각 있니?"

곁에서 추장이 눈치 빠르게 속삭였다.

"그쪽에서 좀 맞들어라."

우리는 송장을 치울 때처럼 그 여자를 들고 남포 불빛 쪽으로
다가섰다.

"이 집 여자 아뇨?"

주인 남자인 듯한 사내가 연탄불을 갈고 있다가 얼굴을 내밀고
여자를 자세히 들여다보았다.

"미자로구만. 얘는 갈매기집 앤데, 술만 먹으면 개차반이라 아
예 내쫓지. 누구하구 또 싸웠을 게요. 댁에들한테 시비 걸지 않습
디까?"

"갈매기집이 어디요?"

우리는 사내가 가르쳐준, 바른편의 길 뒤편에 약간 외져서 있는
술집으로 찾아갔다. 여자를 떠메고 들어서는 우리를 보자 방에서
화투로 재수패를 떼던 주인 여자가 어리둥절한 모양이었다.

"아니 이년이 정말…… 어디 옆집에 놀러간 줄 알았더니."

"또랑물이 넘었으면 아마 코를 박고 죽었을 거요. 그런 의미에서 오늘은 외상이오."

"그 방으루 들어가요. 술 처먹구 약까지 처먹었을 텐데…… 나참, 영업자치구 애인 삼아 망하지 않은 년 없다더라."

"애인이라니, 시내에서 여기까지 술 먹으러 오는 사람두 있소?"

"댁에 같은 군바리 애인이지 뭐. 당신들 특교대 있지요?"

"한 보름 뒤엔 떠나요."

"이 쓸개 빠진 년들이 모두들 애인 하나씩 골라서는 편지질을 하는데, 어떤 년들은 열 사람 스무 사람에게 쓴다우. 한 달에 한 명씩 골라잡아두 열 달이면 열 명이 꽉 찬다구. 미자 년이나 옆집 애란이나 가끔 술 처먹구 지랄을 하는데, 아마 상대편이 죽었다는 소식이 들리는 모양이지. 그뿐야? 제대하구 가면서 몰개월에 찾아와 들여다보는 놈들은 한 번두 못 봤다니까. 자 이래놓으면, 오늘 비가 오니 다행이지만 손님 못 받지, 내일 조시 나빠서 장사에 지장 있지, 심란하니까 노래도 안 나오지, 이년들을 그저 정신 바짝 차리게 해줘야지."

말대꾸를 하던 추장도 주인 여자의 얘기가 제법 솔깃했던 모양이었다. 나는 주인 여자의 시선은 아랑곳 않고, 미자를 끌어다 우리가 들어가는 방의 아랫목에 누이고 캐시미어 이불을 머리끝까지 덮어주었다. 온돌방에 궁둥이를 대고 앉으니 마치 집에 돌아온 기분이었다. 머리가 부스스한 금복이란 여자가 하품을 하면서 들어왔다. 그 여자는 우리의 술시중도 들어주고 노래 박자도 맞춰주었다. 장맛비가 밤새도록 내렸고, 유리창 대신 막아놓은 비닐 들창이 끊임없이 펄럭거렸다.

해병대 연애는 아이구찌 연앤데 붙기만 붙으면 고택골 가누나, 으스름 달밤에 쭐쭐이를 마시고 그 많은 주먹에다 완투 뽑는 해병대, 그 이름 남남하다 인상조차 험했건만…… 돌리지 마라 썅, 돌리지 마라 썅, 내 앞에서 돌리지 마라아, 살살 돌리는 그 바람에 신세 조진 사나이다.

우리는 악을 쓰고 노래를 불렀다. 기상나팔이 울릴 즈음에야 벌겋게 충혈된 눈을 하고서 그 집에서 나왔다. 뒤에 처져서 따라오던 추장이 낄낄거리면서 말했다.

"넌 찍혔다, 찍혔어."

"누구한테 찍혀……"

"나오려는데 그 빠꿈이가 네 소속 계급을 묻더라. 가르쳐줬지."

미자는 그때 완전히 깨어 있었다. 가끔 캐시미어 이불을 들치고 미자는 고개를 내밀어 우리들의 술자리를 퀭한 눈으로 건너다보곤 했다. 그러나 우리는 셋이 모두 모른 척했던 것이다. 추장이 빠꿈이라고 별명을 붙였을 정도로 미자는 마른 얼굴에 눈만 컸다. 나는 사흘이 못 가서 그 똥치를 기억도 하지 않게 되었다.

내가 정글전 교장에서 가상 늪지역을 허우적거리던 토요일이었다. 우리는 진흙탕 물에 전신을 담그고 총을 받쳐들고서 무릎걸음으로 건너다가, 물이 얕아지면 포복을 했다. 늪지역을 지나서 다시 부비 트랩이 밀집한 숲속을 지났다. 땅에 함정이 있기도 하고, 인계철선이 가로질러 있으며, 죽창이 튀어나오기도 했는데, 당한 병사는 모두 전사자로 취급되었다. 전사자들은 따로 추려져서 기합을 받고 나서 처음부터 다시 시작해야 되었다. 나는 인계철선을 발로 차서 폭약을 터뜨렸으므로 전사 분대로 끌려갔다. 한참 쪼그려 뛰기 기합을 받느라고 헐떡이는데 십 분간 휴식의 호루라기 소리가 들려왔다. 멀리서 말쑥한 군복을 입은 주보병이 뛰어와서 교관에게 쪽지를 전했다. 면회 신청 용지가 틀림없었다. 면회자로 뽑히기만 하면 토요일 오후 과업은 끝이었다. 하나둘씩 뽑힌 놈들이 입을 찢으면서 달려나갔고, 남은 놈들은 십 분 뒤에 치를 고역 때문에 전부 우거지상이었다. 교관이 전사 분대 쪽으로 다가왔다. 두 놈이 뽑혔다. 우리는 제각기 가장 자신 있는 저주의 욕을 그 두 놈의 뒤통수에다 퍼부었는데, 교관의 입에서 엉뚱하게 내 이름이 떨어졌다. 다시 한번 부르면서 덧붙였다.

"애인이 면회다."

나는 좌우간에 전사 분대를 빠져나갔고, 면회자 옆에 서자마자 도대체 알 수가 없는 노릇이라, 곧 잘못이 시정될 거라고 믿었다. 그러나 우리는 발을 맞추어 번호를 붙이면서 걸었다. 면회소인 퀀셋 안에는 제법 사람들이 많이 있었다. 나는 틀림없이 누구 대신 잘못 불리어 나왔으므로, 라면이나 한 그릇 사 먹고 적당히 시간을 때우리라 작정하고 주보 앞에 걸터앉았다.

"한상병님……"

웬 한복 차림의 여자가 마주앉는 것이었다.

"누구시더라……"

여자는 가져온 보퉁이를 탁자 위에 올려놓았고, 뒷전에서 킥킥
대는 소리가 들렸다. 주보 안의 기간사병들인 듯한 병사들이 낄낄
거리며 놀려댔다. 몰개월이 어쩌구, 똥까이가 나들이를 나왔다 어
쩌구…… 그제야 나는 어렴풋이 짐작이 가는 데가 있었다. 어느
결엔가 귓전이 뜨뜻해졌다.

"요 아래서 오셨군."

그러나 미자는 당당하게 말했다.

"갈매기집이에요. 이거 잡수세요."

풀어헤친 보퉁이 속에는 김밥이 들어 있었고 삶은 고구마가 네
댓 알 보였다. 나는 기간사병들 쪽으로 연방 흘끔거리면서 김밥을
집어넣었다. 이 난처한 장면에서 빠져나가려고 나는 김밥을 입속
에 아귀아귀 처넣었다.

"걸리겠어요. 천천히 드셔요."

미자가 두리번거리더니 낄낄거리는 기간사병들에게로 걸어갔
다. 나는 뒤통수가 근질거려서 안달이 났다. 그러나 미자의 여염집
여자 같은 얌전하고 예의바른 음성이 들려왔다.

"실례지만 이 주전자 좀 가져갈까요?"

그들이 네 그러쇼, 하는 소리가 들리고 미자가 주전자를 들고 돌아왔다.

"물 좀 마시면서 드셔요."

하면서 물을 따르고 미자는 저도 김밥 한 덩이를 집어먹었다.

"밥에 뜸이 좀 덜 들었죠? 꼭꼭 씹으면 괜찮아요."

나는 찍소리도 없이 오랜만에 포식을 했다. 물을 마시고 나서 쑥스러워진 내가 물었다.

"장사는…… 안 하구……"

"낮에두 하나요?"

나는 할말이 없었다.

"내 언제…… 찾아가지."

"이따가 담치기해서 나오세요. 밤참 해놓을게요."

나는 머쓱하게 앉아 있다가 일어섰다. 내 뒷주머니에 미자가 뭔가 찔러주면서 말했다.

"노랑 띠니까 혼자 아껴 피세요."

필터 달린 담배 한 갑이었다. 과업이 끝난 뒤에 벌써 우리들의 소문은 자자하게 퍼져 있었고, 나는 억울하게도 기둥서방의 누명을 쓰고야 말았다.

나는 미자의 지시대로 담치기를 감행했다. 추장에게 같이 나오자고 했지만, 그는 빙글대면서 극구 사양했다. 갈매기집에는 아직 돌아가지 않은 패거리들이 술상을 두드리며 노래를 부르고 있었

다. 나는 텅 빈 홀의 드럼통 앞에 앉아서 약주를 마셨다. 방에서 시
끄러운 소리가 들리더니 미닫이문이 삐걱이며 밖으로 넘어졌고,
누군가 술상을 들어 엎었는지 술잔과 주전자와 접시가 요란한 소
리로 떨어져서 박살이 났다. 세 사람의 군인과 두 여자가 보였다.

"이 쌍년이 미쳤나!"

"야야, 드럽게 어따가 손을 대…… 매미라구 눈에 뵈는 게 없
어?"

다른 사람들은 말리는데 군인이 미자의 뺨을 철썩철썩 갈겼다.
비틀거리며 넘어졌던 미자가 벌떡 일어서더니 그자의 팔을 물고
늘어졌다. 그가 비명을 지르며 주저앉았다. 중상사급인데다 나는
무단이탈자여서 나설 수도 없었고, 정말 기둥서방이 되는 것 같아
서 얼른 갈매기집을 나오고 말았다. 한길을 터벅터벅 걸어서 논두
렁으로 들어서는데,

"증말 그러기야?"

뒤에서 고함을 치며 달려오는 것은 만취한 빠꿈이였다.

"좋은 구경 했는데……"

나는 어둠 속에다 대고 말했다. 어이없게도 미자가 땅바닥에 털
썩 주저앉더니 다리질을 하면서 울음을 터뜨렸다.

"개새끼들, 즈이들이 뭘 잘났다구…… 야야, 나두 살아야잖아,
밤엔 벌어먹구 살아야잖아."

더욱 난처하게 되어서 나는 차마 모른 척하고 돌아갈 수가 없었

다. 미자는 코피가 터져서 얼굴이 피투성이였다. 짜증이 솟아서 해골 속이 터질 것 같았지만 어금니를 지그시 물고는 미자를 논가에 데리고 가서 얼굴을 씻어주었다. 미자는 고분고분했다. 미자는 젖은 얼굴을 치맛자락에 닦고 훌쩍거리며 코를 들이마셨다. 우리는 같이 갈매기집의 술청 뒤꼍에 있는 관만한 방으로 스며들었다. 신문지로 바른 벽이 군데군데 떨어져서 흙덩이가 드러나 있었고, 천장 바로 아래 널빤지로 선반을 가로질러놓았는데 그 위에는 빠꿈이의 찌그러진 밤색 트렁크가 얹혀 있었다. 미자가 내 군화를 얹었다. 벽에는 붉은색 잠옷이 걸려 있었다. 미자는 푸우, 하고 웃었다. 어깨를 위로 쑥 올리면서 빠꿈이는 웃었다. 들켰다는 모양이었다. 목침 위에 더께로 앉은 촛농 사이에 몽당초가 밝혀져 있었다.

"초가 다 타면 자요."

신통한 것은 미자가 여기 오기 전에 어떻게 살았다거나, 하여간 과거의 영광에 대하여는 일언반구하지 않았다는 것이다. 쫑알거리지도, 주접을 떨지도 않고 그 여자는 군인들의 얘기와 갈매기집에서 일어난 일들만 얘기했다. 촛불이 까무룩하다가 잦아든 다음에 나는 은근히 조바심이 나서 빠꿈이를 건드렸다. 그러나 이상하게 손짓만 그럴 뿐이지 몸에 도통 기별이 가지 않았다. 바람 소리에 뒤섞여서 이상한 높은 소리가 먼 곳에서 들려왔다.

"내다봐요, 고깃배가 보일 거야."

나는 한 뼘 크기의 창으로, 뒷전에 툭 터진 바다 쪽을 바라보았다. 빛이 어둠 속에서 가물거리고 있었다. 불빛은 점점이 여러 곳에 흩어져 있었는데, 소리가 더욱 또렷이 들렸다.

"고기떼가 지나가나봐. 갈매기들이 많이 울지요?"

저 깊은 어둠 속에서 고기를 잡는 어부들은 어떤 사람들일까를 생각했다. 또한 갈매기들은 어디서 왔을까.

"어디서 왔지?"

"대전서……"

어부나 갈매기가 대전서 왔다는 대답처럼 들렸다. 나는 빠꿈이를 먹지 못했다. 낯을 씻길 때부터 먹지 못하게 무관한 사이가 되어버린 것이다. 식구를 먹어주는 놈이 어디 있겠는가. 오지게 걸려든 것이다. 그뒤로 갈매기집에 갈 적마다 안병장까지 끼어들었고, 나는 절대로 혼자서는 가지 않았다.

기차에서 내리는 길로 서둘러 귀대하는 길에 나는 시간이 늦어서 천상 담치기를 해야 할 처지였으므로 몰개월을 거쳐왔다. 갈매기집에서 아침을 먹고 들어갈 궁리로 잠깐 들여다보았다. 미자는 빨래를 하러 가고 없었다. 나는 바다로 흘러내려가는 찬내의 아래로 미자를 보러 갔다. 머리에 수건을 쓰고 쪼그려앉아 방망이를 두드리는 모양이 제법이었다. 그곳은 서울의 활기에서 너무나도 멀었다. 빠꿈이는 먼 데로 온 것이다. 그 여자가 비누 묻은 손으로 머리를 올리는 것이 무슨 가정주부나 된 것 같았다.

"집에 갔었다며요?"

"응…… 우린 내일 모레 떠난다."

"밥 먹었어요?"

하다가 미자는 얼른 속옷 나부랭이들을 대야에 재빨리 챙겨넣었다.

"한상병, 서울에…… 좋은 사람 있어요?"

"있었는데 시집갔더라야."

"저런…… 그럼 허탕쳤겠네."

미자가 대야를 들고 앞장을 섰다. 내가 아침을 먹는 동안 미자
는 시중을 들어주었다. 나는 식사를 마치고 담배를 태우면서 언
덕 모퉁이로 드러난 바다를 내다보았다. 피로했다. 또 돌아온 것이
다. 아무도 모르게 죽으면 어떡하나, 하는 걱정이 들었다. 빠꿈이
가 나직하게 웃었다.

"왜 웃어?"

"가엾어서……"

나는 코웃음이 나왔고, 더욱 크게 웃기 시작했다. 미자는 정말
작부답게 담배연기를 길게 한숨을 섞어서 토해냈다.

"안됐지 뭐……"

"뭐가……"

"사는 게 그냥, 다……"

나는 더욱 크게 웃었다. 미자는 여전히 웃을 듯 말 듯한 얼굴이
었다. 미자가 내 앞으로 고개를 숙이고 말했다.

"내일 밤에 나와요. 전부 몰려나올 거야. 꼭…… 한코 주게."

나는 잠들지 못하고 뒤척거렸다. 자동차의 엔진 소리가 계속해서 들려오기 시작했다. 수송대에서 트럭이 들어오는 모양이었다. 헤드라이트가 막사 안을 훤히 비추면서 차례로 지나갔다. 나는 일어나서 단독무장을 새로 점검하고 잠도 오지 않아 엽서를 몇 장 썼다. 부두에서 부칠 작정이었다.

"총원 집합, 총원 집합."

막사마다 뛰며 전달하는 소리가 들렸다. 나는 배낭과 총을 메고 철모도 썼다. 자고 있던 병사들이 하나씩 깨어났다. 그러고도 십분이 지날 때까지 점호는 시작하지 않았다. 마을로 몰려나갔던 병사들이 아주 조용히 돌아오고 있었다. 그들은 속삭이고 툭툭 치면서 얌전하게 주사를 부렸다. 우리는 막사 안에서 인원이 차는 순서대로 보고했다. 안병장과 이상병도 돌아왔다. 추장은 내게 농을 걸었으나 나는 받아주지 않았다. 술 취한 그들은 침상에 앉아서 머리를 끄덕이며 졸았다. 부옇게 밝았을 즈음에야 출동 명령이 떨어졌다. 우리들은 트럭에 올라탔다. 트럭들이 연병장을 한 바퀴 빙 돌면서 대열을 짓더니 차례로 사단 구역을 빠져나가기 시작했다. 헤드라이트를 켠 트럭의 행렬들은 천천히 움직였다. 군가가 연달아 들려왔다. 군가 소리는 후렴에서 뒤받아 연달아 뒤차로 이어졌다. 안개가 부연 몰개월 입구에서 나는 여자들이 길 좌우에 늘어서 있는 것을 보았다. 모두들 제일 좋은 옷을 입고, 꽃이며 손수건이며를 흔들고 있었다. 수송 대열은 천천히 나아갔다. 여자들은 거의가 한복 차림이었다. 병사들도 고개를 내밀고 손을 흔들었다. 뛰어서 쫓아오는 여자들도 있었다. 추장이 내 등을 찔렀다. 나는 트럭 뒷전에 가서 상반신을 내밀고 소리질렀다. 미자가 면회 왔을 적의 모습대로 치마를 펄럭이며 쫓아왔다. 뭐라고 떠드는 것 같았으나 한마디도 알아들을 수가 없었다. 하얀 것이 차 속으로 날아와 떨어졌다. 내가 그것을 주워들었을 적에는 미자는 벌써 뒤차에 가려져서 보이질 않았다. 여자들이 무엇인가를 차 속으로 계속해서 던지고 있었다. 그것들은 무수하게 날아왔다. 몰개월 가로는 금방 지나갔다. 군가 소리는 여전했다.

나는 승선해서 손수건에 싼 것을 풀어보았다. 플라스틱으로 조잡하게 만든 오뚝이 한 쌍이었다. 그 무렵에는 아직 어렸던 모양이라, 나는 그것을 남지나해 속에 던져버렸다. 그리고 작전에 나가서 비로소 인생에는 유치한 일이 없다는 것을 알았다. 서울역에서 두 연인들이 헤어지는 장면을 내가 깊은 연민을 가지고 소중히 간직하던 것과 마찬가지로, 미자는 우리들 모두를 제 것으로 간직한 것이다. 몰개월 여자들이 달마다 연출하던 이별의 연극은, 살아가는 게 얼마나 소중한가를 아는 자들의 자기표현임을 내가 눈치챈 것은 훨씬 뒤의 일이다. 그것은 나뿐만 아니라, 몰개월을 거쳐 먼 나라의 전장에서 죽어간 모든 병사들이 알고 있었던 일이다.

(1976)

골짜기

─日記抄, 1980년 겨울

　창문 위쪽에 희뿌옇하게 떠 있던 큰 산의 모습이 회색빛 하늘 속에서 차츰 녹아 사라지는 중이었다. 창문이 덜컹대기 시작했다. 들판이 어두워지더니 그 어둠이 재빠르게 다가오면서 유리창이 젖어갔다. 폭풍우였다.

　나는 쓰던 편지를 밀어내고 일어섰다. 아니나 다를까, 부엌으로 나가보니 깨어진 유리창 사이로 바람이 들이쳐서 부엌 바닥이 젖어가는 중이었다. 뻣뻣하게 얼어 있던 속옷 빨래들이 좁은 베란다 위에 늘어져서 흔들거렸다. 바람은 뼛속에 스미는 듯 차가웠고, 빙수 같은 얼음 부스러기가 베란다 가녁에 쌓인 걸 보니 진눈깨비가 분명했다. 나는 라면 상자의 뚜껑을 찢어내어 부엌의 깨어진 유리창 구멍을 틀어막았다. 먼 곳에서도 시멘트 빛깔로 펼쳐진 바다의 곳곳에서 솟구쳤다가 흩어지는 높은 물결 이랑을 알아볼 수가 있었다.

살아 있다는 건 무엇일까. 지금 여기 한반도의 남쪽에서 이렇게 살아간다는 것은. 나는 다시 편지를 이어나가려고 앞에 썼던 것들을 읽어보았다.

언젠가 저를 취조했던 어느 젊은 수사관의 회한 섞인 농담처럼 삶은 허섭스레기같이 욕스러운 것입니까. 사는 게 다 욕이지…… 하며 혼잣말로 중얼거리던 그자의 꾸민 것 같은 활발한 목소리가 생각납니다. 그래요, 우리는 이렇게 욕된 것으로만 남고 그해 광주의 아우들은 아무런 길도 없는 가시덤불과 돌멩이들뿐인 험로를 향하여 드디어는 깎아지른 절벽을 바라고 일직선으로 달려가버렸습니다. 저는 길바닥에 내던져진 죽은 쥐의 찢긴 내장처럼 벌려진 상처 위에 벌겋게 핏물 든 시트를 감고, 저 아득한 어둠 속을 건너온 바람 소리같이 한마디씩 토해내던 젊은 부상자들의 신음 소리를 지금도 생생히 듣고 있습니다. 민, 족, 통, 일, 만세…… 그러나 그건 그저 낱말일 뿐, 그야말로 익지 않은 음절일 뿐, 아직도 불기를 머금고 아궁이 어귀에 흐트러진 생솔나무 가지처럼 여리게 구부러져 시멘트 바닥 이곳저곳에서 꿈틀거리던 젊은이들의 가녀린 사지들만이 그런 말보다 더욱 또렷했지요. 꿈틀거림이 차츰 풀리고 작아지면서 멎어가고 그들은 우리 시대와 작별했습니다.

나는 앞에 썼던 글귀를 북북 그었다. 그러고는 편지를 구겨버렸다. 수식과 형용사와 조사와 문장들.

내가 이곳에 도착한 것은 벌써 일곱 달이 넘어가는데 나는 전혀 일을 하지 못하고 있었다. 이처럼 편지의 답장마저 쓸 수가 없었다. 책꽂이 위쪽에는 빨간 바탕에 나무로 액자를 두른 녹두장군의 혹 달린 초상이 상투적으로 얹혀 있었고, 문에는 일정표, 그리고 그 귀퉁이에는 빨간 볼펜 글씨로 써붙인 '피를 잊지 말라', 압핀으로 눌러둔 마지막 날의 도청 광장 앞 사진, 찢어진 사진 옆으로는 외국어의 낱말들이 중간중간 잘린 채로 꼬물댔다.

내가 폭풍이 휩쓸고 지나간 도시에 그달 말쯤에 그림자처럼 몰래 스며들었을 때, 주변에 얼굴 아는 사람은 아무도 남아 있지 않았다. 가족들은 나를 방 안에 꽁꽁 잠가두고 숨도 쉬지 못하게 했다. 어머니는 그때까지는 척추암인 줄 몰랐지만 허리가 아프다며 노상 누워서 지냈다.

널 찾으러 왔대서, 난두 문을 가로막구 누워서 뻗대는데두 막신 신구 들어와 이 방 저 방 둘러보두나. 애 이러다 전쟁 나는 거이 아니가. 하긴 나 같은 늙은이레 또 아네? 통일 되믄 고향 갈디. 거저 너이들, 저 어린것들 까탄에 걱정이다.

아내는 내가 첫번 명단에는 들어 있었는데 다음에 웬일인지 빠졌다고 말했다. 정다운 얼굴을 찾아볼 수 없었던 그 도시는 원래가 타향이었지만 더욱 낯설어지고 말았다. 아이들은 골목에서 사투리를 주고받으며 신나게 놀고 있었다. 나는 어릴 적부터 땅거미가 깔리기 시작하는 저녁나절에 부모를 따라 내리게 된 낯선 도시나 마을의 고즈넉한 분위기에 익숙해 있었다. 그 분위기는 이를테면 우리를 감싸고 받아들이는 게 아니라 이담에 죽어서 영혼이 이승의 위를 떠서 흘러 지나칠 때와 같은, 이쪽과는 절연을 냉정히 드러내는 그런 분위기였다. 개 짖는 소리, 아이의 울음, 계집아이들의 웃음소리, 놀러 나간 아이를 찾는 식구들의 긴 목소리, 음식 냄새, 그리고 흐릿한 창문의 불빛들, 가운데 서게 되면 이 세상에는 영영 내 집이 없다는, 여기는 딴 나라라는, 여긴 내 땅이 아니라는 생각을 하곤 했다. 점령된 도시에서 나는 탈향脫鄕을 절감했다. 어느 날 검은 지프차가 집 앞에 섰다. 방문객은 스포츠머리로 짧게 깎고 눈이 가늘고 날카로우며 피부가 꺼칠한 키 작은 중년의 사내였다. 현관에 들어선 그는 내 어릴 적 이름을 대며 물었고 나는 도무지 기억이 나질 않았다. 그쪽에서 먼저 알아보고 욕지거리를 했다.

이 새끼, 넌 군기가 싹 빠졌어, 빨갱이 새끼, 사상적으로 아주 틀려먹었어!

내무반에 점호를 받으러 온 주번사령처럼 그는 어수선한 내 방을 둘러보았다. 허엽스레 밤색 빛깔로 바랜 단벌 교복을 입고 강원도 시골에서 올라온 그는 점심시간이 지나고 나면 늘 졸았다. 신문 배달을 하며 학교를 다닌 그가 사관학교엘 갔다던가, 여하튼 이제 우리는 중년이었다. 그가 여름방학이 끝난 뒤에 내게 주었던 단도 비슷하게 생긴 그물 깁는 대나무 바늘이 생각났다. 그가 얘기하던 밤바다, 등불에 반사되는 은빛 오징어떼, 그리고 만선의 새벽. 우리는 어색했고 아내도 굳어진 채로 입만 웃었다. 그가 내게 떠나라고 명령했다.

나는 이 도시에 앞으로 육 개월쯤 머문다. 이사를 가든지 어쨌든 나하구 부딪치게 되지 않기를 바란다.

우리는 논쟁하지 않았다. 그는 서화書畵 얘기만 꺼냈다. 무슨 산山이 어떻고 무슨 당堂이 저떻고 무슨 암岩이 그렇다는 둥, 나는 젊은이의 죽음에 관하여는 한마디도 하지 못했다. 다만, 이렇게 말했던가.

이런 식으로 만나지 않을 줄 알았다.

중년의 군인 친구는 피식 웃으며 말을 돌렸다.

내가 편지를 써주지. 너를 안전지대로 쫓아낼 거다.

나는 이번에는 조금만 내밀어보았다.

세상에는 무서운 게 있다. 역사라는 게 있다.

그가 내 말을 가로막았다.

새끼야, 역사두 힘이 만드는 거다.

그는 다시 나에게 떠나라고 명령했다. 나는 그뒤로 그를 다시 만나지 못했다. 계급이 올랐을까. 그런 임무였다니 그는 운이 나빴는지도 모른다. 나는 자신이 사상적으로 아주 글러먹었다는 것을 절감하면서 초여름에 육지와 멀리 떨어진 이 섬으로 떨어져나왔고 새로운 방문자가 나를 찾아왔다.

환경이 좋지요?

방문자는 바다를 바라보았다. 수평선은 내게는 바깥세상과의 단절 외에는 아무런 의미도 없었다. 새로운 방문자는 내가 가져왔던 편지를 받아 안심하고 돌아갔다. 내가 짐을 푼 곳은 월세를 내는 열 평 남짓한 낡은 공무원 아파트였다. 아, 빼먹은 게 있다. 방문자는 문 앞에서, 좋은 글 많이 쓰십시오, 라고 말하고 돌아섰던 것이다. 나는 보름 동안이나 꼼짝 않고 거기 틀어박혀 지냈다. 남으로는 섬의 큰 산과 북으로 바다가 내려다보이는 똑같은 풍경을 멀거니 바라보며 지냈다. 태양과 돌멩이가 어떻고 바다와 모래의 만남이 저렇고 하는 때가 아니라, 한마디로 그 팔십년 여름의 섬은 비계엄지구非戒嚴地區였다. 바다가 그렇듯 모든 움직여 사는 것에는 반동이 있는가. 그렇지만 밀물에서도 보면 흐름은 역류와 부딪치면서 더 높은 곡선을 만들어냈다가는 합쳐지거나 삼키면서 와장창 부서져 거세게 밀어나간다. 나는 일을 전혀 하지 못했다. 그 뒤 두 해 이상을 한 줄도 쓰지 못하게 되지만. 이를테면 그때는 내 삶의 반동기였던 셈이라 할까.

문득 협죽도가 만발하고 종려의 화려한 잎새가 빗속에 출렁이더니 어느새 동백이 눈 속에 피어나고, 하늘 높이 떠 있는 희고 큰 산은 참으로 대륙에서나 이 시대와 절연된 아득한 어느 저승의 산과도 같았다. 옛날 설산 모퉁이에 숨어 있다는 별유천지의 골짜기처럼 그 안에 들어가면 세계와 단절되어 수백 년을 평화롭게 산다는, 그러나 세상 걱정, 집 걱정이 되어 한번 빠져나오면 낙원의 입구를 다시는 찾을 수 없다는 전설 속의 산과도 같았다.

숨어살까. 다 때려치우고 숨어버릴까.

나는 그때부터 표어를 적어서 방문에 꽂기도 하고 일정표를 짜기도 했다. 가으내 맑은 날마다 저쯤에 멀리 그리움처럼 떠 있던 큰 산에서 피냄새가 묻어나기 시작했다. 잔뜩 흐려서 곧 비가 올 것 같은 어느 아침에 김金이 나를 찾아왔다. 김은 내가 섬에 오기 전부터 잘 알던 청년이었다. 그는 육지에 나와서 공장도 다니고 이리저리 긴급조치에 몰려 도망도 다니더니 어느새 돌아와 술도 먹고 싸움질도 하고 지방 유지들 골탕도 먹이며 시큰둥하게 살다가 골수의 향토주의자가 되어버린 청년이었다. 독립해버릴까부다, 하며 그는 농담을 했다. 선언서를 품속에 간직한 밀사가 되어 그는 유엔에서 독립을 선포하는 광경을 신나게 얘기했었다.

여기는 갇혀서 사는 데지요.

하며 그는 아름다운 자신의 고향을 헐뜯었다. 하여튼 잔뜩 흐려서 는개가 살살 뿌려대던 날 아침에 김은 등산복 차림에 도시락까지 챙겨가지고 나를 찾아왔던 것이다. 그는 무턱대고 그날의 산행에 내가 동행하여주기를 요청했다. 김이 큰 산에 자주 오르내렸고 거의 전문가나 다름없다는 걸 잘 알고는 있었지만, 그런 스산한 날에 가랑비 속에서 청승을 떨 생각은 없었으므로 나는 물론 거절했다. 김은 진지하게 목소리를 낮추어서 다시 권유했다.

이 섬에서 이런 구경은…… 아마도 우리 생전에 다시 보기 어려울 겁니다.

내가 무슨 구경거리냐고 대수롭지 않게 묻자, 김이 나의 미간을 똑바로 들여다보며 말했다.

전설의 발굴 현장에 가는 겁니다.

그의 말투와 표정이 평소와는 다른 과장된 꼴이라 나는 갑자기 흥미가 생겨나서 그를 따라나서기로 했다. 몇 시간 동안 버스를 타고 섬의 서쪽 방향으로 돌아나가 거기서부터 다시 큰 산의 서남쪽 계곡으로 타고 올랐다. 키 작은 관목숲과 덩굴이 뒤덮인 바위의 비탈에 십여 명의 사람들이 모여 있었고, 순경과 흰 가운의 의사며 면직원인 것 같은 녹색 새마을모자를 쓴 사내도 보였다. 우리가 도착했을 때, 산 아래 마을에서 아낙네들과 노인들 몇 사람이 올라왔다. 김은 사람들의 무리를 떠나 뒷전에 혼자 앉았던 남자에게로 걸어갔다. 차양 큰 낚시모자를 쓰고 잠바를 걸친 초로의 사내는 혼자 바위에 걸터앉아서 이 홉들이 소주를 홀짝거리며 마시고 있었다. 김이 그에게 인사하고 나서 나를 소개했다.

교수님, 어째…… 기자들은 안 보입니다?

김이 사람들을 턱짓으로 가리켜 보였고 식물학자는 픽, 하는 입바람을 불었다.

햇빛에 드러나선 안 될 일인데 오면 뭘 하나?

처음에 동굴을 발견했던 것은 식물학자였으며 김이 그 안으로 들어갔었다. 맹감나무의 잎새 뒤편에 컴컴한 구멍이 뻥 뚫려 있었는데 안에서는 서늘한 바람이 불어나오고 있었다. 김은 손전등을 켜들고 잔뜩 허리를 낮추어 구멍 깊숙이 기어들어갔다. 차츰 굴 안이 넓어지더니 작은 방과 빈터가 연이어 나타났다. 김이 맨 처음 본 것은 오지항아리와 무쇠솥과 돌로 대충 쌓은 아궁이와 검은 그 을음이었다. 암벽 아래 이곳저곳에 분필 가루를 뿌려놓은 것 같은 잔해가 보였다. 근처에는 신발 뒤축과 단추 따위가 눈짐작으로 알아볼 만한 거리에 흐트러져 있었다. 우리는 거기 앉아서 교수의 소주를 몇 잔 얻어 마셨으며, 의사와 순경이 굴 안으로 들어갔고 사람들은 입구에서 서성거렸다. 나는 참지 못하고 서성대는 사람들 틈을 비집고 입구 쪽으로 나아가 안을 기웃거렸다. 손전등의 훤한 불빛에 따라 그들의 움직임이 부분적으로 나타나곤 했다. 그들은 줄자로 잔해의 길이를 재기도 하고 저희끼리 이건 여잔데, 또는 이쪽은 어린애요, 라고 짤막하게 주고받았다. 바로 내 뒷전에서 자꾸 떠밀고 넘겨다보려고 애쓰는 이가 있어서 돌아보니 늙은 아낙네였는데 벌써부터 눈이 붉게 충혈되었고 입술은 비틀려 있었다. 하이고, 하이고오 하는 푸념 섞인 한숨에 나도 공연히 가슴이 답답해져서 그만 굴의 입구에서 물러나버렸다. 그들은 굶어죽었을까, 얼어죽었을까, 무엇이 저 굴 안의 사람들을 그렇듯 철저하게 유폐시켜버렸는지 알 수 없었다. 삼십여 년 전에 이 섬을 휩쓸었던 살육의 진상을 나는 말똥종이의 퇴색한 자료에서나 접했을 뿐이었다. 동굴 안의 주검들은 나중에 굴 밖에 나온 의사의 발표대로 모두 자연사였다. 아니 사실은 자살이었달까. 공포 때문에 스스로를 한 시대로부터 유폐시켰던 양민들의 몇 줌 안 되는 목숨의 흔적들은, 차라리 네이팜이 휩쓸고 지나간 밀림의 촌락들보다도 잔혹했다. 내가 쫓겨난 도시에서의 엊그제 같던 일들도 저렇게 냉혹하고 정밀하게 묻혀져갈 것이 아닌가. 동굴 안에서 사람을 뺀 모든 것은 정지된 채 그대로였다. 공기마저 그대로 정지된 저 숨막힐 듯한 공간이야말로 우리가 지금 살고 있는 그곳이다, 라고 되새기자마자 나는 뜨거운 물을 삼킨 것처럼 흠칫, 했다. 눈은 내리고, 눈보라와 폭풍이 아우성치는 가운데, 까무룩하게 의식을 잃어가기 시작할 즈음에, 그들은 마지막으로 무엇을 생각했을까. 의사는 흰 종이쪽지를 들고 단조롭게 읽어나갔다. 키 백육십팔 센티 정도, 이십오 세에서 삼십 세가량의 남자, 작업복 농구화 착용. 어느 아낙네가 손뼉을 치며 부르짖었다. 아이구우, 그거 바루 내 동생이외다. 햇볕에 그을고 주름살이 깊게 팬 노파의 눈가에서는 살아 있는 자의 표징인 눈물이 질금질금 솟아나오고 있었다. 의사가 계속해서 읽어나갔고 사람들은 그때마다 기억을 더듬어 낙원 저쪽으로 사라져갔던 마을 사람들을 맞혀내고는 했다.

그래, 내가 그날 있었던 일과 오후 내내 느꼈던 내 감정의 미세한 부분들까지도 모두 기억해낼 수 있는 것은 두 가지의 우편물 때문이었다. 한 가지는 아침에 온 편지였고 또 하나는 내가 답장을 모두 쓰고 나서 식은밥을 데워 먹을 때에 도착한 전보였다. 온 세

상이 적막강산으로 내다보이던 눈보라까지도 그해에 내린 가장
큰 눈이었다. 눈은 그날 하루종일 그리고 밤새껏 강산처럼 내렸
다. 편지는 잘라낸 노트장 위에 깨알처럼 잔글씨로 쓰여 있었다.

먼저 제 소개를 해야 되겠습니다. 저는 세상 사정도 잘 모르고
이제 결혼한 지 십 년이 채 못 되는, 아기를 둘 가진 가정주부입니
다. 저희 남편은 교회에 재직하고 있는 전도사이고 일요일에 교회
가는 일과 일주일에 한두 번 신도 댁에 심방을 가는 일 말고는 저
도 평범한 가정살림을 하며 별걱정 없이 살아온 셈이지요. 제가 선
생님께 갑자기 이런 편지를 드리게 된 것은 어떤 사람의 일로 제
마음이 몹시 아프기 때문이랍니다. 저는 이 일로 하여 제가 아무짝
에도 쓰잘데없는 하찮은 사람이란 걸 깨닫고 괴로워하고 있어요.
저는 선생님의 글도 읽었고, 또 선생님의 경험의 폭에 대해서도 나
름대로만 짐작하고 있답니다. 제 일상에 변화가 일어나게 된 것은
유방암이란 선고를 받고 나서였어요. 저는 무엇보다도 두 아이들
의 장래 문제로 눈앞이 캄캄해졌어요. 그다음에 주변머리 없이 착
하기만 한 제 남편과, 친정어머니, 그리고 나중에야 병원에서 만나
게 되었던 수많은 죽어가는 이들과 의사소통을 하게 되었어요. 저
는 그들의 마음속에 어떻게든 살아야겠다는 강한 생의 미련과, 주
위를 용서하고 착하게 남은 인생을 마무리짓겠다는 두 가지의 마
음이 날마다 앞서거니 뒤서거니 하고 있음을 알았습니다. 그런데

일찍 발견된 셈이어서 그런 사람들 가운데서 저는 다행히도 수술
을 받고 살아남을 수가 있었지요. 가슴 한쪽을 도려내고 마치 심장
이 없어진 것처럼 허전하여 내가 여자로서 모두 끝이 난 것만 같
았어요. 양지바른 창가에 앉아 멍하니 바깥을 내다보기도 하고 아
이들을 재워둔 옆에서 일부러 뜨개질도 열심히 하다가, 저는 이런
시간이 너무 아깝고 귀하다는 걸 다시 생각했고 죽는다고 생각했
을 때 하느님께 드렸던 약속의 기도를 떠올렸습니다. 하느님! 제
가 되살아나 건강해진다면 이 세상에서 가장 외롭고 슬픈 사람들
을 위해 그들을 위로하고 그들을 북돋우며 살아가겠나이다, 이렇
게 기도했거든요. 저는 여러 가지로 궁리하다가 제 남편의 선배가
되시는 어느 신부님께 제가 하고픈 역할이 없는가 여쭈었습니다.
신부님은 그래서 제게 진이를 소개하게 되었던 거예요. 신부님은
장기수가 어떤 사람들인지 설명하고 나서 진이는 좌익수라고 조
심스럽게 알려주었습니다.

　빨갱이. 물론 그들이 머리에 뿔 달리고 얼굴이 빨간 도깨비가
아니라는 건 잘 알지만, 어쨌든 얼음처럼 냉혹하고 사람의 목숨 따
위는 정치에 비한다면 그야말로 벌레처럼 여기는 비인간적인 사
람들이 공산주의자라고 저는 믿고 배웠기 때문에 신부님의 뜻을
처음에는 잘 이해할 수가 없었습니다. 선생님, 저는 기독교인이
고 제 남편은 공산주의와는 정반대되는 생각을 가진 전도사입니
다. 그런데 빨갱이로 죄를 지은 사람을 돕는 길이 어째서 가장 외

롭고 따돌림받는 사람을 돕는 길이어야 하는지 저는 신부님의 생각을 몰랐지요. 저는 사실 그것이 당국의 정책적 배려에 의한 일인지 몰랐고 또 앞으로도 그런 따위는 아랑곳하지 않겠지만 하여튼 내게 인연이 닿은 빨갱이 청년에게 먼저 편지를 썼습니다. 내가 누구라는 것, 내가 살아온 평범한 생활과 질병 속에서의 고통, 그 변화, 바깥세상에서 벌어지는 일상사들, 가령 봄에 뿌렸던 분꽃의 개화, 해피가 강아지를 다섯 마리나 낳은 일, 그런 생활 잡사들을 담담하게 써서 보냈습니다. 서너 달 동안 아무런 답장이 없었지만 저는 참을성 있게 그치지 않고 편지를 쓰고 부치고 했어요. 처음에는 벽에다 대고 혼자 중얼거리는 기분이었지요. 그러다가 나도 모르게 빨갱이란 어떤 자들인지 부딪쳐보아야겠다는 오기도 생겨났든요. 답장이 왔어요! 그는 감옥의 창살 사이로 기어든 햇볕을 손가락으로 가지고 노는 얘기며 식사라든가 반찬 얘기도 썼고 무엇보다도 마당에 흔히 심는 일년초에 관해서 자세히 썼습니다. 채송화 나팔꽃 백일홍 봉선화 맨드라미 수세미 표주박 등등에 대하여 언제 씨를 뿌리고 주의할 점은 뭐라는 등 모르는 게 없었어요. 진이는 감옥에서도 꽃밭을 내주고 꽃을 가꾸게 해주었으면 좋겠다고 했지요. 해마다 한 알씩만 따서 모은다면 나팔꽃씨 열 개를 모아가지고 나가서 누님 댁의 화단에 뿌려드릴 수가 있을 텐데요, 라고 썼지요. 몇 달 더 지나서 나는 진이가 빨갱이 죄를 저지르게 되었던 전후 사정을 알게 되었답니다. 진이는 고아원 출신이래요. 여섯 살 때에 그 사람 엄마가 고아원에 맡기고 갔답니다. 진이는 고아원에서 중학교까지 다니고 목공일을 배웠대요. 나는 지금도 진이가 출역 나간 틈틈이 만들어준 목각의 호랑이 상을 가지고 있어요. 능숙한 목공이 되어서 한 사람 몫을 충분히 할 수 있게 되었을 즈음에 진이가 여자를 알게 되었답니다. 진이는 혈혈단신으로 이제껏 세상 누구와도 주고받지 못한 정을 그 여자에게 쏟았다나봅니다. 둘이는 결혼하자 약속하고 여자의 부모를 만나게 되었다지요. 하지만 여자 부모는 진이가 고아라는 사실과 중학교밖에 못 나왔다는 걸 알고는 여자에게 진이와 관계를 끊도록 강요하고 진이에게도 단념하라고 그랬다는군요. 이 젊은이는 절망한 젊은이들이 쉽게 저지르는 방식대로 여자가 다른 곳에 시집가던 날 밤에 음독을 했습니다. 살아났지요. 살아난 진이는 며칠 동안 곰곰이 생각을 했대요. 고아원에서의 뼈저리게 쓸쓸하던 저녁 식탁과 잠자리와 귀가하는 아이들의 떠들썩한 활기며 더이상 진학할 수 없었던 중학교 졸업식 날의 운동장과 톱밥 가루 날리는 목공소에서의 노동의 나날들, 그런 여러 가지 지난날들을 생각했겠지요. 스물두 살의 고독한 젊은이는 그 여자애를 만나서 고생 끝에 낙이 온다던 옛말을 이루는 줄 믿었겠지요. 그런데 이제껏 아슬아슬 견디어오던 삶이 장기알을 쌓아올리다가 끝에 가서 좌르르 무너지듯이 폭삭 흐트러져버린 거예요. 진이는 얼른 생각했대요. 이곳은 나 같은 사람이 살 세상이 아니다. 그러고는 어떻게 했겠어요? 진이는 일선으로 가는 버스를 탔대요. 날고구마를 캐어 먹으면서 임진강을 건너려고 갈숲 속에서 사흘 밤낮을 숨어 지냈어요. 진이는 그렇게 해서 휴전선에서 월북 기도자로 체포당했어요. 수사관이 어디로 가려고 했느냐니까 진이는 이북에 가서 새로 살아보려 했다고 순순히 대답했대요. 처음엔 정신감정도 해보고 그랬지만 진이는 너무도 정상인이라 용서를 받을 수가 없었다는군요. 그와 한동안 편지가 오고 간 뒤에 저는 교도소 당국과 협의하여 직접 면회를 하게 되었어요. 철망을 사이에 두고 그냥 겉도는 얘기만 하는 그런 면회가 아니라, 교도소장의 특별지시로 저는 진이를 사무실에서 편안하게 만나볼 수가 있었지요. 어두운 세월을 살아온 청년답지 않게 진이는 아주 맑고 때가 묻지 않은 표정이었어요. 저는 한 달에 한 번쯤 지방에 내려가서 그애를 만나보곤 했었는데 어찌된 일인지 지난가을 무렵부터 진이는 저와의 면회를 거절하는 것이었지요. 과장이란 사람이 달래고 야단도 치고 했다지만 진이는 완강하게 저와 만나는 걸 거부하고 있었지요. 신부님이 저 대신 잠깐 만났는데 전처럼 기도도 하지 않고 아무 말이 없더래요. 더 공손하게 굴더랍니다. 무슨 나쁜 물이 든 것 같지는 않지만 신부님이나 저는 다만 진이가 사회에 나와서 밝고 건강하게 살아가기를 바랐지요. 지난번에 내려가서도 진이는 못 만나고 교도관이 작은 쪽지 하나만 건네주었어요. 편지는 아주 간단했습니다.

누님, 저는 정말 바보 천치였습니다. 제가 이제껏 잘못 살아왔음을 요즘에야 겨우 알기 시작했습니다. 저는 더이상의 변화를 원치 않습니다. 그냥 여기서 이대로 살아가겠습니다. 어디든 제게는 마찬가지니까요. 누님, 아이들과 내내 행복하십시오.

저는 쪽지를 움켜쥐고 처음으로 울었습니다. 이상하지요? 남녀의 그런 감정도 아니고 혈육 사이의 정과도 다른 깊은 느낌을 진이와 나누어갖고 있었나봐요. 저는 수술 뒤에 진이와 한 달에 한 번씩 만나는 일로 정상 생활로 돌아올 수가 있었습니다. 진이는 연고자가 없기 때문이라는 말도 있고 또는 뉘우치지 않기 때문이라는 소리도 있다는데, 어쨌든 보다 더 엄중한 곳으로 옮겨갔다나봐요. 제 힘으로는 그애를 다시는 만나볼 수 없게 되었습니다. 그러나 그애가 저와의 면회를 거부하게 된 속사정이나 변화를 저는 도무지 이해하지 못하여 가슴이 늘 짓눌려 있는 것만 같습니다. 진이를 도울 길은 아주 없는 건가요. 저는 정치는 잘 모르지만 진이의 실수는 용서받지 못할 죄인가요. 오늘도 아이들의 속옷 빨래를 하얗게 빨아 널어두고 푸른 하늘을 바라보면서 겨울의 짧은 양광이 그렇게 고마울 수가 없었어요. 이런 때마다 저는 행복하지 못합니다. 진이 일이 언제나 마음에 걸리기 때문이지요.

나는 편지를 읽고 나서 몇 번이나 답장을 쓰려고 해보았지만 문장이 마음속에서부터 나오는 게 아니라 모두가 겉돌고 있는 것만 같아서 조금 쓰다가는 곧 구겨버리고 말았다. 누구인가 이 편지들을 뜯어볼지도 모른다는 생각, 아니 바로 등뒤에서 누군가가 한 자한 자의 글씨를 지켜보고 있는 듯한 느낌, 그리고 어차피 생각대로의 모든 것을 다 표현할 수는 없다는 무력감 때문에 답장은 영영써질 것 같지 않았다. 그래서 나는 훈계조의 상투적인 답장을 쓰리라 작정했다. 내 속의 저 걷잡을 수 없었던 갈등 따위는 모조리 감추고서 점잖게 시작했다.

부인의 편지를 읽고 여러 가지로 많은 깨달음을 얻었습니다. 저는 부인께서도 아시다시피 지난번에 겪은 그 도시에서의 참변 이래로 아무 일도 못하고 있었습니다. 이곳에서 뜻아닌 유배생활을 자청하고 있는 셈입니다. 부인과 진이라는 청년이 맺게 된 인간적인 관계에 대해서는 저도 그와 비슷한 일을 겪은 경험이 있어서 충분히 이해할 수가 있었습니다. 글쎄요, 부인이나 저처럼 어느 정도 교육도 받고 일정한 규모의 생활을 하고 있는 중간층들이란 물론어느 부분은 할 수 없이 포기하고 살아가지만, 여기서의 삶이 진이가 느끼듯 그렇게까지 엄혹하다고 느끼기는 좀 어려운 일이겠지요. 그러나 일상의 잡다한 현재의 일에서부터 앞으로 어찌될지 도무지 종잡을 수 없는 우리들의 미래에 이르기까지, 문득 돌아다보면 얼마나 우리의 삶이 속박당하고 있는가를 대번에 알게 되는군요. 누구나 말로는 아주 쉽게 남북 분단이 우리의 삶을 근원적으로 제한하고 있다고는 말하지만, 실제로는 거기에 익숙해져서 마치 무너진 집의 벽 한쪽에 받침대 대신 동시대의 우리보다 못한 사람들을 세워두고, 그들로 하여금 무너져내리는 지붕을 처들고 있도록 해두면서 임시로 살아가고 있는 듯한 꼴입니다. 우리는 온전한 정상의 삶을 살아가고 있는 게 아니라 내일을 기약할 수 없는 임시의 삶을 살아가고 있는 겁니다. 부인이나 저와 같은 사람들은 갑자기 몸이 아프거나 실직을 당하거나 생활에 변화가 와서 이제까지 안일하던 일상이 깨어지기 시작하면, 일시에 삶을 지탱하고 있던 모든 것이 무너져내리는 줄 압니다. 집 한 칸 장만하는 데 반평생, 아이들에게는 우리와 같은 알량한 중간층으로라도 자라도록 도서관이다 과외다 입시다 하면서 대학 보내고, 그들이 조금이라도 변화를 일으킬 기미만 보여도 우리의 일생은 몽땅 허물어져버릴 것처럼 안달을 합니다. 모든 사람들이 삶의 아름다움을 사랑할 줄 아는 세상을 이루어내고야 말겠다는 믿음이 우리에게 과연 있는 건가요. 우리는 은연중에 지금과 같은 삶의 질서는 절대 불변할 것이라는 생각과 뒷구멍으로는 야합하고 있으면서도 겉으로는 안 그런 척 전혀 불안하지도 무섭지도 않은 척 멀쩡하게 살고 있는 겁니다. 내 자식이 최소한은 우리처럼 살아주기를 바라면서 공부해라 숙제해라 할지언정, 그들이 인생과 세상을 올바르게 조화시킬 능력이나 사람답게 살아갈 원칙들을 알게 하기보다는 노동자나 농민 같은 생산계층이 되지는 말지어다라고 열심히 교육시키며 평생 보내는 거 아닌가요. 이런 따위 일상들 가운데 진이의 젊음은 무엇입니까? 어렵고 고되다고 혼자서 훌쩍 아무데로나 뛰어넘을 수는 없습니다. 그것이 분단으로 병든 사회의 질병을 온몸으로 앓아낸 것이라고 할 수는 없습니다. 이 땅에서 제대로 배우지도 못하고 노동에 찌들려 스스로 불에 타 죽고 똥벼락을 맞고 시멘트길 위에 내동댕이질쳐서 머리가 깨어져 죽고, 내가 살던 도시에서는 많은 젊은이들이, 눈이 빛나는 젊은이들이 죄도 없이 죽어갔습니다. 바로 이 바닥의 죽음과 고통의 주인은 우리입니다. 여기서 씨름하고 자빠지고 여기서 일어서야 합니다. 부인의 아름다운 마음씨와 진이에 대한 깊고 자상한 사랑은 너무나 개인적인 것입니다. 부인과 나 같은 사람들은 바로 우리들의 요만큼의 알량한 일상의 기반 위에서 바로 진이가 휴전선을 헤매기 전까지의 모든 사회적 관계들을 바꾸어나가는 일에 보다 많은 노력을 기울여야 할 것입니다. 그러면 그 힘은 드디어 휴전선을 무너뜨리겠지요. 다시는 진이를 찾지 마십시오. 다른 많은 성숙해진 진이가 우리와의 관계를 기다리고 있을지도 모릅니다.

하여튼 나는 편지를 그렇게 끝냈다. 그러나 다시 읽지는 않기로 했고, 또한 다음에 전도사 부인의 편지가 오더라도 두번째의 답장은 쓰지 않으리라 생각했다. 나의 편지는 일단 검열을 통과할 것이고 무엇보다도 지당한 말씀이었기 때문이다. 편지투는 당시에 여성지와 신문의 책 광고 귀퉁이에서 나날이 번성해가고 있던 지당도사들의 수필집과 같은 투였다. 지당한 말씀이란 꼭 한 번만 하는 게 아닌가. 그러나 내게 양심의 가책은 없었다. 부끄러움을 오래 간직하는 일은 남들에게도 별로 도움이 안 된다고 생각해왔기 때문이다.

오토바이 소리가 가까워지고 있었다. 나는 얼른 부엌 쪽으로 나가 베란다 아래를 내려다보았다. 탐스러운 함박눈이 빡빡하게 날리는 가운데 우체부의 노란 헬멧이 또렷했다. 나는 어쩐지 조마조마한 기분이 되어서 아파트의 철물 손잡이를 잡고 서 있었다. 아파트의 층계를 돌아서 계속 올라오고 있는 우체부의 발소리가 들려왔다. 문의 손잡이가 몹시 차가웠다. 벨이 울리자마자 내가 문을 열었더니 우체부는 좀 놀란 모양이었다. 그의 노란색 우의 위에는 눈이 아직도 두껍게 얹혀 있었다. 나는 전보용지 위에서 꼬물거리는 타자 글씨를 들여다보았다.

모친 위독 급래.

별로 놀라지는 않았다. 어머니는 몇 달 동안 계속 앓고 누워 계셨던 터였다. 나는 전보를 책상 위에 올려두고 한동안 멍청히 앉아 있었다. 어머니는 동치미를 마실 적에도 녹두부침을 지질 때에도 언제나 제맛이 나질 않는다고 꼭 한마디씩 했다. 내가 언젠가 때가 오면 이사를 가야겠거니 이곳은 임시로 사는 곳이려니 하고 본능적으로 안달을 느꼈던 것은 어머니의 일관된 그러한 감정의 영향이었으리라. 나는 어머니의 망향의 감정이 단순히 살던 곳을 그리워함이라고 생각해왔지만, 말년의 어머니의 가슴속에는 그보다는 훨씬 짙은 것이 싹트고 있었다고 믿게 되었다. 우리와 함께 살겠다고 지방으로 내려오신 지 며칠 안 되어서 어머니는 화단 모퉁이에 쭈그리고 앉아 무엇인가 태우고 있었다.

뭘 태우세요?

하면서 기웃이 넘겨다보니 우리가 이사할 적마다 어려서부터 늘 짐보따리 밑에 맨 먼저 들어가던 검은 가죽가방이 어머니 발치에 놓여 있었고, 그 안에서 삐져나온 누렇게 퇴색한 서류 나부랭이가 보였다. 그 가죽가방 속에 무엇이 들어 있는지는 이제는 너무도 잘 알고 있었다. 일본 은행에서 내준 채권 따위들이며 해방될 때 미처 바꾸지 못했던 일본 돈이며 그리고 아버지의 고향에 있다는 전답의 문서 따위가 들어 있었던 것이다. 어린 사 남매의 자식을 데리고 혼자서 전후의 험한 세월을 살아오는 동안에도 어머니는 그 가죽가방을 가까이 두고 확인하며 살아온 셈이었다. 나는 막 불이 붙어 연기를 올리며 타오르는 서류 뭉치를 자세히 보고 놀라서 외쳤다.

아니, 어머니 이건……

그래. 느이 아부지 고향의 땅문서다.

나는 애초에 이북의 땅문서를 가죽가방에 애지중지 보관하는 일 자체가 어리석은 노릇이라고 생각해왔지만, 어머니가 가끔씩 깊은 밤중에 고리짝에서 그런 잡동사니들을 꺼내어 펴보기도 하고 되읽어보기도 하면서, 실재하는 저 먼 고향의 언저리를 빙빙 돌아다니는 것을 눈치채고는 과연 가죽가방이 귀중한 까닭이 있다고 고쳐 생각했던 것이다.

헌데 왜 태우세요?

당신께서는 이제는 다시 귀향할 수도 없고 통일이 될 가망도 없으니 차라리 잊고 말겠다는 뜻인지 영문을 알 도리가 없었다.

인제 고향은 아예 안 가실 작정이세요?

나는 그저 가볍게 농으로 말을 던져보았다. 그러나 어머니는 정색을 하고 나를 올려다보았다.

와 안 가. 가야디. 갈라구 태우는 거야. 이까짓 거 머하간. 이런 거 까탄에 고향에 못 가디. 문서가 머이가. 쪽박을 차두 가야디.

나는 그때 이미 어머니의 주름살 사이로 날카롭게 지나가던 결의 비슷한 표정을 보면서 섬뜩하게 어머니가 얼마 못 살게 될지도 모른다고 느꼈다. 사실 어머니는 그뒤에 얼마 안 있어서 앓아눕게 되었던 것이다. 전보용지를 받아들었을 때 나는 이것이 아내가 친 전보임을 알았고, 또 아내의 성격으로 보아 어머니는 이미 이 세상에 살아 계시지 않다는 걸 눈치챘다. 앓고 있었던 사실을 내가 알고 왕래하기가 번거로운 곳에 위독하다며 오라고 한 것은, 실상 어머니의 사망을 알리는 전보였다. 벨이 울렸다. 나가보니 파카를 머리 위까지 둘러쓴 김이 눈을 어깨에 잔뜩 얹고 서 있었다.

형수한테서 전화 왔습니다.

뭐라고······

아니 그냥, 집에 전화하래요.

나는 김에게 전보를 내밀었다.

아까 왔어. 어머니 돌아가신 모양인데.

난 몰라요. 하여튼 전화를 하시구요······ 이건 표예요.

김은 아직 내 기분을 짐작하지 못하여 조심스럽게 대하는 눈치였다. 김은 벌써 연안부두에 나가서 배표를 사온 터였다. 벌써 시간이 다 되었다. 우리는 별로 얘기를 나눌 사이도 없이 눈보라가 세차게 몰아쳐오는 언덕을 내려갔다. 이 지방의 눈은 내리는 대로 녹아서 길바닥에 빙수를 뿌린 듯했다. 우리는 둘 다 말이 없었지만 부두에 나가봐야 배가 뜨지 않을 것이라는 사실을 너무도 잘 알았다. 역시 대합실에는 사람들도 별로 없었고 매표구 위에 조그만 벽보가 붙어 있었다. 해상에 폭풍경보가 발효중이오니 출항할 수 없음을 양지하시기 바랍니다. 나는 집으로 전화를 걸었다. 아내가 나왔다.

응, 나요. 전보는 받았어. 폭풍으로 배를 못 탔는데 어머니 어떻게 되셨어?

예, 저 연락······ 받으셨죠?

돌아가셨소?

네, 하지만 아주 편안히 가셨어요. 당신을 기다리셨는데. 제게 여러 가지 당부하셨어요.

아내는 어머니와 같은 투로 말했다.

곁에 사람들 있소?

그럼요. 많이들 오셨어요. 준이가 상주 노릇을 하지요.

미안하군.

아뇨…… 장지는 당신 오셔서 의논해야겠지만 어머니 소원대로 거기가 좋을 거 같아요.

거기라니……

하다가 나는 알았다. 아내가 말했다.

몇 년 전에 북한강 갔다가……

아, 알아요.

나는 코스모스 다발이 손짓하듯 바람에 이리저리 휘청거리던 강변길과 짙은 산그늘이 깔린 저녁 강을 머릿속에 떠올렸다. 어머니는 차창 밖으로 고개를 돌린 채 아버지를 저런 데다 이장하고 싶다고 말한 적이 있었다. 저녁의 강물은 마치 저승의 초입처럼 쓸쓸하고 적막하게 흘러갔다.

그래요, 어쨌든 지금 배가 안 뜨니까 날씨가 나아지면 첫 배로 가지. 고생이 많았소.

아이들도 보고 싶어요. 오세요.

아내의 억제된 목소리가 전화가 끊긴 뒤에도 계속되고 있는 것 같았다.

김과 나는 대합실의 유리창 밖으로 미칠 듯이 출렁이며 밀려와

방파제를 원없이 때려부수는 파도를 내다보았다.

갑시다. 형님 쏘주 한잔 해야죠.

김이 나를 이끌었다. 우리는 대합실 건너편에 보이는 나직한 술집으로 뛰어갔다. 나무의자와 비닐을 씌운 식탁이 두어 군데 있는 목로인데 아무도 없었다. 우리는 찌개와 굴회를 놓고 소주를 마셨다. 날씨며 기분 탓인지 술맛이 그럴듯했고 김과 나는 차츰 말문이 터지기 시작했다. 소주 두 병을 비우고 바깥에 어둠이 깔렸을 즈음에 한 사내가 유리문을 밀고 들어섰다. 나는 문 쪽을 향하고 앉아 있었으므로 그 사내가 들어오기 전에 술집 창문으로 안을 들여다보기도 하고 들어올까 말까 망설이는지 몇 번 길을 오르내리며 서성대는 모양을 보고 있었던 것이다. 사내는 나와 눈이 마주치자 계면쩍게 목례를 보내는 시늉을 했다. 그는 엉거주춤한 자세로 바로 우리의 옆 식탁에 자리를 잡았다. 주모가 뭘 드실 거냐고 물었는데 그는 내 쪽을 자꾸 바라보더니 벌떡 일어나서 나를 향하여 허리를 깊숙이 꺾으며 인사했다.

선상님, 죄송헌 말씀이지만서도 술 한잔 먹을 수 없을까요?

뭐요?

저어, 거시기 돈이 없응게요, 술 한잔만 얻어묵어볼라는디.

사내는 뒤통수에 한 손을 얹고 다시 꿈벅했다. 나는 대번에 알아들었다. 합석하자는 얘기는 아니었다. 주모에게 내가 말했다.

이 아저씨에게 소주 한 병하구 안주 한 접시 주쇼. 계산은 우리 앞으루 하시구요.

사내는 염색한 군용 잠바에 예비군복 바지를 입고 작은 보퉁이를 들고 있었다. 희끗희끗한 머리로 보아 쉰 살쯤 먹었을까, 얼굴은 깊게 팬 주름살 때문에 표정이 없어 보였다. 그가 적의가 없다는 것을 나타내기 위하여 우리를 향하여 웃을 적마다 벌어지는 입술도 마치 두꺼운 종이가 주욱 찢어지는 것 같았다. 나는 김과 마주앉아 소주잔을 보고 있는 척했지만 실은 사내의 거동에 자꾸 신경이 쓰였다. 사내는 두 손을 맞비비더니 우선 주모에게 대접 하나를 달라고서는 내게 씩 웃어 보였다.

참, 꼭 일 년 만이네요.

우리는 그의 말이 무슨 소린지 처음엔 알아듣지 못했다. 그는 입맛을 다시고 또 한번 두 손을 비비더니 주모가 갖다준 대접에다 술 한 병을 조심스럽게 따랐다. 대접을 양 손바닥에 쥐고 쳐드는 사내의 두 손이 가늘게 떨리고 있었다. 이제는 주모와 김과 나, 셋이 눈치볼 것 없이 사내의 음주하는 광경을 바라보았다. 그것은 장엄한 광경이었다. 한 대접에 따라진 술 한 병이 꿀꺽이며 사내의 목젖을 타고 내려가더니 순식간에 세면기의 물이 빠질 때처럼 마지막으로 꼬로록, 하는 소리를 냈다. 사내는 입을 크게 벌리고 숨을 길게 내뿜고는 점잖게 입가를 소매로 씻었다. 그는 사이를 두었다가 안주 한 점을 엄지와 검지로 앙증맞게 집어올려 날름 입속에 집어넣었다. 그러고 나서 아, 하는 한숨이 사내의 입에서 새어나왔다. 우리는 아직도 그를 바라보는 중이었고 그는 우리를 향하여 또 입술을 주욱 찢었다. 그는 잠시 동안 빈 대접을 내려다보았다. 내가 먼저 말을 걸었다.

술 한 병 가지구 되겠어요? 한 잔 더 하시지요.

예? 한 잔 더요?

사내는 다시 벌떡 일어났다.

술 한 병 더 주시지요.

내가 말하자 주모는 갑자기 깔깔대며 웃음을 터뜨렸다.

이 아저씨 같은 손님만 오시면 우리집 술이 바닥나겠네.

사내는 이번에는 술잔에 술을 따르고는 한 모금씩 천천히 마셨다. 김이 사내에게 말을 걸었다.

어디…… 배에서 내리셨어요?

예? 아니요. 큰집서 나오는 길이어라우.

하더니 사내가 잠바의 윗주머니에서 종이 한 장을 꺼내어 흔들었다.

시방 귀향증 떼어갖고 배 타고 갈라고 왔지라. 배도 못 타고 눈은 오지게 오는디.

몇 년 살았어요?

뭐 이참에는 한 바퀴 돌고 나왔는디 사범이구먼요.

사내는 보기보다는 시원시원했다. 당한 일들에 비해서는 오히려 너그러운 데가 있었고 그런 유의 사람들이 대개 그렇듯이 겸손했다. 그의 얼굴에는 아무 흔적도 없었지만 술기운이 퍼져나가고 있을 거였다. 내가 마음을 좀 놓으며 그를 이끌어들였다.

예이 여보쇼, 아 그래 한두 번두 아니구 별을 네 개나 달면 어쩔려구 그러슈?

사내는 고개를 숙이더니 술 한 잔을 부어서 탁 털어넣었다.

사는 게 맘대루 안 되드만요.

고향은 어디요?

쩌어, 전라도 짐제지라우.

사내는 곡창 지방의 무엇이었을까. 그는 자랑스러운 일꾼, 소작농이었을 것이다. 아내와 어린 자식들. 서울로 갔겠지. 막노동판, 산동네, 봉지쌀, 도로 공사판, 밀가루, 새마을 사업, 철거. 그런 건 묻지 않기로 했다. 김이 말했다.

고향엔 가족들이 있습니까?

아무도 없구먼요. 애들은 서울 보육원에 맡겼는디.

여기까진 뭣하러 오셨소?

여그 무슨 대학 짓는다고 공사하러 왔습니다. 십장이 시계를 잊어묵었는디 아 그 염병할 놈이 나더러 가져갔다고 혀서 몇 대 패고…… 한 바퀴 묵어부렀당게요.

아무도 없다는데 고향 가서 뭣하시게?

사내는 허허 웃으며 다시 종이쪽지를 쳐들어 손가락으로 글씨를 짚었다.

내가 뭣을 알간디요. 본적지가 거그라고 가라능만요. 오늘밤은 경찰서 가서 귀향증 보여주고 하룻밤 자고 낼 가야겠구만요.

사내가 차츰 조용해지더니 술잔을 잡은 채로 눈발이 날리는 유리창 쪽을 물끄러미 보고 앉아 있었다. 우리도 다시 이쪽 탁자로 돌아와서 김과 나는 이런저런 얘기를 나누었다. 감옥의 철문에 머리를 짓찧어서 뇌를 다친 철영이 얘기도 나오고 우유 배달을 하는 그의 아내와 두 딸아이의 얘기도 나오고, 그가 싸지른 똥을 치우며 그를 달래고 어르다 울던 철영이 아내의 피눈물 얘기, 그리고 첫아기 가진 아내를 잃은 김선생의—여보 우리 천국에서 만나요—로 시작되는 묘비명 얘기도 나왔다.

우리두 좀 알지라우. 다 알지라.

갑자기 사내가 큰 목소리로 끼어들었다. 그는 어느 결에 술 한 병을 다 비우고 이쪽으로 상반신을 기울이고 있었다.

소내에서 좀 시끄런 일이 있었어라우. 밥 묵는 것도 그렇고 폭행 문제도 있어서 야문 사람들 몇이 주동이 돼갖고 일어났지요. 나도 서대문 영등포 많이 돌았으니께 학생들 하는 짓도 보고요이. 아무리 야물어도 헐 수 없습디다. 개털 도둑놈들만 있으니 씨알이 먹힙니까. 콱 밟혔당께요. 교도관도 이노꼬리 잡아놓고 혔으니 책임이 크지요. 무기에 장기에 모두들 징역 복이 터져갖고 뿔뿔이 흩어졌습니다. 곁에서 구경허던 작것들은 내처럼 일찍 풀려나오고요. 좇도 팍 찌그러졌지요.

김과 나는 그의 흥분이 갑작스러운 것이라 대답하지 않고 탁자만 내려다보며 침묵을 지켰다. 그는 탁자를 쾅 치며 일어났다. 탁자가 울리는 바람에 뛰어오른 알루미늄 대접이 바닥에 요란한 소리를 내며 떨어졌다. 나는 대접을 집어서 탁자에 다시 올려놓으며 그를 쳐다보았다. 그가 상반신을 내 쪽으로 숙였다. 그의 눈이 이상스레 빛나고 있었다. 그리고 그의 목소리는 불온하게 떨려나왔다.

니미…… 이따위로 살 바엔 차라리 저쪽이 나슬 것이오, 암만.

그때에 다시 쾅 하는 소리가 났다. 이번에는 김이 이쪽 탁자를 내려쳤던 것이다. 불행하게도 반쯤 들어 있던 술병이 떨어져 박살이 났다.

이 사람 이거 안 되겠군. 여보, 우릴 뭘루 보는 거요? 그따위 말두 안 되는 소릴 함부로 지껄여두 되는 거요? 이 사람 아직 혼이 날려면 멀었구만.

나는 옷 위에 번진 술을 휴지로 닦으면서 사내에게 말했다.

여보쇼, 아무리 그렇다고 한두 번두 아니고 네 번씩이나 큰집엘 간단 말요? 당신 열심히 살았다구 할 수 있는 거냐 말야. 애들은 고아원에 맡겨두고, 성실하게 일해서 먹구살았다구 어디 말해보쇼. 그렇게 저질르구 이제 와서 무슨 엉뚱한 소릴 하는 거요?

사내는 말뚝처럼 서서 우리를 노려보고 있었다. 김이 그의 얼굴을 손가락질하면서 다그쳤다.

사과하쇼. 그리구 아까 한 말 취소하쇼.

사과 못 허겠시우.

사내는 당당하게 말하고 나서 보퉁이를 챙겨들더니 유리문 앞에 가서 돌아섰다. 사내는 아까 처음 들어왔을 때처럼 정중하게 허리를 꺾어 인사를 했다.

술 잘 먹었구먼요.

유리문이 조용히 닫혔다. 김과 나는 흐트러진 탁자 앞에 묵묵히 앉아 있었다. 바람 소리는 여전했다. 창문이 끊임없이 덜컹거렸다. 김이 말했다.

술 더 하실래요?

나는 고개를 흔들었다. 그러고는 일어나서 돈을 치렀다. 밤이 되어서인지 눈이 제법 쌓여갔다. 눈발은 여전했다. 어쨌든 어머니의 영가靈駕를 모시고 그 머리맡을 지킬 수는 없었으나 초상술은 마신 셈이었다. 김과 나는 눈발 때문에 고개를 아래로 처박고 앞서거니 뒤서거니 하면서 걸었다. 김이 뒤따라오며 말했다.

형님, 정말 괜찮겠어요?

괜찮아, 들어가서 자야겠어.

내일 떠나실 거죠?

응, 폭풍이 멎으면.

건널목에서 나는 김에게 손을 쳐들어 보이고는 길을 건너 비틀거리며 걸어갔다. 나는 택시를 타고 졸았다. 택시에서 내리자마자 보이는 것은 사방에 희끗희끗한 눈송이뿐이었다. 사과를 하라고, 너는 반공법에 걸린다고, 나는 끼어들기 싫다고, 너나 뒤집어쓰고 꺼지라고, 살아 있음이 싸움인 사람들에게, 이따위로 살 수는 없다는 사람들에게 빨갱이 혐의나 뒤집어씌우면서 살아갈 건가. 날마다 이 술집 저 골목으로 막걸리 반공법에나 걸리기 딱 알맞게 목구멍까지 차오른 김제 사내. 정말 전도사 부인처럼 진이에게 면회도 못 가면서. 그래 우리가 이 고통받는 상황의 주인이라는 건 안다. 그러면 그 고통의 정말 주인은 누구냐, 누구야.

나는 눈밭에 빠진 채로 가만히 엎드려 있었다. 먼바다에서 아우성치는 폭풍과 파도 소리가 들려왔다. 잠깐 울었다. 옛날 얘기의 첫 줄은 어떻게 시작되던가. 옛날 옛날에 한 나그네가 산중에서 길을 잃었대. 그래서 한참을 헤매는데 저어 아득한 어둠 속에서 불빛이 반짝반짝하더래. 나그네는 힘을 내어 인가가 있겠거니 하고 불빛을 찾아갔대. 주인장 계시오. 나는 옛날 얘기대로 깊고 어두운 골짜기를 비틀거리며 걸어올라갔다.

(1987)

열애
―日記抄 2

　내가 며칠 동안 집을 비운 사이에도 그 사내의 전화가 왔었다고 아내가 말했다. 처음에는 무심하게 들어넘겼기 때문에 그뒤에도 몇 차례인가 전화가 걸려왔을 때까지도 자세하게 캐묻지 않았다. 어느 늦은 밤에 드디어 그가 찾던 당사자인 내가 전화를 받게 되었다. 예전부터 그랬지만 내가 밤에 일하는 습관을 알고 있는 사람들은 아침에서 오후 늦게까지가 내게는 깊이 잠들어 있는 시간이라 짐작하고 늦은 밤에 연락을 해오는 일이 더러 있었다.

　처음에 그는 예의 바르게 말을 걸었고 자기는 어느 고등학교를 나온 누구인데 기억이 나느냐고 물었다. 나는 그때 당시에 명문이라던 고등학교를 중퇴했고 설사 졸업을 했다손 치더라도 이십오 년이 흘러간 지금에 와서 누가 누구인지 종잡을 수가 없을 게 당연했다. 그러나 나는 전혀 생각나지 않는 상대에게 마주 반색을 해서 이쪽의 실례와 무성의를 미리 얼버무리는 데는 이골이 나 있던 사람이라, 조심스럽게 반기는 척하면서 말을 놓았다.

—내가 누군지 이제야 기억이 나는 모양이지?

나는 아무개라는 이름을 머릿속으로 되풀이 외워보면서 어슷비슷 콩자반처럼 머리를 박박 깎은 검은 교복의 아이들 얼굴을 떠올렸고, 그럴듯하게 키와 생김새를 꿰어맞추었더니 그는 안심한 듯이 말했던 것이다. 나는 어정쩡하게 대꾸했다.

—응, 생각이 나는 것두 같다. 턱이 아마 좀 별다른 데가……

—맞다 맞어, 턱이 그랬지.

턱이 짧고 아랫입술이 앞으로 삐져나온 합죽이라는 별명을 가졌던 어떤 아이를 생각하고 말해봤더니 요행히도 맞아떨어진 모양이었다.

—우리집 전화는 어떻게?

—물어물어 알았지. 뭣 좀 의논할려구 그러는데 잠깐 만날 수 없을까?

대개 그 학교의 동창생이 뭔가 의논하자면 그리 골치 아픈 일은 아닐 것이 뻔했기 때문에 나는 가볍게 응했다.

—무슨 일인데? 지금이라두 괜찮아.

—나중에 만나서 얘기하지. 나는 워낙 시간이 없어서 말이지. 낼 오전 아홉시나 열시 사이에 집에 있을 거냐?

—밤새우고 잘 시간이지만 기다려볼까.

내가 선선히 응답하자 그는 그럼 내일 보자면서 전화를 끊었다.

내가 고등학교의 동창생들과 연락이 닿은 것은 내 쪽의 노력에 의한 것이 아니었다. 내가 글을 써서 책도 내고 세상에 작은 물의도 일으키면서 알려지기 시작할 무렵부터, 그러니까 아마 삼십대 말쯤에 가서야 가끔씩 기억할 만한 아이들의 전화가 걸려오기 시작했던 듯싶다. 내가 이제 사십대 중반을 넘고서도 그들을 아이라고 느끼는 것은 그 시절 검은 교복을 입은 솜털이 보송보송한 소년들의 얼굴을 머릿속에 그려보지 않고서는 상대방이나 내 쪽이나 피차에 너무 생경했기 때문이랄까. 누렇게 퇴색한 그 무렵의 가령 소풍 기념사진이나 짝패들끼리 어깨동무를 하고 찍은 사진관 사진의 얼굴들과 머리털도 알맞게 세고 품위나 풍채도 그럴듯한 중년의 얼굴들 사이에는 이제 아무런 비슷한 점도 찾아볼 수 없었다. 우선 세상이 많이 달라졌고 살아가는 꼴도 엄청나게 변했을 터이다. 많이 달라졌다고들 막연하게 말하지만 사실은 애초에 없던 것이 생짜로 나타난 것은 아닐 테고, 콩이 콩나물처럼 눈밭이 풀숲처럼 번성한 결과일 터이다. 그러니까 이미 그 학교는 풀숲의 눈밭이었달까. 또한 그때 그 시절의 눈이 반짝이던 영리한 아이들은 콩나물의 콩이었달까. 나는 이 번성의 수십 년 동안을 아직도 감상적으로 회상하고 싶지는 않다. 무슨 근대화라거니 자본주의라거니 하는 케케묵은 낱말을 들추지 않더라도 입에서 신물이 날 지경이다. 그것은 이미 내가 겪은 쓸쓸한 살림살이와 앞으로도 별 차이 없이 전개될 이곳에서의 살림살이를 대강 짐작하고 있기 때문이다.

치열한 입시 경쟁을 치르고 그 학교에 입학했을 때, 나는 어느 정도 주눅이 들어 있던 기억이 난다. 거기서부터는 애들 각자의 집 안 사정이 드러나기 시작한 한계였다. 서울이라는 곳도 지금보다 훨씬 더 한눈에 눈치챌 수 있도록 사는 사정에 따라 도시가 확연히 구분되어 있었다. 하긴 지금은 한 구역 안에서도 잘살고 못사는 곳이 더욱 세분화되었지만.

회색빛 시멘트 담과 언제나 언덕처럼 쌓여 있던 석탄 더미들, 기관차의 화물차량들과 그 뒤를 쥐새끼처럼 쫓아가며 코크스를 줍던 아이들, 국방색 작업복에 똑같이 하얀 칼라를 내놓은 차림의 방직공장 처녀들, 검은 무명 팬티만 입고 벌거벗은 채 뛰어다니며 쌍소리를 하던 영단주택의 노동자의 아이들, 공장 폐수가 끊임없이 흘러가던 학교 가는 길, 죽은 쥐, 버려진 제웅, 그리고 실직한 노동자들이 몰려 살던 부서진 화물차들, 그 양지쪽에서 맨발로 해바라기하던 아이들, 미군 부대가 보이는 여의도 일대의 쓰레깃더미, 틈틈이 잡초가 보이고 깡통 사이로 피어나던 오랑캐꽃과 민들레, 냉이꽃 같은 작은 들꽃들, 이런 것들이 영등포에서의 내 어린 날의 기억이다. 노동자의 아이들과 나는 날마다 음모를 꾸몄고 비록 몰락했지만 자신들은 개화된 도시의 점잖은 시민이었다는 생각을 바꿀 수가 없었던 어머니와 아버지를 나는 날마다 속여넘겨야 했다. 나는 한편으로는 '형편없는 품삯꾼의 새끼'들과 같았고 쥐뿔도 없이 자산가의 흔적만을 자존심처럼 갖고 살던 월남한 피난민의 도련님이었다. 동네에서나 변두리의 학교에서는 나는 그런대로 도련님이었다. 부모가 식민지 치하에서 전문교육을 받았으며 노동이나 농사일을 하지 않았고 일제가 진출해서 번영시킨 만주국의 수도에서 영화관, 백화점, 카페, 그릴, 댄스홀 따위의 문화시설을 기꺼이 드나들며 잘살던 시절이 있었던 것이다. 나는 이제 와서 그들이 친일파였는지 아니면 은근히 독립을 바랐는지는 잘 모르지만 해방 이후에 서울로 와서 더 좋은 생활을 할 수 있으리라고 믿었던 것만은 틀림이 없었던 듯하다. 그러나 아버지는 끝내 예전처럼 괜찮았던 세월은 다시 누리지 못했다. 곧 뒤이은 전쟁으로 밑천을 만들 여유를 갖지 못했고 몇 해 뒤에 병사했기 때문이다. 이를테면 나는 일찌감치 서로 다른 두 세상을 훔쳐보면서 자란 셈이다. 나는 내 마음 깊은 곳에서 이 허위를 증오했다. 부모들이 지니고 있던 과거의 자랑스런 생활들은 모두 참을 수 없는 것들뿐이었다. 얌전하고 바른 말씨, 언제나 으뜸이어야 하는 성적, 어머니가 불시에 나타나던 학교 수업의 참관, 재봉틀로 유별나게 만든 아동복, 집에서 만든 간식 같은 것들은 우리집을 영단주택의 노동자 구역 가운데서 섬으로 만들었다.

다음날 동창생을 자처하던 사내는 아침나절에 전화를 하겠다던 약속을 어겼다. 내가 외출했다가 늦게 돌아왔더니 아내는 방금 그 사내의 전화가 걸려왔다고 말했다.

─좀 이상해요. 연락처를 알려달라니까 우물쭈물하면서 시간
이 없다는 둥 서울에 살고 있지 않다는 둥 그러데요. 외국에서 오
셨냐니까 그런 건 아니래요.

　─아침에 전화한다더니.

　─너무 바빴대요.

하고 나서 아내는 조심스럽게 말했다.

　─글쎄요, 헤어진 지 오래된 사람을 만나는 게 별로 좋지 않대
요. 이십 년 이상이나 본 적도 없고 그사이 한두 해에 몇 번씩 연락
이 있던 사람이라면 몰라두…… 잘 알던 사람도 그렇다는데 얼굴
도 모른다면서요?

　─그래 다음에 또 연락한대?

　─그런댔어요.

　나는 아내의 말이 그럴듯하다고 생각했다. 이곳에서의 이십오
년이라면 그 변화의 폭을 거의 짐작도 할 수 없는 엄청난 세월이
아니던가. 그렇지만 내게는 한 가지 믿음이 있었다. 그 학교를 나
왔다는 녀석들치고 지금 세상과 다른 꼴로 변했을 리는 없을 테고
오히려 지금 세월에 적응하게끔 똑같은 모양으로 변모해 있을 거
라는 생각이 들었다.

　그 학교에서의 경쟁은 치열한 것이었다. 어떤 친구는 지금도 그
학교의 학력평가 시험을 치르던 나날이 꿈에 보인다고 했다. 다른
애들은 부지런히 쓰고 있는데 자기만 한 문제도 몰라서 백지를 쥐

고 땀을 흘리다가 깨어난다는 식이었다. 아이들은 서로간에 냉정하고 예의가 바른 편이었으며 속을 내보이거나 남에게 약하게 취급당하는 것을 원치 않았다. 나는 초급 학년에서 서투른 짓으로 몇 번 반 아이들의 비웃음을 샀던 아이를 기억하고 있었는데, 그는 고학년이 되기까지 끝내 자존심을 회복하지 못했고 친구도 없이 지내다가 어디론가 전학을 갔다. 나도 학력평가 시험에 관해서는 원한이 깊은 사람이다. 전 학년의 학생들 이름을 점수 순서대로 석차를 매겨서 교실 앞 복도에 붙여놓고는 했는데 어느 달엔가 성적이 떨어져서 어머니를 격노시켰다. 나는 한 시간이 넘게 걸리는 학교까지 되돌아가서 캄캄한 복도로 들어가 성냥불을 그어대며 나보다 앞 순위에 있는 아이들의 이름과 점수를 베껴와야만 했다. 그 캄캄한 어둠 속으로부터 꼬물거리며 떠오르던 수많은 아이들의 이름은, 그리고 그들의 실체는 지금 어찌되어 있을까. 그들이 배웠던 잡다한 것들, 나날이 경쟁하고 선발되고 인정받은 결과로 가지게 되었을 힘, 그 힘의 충돌과 이합집산하는 작용, 그 힘의 재생산과 팽창, 이 모든 것의 반영인 요즈음 살 만한 사람들의 행태를 나는 다시 생각해보는 것이다. 나는 교실 안의 공상가였다. 창밖의 빈 운동장과 아카시아나무를 바라보든가 책상 밑에 다른 책을 감춰두고 읽거나 노트에 춘화를 그리면서 선생이 쓸데없는 소리만 떠든다고 여겼다. 나는 아이들의 관심을 끌기 위해서 점심시간마다 재담으로 아이들을 웃기거나 광대짓을 벌이곤 했다. 그래서 하루라도 이 교실 안의 피에로가 결석하면 아이들이 하루종일 뭔가 빠진 것 같더라는 말에 만족했다. 그 무렵에 알게 된 '작은 신사들의 모임'은 내게는 더욱 상징적이다. 그들은 모두가 요즈음 시쳇말로 이런 연대의 산업사회를 이끌어갈 사회 지도층이 되었다. 그들은 그맘때에 벌써 번역판 세계문학전집이나 사상전집 따위는 모조리 읽어치웠고 어른들도 읽기 힘든 사회과학책이나 철학책들을 가지고 의젓하게 자기 비평을 달아 토론을 주고받기도 했다. 그들은 사창가를 가거나 어두운 대폿집을 드나들며 퇴폐의 흉내도 냈지만 어느 길로 가는 것이 지도자로 가는 길인가도 잘 알았다. 절대로 자신을 정말 방기하지는 않았다. 그들이 가진 매력 가운데 으뜸인 것은 역시 자기 존재와 생각을 서투르게 드러내지 않는 점이었다. 또한 밖으로 드러낼 때에도 일부러 그것을 보편적인 사물에의 비유나 실제적인 것으로 바꾸어 표현했다. 니체의 이름과 횔덜린의 시를 막바로 인용하는 건 천박한 짓이었고, 가령 니체적인 나무에 관해 말했다. 그들 중의 우수했던 아이들은 육십년대 초에 외국의 기업들이 살금살금 발을 들여놓을 적에 외국 회사의 지사원으로 출발하거나 신문기자가 되거나 유학을 가거나 고시에 들었다. 나는 이런 정도의 수준에 있던 다른 학교의 고만고만한 또래들과도 연줄을 통하여 알게 되었다. 그들의 대개는 명문대학으로 가서 서로의 교제를 확대시키게 마련이었다. 내가 이런 길에서 탈락되었던 청년기의 어느 때엔가 나는 저절로 알아차렸다. 이들이 얽어내는 그물망 같은 사교가 서로 직조되어 일정한 그림으로 나타난 연애와 결혼, 성공과 실패, 출세와 낙오, 사랑과 야망 따위의 모양들이 결국은 저 한강 남쪽에서의 신중간층의 풍속을 건설해냈다. 아니면 로스앤젤레스와 뉴욕에까지 연결되었을지도 모른다. 앞으로 그 길은 더욱 확장되고 뚜렷해질 것이다.

어쨌든 내가 그때의 그 모퉁이에서 삐끗, 했던 것은 지금에 와서 되돌이켜보면 필연이었다. 그 길은 내가 어릴 적부터 어렴풋하게 이건 가짜라고 느껴왔던 삶으로 가게 될 확실한 도정이었다. 그러나 벗어났을 때의 공포는 당시에는 견디기 힘들었다. 퇴학을 맞고 나서 끝없이 걸어가던 하굣길이 생각난다. 이제부터 내 앞에 놓인 길은 어디나 뒷길이었다. 나는 이제 의사나 법관이나 관료나 학자나 사업가나 존경받을 장래의 모든 가능성으로부터 잘려나온 것이다. 이를테면 품삯꾼의 거친 황야로 몰려난 것이었다. 나는 내 안에서 두 가지의 세상을 겪는다고 말했다. 어느 얌전하고 선량한 학생이 집에 가다가 골목길에서 야간부의 상업학교나 공업학교의 불량 학생을 만나면 그들의 실체에 관해서 아무것도 모르면서 두려움과 적의를 갖는다. 십중팔구는 몇 대 얻어터질 수도 있고 용돈을 털릴 수도 있다. 나는 그 창백한 학뻐리이면서 또한 불량배인 것이다. 퇴학을 당하고 나서 집에서나 동네에서 빈둥거릴 때에 나는 쓰리꾼이나 직공이나 구두닦이와 별반 다른 차이가 없었으므로 선량한 시민들과 학생들이 어떠한가 하는 것을 비교적 냉정하게 살필 수가 있었다. 그들은 거의 대부분이 우리를 두려워하거나 믿지 못했고 호의를 보일 적에도 자연스럽지 않았다. 나는 아침에 변소의 창문을 통해서 안개를 가르며 등교하는 여학생들의 하얀 칼라와 남학생들의 번쩍이는 모표를 바라보며 그들의 아득한 길을 가늠해보았다. 어느 공업학교 야간부에 들어가서 몇 달 다니고 졸업을 했는데 나는 그 어둠침침한 교실에서 어린 시절의 영단주택으로 돌아간 기분이 들었다. 그들은 벌써 보호자 아래에 있는 소년이 아니라 가장이거나 스스로 살아가는 어른들이었다. 낮에는 껌팔이도 하고 급사, 배달꾼도 하고 하사관, 수금원, 기능공 노릇을 하다가 저녁에는 학교 앞에서 교복으로 갈아입고 등교했다. 그들은 이렇게 교실에 앉아 있어봤자 별수없다는 것도 잘 알았으며 지금 배우고 있는 학과목들이 그들의 생활을 바꾸어주기는커녕 오히려 무력하게 만들 뿐임을 알고 있었다. 끊임없이 킬킬대고 엉뚱한 질문과 대답을 하면서 그들은 끄덕끄덕 졸았다. 젊은 대학원생이나 병역을 마치지 못한 야간부 임시직 선생들은 드러내지는 않았지만 은근히 이 학생들을 경멸했다. 복잡한 역학 공식을 풀어 보이다가 선생이 귀찮다는 듯이 그냥 넘어갔는데 그중 제법 열심이었던 학생이 꼬치꼬치 묻자 그 선생이 이렇게 말하던 게 기억이 난다. 아, 그건 정식 엔지니어가 되려면 배워야겠지만 너희들에게는 별로 필요 없는 거다. 나는 그애들이 서로에게 갖던 끝없는 관심에 감탄했다. 그들은 돈도 꿔주고 자취방을 드나들며 깔치에 대한 고민도 나누고 병간호도 했다. 누가 유치장에 있다며 돈을 걷고 목수인 아버지가 생신이라고 염소 서리를 하러 인근 촌으로 원정을 가기도 했다. 그런 관심과 인정의 표현은 멜로 영화의 인물들이 그렇듯이 노골적이었다. 마치 서로의 추억 노트에 그려주는 갈매기와, 우정 영원히 잊지 말자!라거나, 너의 변함없는 친구! 하는 식의 글귀처럼 그 뜻을 그대로 실행하려고 했다. 나는 그들과 시장 다락방의 간이술집에서 나이롱뻥을 놀기도 하고 중국집에서 탕수육에 배갈을 시켜 먹고 뻥소니도 치면서 우정을 다졌다. 철거된 판자촌으로 친구의 이사를 도우러 갔을 적에 그의 식구들 틈에서 블록이 널려진 빈터에 쭈그리고 냄비밥을 먹으면서 편안했던 기억이 난다.

내가 이런저런 곡절을 겪으며 군대도 갔다 오고 장가도 들어 가장이 된 뒤에 그들을 만났을 때에도 그들은 거의 변하지 않았다. 예비군 훈련을 받던 무렵이니 아마도 삼십대 중반이었을 것이다. 마지막 동원훈련 때라 한 구역의 예비군이 총동원되어 침투사격이네 각개약진이네 하며 박박 기었다. 점심시간에 어디 가서 뜨끈한 국밥이라도 얻어걸치려고 철조망 밖으로 나서는데 그들 말로 어떤 꼰대가 부끄러움도 없이 나를 불렀다.

—야, 깜상 너 오랜만이다.

원래 얼굴이 가무잡잡해서 야간학교 시절의 내 별명이 깜상이었던 것이다. 나는 얼핏 알아듣지 못했다.

—누구신……지요?

—누구긴 인마, 나 땜통이다.

그는 예비군 모자를 훌쩍 벗어 머리 한가운데를 까 보였다. 그제야 나는 그를 알아보았고 그의 뒤에도 몇몇의 웃는 얼굴들이 보였다. 우리는 모두 예비군복 차림에다 진흙투성이가 되어 있었다. 막걸리 사발을 들고 목로에 둘러서서 옛날처럼 킬킬대며 떠들고 마셨다.

—뭘 하구 사냐?

내가 그 순간에 그만 실수를 했다.

—글 써서 먹구산다.

내 대답에 질문자는 차마 웃을 수는 없었는지 멋쩍은 웃음을 참느라고 콧날개에 벌름, 하면서 힘이 가는 게 보였다.

—글? 무슨 글?

아차 복잡해지겠구나 싶어서 나는 얼른 자백했다.

—그냥 논다.

그들은 돌아가면서 진지하게 내 걱정을 하기 시작했다. 하나는 트럭 운전사였다. 처음에는 남의 차를 끌다가 얼마 전에 월부로 트럭을 사서 회사에 지입했다. 월부가 끝나 완전히 내 차가 되면 장거리로 농수산물을 싣고 뛰겠다고 한다. 또하나는 시계포 주인. 그는 처음에는 유리 상자 하나 달랑 들고 시장에서 경비들에게 팔시

깨나 받으며 케이스 갈이를 했다. 고물 시계에 자판을 새로 그려 갈아끼는데 유명 상표를 똑같이 그리거나 새기거나 붙여서 고급 시계로 둔갑을 시킨다. 이제 겨우 점포를 얻어들었는데 도장쟁이 와 동업이란다. 또다른 하나는 플라스틱 공장의 수지반장이다. 스 티로폴에 대하여는 모르는 게 없다. 공원으로 들어가서 십이 년 만 에 공장 근처에 열일곱 평짜리 한옥 온채 전세를 들어 사글세로 두 집을 받고 있다. 그들은 각자의 경험에 따라서 내가 갈 길을 가르 쳐주려고 애썼다.

깊은 밤에 그 사내에게서 다시 전화가 왔다. 그는 술에 취했는 지 입술이 풀린 목소리로 말했다.

—어, 미안하다. 내일은 꼭 만났으면 좋겠는데.

—전화로 하지 그래. 무슨 일야?

나는 좀 짜증이 나서 차갑게 말했다. 지금 내 입장으로는 그가 이 세상에서 가장 낯선 상대였다. 저쪽은 나를 알고 있다는데 나는 건성으로 아는 척하고 있기 때문이다. 그가 이죽거렸다.

—흥, 인생 사는 얘기지 뭐.

—난 좀 바쁜데.

—어, 작가 선생 너무 재지 말어. 내일 밤 열한시에 만나지. 종 로 종각 모퉁이에서 만나자구.

—그 시간에 길거리에 서 있으라구? 그건 좀 곤란한데.

—차 가지구 나갈 테니까 염려 마.

하고는 그가 일방적으로 전화를 끊었다.

내가 마흔 살이 되던 해였던가, 얼떨결에 끌려갔던 명문교의 동창회 생각이 난다. 거기에 가서야 나는 비로소 이들이 이렇듯 제법 조직적으로 모이게 된 것이 몇 해 되지 않았다는 걸 알았다. 종친회가 됐건 향우회가 됐건 이맘때의 모임이란 대개는 밑천 가진 사람들의 능력을 확대하고 교환하려는 의도가 본래의 목적보다 더 확실하게 드러나게 마련이다. 더구나 어려서부터 계속적인 경쟁의 관문을 통과한 자들끼리의 모임은 이런 사회에서 어떤 기능을 하게 될까. 거기서 소생산자나 중소기업인들은 같은 업종의 친구들을 찾아내어 옛날 서양식의 프리메이슨 같은 동업자 소모임을 만들기도 하고, 대재벌의 이사들은 은행 지점장이나 이사들과 자금의 유통에 대하여 서로 협조를 당부하며 또한 군인과 관료와 법조인 들은 이들 사이에서 건전한 유대 교류가 긴요하다는 점을 서로 인식시킨다. 그들은 대개가 관리 계층이거나 진작 독립해서 자기 기업체를 끌어가기도 하고 전문가이며 기획자이고 그가 관여하는 부문에서 강한 영향력의 행사자이기도 하다. 그들은 따로이 부부 동반의 각종 모임을 갖고 월별로 서로를 초대하기도 하며 해외망을 연결하기도 하고 감사장이나 기념패를 만들어 주고받는다. 선후배가 어울려 테니스와 골프 동호회를 만들고 부부 동반의 헬스클럽 모임, 여행 모임, 문화 행사 모임, 콘도 모임, 휴가 모임, 부동산 모임, 거시기 모임 무슨 모임 해서 자꾸 새끼를 쳐나가고 이 모임들은 다시 큰 모임을 이루면 혼합된다. 물론 모두가 능력자이고 실력자는 아니지만 어떤 의미에서건 이맘때의 동창회란 각자가 스스로 알아서 선별되게 마련이므로 다 그만그만한 처지와 끗발들이 비교적 대등하게 만나서 우정을 재삼 확인하게 된다. 여자는 또 여자들끼리 남자들과 맞먹을 만한 학교의 학력과 연줄을 가지고 있다. 이것이 차츰 분명해지고 있는 요즘 세상의 힘의 토대이면서 서로를 다시 반복해서 만들어내는 질서의 틀이다. 역사와 사람의 본질은 변화에 있다는 소리는 어느 교과서에 나오던 말인지. 똑같은 틀 속에서는 변화의 힘이 나오지 않고 정반대의 것에서 비롯된다는 말은 또한 어떤 경전에 쓰여 있었을까.

나는 초저녁에 집을 나섰다. 그리고 이따가 밤 열한시에는 종각 모퉁이로 나가볼 작정을 하고 있었다. 사실 그의 태도가 좀 엉뚱한 데도 있고 약속 시간이 깊은 밤이라 썩 내키는 일은 아니었지만, 한편으로는 호기심과 궁금증이 들었다. 작업은 진작에 작파해버렸으므로 느긋하게 술이나 한잔할 생각이었다. 마침 후배에게서 저녁이나 같이 먹자는 연락을 받아두었다. 박모는 대학 초년생 때 내 작품을 각색해서 연극을 해보겠다고 하여 알게 된 후배였다. 학위를 둘이나 따놓고서도 아직도 유학중인데 다섯 나라 말을 할 줄 안다고 한다. 그는 가끔은 엄살 섞어 여기 젊은이들에게 미안하다고 그랬고, 나는 그에게 그래 미안하거라라고 말해주었다. 그는 입으로 칼럼을 쓰듯이 말한다. 그 재치는 안경 너머로 반짝인다. 수필집 내서 돈 벌어라 하며 나는 그를 긁는다. 그가 말하는 건 이런 식이다. 형님 요즘 여기 신중산층의 질문이 뭔지 아쇼? 첫째, 아직도 소형차를 타십니까. 둘째, 아직도 강북에 사십니까. 셋째, 아직도 증권 시세를 모르십니까. 넷째, 이건 요즘에 추가됐다지요. 아직도 조강지처와 사십니까. 그는 룸살롱보다는 카페가 훨씬 부담 없고 신선하다는 풍속도 벌써 냄새 맡았다는 것이다. 그는 말하자면 눈치가 멀쩡하면서 매우 냉소적이었다. 박모가 학생 때 가끔씩 제 친구들을 데리고 우리집에 놀러 다녔는데 그때마다 내가 그들에게 겁깨나 준 모양이었다. 그중에 정모가 있었는데 그 청년은 내 언변에 속아서 그만 도보로 동해안을 일주한다고 떠났다가 수십 일 만에 영양실조로 뻗어버리기도 했다. 그중에 누구는 학생운동으로 큰집에도 다녀왔다. 박은 가끔 봤지만 그의 동년배 친구들은 만나본 지 오래였다. 그들은 이제 내 친구들이 그랬듯이 인생을 출발하고 있었다. 종합상사, 오퍼상, 광고회사, 매스컴 등등이 그들의 밥벌이 터였다. 처음에는 약간 서먹서먹 대충 정중하게 반주 곁들여 저녁을 먹었고 다음에 술집으로 옮기자 분위기가 한결 풀렸다.

　—이번 선거 말이야 정말 김샜어.

　오퍼상 정이 말하자 광고가 받았다.

　—또 그 지긋지긋한 정치 얘기, 집어치워.

　종합상사가 말했다.

─봐라, 한국 자본주의도 이젠 자리를 잡았나봐. 외국 자본에 잡혀 있다고 했지만 인제는 자기 재생산 구조를 갖췄어.

매스컴이 삐딱하게 말했다.

─동東 김과 서西 김이 죽 쑤어 뭣 준다고 단일화 안 해서 그래.

박이 말했다.

─그런 막연하고 상투적인 얘기가 어딨어. 물론 한 달 단위로 정세가 획획 바뀌었지만 애초에 지금 상황 안에서 투표를 해보기로 선택한 거 아냐? 광주는 이미 지역 문제가 아니라 민족 문제야. 그리고 이번 선거는 뚜렷해진 계급 간의 결판이야.

나도 끼어들 수밖에.

─그건 나두 그렇게 생각하는데. 4·19 이후를 좀 봐. 그땐 밑에 아무 역량도 없이 생각이 마구 치달아 올라갔거든. 그전까지가 느이들이나 내 주변 사람 같은 자들이 한군데로 모여들 수 있는 한 계선이야. 글쎄, 좀 비꼬아서 말하자면 민간 파쇼 정도랄까. 예수 쟁이, 율사, 교수, 신문쟁이, 글쟁이, 느이 같은 회사쟁이들이 지난 6월까지고 그다음에는 한 걸음도 안 나갔어. 지난 6월과 7, 8월은 전혀 만나지 않았어.

─서 김은 인제 완전히 갔어요.

─가구 오는 거 좋아하네. 그는 유신시대의 상징 외에 아무것 두 아냐. 유신이 뭐냐. 신식민지적 구조의 강화 내지는 재정비 아니냐? 이번 선거는 묵은 숙제를 해본 거야. 우리 일이지 어느 개인의

346

일이 아니잖아.

　―도대체 기층민중이 뭐야.

　―사천만 중에 경제활동 인구가 천사백만이래. 그중에 오십 프로 노동자, 이십오 프로 농민, 십 프로 도시 빈민이라니까.

　―그럼 모순이잖아 이거.

　―뭐가 모순이야. 그 사람들 다 저 먹구살기에 바쁜데. 변혁의 바른 역량이 조직되지 않은 거지.

　―그러니까 뭐한다구 왔다갔다하는 사람들 믿을 수가 없다니까. 쥐뿔도 실세는 없으면서 바른 소리나 하구.

　―양키들 물량이 그만큼 한반도에서 막강해진 게 아닐까. 사는 방식에서 생각까지 말이야.

　―난 이제 다시는 투표 따위 하지 않을 거야. 투표 상관없이 밀어붙였다면 모를까.

　―상처 입은 사람이 한둘이 아냐. 전부 집단 노이로제 같았다니까.

　―해방 후 처음이지. 모순의 총결정판이면서 중병 걸린 사람이 종합진단 해본 격이지.

　―우리가 이런 모양으루 먹구사는데 어디 통일이 되겠어.

　―일본 비슷하게 되는 거 아닐까.

　―그렇잖아두 새끼 일본이라잖아.

　―아닐걸, 우리는 반쪽이란 말야. 좀 다르지.

—챙피해서 참.

이야기는 끊임없이 계속되었지만 물위에 떠서 흘러가는 나뭇잎처럼 지향이 없었다. 다시 화제는 박의 장가드는 문제로 옮겨갔다. 그의 학위에 걸맞게 오십 대 오십, 백 대 백의 맞교환 같은 혼처 얘기가 계속 이어졌고, 누군가가 주책도 없이 말했다.

—아직 사랑하는 사람두 없냐?

모두들 한마디씩 쥐어박았는데, 사랑이 밥 먹여주냐, 그게 어떤 백화점에서 세일하는 물건이냐, 어느 기업 제품이냐, 인사동에서 판다더라, 아니다 고돌이판에 가면 있다는 등의 허튼소리들이었다. 술자리는 대충 열시 반쯤에 파장이 났다.

나는 열한시 조금 전에 종각 앞에 도착해서 네거리에서 몰아치는 찬바람 가운데서 서성거리고 있었다.

바깥공기 때문에 술이 깨어가는 탓도 있었지만 겉돌고 냉소적인 술자리의 뒤끝으로 입맛이 썼다. 한참 풋고추와 된장에 깡보리밥 식당이 도심지에서 번진 적이 있었는데, 그것도 일종의 허기에 대한 허기였을 것 같다. 아 사랑, 그런 게 있기는 한가. 언젠가 시골 청년에게서 들은 얘기가 생각났다. 그의 고향에서는 도무지 여자를 구할 길이 없어 흑산도까지 갔단다. 흑산도에는 파시를 따라 들어갔다가 소개비요, 옷값이요 밥값이요 빚 때문에 꼼짝없이 잡혀 있는 아가씨들이 많단다. 거기서 눈매 서늘하고 건강한 아가씨 하나를 찾아 발동선에 싣고서 달아난단다. 부부가 될 상대를 술자

348

리에서 만날 수는 없어 친구끼리 품앗이로 서로 빼어내다 짝을 지어준다고 했다.

그래 결혼하여 부부가 되어 산다는 건 우리 같은 자들에게 어떤 일일까. 결국 결혼은 겉으로는 온갖 문화적 장치로 위장되어 있지만 물건들이 만든 물건의 산물이고 우리가 어려서부터 훈련받아 온 계급적 이해의 표현임을 피할 수가 없다. 우스개 노래처럼 짱구 아버지 짱구, 짱구 아들 짱구, 짱구 남편 짱구, 짱구 마누라 짱구이다. 그래, 이 삶의 삭막함은 우리가 자초한 징벌로서 긴 그림자를 내려뜨리고 저 앞에 뻗어 있다. 서로 고만고만하게 주장하고 용납하고 물러서고 그러고는 함께 상실해간다. 야간학교 아이들 식의 노골적 표현은 억제되는 게 아니라 가뭄의 강처럼 증발해가는 것이다. 나중엔 생활 용어 몇 마디와 아이들에 대한 질문 응답 몇 가지가 남는다. 저 세월 속에는 부동산, 동산, 통장, 고지서, 영수증 같은 것들만 잃어버린 시간의 징표로서 남는다. 흑산도를 탈출하는 것 같은 열정은 우리에게는 없지. 전에 잃어버리고 축소된 꿈만큼만 우리는 서로 타협하지. 미칠 듯 뜨거운 사랑, 그런 건 벌써 이 세상에서 사라졌다.

자동차가 우회전을 하더니 도로 옆으로 붙으며 슬슬 다가왔다. 나는 길가로 나서기 전에 보도의 안쪽에서 잠깐 자동차 안을 관찰했다. 어디서나 흔한 군청색 중형차였다. 차 속은 잘 보이지 않았다. 그는 헤드라이트의 시야 안으로 들어오는 길가 주변을 살피고 있는 것처럼 보였다. 나는 그 불빛 안으로 들어서면서 차 안을 들여다보았다. 운전석의 문이 열리며 한 중년 사내가 내렸다. 짧은 머리는 희끗희끗했고 넥타이를 맨 차림에 오리털 파카를 걸쳤다. 우리는 서로 멋쩍게 악수했다.

　―별로 안 늙었구나.

　―응, 자네두 그렇구만.

　그의 말에 나도 대꾸는 했지만 도무지 그를 기억해낼 수가 없었다. 다만 그의 반기는 얼굴 속에서 내게 적의가 없다는 걸 짐작할 뿐이었다.

　―여기 타라.

　그가 차 문을 열어주었고 나는 일부러 팔을 쳐들고 시계를 살피는 시늉을 해 보였다.

　―지금 늦었는데…… 어딜 가는 거야?

　―제발……

하면서 그가 말했다.

　―내 부탁 좀 들어다오.

　낯선 사람의 절박한 듯한 목소리에 끌려서 나는 하는 수 없이 차에 올랐다. 그가 밤거리를 헤치고 달려나갔다. 나는 운전하고 있는 동창생의 옆얼굴을 힐끔힐끔 바라보았다. 내가 막연하게 생각했던 합죽이라는 친구와는 전혀 다른 얼굴이었다.

　―그래두 자네가 날 기억하니 다행이다. 턱의 상처가 이런 때

는 필요한 모양이지.

그가 고개를 돌려 턱을 내밀어 보이면서 말했다. 나는 그런 턱
을 생각했던 게 아니었다고 말할 필요는 없었다. 차가 터널을 지나
가는 중이었는데 궁금하기도 하고 좀 불안하기도 해서 나는 다시
그에게 물었다.

—어디로 가는 거야?

—날 좀 도와줘야겠다. 딴 게 아니구 우리 집사람을 만나러 가
는 길이야.

—자네 집사람?

그는 신호등 앞에서 차를 멈추었다. 그가 내게로 고개를 돌렸을
때 나는 그제야 그에게서 술냄새가 나는 걸 느꼈다.

—나 지금 별거중이야.

—자네 술 먹었군. 음주운전 아냐?

—걱정 마, 운전에는 십 년 도사니까.

차가 다시 앞으로 빠져나갔다. 나는 그와 똑같은지 다른지는 아
직 잘 몰랐지만 하여튼 내 경우에도 실패를 해본 경험이 있어서 그
의 말에 관심을 가지기 시작했다.

—애들은?

—딸 둘, 저희 에미가 데리구 있지.

나는 그의 얘기를 기다렸다. 그가 갑자기 맥을 탁 풀어놓듯이
내뱉었다.

—난 망했어. 쫄딱 망했어.

—뭐하다 그랬어?

—가방 만들어 수출했지. 좋은 때두 있었는데 말야. 난 지금 도
피중이야. 담배 있어? 한 대 붙여줘.

내가 불붙인 담배를 그의 입에 물려주었다. 그와 나는 정말 어
린 때에 함께 놀았고 싸움도 했고 무슨 우정도 있었던 걸까.

—빚은 빚대로 잔뜩 짊어지고 노임 체불로 고발됐어. 내 앞으
루 남은 건 이 고물차 한 대야.

—부인은 그냥 집에 있나?

—이것저것 하지. 전에는 선생이었어. 그 친구 앞으루 해놨던
건 다 살아남은 셈이지.

그는 서울 교외의 경기도 어름에 방 한 칸을 얻어서 자취를 한
다고 했다. 그리고 지금 그의 생업은 시속 말로 자가용 영업 운전
사였다. 전에 자기가 잘 다니던 유흥가나 호텔 근처에서 손님을 끌
어 일당을 번다는 것이었다.

—주차장 아이들하구 술집 웨이터들 몇 푼 주고 기름값 떼면
그저 혼자 밥 먹을 만하지.

나는 그에게 부인과 합치지 그러냐고 아이들 생각을 해보라고
말했다. 빚은 두 사람이 잘살아보려고 하다가 생긴 것이니 앞으로
살면서 함께 해결할 수 있지 않겠느냐고도 말했다.

—오늘 결정을 내리자는 거야. 도장 찍는 걸 더이상 미룰 수도

없고 그래서 자넬 생각했지.

자동차는 다리를 건너서 강변을 따라 질주하고 있었다. 오른편으로 거뭇거뭇 고층 아파트가 흘러갔다. 간혹 불 켜진 창과 드문드문 불 꺼진 창문이 보였다. 그가 말했다.

—자네 글쟁이 아닌가. 내 아내 설득 좀 해달라구.

그런 일로 며칠 동안 전화를 하고 나를 불러내고 했느냐고 핀잔을 주려다가 나는 입을 다물고 말았다. 그가 손등으로 눈가를 훔쳐내고 있던 것이다. 잠시 후에 그는 진정이 되었는지 꾸민 듯한 쾌활한 투로 말했다.

—나두 자네 독자라구. 자넨 말솜씨도 있고 나보다 깊은 생각도 있을 게야. 어쩌면 그 사람이 마음을 돌릴지두 모르지.

차가 아파트의 밀집 지역을 지나 한적한 외곽도로로 다시 접어들었다. 새로 낸 널찍한 도로와 갓 심은 작은 가로수며 파헤쳐진 언덕이 보였고, 짓다 만 연립주택과 아파트의 시멘트 벽이며 철근과 건축자재 더미들이 보였다. 새로 지은 아파트 단지 앞의 상가 건물에 불이 훤하게 켜져 있었고 차가 붐비고 있었다. 차는 더이상 안으로 들어갈 수 없을 정도로 밀려서 도로 한쪽에 마구 세워졌고 상가 앞길은 몰려든 사람들로 가득찼다. 그가 차를 세우고 웅성대는 군중들 쪽을 난감한 듯이 내다보았다.

—이 시간에 뭐야, 무슨 일이야?

하고 내가 물었더니 그가 지나는 사람에게 물었다.

—카페 레인이 어딥니까?

　행인은 대답도 없이 차창을 힐끗 보고는 바삐 지나갔다. 우리는 차에서 내려 군중들 속으로 다가가서 인파 속에 끼어들었다. 두툼하게 옷을 입고 파카나 돕바를 둘러쓴 여자들이 손에 마호병이며 담요 가방 같은 것들을 들고 상가의 계단과 처마밑에서 서성대고 있었다. 뭔가 차례를 기다리는 긴 줄이 늘어섰는데 복덕방 업자들이 인파 사이로 뛰어다니며 자기네 고객을 점검하는지 누구 엄마 누구 엄마를 외치며 뛰어다녔다. 분양사무실이라고 쓴 백지가 붙은 사무실 앞에는 곤색 점퍼를 입은 회사 직원이 질서, 질서를 지키시라고 연방 떠들어대고 있었다. 우리는 혼잡 속을 이리저리 비집고 돌아다니다가 다시 입구로 나왔다. 차량들은 아직도 꾸역꾸역 몰려드는 중이었다. 슬리핑 백과 가방과 담요를 가진 부부들과 털모자 달린 파카를 입은 젊은 자리꾼들이 차 옆에서 흥정을 하는 게 보였다. 번호표 받고 자리를 지켜주는 데 시간당 얼마라고 또는 비싸다고 번호표만 받아달라고 아니면 표는 있고 자리만 지켜달라고 수군거렸다. 그가 먼저 레인이라고 붉은 불이 켜진 네온 간판을 보았고 나는 앞서가는 그의 뒤를 따라갔다. 몇 번이나 슬그머니 새버릴까 했다가도 그러지를 못했는데 어느 결에 나는 헤어진 아이들과 아내를 떠올리고 있었던 것이다. 트렁크에 간단한 짐을 꾸려서 밤기차를 타던 정거장이 생각났다. 나는 대합실에서 기차를 기다리면서 내가 국경을 넘어 당도해야 할 그 어느 곳에는 의무와 동지애와 뜨거운 사람의 사랑이 넘치는 새로운 땅이 있으면 좋겠다고 실없는 공상을 했었다. 그리고 기차는 밤새껏 서울을 향해 달렸고 새벽에 요란한 쇠바퀴 소리에 잠을 깼을 때, 내가 똑같은 공상을 하고 십여 년 전에 떠났던 서울이 거기 다가오고 있는 걸 보았다. 어떤 시였던가, 유리창 위에 떠오르던 몇 줄의 말. "어딘가에 아름다운 사람과 사람과의 힘은 없는가. 같은 시대를 함께 사는 친근함과 따스함과 그리고 노여움이 날카로운 힘이 되어 솟아오르는." 또는 이런 말도 있었다. "튼튼한 사나이들이 네댓 명 커다란 손을 벌리고 이야기를 하는 그런 곳은 없는가. 구름이여 물론 나는 가난하지만 괜찮지 않은가 데려가다오."

그를 따라 들어간 카페 레인은 나무벽과 벽난로와 플라스틱 나뭇잎으로 장식된 술집이었다. 칸막이 쪽에는 여자들이 앉아서 시끄럽게 떠들고 있었다. 그가 여자들 틈에서 하나를 불러내어 우리들 좌석으로 데려왔고, 나는 그가 집사람이라고 소개할 때까지 잠자코 앉아 있었다. 여자는 그냥 가볍게 내게 목례를 해 보이고는 핸드백에서 주섬주섬 서류를 꺼내어 탁자 위에 올려놓았다. 저쪽에 한 사내가 나타나 뭔가 나눠주기 시작하자 여자는 반쯤 일어섰다.

—사모님두 번호표 받으셔야죠.

그의 아내가 손을 들어 보이더니 일어나면서 그에게 말했다.

—서류 보시구요, 당신 이름 옆에다 도장만 찍으면 돼요. 그럼 저는 이만 바빠서……

그 여자가 일어선 뒤에 그는 서류를 그냥 놓아둔 채 술집 천장을 멍하니 올려다보고 앉아 있었다. 나는 화장실에 가는 척하고 술집을 빠져나왔다.

다음주에 그 동창생이라는 사내에게서 전화가 왔다. 나는 이젠 정말 귀찮아져서 그가 저녁을 사겠다는 것을 한마디로 거절했다. 그는 수화기 속에서 말했다.

—우리는 깊이 생각한 결과 다시 합치기로 결정을 봤네. 내 아내도 자네에게 미안하다는군.

(1988)

만각 스님

그해 여름에 나는 글을 쓸 거처를 찾고 있었다.

섭 년 가까이 끌어오던 연재소설의 마지막 장을 끝내야 했지만 도무지 일손이 잡히질 않았다. 참사가 벌어진 뒤에 나는 다른 지방에서 일 년 넘게 지내다가 광주로 돌아와 다시 한 해를 허송세월로 보냈다. 시내에 나가보아도 아는 이들은 여전히 잠적하거나 구속된 상태였다. 운 좋게 화를 피하고 남게 된 사람들은 깊은 우울증에 빠져 있는 것 같았다. 우리는 서로 시선이 마주치지 않도록 조심하면서 되도록 당시의 참경에 대해서는 말하지 않으려고 애썼다. 외출해서도 누군가를 만나기가 불편하던 시절이었다. 아내는 내가 광주의 후유증에 휘말리고 뭔가 새로운 일을 벌이게 될 것을 염려했다. 최군이 서울에서 내려와 있었고 아내는 그에게 내가 집필할 마땅한 장소를 알아봐달라고 부탁했다. 그가 찾아낸 곳은 담양에 있는 절집이었다. 담양은 광주에서 차로 삼십 분밖에 걸리지 않았고 영산강 상류의 제법 너른 개천과 왕대밭이 어우러진 조용한 읍이었다. 나는 이삿짐을 용달차에 싣고 최군과 함께 담양에 갔다. 이삿짐이라야 책상으로 쓸 접이식 플라스틱 밥상과 자료와 책과 책장이 전부였다. 읍내 끝자락의 다리 건너편 언덕 위에 그 절이 있었다. 오솔길 모퉁이에 '호국사'라는 작은 나무 팻말이 걸려 있었다. 나는 소리 내어 절 이름을 읽어보고는 말했다.

지킬 호護에 나라 국國이라, 어쩐지 제목이 수상한데?

최는 그냥 무심하게 대꾸했다.

호국불교라는 말두 있잖아요.

트럭은 숨가쁘게 매연을 토하며 가파른 언덕을 올라가 절 마당에 들어섰다. 초입에 있는 방 한 칸짜리 집에서 스님이 나왔다. 연이어 나란히 붙어 있는 한옥의 대청마루에서 풍채 좋은 할머니가 내다보았고 부엌에서는 허리가 굽은 할머니가 고개를 내밀었다. 절의 요사채라기보다는 남도 어디에나 있는 일자 한옥의 살림집으로 보였다.

앞서 찾아왔던 최군이 나를 스님에게 소개했고 나는 그와 마주 서서 어색한 합장으로 인사를 주고받았다. 나중에 알았지만 이곳은 원래 대처승 절집이었다는데 주승은 죽고 그의 안사람이 권리를 물려받았다. 작은 보살이라 부르는 몸매가 뚱뚱하고 후덕하게 생긴 육십대 초반의 할머니가 이 절의 주인인 셈이었고, 공양주 보살이라는 칠십대의 꼬부랑 할머니가 부엌살림을 맡고 있었다. 이 절의 유일한 승려는 이제 갓 환갑을 맞은 만각이라는 중이었는데 작은 보살이 그를 모셔다놓았다고 했다. 암자라고는 해도 읍내 안에 있어서 재를 지내거나 치성 드리려고 오는 신도들도 제법 끊이질 않아서 이들 두 할머니와 스님의 말년이 고생스러울 것 같지는 않아 보였다. 아, 식구가 하나 더 있는 걸 빼먹을 뻔했다. 복실이란 아홉 살 먹은 계집아이가 살림집에서 두 할머니와 함께 살았다.

내가 기거할 집채는 살림집 옆의 법당인 극락보전과 기역자처럼 엇갈려서 마당과 절 입구를 향하고 있었는데, 창호지 바른 방문 넷이 보이고 앞에는 툇마루가 길게 일직선으로 달려 있었다. 이 집채의 방은 모두 네 칸인데 내가 쓸 방은 오른쪽의 방 두 칸을 튼 상하방이었다. 두 방 가운데 미닫이가 있었지만 좌우로 열어두고 한 방처럼 쓰게 되어 있었다. 내 방 옆의 두 방들은 빈방이었다. 말하자면 이곳이 그야말로 손님이나 승려들이 기거할 요사채의 꼴을하고 있었다. 얼핏 듣기로는 그전에 고시생이나 입시생이 더러 기숙을 했다고 한다. 툇마루의 널판이 아직 거칠고 기둥도 나무색이 선명하니 아마도 절집이 조성된 뒤 가장 나중에 지었을 것이다.

최군과 내가 이삿짐 중에 가장 큰 책장을 맞들어 방 안에 들여놓으려고 쩔쩔매는데 스님이 달려들어 방문을 좌우로 활짝 열어젖히고는 우리를 거들어주었다. 책장을 비스듬히 기울여서 간신히 문지방을 넘어갔다. 책을 꽂고 책상을 펴놓고 트렁크에서 옷가지를 꺼내어 벽에 대충 걸고 나니 어느 틈에 저녁때가 다 되었다.
읍내도 살필 겸해서 최군을 배웅하려고 함께 절 경내를 나서려는
데 살림집 앞의 평상에 앉았던 스님이 말했다.

공양 들지 않고 어디 나가시오?

네, 오늘은 읍내 나가서 먹을라구요.

스님 옆에 앉았던 작은 보살과 부엌문 앞에 섰던 공양주 보살이
차례로 말했다.

선생님은 이제 매일 자실 테지만 손님두 절밥 한번 잡숴보구
가요.

시방 표고랑 가죽잎 맛나게 튀겨놨어. 손두부도 지져놓고, 오늘
찬이 걸은디.

우리는 그저 웃어 보이며 가볍게 고개 숙여 감사를 표하고 얼른
언덕길로 접어들었다. 언덕을 내려가 다리를 건너자마자 뚝방을
따라서 오일 장터가 나오고 상가와 식당이 늘어선 중앙통이었다.
거처를 찾아주고 이사까지 도와준 최군을 그냥 보낼 수는 없어서
광주까지 알려진 떡갈비 전문 식당에 들어가 앉았다. 소주를 마시
면서 나는 조심스럽게 물었다.

그 친구 잘 있지?

나는 윤의 서울 은신처를 아내가 주선한 것을 알고 있었고 최가
그의 마지막 행적을 잘 알고 있으리라 생각했다. 윤은 이미 동료들
의 도움으로 마산에서 밀항선을 탔고, 언젠가 아내는 윤이 무사히

미국에 도착했으니 안심하라는 말을 했었다. 최는 짐짓 알아듣지 못한 것처럼 누가요, 하는 표정을 지었다. 나는 하는 수 없이 그의 별호를 말했다.

합수 말야.

강이나 냇물이 합친다는 한자겠지만 전라도 곁말로 합수는 뒷간 거름을 뜻하는데 윤이 스스로를 잔뜩 낮춘 별명이었다. 최는 긴장한 표정으로 변하면서 얼른 주위를 둘러보더니 우리와 조금 떨어진 곳에 앉은 손님 서넛을 확인하고는 다시 시선이 내게 돌아왔다.

건강하게 잘 있대요.

짧게 대답한 그가 내 술잔을 채웠다. 서로 잔을 가볍게 부딪치고 동시에 마셨다. 최가 화제를 바꾸려고 딴소리를 했다.

인철이형이 입원했답니다.

김인철은 상원이가 죽던 날 도청에 함께 있었다. 그는 옆방에서 창문 전방을 지키고 있다가 계엄군이 들이닥치자 칼빈 총을 층계 아래로 던지고 기어내려갔다. 군인들이 사정없이 개머리판으로 그의 머리를 짓찧었다. 상무대에서 응급치료만 받았고 달포 넘도록 거친 조사를 받았다. 우리는 그가 정상이 아니라는 소문을 듣고 있었다. 지난겨울 사면 때에 중죄인을 빼고는 거의가 교도소에서 나왔는데, 그는 나오자마자 아내의 손에 이끌려 그녀의 친정집이 있는 섬으로 가서 요양을 했다. 그런 중에 몇 번이나 가출을 해서 그의 아내와 동네 사람들을 애먹였다고 한다. 육지로 나가는 부두 뱃머리에서 발견되기도 하고 산을 타넘어 갔다가 섬의 반대편에서 방황하는 그를 데려오기도 했다. 그는 언행이 좀 이상하기는 해도 주위 사람들의 얼굴은 알아보는 모양이었다.

최군을 보내고 나는 절집으로 돌아왔다. 저녁 아홉시 조금 넘었을 뿐인데 사방이 고즈넉하고 풀벌레 소리만 어둠 속에 가득찼다. 나는 모처럼 절에 왔으니 일찍 자고 일찍 일어날 생각이었다. 예불은 꼭두새벽에 일어나야 하니까 참례하지 못하더라도 아침밥은 먹을 작정이었다. 일곱시쯤이라면 속세에서 출근하기 전에 아침 먹는 시간이지만 절에서는 늦은 시간이다. 나는 아침밥을 일주일에 두세 번 먹을까 말까 하면서 지내다가 나중에는 그나마 그만둬버렸다. 역시 일상에 익숙해지면서 올빼미 같은 평소의 생활습관으로 되돌아간 것이다. 열시쯤에 나는 침실로 정한 상하방의 아래 칸에 자리를 펴고 누웠다.

호국사에서의 첫날 밤, 아마 새벽 두시가 넘었을 것이다. 소변이 마려워서 저절로 잠이 깼다. 사방이 캄캄한데 형광등의 점등 줄을 잡으려고 허공을 휘저어보다가 그냥 창문을 밀고 툇마루로 나섰다. 툇마루 아래 섬돌에 발을 딛는데 잠결에 잘못 디뎠는지 삐끗하면서 그대로 땅바닥에 나뒹굴었다. 일어서려니 발목에 힘이 빠지고 아파서 땅을 디딜 수가 없었다. 변소는 그 집채의 왼편 끝에 있었다. 처마 밑에 잇대어 달아낸 헛간이었다. 안에는 목물을 할 만한 넓적한 구둘돌을 놓았고 함지도 있어서 나는 여름내 거기서 땀을 씻었다. 맨 안쪽 구석에 쪽문이 있는데 그게 변소였다. 헛간 문을 열었다가 어둠 속에서 전구를 어떻게 켤지 몰라 얼른 포기하고 돌아서서 풀숲에 오줌을 누었다. 그리고 절뚝거리며 방으로 돌아와 다시 잠들었다. 아침에 일어나니 발목이 부어올라 복사뼈가 펑퍼짐해 보일 정도였다. 조금만 움직여도 욱신거리고 통증이 느껴졌다. 내가 툇마루를 내려와 깨금발로 껑충거리며 외발뛰기를 하다가 잠시 쉬고 다시 그러는 양을 보고 만각 스님이 쫓아와서 부축해주었다. 그는 나를 평상에 앉혀주었다.

아니 어쩌다가 이리되었소?

간밤에 변소 가려다 섬돌을 잘못 디뎠어요. 택시 좀 불러주십시오.

스님은 읍내 차부로 전화를 걸고 나서 혼잣말처럼 중얼거렸다.

하여튼 여기 터가 쎄요.

제가 실수로 넘어졌는데 그게 무슨 말씀이세요?

했지만 그는 더이상 아무 말이 없었다. 통증도 견딜 수 없었지만 발목의 겉모양으로도 심상치 않아 보여서 나는 병원에 가서 엑스레이라도 찍어볼 작정이었다.

내가 절뚝이며 집에 들어서자 아내는 놀란 모양이었다.

좀 삔 거 같아. 별건 아닐 거요.

아내와 함께 시내 중심가에 있는 대학병원으로 갔다. 평소에 잘 아는 의사가 있어서 그의 주선으로 진찰도 받고 엑스레이도 찍었다. 결과가 나왔는데 골절이라고 했다. 발목을 삐끗한 것치고는 제법 중상을 입은 셈이다. 발목이 부러졌다고 말하면 모두들 놀랄 테지만 사실은 뼈에 살짝 금이 갔다고 한다. 깁스를 하고 달포쯤 지나서 다시 경과를 보자고 했다. 어제까지 멀쩡하던 사람이 갑자기 한쪽 다리에 석고 덩어리를 매달고 목발까지 짚게 되었다. 진찰과 치료가 끝나자 아내는 갑자기 생각난 듯 병원 로비에서 걸음을 멈추었다.

참, 김인철씨가 입원했다던데.

우리는 원무과에 문의해서 그의 병실을 찾아갔다. 신경정신과의 병실 번호를 확인하고 아내가 먼저 문을 빼꼼히 열고 안을 들여다보았고 안에서 오메, 하는 소리가 들리더니 인철의 아내가 쫓아나왔다. 그녀는 먼저 내게 인사를 했다.

선생님 이게 무슨 일이래요. 어디 다치셨어요?

아내가 내 대신 말했다.

넘어져서 골절됐답니다. 인철씨는 어때요?

그냥 그렇죠 뭐. 들어가보셔요.

그녀는 물기가 가득 고인 눈으로 우리를 바라보더니 가만히 말했다.

뭐라고 엉뚱한 소릴 해도 그저 그러려니 하세요.

인철은 우리가 들어서자마자 대뜸 쾌활한 목소리로 반겼다.

아이고 형님, 형수님 나 데리러 오신갑네. 내 얼른 인나서 도청
에 나가야 허는디. 상원이 양현이 다들 지키고 있지라?

　나는 그제야 그가 거의 멀쩡한데 약간 이상하다는 말이 무슨 소
린지 눈치를 챘다.

　다들 잘 있다네. 남 생각 말구 우선 자기가 건강해져야지.

　의사도 그라고 저 사람도 그라는디 내가 아프다는 것이여. 이렇
게 멀쩡한디 참 답답해 죽겠소. 도청을 지키러 가야 허는디.

　나는 그의 시간이 어디에서 멈춰 있는지 뒤늦게 알게 되었다.
멀쩡해 보이는 그가 이 병동에 누워 있는 까닭이 무엇인지. 아내가
뒷전에 섰다가 그에게 말도 건네지 못하고 밖으로 먼저 나갔고 그
의 아내도 뒤를 따라 나갔다. 병실 안에는 나와 환자만 남았다. 그
가 갑자기 내 손목을 꽉 움켜쥐더니 웃는 얼굴로 다급하게 여러 가
지를 한꺼번에 물었다.

　우리가 이겼지라? 계엄군이 광주서 철수했겠지요? 서울하구 부
산 시민들이 들구일어나지 않았습디여? 아믄 내 그럴 줄 알았다
그 말이오.

　나는 그의 억센 손아귀에서 내 손을 간신히 빼내고 한 걸음 물
러서며 얼버무렸다.

　모두들 자네만 기다리구 있네.

　도망치듯 병실을 나서는 내 뒤통수에 대고 그가 외쳤다.

　형님, 상원이한테 내가 꼭 도청에 나간다고 전해주쇼!

절의 하루는 새벽 세시 무렵의 예불로 시작된다. 나는 만각 스님의 수행 정도가 그리 높다고는 생각하지 않았지만, 비가 오나 눈이 오나 항상 같은 시간에 일어나 하루도 빠짐없이 예불을 드리는 것만으로도 훌륭하다고 생각했다. 그는 보통 새벽 세시면 일어나는데 먼저 절 경내의 곳곳을 돌면서 염불을 하고 법당에 들어가 예불을 올렸다. 절에 머물던 초기에 몇 번 새벽 예불에 참례했던 적이 있다. 공양주 할머니도 그때쯤 일어나 세수를 말끔히 하고 스님과 함께 예불을 올렸다. 작은 보살은 며칠 걸러 한 번씩 참례하는 모양이었다. 나는 처음에는 범종을 때리는 소리가 들리면 잠이 깼다가 다시 잠들곤 했으나 나중에는 꿈결처럼 법당의 목탁 소리를 들으면서 내처 잤다.

나는 늘 스님과 겸상을 하여 밥을 먹었다. 우리는 마당의 평상에서 먹고 두 보살 할머니와 복실이는 대청마루에서 먹었다. 처음 겸상을 하던 아침에 서로가 통성명을 하던 자리였다.

만각입니다.

나는 그의 법명을 따졌다.

그러니까 만 자가 무슨 만입니까?

늦을 만晩입니다.

늦을 만에 깨달을 각覺이로군요.

스님은 빙그레 웃으면서 말했다.

별로 깊은 뜻은 없고요, 말 그대로 늦깎이라는 소리지라. 사십 넘어서 중이 되었은께.

내가 스님과 매 끼니를 함께 먹다보니 허물없는 사이가 되었지만, 만각은 평소에 불교를 믿으라든가 불법에 대한 얘기를 한 번도 꺼낸 적이 없었다. 그는 여염의 평범한 시골 노인처럼 세속적이어서 어쩌나 보려고 내가 불경에서 주워들은 유마거사나 지장보살의 일화를 지껄이면 잠자코 듣기만 하다가 대꾸했다.

원래 배운 것도 없고 무식해서 불경을 제대로 읽은 바가 없지요. 절집에 들어와서 그래도 밥값이나 하려고 염불만 몇 가지 외웠습니다.

그러니 불경 얘기를 시켜본 내가 무색할 정도였다. 절에 간 지 한 열흘이나 되었을까, 만각은 밥을 먹고 상을 물린 자리에서 비로소 내 발목 부상에 대하여 얘기를 꺼냈다.

그만하기가 참 다행입니다. 여기 절터가 워낙 드센 터라서요.

지난번에도 그러시던데 그게 무슨 얘기예요?

여기가 원래 육이오 때 격전지라오.

그게 무슨······

상관이냐고 물으려는데 스님이 턱짓을 하면서 말했다.

조 아래 내려가보슈. 거기 뭐가 있나.

평상에서 일어나 축대 아래를 내려다보니 작은 전각 한 채가 보였다. 절 입구에서 돌계단으로 내려가면 작은 마당이 나오고 맞은

편에 전각이 있었다. 보통은 지장전이나 칠성각이 있기 마련인데 '충혼각'이라는 현판이 보였다. 숲속에는 충혼탑도 세워져 있었다. 전각으로 가까이 가서 찢어진 창호지 틈으로 안을 살펴보니 검은 바탕에 흰 글씨로 쓴 위패가 줄줄이 꽂혀 있었다. 평상으로 돌아가 만각에게 물었다.

저게 다 누구의 위패입니까? 백 개 가까이 되는 것 같은데요.

담양에서 전사한 전투경찰들이오. 담양군 현충일 행사를 해마다 우리 절에서 합니다.

그러면 전에는 절 이름이 호국사가 아니었나요?

작은 보살님이 아시겠지요. 호국사는 영령들을 모시고 나서 붙은 이름이니께.

나는 만각 스님이 터가 세다고 하던 말의 의미를 어렴풋이 알 것 같았다. 나는 궁금증을 참지 못하고 확인하듯 물었다.

스님 말씀은 여기 터가 센 것은 죽은 사람이 많기 때문이고, 그래서 내 다리가 부러졌다는 말씀이 되겠네요?

하여튼지 그런 일이 종종 있어서요. 낭중에 찬찬히 얘기해보십시다.

그는 나를 궁금하게만 만들고 더이상 말하지 않으려고 했다.

다시 한 달쯤 지난 뒤에, 내가 광주에 나가서 깁스를 부수고 목발까지 내던지고 홀가분하게 되었을 무렵이었는데, 스님은 출타했고 두 보살들만 평상에 나와 앉아 있었다. 가끔씩 올라와 텃밭 농사일도 돕고 절 안팎의 잡일을 도맡아 하는 김씨가 베어온 강낭콩을 두 할머니와 복실이까지 모여 앉아 까고 있었다. 나도 마당에 나섰다가 그 틈에 끼어 앉았다.

요놈을 밥에 놔 묵으면 겁나게 맛있지라.

공양주 할머니가 합죽이 입을 이죽이며 웃었고 작은 보살이 덧붙였다.

콩 까고 앉았으면 왼갖 잡생각이 읎어진당게. 요것이 시집살이 시름도 달래주었다는 일인디.

나는 공양주 할머니 옆에 찰싹 붙어 앉아 있는 복실이에게 이름을 알고 있으면서도 말을 시켜보려고 물었다.

너 이름이 뭐냐?

계집아이가 그냥 고개를 숙이고 키드득거렸다.

복실이여. 임복실이라구 말혀라.

작은 보살이 일렀지만 아이는 대답 없이 다시 키득 웃기만 했다.

너 뉘 집 딸이냐?

내가 다시 물었더니 두 할머니는 잠자코 콩만 깠다. 김씨가 절 뒷마당을 돌아나오는데 지게에는 햇고구마가 가득 담긴 함지가 얹혀 있었다.

맛보시라고 앞 고랑만 조금 캐봤어라.

물김치하구 고구마는 천생배필인디 오늘 점심은 별식이 되겠네.

공양주 할머니가 고구마를 간수한다고 부엌으로 움직이자 복실이도 얼른 따라갔다. 나와 함께 콩을 까던 작은 보살이 말했다.

저애가 여섯 살에 여기 왔어라. 누가 사정해서 맡았는디 기르다 본께 손녀같이 정이 듭디다.

작은 보살은 부엌 쪽을 한번 살피고 나서 목소리를 낮추어 말했다.

쟤 애비가 감옥 갔는디. 에미는 도망가불고.

김씨가 와서 일하는 날은 막걸리가 상에 오르는 날이었다. 김씨는 공양주 보살을 큰어머니, 작은 보살을 작은어머니라고 불렀다. 주지가 살아 있을 적에 절에서 자란 그는 지금은 아랫마을에서 농사를 지으며 살고 있었다. 자기 땅이 많지 않으니 농사 이외에 구들 놓는 미장일부터 목수일이나 지붕 고치기 같은 각종 허드렛일로 생계를 잇는다고 했다. 또한 그는 절의 땅을 부쳐 먹으면서 땔감을 장만하는 등의 잡일을 거들었다.

만각 스님은 출타했다가도 저녁밥 때가 되면 반드시 돌아오곤 했는데, 그날도 여섯시쯤에 비탈길을 올라왔다. 스님과 나와 김씨가 함께 저녁상을 받았고 큼직한 막걸리 주전자가 상 옆에 곁달아 나왔다. 우리는 막걸리 잔을 서로 권하고 마시기를 거듭했다. 식사를 마치자 술배까지 불러서 그야말로 사지를 움직이기가 거북할 정도였다. 김씨는 상을 들어다 부엌에 갖다주었고 스님과 나는 평상에 앉아서 바람을 쐬었다. 내가 깁스를 떼어낸 것을 보고 스님이 물었다.

어째 이젠 걸을 만하슈?

아직은 조심해야 한답니다. 그래도 부지런히 걷기 연습을 해야죠.

참 그만하기가 다행이라니께.

스님은 그날따라 곡차에 흥이 났던지 말이 많아졌다.

여기 터가 세다고 전에 내가 말했지요? 빈방이 많아도 손님을 받을 수가 없지요. 학생도 두엇 하숙을 쳐봤고 고시생도 있었는디 모두 못살겠다고 도망가불고. 선생님이 워낙 대가 쎄신 모양이여.

왜, 뭐가 나타나서 혼을 냅니까?

나는 그저 농담조로 물었건만 스님은 이제 망설이지 않고 얘기를 시작했다.

밤마다 가위도 눌리고 하숙하던 학생은 아침에 코피를 줄줄 흘리며 뛰쳐나와선 그대로 보따리 싸서 내빼기도 했지라우.

나야 섬돌을 헛디뎌서 다리가 좀 심하게 삐었다 치고, 다른 이들은 아마도 혼자 적적하게 절집에서 지내다보니 꿈자리가 사나웠던 게 아니냐고 스님의 이야기를 자르려는데, 그는 고개를 흔들며 절대로 허튼소리가 아니라는 거였다.

만각은 영광 불갑사에서 머리를 깎고 출가했다. 그 절에서 십여 년 동안 불사를 도우며 지내다가 누군가의 소개로 이 절에 주승 대신 오게 되었다. 만각 스님이 지금 쓰고 있는 단독 별채는 나중에 김거사와 함께 지은 것이라고 했다. 스님은 처음 이 절에 왔던 날 바로 내가 묵고 있는 그 방에서 자게 되었다. 깊은 밤에 문득 방문이 열렸다. 꿈결인지 잠결인지 방문을 열고 선 검은 것을 보았고 목소리도 분명했다. '스님 밥 좀 줘요.' 검은 것이 말했다. 만각은 잠결에 '부엌으로 가야지 왜 여기 와서 밥을 달래?' 하다가 얼핏 잠이 깼다. 방문은 휑하니 열려 있고 사방은 캄캄했다. 그런데 뇌리 속에 선명하게 그 검은 것의 모습이 남아 있었다.

내가 배추머리를 잘 알제. 옛날에는 옆머리를 치깎았는디 그냥 놔두면 우게서 자라갖고 덥수룩하게 덮이거던. 그거이 배추머리랑게. 산사람덜 머리가 다 그 모양이여.

나는 만각이 말하는 산사람이 무엇을 의미하는지 대번에 알아들었다. 이 고장 사람들은 빨치산을 산山사람이라고 했다. 중이건 빨치산이건 입산자라고 부른다. 꿈이 어찌나 생생하던지 잠이 깨버린 만각은 마침 예불 때도 되어서 옷 입고 마당에 나가 이곳저곳 돌아다니며 목탁 치고 염불을 올렸다. 이튿날 다시 그 방에서 잠들었는데 전날과 같은 무렵에 배추머리가 또 나타났다. 이번에는 방문 앞에 서 있는 게 아니라 성큼성큼 방 안으로 들어와 그의 배 위에 걸터앉아 목을 졸랐다. '밥 줘, 밥 좀 줘.' 만각은 혼신의 힘을 다하여 에잇, 하면서 그를 뿌리쳤는데 깨어보니 상반신을 곧추세우고 일어나 앉아 있었다. 온몸에 땀이 흥건했다. 그는 아침 일찍 봇짐을 싸고는 두 보살에게 떠나겠다는 말을 꺼냈다. 아무래도 자기와 이 절집이 맞지 않는 것 같다고 했더니, 보살들은 '스님 왜 그려? 스님 무슨 일이여?' 하며 말렸다. 그가 하는 수 없이 이틀 동안 겪은 일을 말하자 공양주 보살 할머니가 픽 웃으며 말했다.

멀 그깟 일 갖고 그려. 내가 구진 날 아궁이 앞에 불 때고 앉았으면 젊은 아낙이 애 업고 나타나 부엌문 옆에 지대서는, 할무니 밥 좀 줘요오 그라는디. 그라면 내가 네끼년, 너 줄 밥이 어딨냐 하면 쓰윽 옮겨지더만. 머 애덜도 나타나고 영감 할멈도 나타나.

그런 얘기를 듣고 나서 만각의 뇌리에 문득 스치는 생각이 있었다. 호국사는 담양에서 전사한 전투경찰의 혼령을 모신 절이라 현충일 행사도 맡아 하는데, 나라에서는 그렇다 치더라도 절집에서야 차별 없이 먹여야 할 것이 아닌가 하는 생각이었다.

경찰이 죽었다고 비석까지 세웠는디 빨치산이나 민간인덜은 또 월매나 죽었으까. 오른손잽이만 밥 주고 모셔주는디 오여손잽이들도 밥을 줘야 헌다 이거여.

만각은 절을 떠나는 대신 밥을 함지 가득 퍼놓고 숟가락을 몽땅 쓸어다 꽂아놓고는 향 피우고 목탁 때리며 재를 올렸다. 그러고 나서부터는 신기하게도 별탈이 없게 되었다. 만각 스님은 이제 해마다 군의 현충일 행사를 치른 다음날에는 작고 조촐하나마 절 식구들이 떡도 하고 제물도 차려 또다른 넋들을 위한 재를 올린다고 했다.

나는 만각 스님의 이야기를 들으며 어쩐지 가슴이 저린 듯한 느낌을 받았다. 나는 베트남 전장에서 집중 포격이 휩쓸고 지나간 마을을 지나며, 부패가 시작된 주검들 위에 검은 얼룩이 되어 덮여 있거나 구름처럼 허공에 맴도는 거대한 파리떼를 보면서 귀신은 없다고 생각했었다. 매복 초소에서 동이 틀 무렵, 최후 저지선 앞에 널브러진 시신들의 구멍 틈으로 들락거리는 들쥐떼나 도마뱀의 오글거리는 움직임을 관찰하며 다시 중얼거리곤 했다. 정말, 귀신은 있을 수 없다. 그런데 집에 돌아온 후로 불면증에 시달리며, 무엇인지 모를 초조한 강박증 때문에 아무 일도 못하고 방 안을 서성대거나, 무작정 외출해서는 아무 목적도 없이 차 한 잔도 마시지 않고 같은 길을 빠른 걸음으로 몇 번이나 왕래하다가 숨가쁘게 귀가하던 그런 나날이 이어졌다. 그런 어느 날엔가 낮잠에 빠져 있다가 아우가 방에 들어와 내 팔을 밟고 지나갔고 나는 자다가 일어나서 화병을 집어 그애의 머리를 내려쳤다. 그러한 날에 나는 귀신이 있을지도 모른다고 생각했을 것이다.

　나는 책상 앞에 앉아 일하기 전에 불을 끄고 어둠 속에서 생각했다. 내가 살아오면서 겪은 일들이며 쓰려고 하는 이야기가 당신들 같은 이들의 삶과 죽음을 위한 것이리라. 그러니 나를 조금 도와줬으면 좋겠다. 내가 아무것도 두려워하지 않고 당신들을 정면으로 바라보게 되기를. 그러고 나니 마음이 가라앉고 차분해졌다.

　장맛비가 추적추적 내리고 있었다. 나는 방문을 열고 앉아서 앞마당의 벚나무 잎사귀에 떨어지는 빗줄기를 내다보고 있었다. 복실이가 학교에서 돌아오는지 작은 몸을 웅크리고 비탈길을 올라왔고 대청마루에서 내다보고 앉았던 만각이 냅다 고함을 질렀다.

아니 저것은 우산도 없이 핵교에 갔단 말여?

복실이의 머리카락은 젖어서 찰싹 달라붙었고 셔츠와 치마도 흠뻑 젖어서 꼭 비 맞은 참새 꼴이었다. 곁에 있던 작은 보살이 말했다.

우산 줘서 보냈는디 어따 내버렸디야. 너 우산 어쨌냐?

복실이가 대답을 못하고 처마밑에 섰는데 작은 보살이 다시 물었다.

우산 잃어뻔졌냐?

복실이가 고개를 끄덕였다. 만각이 다시 호통을 쳤다.

저런 못난 년이 있나. 그 우산이 얼마짜린데 잃어뻔져야? 저년 집에 못 들어오게 해야 혀.

부엌에서 공양주 보살이 나오더니 복실이의 손목을 잡아끌고 가려 했고 만각은 급히 고무신을 신고 마당으로 내려서서 그 손목을 잡아챘다. 나는 물끄러미 내다보고 있다가 조금씩 조바심이 생겨서 문턱으로 바짝 다가앉았다. 만각이 두리번거리다가 싸리비를 집어들더니 사정없이 복실이의 등짝을 때렸고 계집아이가 주저앉았다. 그런데 놀랍게도 아이는 비명을 지르거나 달아나지 않고 그 자리에 주저앉은 채로 입을 앙다물고 참았다. 만각이 몇 번 더 복실이의 등짝을 때리자 나는 저도 모르게 방문을 나서서 툇마루에 선 채로 그를 바라보았다. 만각은 나와 눈길이 마주치자 뭐라고 끝없이 욕설을 내뱉으며 돌아섰고 공양주 할머니가 울음을 터뜨린 아이를 데리고 부엌 안쪽으로 피해버렸다. 나는 속으로 꽤나 분개했다. 아니, 스님이란 작자가 그까짓 우산 하나 잃어버렸다고 어린애를 저렇듯 과도하게 야단치고 때리기까지 하다니, 너무 심하지 않은가. 새벽마다 예불 올리고 불경 외는 것도 다 쓸데없는 짓처럼 보였다.

그날 저녁까지 비가 와서 대청에 올라앉아 만각과 겸상을 받았다. 나는 못마땅한 감정이 삭지 않아 그와 말을 나눌 기분이 아니라서 묵묵히 밥만 퍼먹었다. 저녁 밥상을 물리고 녹차를 마시면서 한담을 나누는 때가 되어서도 나는 만각에게 말을 걸 기분이 아니었다. 그런 분위기를 눈치챘는지 만각은 잠잠히 앉았다가 먼저 얘기를 꺼냈다.

복실이 저 지지바를 데꼬 온 것이 나요. 교도소 봉사 나가시는 노스님이 당부하셔서 최고수를 한 사람 맡았는디, 그 딸이 복실이요.

최고수라면……

암만, 사형수지라. 벌써 몇 해 전에 갔구먼요.

어느 야채장수가 있었다. 그는 김장철이면 트럭을 몰고 고랭지 배추밭을 돌면서 밭떼기로 입도선매를 하고 다녔다. 실하게 잘 자란 배추밭을 선금 주고 도맡아두었는데 나중에 다시 가니 밭주인은 다른 장사꾼에게 좀더 좋은 값으로 넘겼다면서 딴소리를 했다. 두 사람이 밭고랑에서 말다툼하다가 야채장수가 홧김에 발치의 팽이를 집어들고 밭 주인을 찍어버렸다. 홧김에 눈이 뒤집혔던 야채장수가 제정신을 차리고 보니 상대는 머리가 깨져 죽어 있었다. 그는 황급히 주검을 부근 야산에 묻어버리고 달아났다. 먼 데서 이 광경을 본 목격자가 있어서 그는 이내 잡혔다. 그는 교도소에서 불교에 입교했고 만각은 노스님의 소개로 한 달에 한 번씩 면회를 다녔다. 광주 참사가 있고 나서 전국 교도소의 사형수들을 일제히 처리할 무렵에 그는 처형당했다.

교도소에서 통보가 와갖고 마지막 입회를 갔는디, 염불해주고 작별하려니 주소를 알려줍디다. 즈이 딸을 절에서 키워달라고 두 손 모으고 어찌나 간절하게 부탁을 허든지.

스님이 애를 너무 야단치는 것 같아서 좀 안쓰럽던데요.

나는 그쯤 말하고 화제를 바꾸고 싶었지만 만각은 어쩐지 분한 표정으로 말했다.

친척집에서 애를 찾아 델꼬 왔는디, 눈칫밥을 먹어 그런가 지지바가 거짓소리도 잘허고 바른 구석이 읎당게.

나는 더이상 끼어들기 싫어서 대꾸하지 않았다. 늘 밥을 함께 먹다보니 허물이 없어진 탓도 있겠지만 복실이 때문에라도 나는 그가 스님으로 여겨지지 않았다.

귀뚜라미가 풀숲에서 울기 시작하고 고추를 걷을 무렵이 되었다. 무더위가 아주 가신 것은 아니었으나 저녁에는 제법 선선한 바람이 불어와 내 방 앞 툇마루에 앉아 있기가 좋았다.

어느 날 자고 일어나니 온 나라가 떠들썩할 정도로 큰일이 벌어져 있었다. 신문 방송은 그 일로 며칠 동안 시끄러웠다. 대한항공의 여객기가 소련 전투기의 미사일 공격을 받고 바다에 추락했다. 뉴욕을 출발한 비행기는 알래스카의 앵커리지 공항에서 급유한 뒤에 지정 항로인 일본의 북해도를 비스듬히 날아와 동해 영역으로 들어서게 되어 있었다. 그런데 자동 항법 장치가 되어 있을 여객기는 웬일인지 예정 항로를 벗어나 소련 영공인 캄차카와 사할린스크를 통과하는 길로 잘못 접어들었다. 같은 항로에 미군의 정보 수집기가 가끔 출몰했는데 같은 보잉 기종이었고 소련의 극동 공군은 기다렸다는 듯이 전투기를 출격시켰다. 그들은 여객기를 정보 수집 비행기로 착각했다는 것이다. 이 산속의 작은 절에도 텔레비전이 있어서 뉴스는 날마다 더욱 자세한 소식을 전했다. 나중에는 잔해가 발견된 수역까지 사망자의 유가족들이 배를 타고 찾아가 울며불며 거친 파도에 화환을 던지고 작별하는 장면까지 방송 화면에 나왔다. 나는 화염에 싸인 여객기와 그 안의 승객들의 비명이며 마지막 참경을 떠올렸고, 동시에 여객기의 꼬리날개에서 명멸하는 불빛을 추적하던 전투기의 조종사를 생각했다. 발사를 결심한 조종사의 굳은 얼굴과 버튼을 누르는 그의 손가락 동작이 생생하게 그려졌다.

불공을 드리러 왔는지 아낙네들이 여럿 보이고 마당에는 아이들이 뛰어다녔다. 그런 날은 내 방에서 혼자 밥상을 받게 되었다. 공양주 보살 할머니가 구부정한 걸음걸이로 내 방 앞까지 오더니 목소리를 낮추어 말했다.

오늘은 김거사랑 여그서 공양 자시우. 육것도 있응게 막걸리도 한잔 드시구.

김씨가 상을 들고 마당을 건너왔고, 공양주 보살이 막걸리 주전 자와 삶은 닭 한 마리를 면보로 덮어 쟁반에 받쳐들고 뒤따라왔다. 할머니는 마루 옆에 서서 닭을 먹기 좋게 찢어주고 돌아갔다. 나는 막걸리를 김에게 먼저 따라주었다. 그는 평소에 말이 별로 없는 사람으로 나와 먼발치에서 눈이 마주치면 빙긋 웃어 보이는 것이 고작이었다. 내가 먼저 인사로 몇 마디 말을 걸어야 할 것 같았다.

누가 작정하고 큰 불공을 드리는 모양이죠?

예, 광주서 왔다는디 부자랍디다.

김씨는 거기까지만 말하고 아는 바도 별로 없는 눈치였다. 건너 다보니 요사채 살림집에는 손님들이 가득했고 평상에서는 가사장 삼 차림의 스님들 둘이 만각과 함께 저녁을 먹고 있었다. 아마도 큰 행사가 있으면 이웃 절의 스님들께 응원을 청하는 모양이었다. 복실이가 보자기에 싼 것을 들고 와서 김에게 내밀었다.

떡이래요. 집에 갖다주라고요.

김은 돌아서려는 복실이를 부르더니 작업복 주머니를 뒤적여 천원짜리 한 장을 꺼내어 내밀었다.

너 맛난 거 사 묵어라.

복실이는 얼른 받더니 우리가 보는 데서 딱지처럼 네모나게 돈을 접어 손에 꼭 쥐고 마당을 건너갔다. 김이 바라보고 앉았다가 말했다.

애들 적에는 학교 앞에 주전부리가 너무 먹구 싶더면요.

나는 문득 생각이 나서 궁금하던 것을 김씨에게 물었다.

공양주 할머니는 가족이 없는가요?

큰어머니요? 작은어머니허구 사촌지간이지라.

아, 그렇군요.

큰어머니는 사변 때 온 식구가 변을 당혀서 사촌동상을 찾아왔다지요. 두 분이 의가 좋습니다. 지도 부모 잃고 어릴 적에 여그서 자랐지라. 스님까지 세 분이 늙마에 서로 의지해 사시니 참말로 다행이어라우.

상을 물리기 전에 그는 마지막으로 남았던 막걸리를 내 잔과 자기 잔에 차례로 따르더니 쭈욱 마셨다.

비행기가 떨어졌다더만요. 사람 죽는 거시 개미굴 쑤셔논 거나 매한가지겠지라.

그러게 말요.

김씨가 상을 받들고 건너간 뒤에 나는 어두운 방에 앉아서 그가 말했던 개미굴을 머릿속에 떠올려보고 있었다. 심심한 여름 오후에 개미구멍을 발견하면 아이들은 그냥 내버려두지 않았다. 나뭇가지로 쑤시고 파헤쳐보기도 하고 발로 밟아버리기도 하고 오줌을 누기도 하는 것이다. 이 작은 생물들은 무너진 구멍에서 기어 나오고 뒤덮인 흙더미를 헤치려고 버둥대며 서로 끊임없이 더듬이로 확인하면서 살길을 찾아 움직인다. 그들에게 닥친 이해할 수 없는 불운을 받아들이며 짓뭉개진 동료의 몸을 물고 안전한 곳을 향하여 나아간다.

이튿날 나는 아침을 거르고 점심밥을 첫 끼니로 먹게 되었다. 낮에 경내가 시끄러워 빈둥거리며 하루를 보냈기 때문에 새벽까지 일을 했던 것이다. 자고 일어나 세수하러 드나드는 나를 보았던지 공양주 보살이 복실이를 시켜서 점심 드시라고 내게 전했다. 평상을 바라보니 만각 스님과 객승이 벌써 밥상을 받아놓고 나를 기다리고 있었다. 밥상 앞에 앉으니 만각이 내게 손님을 소개했다.

어제 불사가 있어갖고 도와달라고 모셔왔지라.

손님 중이 합장하며 아무개라고 제 법명을 말했고 나도 어색하게 마주 합장을 하며 인사를 했다. 이 중은 어깨도 딱 벌어지고 머리도 완전 삭발이 아니라 이부로 깎아 머리카락이 새카맣게 곤두선 것이 벌건 혈색과 더불어 매우 정력적으로 보였다. 객승은 공양 중에도 끊임없이 얘기를 했다. 그는 아무개 절의 누가 성질이 개차반이라느니, 누구는 절 공사를 하면서 딴주머니를 차고 있다느니 하다가, 자기가 중앙에서 밀린 것은 바로 그놈들 모함 때문이라고 못을 박았다. 객승은 속인인 나에게도 들으라는 듯 나를 힐끔힐끔 처다보며 만각에게 말했다.

내가 종단 호법부에 있어서 잘 알지만 정화를 해야 할 것이 한 두 가지가 아닙니다. 중의 탈을 쓰고 음주에 계집질도 허고 거기다 부조리까지 저지릅니다.

나는 어쩐지 이 중이 못마땅해서 일부러 그를 좀 건드리기로 했다.

무슨 조리를 저질러요?

아, 부조리 말입니다. 부정부패요.

스님은 계를 칼같이 지키는 모양이죠? 곧 한 소식 하시겠네요.

객승은 내 태도를 대번에 눈치챘다. 그리고 내가 이 절에 글을 쓰러 온 아무개라는 것도 만각에게서 미리 들었을 것이다.

글줄깨나 쓴다는 중들도 더러 있는데 그것들 대개 덜떨어진 것들입니다. 우리가 호법부에서 감찰 보고 있을 때 정각이란 중을 제적시킨 적이 있어요. 같잖은 소설을 썼는데 악의적으로 불교계를 비방하고 전체 승려들을 모욕했지요.

나는 그게 김성동의 「목탁조」 사건을 말하고 있음을 알아차렸다. 그는 십대 때에 자의로 출가하여 방랑승으로 아는 스님들의 연줄로 절을 떠돌아다녀서 승적에 올리지도 않았으니 무승적의 제적이었던 셈이다. 김성동은 그 일로 파계하고 환속했으며 다시 『만다라』를 써서 세간에 알려졌다.

내가 호국사에 들어오기 바로 십여 일쯤 전에 그에게서 느닷없이 전화가 왔다. 바로 이튿날이 오일팔 삼 주년이라 내가 망월동 행사에 참석할까봐 관내 정보과 형사가 아침부터 찾아오고 집에서 칩거한다는 다짐까지 받고 돌아간 직후였다. 정확하게는 원경 스님이 먼저 전화를 걸었다. 정각과 함께 광주에 내려가도 되겠느냐는 것이었다. 정각은 김성동의 절집 법명이었다. 원경은 신도가 물려주었다는 폐차 직전의 왜건을 몰고 다녔는데, 그 무렵에 거의가 차도 없고 운전도 못하던 문인들은 곧잘 원경을 운전기사 삼아 지방 나들이를 다녔다. 나는 성동이가 온다는 말에 큰일났다는 생각이 앞섰다. 광주항쟁 이래로 연재를 쉬고 있다가 겨우 다시 쓰기 시작하여 이제 마지막 한 권 분량을 남겨놓고 있던 때여서 광주 주변의 어느 절에라도 숨어버릴까 하던 참이었다. 그런데 김성동이 내려오면 사나흘은 작살이 날 것이고 그러면 틀림없이 연재는 펑크였다. 김성동의 취한 목소리가 들리자마자 나는 수화기에 대고 사정없이 야멸차게 거절하고 끊었다. 이틀쯤 지나서 나는 그들이 방향을 돌려 원주 김지하에게로 가다가 교통사고를 당했다는 소식을 들었다. 고속도로에서 중앙선을 넘은 트럭이 달려들었고 원경이 핸들을 갑자기 틀자 차는 가드레일을 받고 뒤집어지면서 논두렁에 처박혔다. 안전띠를 매지 않았던 조수석의 김성동은 머리로 앞유리창을 받고 차 바깥으로 튕겨나갔다. 나는 그뒤에 일주일쯤 지나서 목숨을 건진 성동이가 두 차례의 뇌수술 끝에 회생했다는 소식을 들었다. 그는 회복되었지만 그 맑고 깨끗하던 이마에는 굵은 흉터가 남았고, 한쪽 눈은 시력을 잃었다. 원경은 박헌영의 사생아였고 김성동은 이문구처럼 아버지가 좌익으로 처형당한 환가여손患家餘孫이었다.

나는 더이상 대꾸 없이 밥이나 먹었으면 좋았으련만 그 시대의 격정 때문이었을까, 호법하고 감찰한다는 중에게 말했다.

당신이 제적했다는 그 사람이 나하구 친한 후배요. 교통사고로 뇌수술까지 받고 사경을 헤매고 있어요.

나도 소문으로 들었수다. 그게 다 불교를 욕보인 업보니까 부처님이 천벌을 내린 거요.

객승의 의기양양한 말이 끝나자마자 어느 결에 나는 밥그릇을 들어 그의 머리를 내려쳤다. 그는 삭발한 머리에 밥알을 뒤집어쓴 채로 멍청한 얼굴로 나를 올려다보았다. 나는 평상을 박차고 일어나며 말했다.

이것도 부처님 천벌이다 이놈아. 니가 명색이 중이냐? 에라 이 나쁜 놈 같으니.

그는 등을 돌리고 마당을 건너가는 내게 외쳤다.

너 이놈, 당장 경찰에 고소할 거다. 어디 두고 봐라. 감히 스님을 폭행해?

오후 늦게 모시 도포를 걸치고 외출하는 차림새로 만각이 툇마루 앞에 와서 나를 찾았다. 서에서 사람이 왔다고 스님이 일러주었고, 형사가 평상에 앉아 있다가 일어서며 내게 인사를 건넸다.

잠깐 가시지요. 누가 좀 뵙자고 허니께.

그가 안내한 곳은 읍내 경찰서 길 건너편 다방이었다. 말끔한 양복 차림의 중년이 들어오더니 내게 명함을 내밀었다. 얼핏 보니 담양경찰서 정보과장이었다.

관내에 계시다는 말을 진작 듣고도 찾아뵙지 못했습니다. 무슨 사고가 있었다고?

우리를 안내한 형사가 어깨를 펴며 대답했다.

네, 폭행 껀으루 고소 고발이 들어왔습니다.

알았어. 가서 그 스님 모시구 와.

정보과장은 연신 빙긋빙긋하면서 내게 말했다.

이런 일이 아니라도 늘 번거로우실 텐데 조심을 하셔야죠.

나는 진심으로 말했다.

흥분했던 저의 잘못입니다. 부끄럽게 생각하고 있습니다.

이건 엄연한 폭행 사건입니다. 그만하기가 다행이지만 우리도 입장이 참 난처하거든요. 많이 다치진 않았다니까, 사과하고 피해자와 합의하세요.

경찰은 목격자인 만각의 진술도 들은 뒤여서 자초지종을 알고 있었다.

수사과 일이지만 선생님은 우리가 관할하는 인사니까 제가 도와드리러 나온 겁니다.

나는 수치와 열패감으로 고개를 들 수가 없었다. 객승이 형사와 함께 다방으로 들어와 분이 풀리지 않은 얼굴로 말했다.

내가 진단서와 고소장을 냈으니 저 사람 꼭 처벌해야 합니다.

정보과장은 말없이 앉아 있고 형사가 말했다.

뭐 알아보니 오 센치의 찰과상이라는데 일단 스님이 마음을 푸시오. 작가 선생이 반성하고 사과를 드린다니께.

객승은 펄펄 뛰었다.

아니 이 양반들이 모두 한통속이구먼. 여보슈, 대한민국은 법치국가여. 이 사람 귀싸대기라도 몇 대 올려쳐야 내 분이 풀릴까 말까 한데.

정보과장이 지켜보다가 싸늘한 어조로 객승에게 말했다.

여보쇼 스님, 백양사 온 지 얼마 안 되셨지? 전에 월정사 기셨구. 호법부에는 언제 기셨나?

뭐 좀 오래됐어요.

아 그래 스님이 귀싸대기는 뭐며, 분이 풀린다는 건 다 무슨 소리요?

그거야 뭐……

과장은 자리에서 일어나며 나에게 말했다.

스님에게 사과하세요. 그리고 언제 한번 연락드리겠습니다.

그가 깔끔하게 퇴장한 뒤에 나는 자리에서 일어나 객승에게 허리 굽혀 인사하고 사과의 말을 했다.

제가 수양이 부족해서 크게 잘못했습니다. 용서해주십시오.

아니 절대로 용서 못해. 당신 입건되기 전에는 내가 물러서지
않을 거여.

이제까지 한쪽에 비켜난 자세로 묵묵히 앉았던 만각이 갑자기
벌떡 일어나며 떽! 하고 고함을 질렀다.

이눔아, 대가리에 아까징끼 좀 바르면 되는 거여. 속인이 잘못
했다 사과하면, 중이 내가 더 잘못이라고 사과해야 도리에 맞지.
다시는 우리 절에 얼씬도 하지 마라.

일사천리로 꾸짖고 만각은 나가버렸고 잠잠히 앉아 있던 우리
에게 형사가 말했다.

합의된 걸루 알고 지는 가보겠습니다.

밤새워 일하고 오후 늦게 잠에서 깼는데 사실은 밖에서 뭔가 두
런거리는 소리에 선잠이 깼던 터였다. 몇 번 돌아눕고 뒤척이며
일어나기 전에 뜸을 들이고 있었는데 밖의 툇마루에서 만각의 낮
은 목소리가 들렸다.

느이 누나한테는 안 가봤냐?

아뇨.

왜 안 갔어?

내가 가먼 자형이 벨로 좋아라 안 허요. 친동상도 아니고요.

니가 왜 친동상이 아녀? 니들 엄마는 다르지만 다 내 자석인디.

요새는 큰집서 지내요.

아, 그런다고 했제. 이번 참에 핵교 졸업하면 머할라냐?

군대나 갈라고요. 기술하사관 모집이 있어갖고.

뭔 기술을 배울라고?

통신이나 운전은 그저 그렇구요, 중장비가 전망이 좋아라우.

중장비가 뭐시여?

도자나 포크렌 머 그런 거.

잉, 그것이 쓸모가 많겄구면. 생각 잘했다. 기술이 있어야 묵고 살제.

　두 사람은 부자지간이 틀림없었다. 도란거리는 얘기를 계속 듣고 있기가 뭣하여 헛기침 소리를 냈더니 말소리가 뚝 그치고는 이내 잠잠해졌다. 이렇듯 점심까지 거른 날은 읍내에 내려가 국수나 장국밥을 사 먹기 마련이었다. 뒷마루에 나서 보니 조금 전까지 만각과 얘기를 나누던 소년이 앉아 있었다. 그는 나와 시선이 마주치자 일어나서 인사를 꾸벅 했다. 나는 이미 알고 있던지라 예에, 하며 인사만 받고 더이상 말을 걸지는 않았다. 그후 며칠 동안 소년은 비어 있던 내 옆방에서 지내는 모양이었다. 복실이와는 이전부터 잘 아는 사이였는지 법당 뒤뜰에서 함께 도토리를 주우며 깔깔대는 웃음소리가 들리곤 했다. 소년이 가버릴 때까지 스님은 모른 척했다. 며칠 뒤에 저녁을 먹은 뒤 역시 녹차 한잔 나누는 자리에서 스님이 입을 열었다.

　고놈이 막내요. 우그로 딸 둘 있고요.

나는 그러시냐고 건성으로 끄덕일 뿐이었다.

마누라를 둘씩이나 잡아묵고, 세상살이에 뜻이 없은께 출가하고 말았지라. 첫채번은 사변 때에 나 집 비운 사이에 죽어불고, 두 번채는 그것이 복실이맨키로 넘으 집서 컸는디 나허구는 이십 년 차이요. 애 낳고 몇 년 살다 가불데.

나는 찻잔을 든 채 물끄러미 만각 스님을 바라보았다. 엊그제 객승에게 일갈하던 때에, 솔직히 내 편을 들어서가 아니라 그가 비로소 스님답게 생각되었던 것이다. 그러고 보면 하루도 빠짐없이 날마다 새벽 예불을 올리는 일이 별것 아닌 것 같지만 누구나 할 수 있는 일은 아니다. 누구에게나 일상을 견디는 일이 쉽고도 가장 어려운 것처럼.

모처럼 광주 집에 들렀더니 아내가 김인철이 병원을 옮겼다고 말했다. 그가 한밤중에 없어져서 일대 소동이 일어났던 것이다. 그의 아내가 연락해서 청년들과 병원 직원들이 몰려나가 밤거리를 헤매고 다녔는데 그를 발견한 곳은 도청 앞의 분수대였다. 밤이라 분수가 멈추어 있었는데 그는 분수대에 올라가 뭔가 구호를 외치고 있었다. 직원들이 그를 차에 태우고 병원에 돌아왔을 때 모두들 어디로 가버렸느냐고, 상원이는 어디 있느냐고 자꾸만 묻더란다. 결국 인철의 아내는 담당 의사와 의논하여 그를 시 외곽의 안전 병동으로 옮긴 것이다.

문선배에게서 연락이 와서 시내로 나갔다. 문시인이 근무하는 학원가 근처의 술집에서 그를 만났다. 평범한 고깃집이었는데 그는 누구와 같이 나와 있었다. 용건은 서로간에 별게 없었지만 그동안 본 지가 오래되었으니 술이라도 한잔 나누자는 자리였다. 같이 나온 사람은 나도 언젠가 만난 적이 있는 정아무개라는 교수였다. 그들은 동창생이었고 같은 연배였다. 시국 얘기도 나오고 김인철의 실성에 대한 이야기도 하다가 나는 문득 생각이 나서 호국사에서 발목 부러졌던 얘기를 꺼냈다. 물론 만각 스님의 배추머리 얘기도 빼놓지 않았다. 정교수가 내 말을 듣고는 담양 가마골이 빨치산 노령병단 사령부가 있던 곳이며 장성·영광·함평까지 그들의 작전구역이었다고 말했다. 산맥의 지형이 그렇게 생겨먹었다고 하면서 그는 덧붙였다. 각 지방의 경찰 병력만으로는 중과부적이어서 육군 십일사단이 증파되어 이 지역의 토벌을 맡게 되면서 대대적인 양민학살이 벌어졌다. 학살이 가장 심했던 곳이 영광 부근과 담양 지역이라고 그는 말했다. 문시인이나 정교수 둘 다 나보다 십 년 연상이어서 전쟁에 대한 기억들이 생생했다. 그 무렵에 광주의 참극이 벌어지고 나서 사람들은 갑자기 케케묵은 옛날 기억을 더듬어 육이오 때의 체험을 미주알고주알 풀어놓기 시작했고, 그것은 젊은이들의 군대 얘기처럼 술자리의 다른 화제들을 모두 삼켜버렸다.

　광주에 나갔다가 돌아온 이튿날이던가 작은 보살이 내 방 앞에 와서 전화가 왔으니 받아보라고 했다. 나는 처음 있는 일이라 어리둥절해서 살림집으로 건너갔다. 상대방이 나를 확인하고 나서 '잠깐 기다리쇼' 하더니 곧 목소리가 들렸다.

정보과장입니다. 점심이나 모실까 하는데 바쁘지 않으시죠?

나는 전에 그가 한번 연락하겠다던 말이 생각났고 어쨌든 신세를 졌던 터라 서둘러서 대답했다.

물론입니다. 어디로 가뵐까요?

내려오시면 만성교 앞에서 직원이 기다릴 겁니다.

절에서 내려와 다리를 건너면 곧장 중앙통으로 이어진 초입이었다. 마르고 키가 큰 젊은 형사가 기다리고 서 있다가 마주 걸어오며 인사를 했다. 그의 안내로 시장 거리를 지나 골목 안에 있는 한정식집으로 갔다. 식사 자리에서 오간 화제란 이 지역의 특산물이나 음식에 관한 얘기라든가 전에 그가 근무했다는 다른 항구도시에 관한 것들이었다. 내가 머물고 있는 호국사 얘기가 나왔는데 전에 대처승 절이었지만 현재 정식으로 조계종단에 소속된 것은 아니고 형식상으로는 개인 소유라고 했다. 소유권자인 부인이 돌아가시면 호국사는 결국 조계종 측으로 귀속될 거라고 그가 말했다. 만각 스님 얘기가 나오자 정보과장이 말했다.

스님이 알고 보니 우리 경찰 출신이더군요. 고향은 고창인데 경사까지 근무했고, 영광 불갑산 공비 토벌로 훈장도 받았어요.

마흔이 넘어서 출가했다고 그러던데요.

불갑사에서 출가하고 거기 쭉 있다가 여기로 온 지 한 칠팔 년 되었을 겁니다.

과장은 껄껄 웃으며 말했다.

그 양반 염불은 제대로 할 줄 아나 몰라.

나는 진지하게 말했다.

새벽에 꼭 일어나시고 예불을 빼놓는 날이 없으세요.

그런 모양이죠? 매일 새벽마다 종소리가 들리더라고.

아내를 두 번이나 잃었고 자식들도 딸 둘에 아들 하나라던 스님의 얘기를 입밖에 꺼내지 않았지만 정보과장은 그런 것들도 자세히 알고 있었다.

난세에 공을 세웠다면 그만큼 사연이 많은 인생을 살았단 얘기죠.

그는 헤어지기 전에 잠깐 본론으로 돌아갔다.

될 수 있으면 광주 나가지 마시고 여기서 조용히 집필만 하시면, 저희도 좋고 집안도 편안하실 테고…… 위에서 늘 걱정입니다. 애로사항이 있으시면 언제든 저에게 연락주십시오.

아침저녁으로 서리가 비치더니 첫눈이 내렸다. 그날도 점심때가 다 되도록 늦잠에 빠져 있었는데 시끄러운 소리에 잠이 깼다. 만각 스님의 고함소리가 들려왔다.

이년, 내가 거짓소리 하지 말라고 그랬제? 이게 벌써 몇 번째여. 개침에서 쪼꼬레또가 나왔는디 이게 어서 난 거여? 이런 거 사 먹을 돈이 어딨냔 말여. 바른대루 말 못혀?

계집아이가 자지러지게 우는 소리가 들려서 나는 방문을 열고 툇마루로 나갔다. 스님은 작은 댓가지를 들고 아이의 궁둥이며 종아리를 닥치는 대로 후려갈겼다. 작은 보살은 살림집 마루 위에서 안타까운 얼굴로 바라보고, 공양주 보살은 부엌 앞에서 지켜보다가 스님이 매를 휘두르자 굽은 허리에 한쪽 팔을 바삐 내저으며 다가섰다.

스님, 그 돈 내가 준 거여. 그만해여.

할머니가 복실이 앞을 가로막자 스님은 얼굴이 벌게진 채로 댓가지를 쳐들고 외쳤다.

누가 애한테 씨잘데없이 주전부리 버릇을 갈치냔 말여. 이렇게 커서 돈맛이 들면 시주함에도 손대고 보따리 싸서 도망가고 그라제.

스님은 그제야 나까지 툇마루에 나와서 구경하고 있는 걸 보고는 화를 삭이지도 못하고 슬그머니 자기 방으로 들어가버렸다. 전 같으면 나는 스님에게 쫓아가서 불도를 닦는다는 사람이 어린애를 데리고 이게 무슨 화풀이냐고 한마디했을 테지만, 그냥 읍내 나가서 오랜만에 국밥 한 그릇으로 점심을 때웠다.

겨울철에는 공양주 할머니가 쓰는 부엌 옆방에서 저녁 공양을 하는데, 저녁 밥상을 두고 스님과 마주앉게 되자 나는 참았던 말을 입밖에 꺼냈다.

복실이를 왜 그렇게 과하게 혼내세요?

그랬더니 스님은 말없이 밥만 먹다가 고개를 숙인 채로 대답했다.

나가 아를 길러보덜 않은께 그런갑소.

어찌 보면 내 질문에 어깃장 지르듯 하는 대꾸로 여겨져서 나는 공연한 질문을 했다고 잠깐 후회를 했다. 묵묵히 밥 먹고 어서 내 방으로 돌아가자 싶어 숭늉을 마시고 얼른 일어서려는데, 만각 스님이 내 등뒤에 대고 중얼거렸다.

가엾은 것이 징허게 싫어서 그래요.

아마도 그 대답은 스님 스스로에게도 아직 성이 차지 않는 미진한 것이었던지, 다음날 저녁 밥상 앞에서 스님이 다시 지나가는 말처럼 중얼거렸다.

우리 몸이 다 오욕칠정의 노리개지라.

그러나 그 말은 앞의 것보다 훨씬 못 미친다고 나는 생각했다.

겨울을 나고 이듬해 오월 말경에 기나긴 소설을 끝낸 나는 앞뒤가 맞아떨어지느라고 그랬던지 현충일이 끼었던 주말에 이사를 하게 되었다. 그래서는 이 절집에서 현충일 행사와 그다음날에 혼령들을 위하여 올리는 기이한 구명시식救命施食을 보게 되었다. 군수와 경찰서장과 관리들과 전몰자 유가족들이 중심이 된 현충일 행사는 당일 오전 중에 화환이 일렬로 늘어선 가운데 엄숙하게 거행되었다. 이튿날 밤에 절집 식구들만 모인 또다른 혼령들을 위한 불사는 어딘가 호젓하고 처량하여 가난한 초상집 분위기였다. 법당 뒤뜰 북쪽 모퉁이에 하얀 쌀밥을 그득히 퍼담은 함지를 갖다놓았다. 밥 위에 수십 개의 숟가락을 꽂아놓고 가사장삼을 차려입은 만각 스님이 향불을 피우고 목청 높여 염불을 외울 때, 작은 보살과 공양주 보살은 소복을 정갈하게 차려입고 비손하면서 두 뺨이 젖도록 눈물을 흘렸다. 김거사와 그의 아내도 뒷전에서 비손했다. 복실이는 잔치라도 만난 듯 부엌 앞마당에서 팥시루떡을 들고 깡충거리며 뛰어다녔다.

나는 스님의 법명이 자기에게 꼭 들어맞는다고 생각했다. 어디 그이뿐이랴. 사람살이란 언제나 뒤늦은 깨달음과 후회의 반복이 아니던가.

(2016)

거대한 기대 혹은 위대한 유산

—황석영의 중단편소설

신형철(문학평론가)

잘 알려진 대로 황석영은 고등학교를 자퇴하던 해인 1962년에 『사상계』 신인문학상을 받아 그의 조숙한 재능을 입증하기는 했지만 본격적으로 소설을 쓰기 시작한 것은 1970년 조선일보 신춘문예에 당선되고 나서다. 그사이 팔 년 동안 그는 한일회담 반대 시위에 참여해 유치장 신세도 지고, 거기서 만난 노동자와 전국 공사장을 떠돌기도 하고, 입대해서 베트남전에 참전했다가 돌아오기도 하면서 이십대를 보냈다. 그 시간이 인간 황석영에게는 고난이었겠지만 작가 황석영에게는 재산이 되었을 것이다. 1970년 이후 쏟아져나온 빛나는 중단편들이 그 증거로 우리 앞에 놓여 있다. 중단편 작가 황석영의 활동 기간은 1970년대 십 년 동안이라고 해야 한다. 1974년부터 대하소설 『장길산』 연재를 시작하기도 했거니와, 특히 80년 광주 이후에는 현장활동에 매진하느라

중단편 생산에서 멀어졌다. 중단편에만 한정한다면 그는 (김승옥이 1960년대 작가인 것과 마찬가지로) 1970년대 작가다. 물론 누구도 그를 '70년대 작가'라 부르지는 않는다. 1980년대에 들어서『장길산』(1974~1984)을 완결하고『무기의 그늘』(1988)을 출간하면서 장편 작가로서 큰 성취를 이루었고, 방북(1989)에서 출소(1998)까지 십 년의 휴지기 이후에는『오래된 정원』(2000)과『손님』(2001)을 시작으로 그야말로 후기 장편의 시대를 열었기 때문이다. 근래 새로 가세한 젊은 독자들은「객지」나「삼포 가는 길」에 대한 교과서적 논평에 익숙할 뿐 그 밖의 중요한 중단편들을 읽을 기회를 갖지 못했을지도 모른다. 이 선집은 바로 그 독자들을 위한 것이다.「객지」나「한씨연대기」같은 널리 알려진 중편들은 제외하고, 덜 알려졌지만 여전히 읽을 가치가 있는 단편들을 소개하는 쪽을 택했다. 오래된 작품들도 어떤 시각으로 다시 읽히느냐에 따라 현재적 작품으로 되살아나기도 하는 것이 문학사에서 빈번히 이루어지는 심폐소생술의 결과다. 수록된 작품을 몇 개의 카테고리로 분류하여 간단히 스케치하는 것으로 이 글의 소임을 다하고자 한다.[1]

---

1) 황석영 문학 전반에 대해서는 말할 나위 없거니와 1970년대 중단편에 대해서만도 수많은 논문과 평문들이 나와 있다. 이 글에서는 비교적 최근 글 몇 편만을 각주에서 소개하는 것으로 만족하고자 한다. 2003년 이전에 발표된 글들의 목록은 최원식·임홍배 엮음,『황석영 문학의 세계』(창비, 2003)에 수록된 '황석영 비평 목록'을 통해 확인할 수 있다.

타자 발견과 자기 정립

등단작 「입석 부근」 대신 「가객」을 프롤로그 삼아 맨 앞에 둔다. 1975년에 발표되기는 했지만 초고가 만들어진 것은 1965년으로, 이 책에 실린 작품 중에서는 가장 먼저 쓰인 것이다. 우화적 성격이 강하지만 겸손한 출사표로도 읽힐 소지가 있는 인상적인 소품이어서 이번 기회에 독자들의 새삼스런 주목을 요청하려고 한다. 아름다운 노래를 부르는 추한 가객歌客이 있다. 음률이 완성의 경지에 이르자 뜻밖에도 얼굴이 혐오스럽게 변한 사람이다. 모르고 노래에 열광하던 청중도 그의 외모를 인지하면 돌팔매질을 할 지경이다. 얼굴 자체가 문제라기보다 아름다운 음률에 걸맞지 않은 얼굴이어서 일종의 배신감을 촉발하는 경우다. 노래를 포기하면 주목받지 않아 안전할 텐데, 노래를 하지 않으면 또 못 견뎌 죽을 운명이니 진퇴양난이다. 그는 제 음악을 지키기 위해 사람들을 떠나 홀로 노래하기로 결심한다. 그러던 어느 날 거문고 줄이 끊어지자 그는 악기를 박살내고 비로소 노래로부터 놓여난다. 그러자 뜻밖에도 외모가 원래의 모습을 회복하는 대목이 이 소설의 포인트다. 그는 노래에 대한 집착과 오만이 자신을 추하게 만들었다는 인식에 도달하고, 이제는 사람들 사이로 다시 돌아가야 할 때가 되었음을 느낀다. 이와 같은 각성 이후 다시 노래를 부르자 그의 노래는 새로운 힘을 갖게 되어 민중들에게 널리 향유된다. 권력자가 그 집

단적 열기를 불온하다 여겨 그의 혀를 자르고 목숨을 뺏고 심지어 그에 대한 기억마저도 탄압하지만, 그의 노래는 죽지 않으니 그의 존재 역시 불멸이라는 단언이 이 우화의 결론이다. 이 예술가의 방황과 전회는 십대 시절 이래 황석영의 그것을 반영하고 있을 것이다. 자아와 예술의 일체성을 추구하는 유미주의적 집착을 내려놓자 진정한 민중적 예술가가 탄생한다는 논변이 은근하게 깔려 있어 청년 황석영의 예술관이 우회적으로나마 표명돼 있는 것으로 읽힌다. 덧붙여 권력의 탄압도 가객의 불멸을 막아내지 못한다는 낙관은 이후 황석영의 모습을 예감하게 한다고 해도 좋을 것이다.

「돌아온 사람」(1970)과 「이웃 사람」(1972)은 당대 청년 남성 주체의 사회병리학적 보고서로 함께 읽을 만하다. 「돌아온 사람」에서 베트남전 참전 이후 후유증에 시달리던 '나'는 요양을 위해 외가에 내려와서 우연히 옛 친구 만수를 만난다. 만수의 형은 해방 공간의 좌우 대립 와중에 끔찍한 테러를 당하고 실성한 사람인데, 만수는 형의 인생을 망가뜨린 자에게 복수하겠다는 일념으로 여태 고향을 지켜온 것이었다. 마침내 복수가 감행되는 날 그 참혹한 광경을 훔쳐보면서 '나'는 이국의 전장에서 저와 제 동료들이 베트남 포로에게 행한 병리적 만행을 돌이키고, 만수의 광기와 자신의 그것이 다르지 않은 것임을 절감한다. 만수가 '나'의 고통의 본질을 거울처럼 비추는 구조로 돼 있어서 독자는 참전 병사의 고장난 내면성을 심층적으로 이해하고 더 나아가 '나'를 당대 청년 주체의 한 전형적 표상으로 인식할 수 있게 된다. 「이웃 사람」의 청년 역시 25세의 참전 병사다. 제대 이후 상경하여 막노동을 전전하다가 결국 매혈賣血의 늪으로 빠져버리는 '나'는 당대 청년 빈곤층의 황폐한 삶을 극명하게 보여준다. 어느 부유한 노인에게 공급할 피를 그 집에 직접 들어가 뽑아주고 나서는 육체적·정신적 추락의 극한에 이르러 살인 충동을 느껴 칼을 사는데, 아마 그는 '서울' 그 자체를 찌르고 싶었겠지만 엉뚱하게도 사창가 주변 건달과 시비가 붙어 그를 죽이고 만다. 물론 이와 같은 자기 폐쇄적 선택은 당대적 계급의식의 한계를 정직하게 반영한 것이다. 그러나 그가 "우리는 언제까지 우리끼리 이래야 하는 건지 답답합니다"(109쪽)라는 의문을 갖는 순간은 자신의 문제가 행위자(agent)의 문제가 아니라 구조(structure)의 문제임을 스스로 인지하는 순간이며 이후 황석영 소설의 사회학적 인식의 심화를 예고한다.

이처럼 공동체 내부의 타자를 발견하는 생생한 충격이 한 작가의 본격적인 탄생을 촉발하는 계기가 되기도 한다. 이 무렵에 「아우를 위하여」(1972) 같은 유형의 소설을 쓰게 된 것이 청년 황석영에게는 자연스럽고 불가피한 하나의 단계였을 것으로 짐작된다. 사회병리학적 진단 작업 이후에는 해결책을 찾고 이를 잘 정리된 논변으로 제시하고 싶어지는 것이 당연하다. 청소년 독자들까지 염두에 둔 듯 쉽게 서술돼 있지만 자기 정립 단계의 자신감이 은근히 드러나 있는 소설이기도 하다. 그 논변의 주제는 소설 도입부에 "진보의 의미와 사랑의 가치"(64쪽)라고 명쾌하게 요약돼 있는 그대로다. 위력과 겁박으로 학급의 권력을 탈취한 영래 일당은 공포정치를 통해 조성되는 질서가 가져오는 쾌감을 대중들에게 제공하고, 또 비판자를 배반자로 낙인찍어 처단하면서 오히려 이를 내부 결속의 계기로 삼는 등, 정치 술수에 능란한 수완을 발휘하여 학급을 장악한다. 그때 교생실습차 학급에 부임한 한 여성 교사가 영래 일당이 내세우는 단합의 가치를 전혀 다른 방향에서 실현할 수 있는 방법을 제시한다. 그것은 힘센 권력을 중심에 둔 수직적 단합이 아니라, 불평등으로 인한 상처를 서로 보살피고(도시락 에피소드), 소위 '숙의熟議 민주주의'적 의사 결정 모델을 도입하는(자치회 에피소드) 수평적 단합의 가능성이다. 아이들이 이런 대안적 모델로 이끌린 것을 두고 그들이 민주주의 그 자체를 신봉해서라거나 그 제도의 효율성을 절감했기 때문이라고 말하기는 어렵겠다. 이 소설은 학생들의 변화가 여자 교사에 대한 남학생들의 본능적 호의와 그 과정에서 느낀 자신(과 자신이 속해 있는 공동체)에 대한 수치심에 의해 촉발된 것임을 부인하지 않는다. 아이들이 영래 일당에게 저항하는 클라이맥스 장면 역시 교사에 대한 모독에 가담하기를 거부하는 데에서 시발되는 터다. 그러나 이 사랑은 '인간의 인간다움에 대한 사랑'이라는 보다 보편적인 윤리적 심성으로 확장되어 해석될 수 있도록 배려돼 있다. 소설 말미에 이르러 선생님이라는 인물이 어떤 숭고한 가치 그 자체의 의인화된 형상으로까지 묘사되고 있는 것은 그런 취지의 반영일 것이다.

그이가 봄과 함께 오셨으면 좋겠다. 보이지도 않고 만질 수도 없어, 그이가 오는 걸 재빨리 알진 못하겠으나, 얼음이 녹아 시냇물이 노래하고 먼산이 가까워올 때에 우리가 느끼듯이 그이는 은연중에 올 것이다. 그분에 대한 자각이 왔을 때 아직 가망은 있는 게 아니겠니. 너의 몸 송두리째가 그이에의 자각이 되어라. 형은 이제부터 그이를 그리는 뉘우침이 되리라.(83~84쪽)[2]

하위 연대와 민중 윤리

「아우를 위하여」가 정식화한 '진보의 의미와 사랑의 가치'를 논외로 한 채 그의 이후 소설들의 가치를 충분히 이해하기는 어렵

---

2) 「아우를 위하여」로부터 십오 년 뒤에 발표된 이문열의 「우리들의 일그러진 영웅」(1987)이 일각의 주장대로 「아우를 위하여」의 영향을 받았다고 볼 여지는 충분하다. 그러나 '모방 관계'라기보다는 '평행 관계'로 보는 것이 온당하다고 생각하며 그야말로 '평행 소설(parallel novel)'이라는 개념에 딱 들어맞는 경우가 아닌가 한다. 두 작품을 견인하는 세계관이 판이한 대조 관계를 형성하고 있어 후자는 전자를 단지 다시 쓰기만 한 것이 아니라 교정하며 쓰려 한 경우에 가깝다. 본격적으로 논할 계제는 아니지만, 황석영이 권위적 폭력에 대한 민중적 저항의 정의로움을 단호하게 강조하는 반면, 이문열은 대중의 위선과 대항 폭력의 도착적 쾌락에 대해서도, 아니 오히려 그것에 대해서 더 강조하는 것으로 보인다는 점 정도만을 확인해두고자 한다.

다.「삼포 가는 길」(1973),「돼지꿈」(1973),「몰개월의 새」(1976) 등 1970년대 황석영 소설이 도달한 절정의 순간들 역시 그렇다.「돼지꿈」은 작가가 구로공단 위장취업 이후 마산으로 피신해 있던 와중에 쓰인 작품이어서 직전의 공원工員 생활 경험이 반영돼 있다. 재개발을 앞둔 공장지대 빈민촌에 모여 사는 이들의 어느 하루를 세 개의 초점을 동원해 비춘다. 1장은 강씨에게 공짜로 개고기 포식을 할 수 있게 된 행운과 가출한 딸 미순이 임신해서 돌아오는 불운이 동시에 찾아오면서 시작된다. 동네 규모의 잔치를 위한 준비가 흥겹게 벌어지는 와중에 딸의 아이를 함께 길러줄 남편감을 수소문하고 결혼 비용을 마련해야 하는 과제도 주어진 셈이다. 2장은 덕배의 포장마차를 서사의 거점으로 삼아 지역 생활인들의 면면을 비하도 미화도 없이 보여주는 데 주력한다. 어리석기도 하고 무례하기도 하고 위험하기도 하지만 그러나 어떻게든 살아내려고 하는 그들을 연민 없이 바라볼 수 없다는 것이 서술의 톤이다. 3장은 강씨의 아들 근호가 근무중 손가락 절단 사고로 받은 보상금 삼만원을 여동생 미순의 결혼식 비용으로 내놓는 장면을 향해 간다. 그 과정에서 당시의 열악한 노동환경에 주의를 환기하고 청년 노동자의 서글픔에 공감하는 것도 이 챕터의 중요한 목적이다. 이로써 소설 도입부에 주어진 두 가지 상황 중 미순의 혼처 찾기와 결혼 비용 마련하기 과제는 수행됐으니 개고기를 나눠 먹는 축연을 진행하며 서사의 문을 닫으면 되는 것이겠다. 하위 계급의 생활 현장과 그 에토스(ethos, 성격·관습·윤리)를 손에 잡힐 듯 그려내는 솜씨가 여러 군데에서 빛을 발하지만 역시나 이 소설의 핵심은 결말부에 있다. 그 축연이 뭉클한 것은 삶이 이미 살 만해서 행해지는 일이 아니라 삶을 살 만한 것으로 만들기 위해 행해지는 일이기 때문이다.[3]

「삼포 가는 길」역시 같은 시기 마산에서 쓰인 작품이지만 이 작품의 바탕이 된 것은 그보다 십 년 전 어느 날의 체험이다. 이 글의 도입부에서 언급한 대로 황석영은 1964년 6·3항쟁에 참여한 덕분에 도로교통법 위반으로 구류를 살다가 거기서 만난 공사장 인부를 따라나서는데, 언젠가 그와 함께 신탄진 공사장에서 조치원으로 이동하던 비 내리던 날의 기억을 떠올려 쓴 것이「삼포 가는 길」이다.[4] 정처 없는 신세인 영달이 십수 년 만에 고향 삼포로 간다는 정씨를 따라 길을 나섰다가 그들과는 별개로 술집에서 도망

---

3) 황종연은 이 결말부에서 "빈민사회가 아무리 험악해도 끝내 탐리와 협잡의 마굴이 되지는 않게 하는 공생의 도덕"을 발견한다. 황종연,「국가재난시대의 민주적 상상력」,『눈먼 자들의 국가』, 문학동네, 2014, 133쪽. 한편 남진우는 황석영의 상상세계에서 "모순되는 두 가지 청원"의 갈등을 발견한다. "그 하나가 고립과 고독을 추구하는 지극히 개인주의적인 태도라면 다른 하나는 연대와 결합을 꿈꾸는 타자 지향적 태도이다. 전자가 그를 비극적 영웅주의의 길로 이끈다면 후자는 그를 민중적 전망주의로 이끈다." 남진우는 두 유형을 대표하는 장면으로「객지」와「돼지꿈」의 결말부를 예로 든다. 남진우,「돌의 정원: 황석영 소설과 알레고리적 상상력」,『폐허에서 꿈꾸다』, 문학동네, 2013, 204쪽.

4) 황석영·최원식 대담,「황석영의 삶과 문학」,『황석영 문학의 세계』, 38~39쪽.

친 작부 백화를 중간에 만나면서 삼인행三人行 여로형 소설의 꼴을
갖추게 된다. 이 대목부터 소설은 세 사람의 사연과 성격과 말투가
어우러지면서 은근한 활기를 띠는데, 그 활기가 고조될수록 그 이
면에서 어떤 쓸쓸한 예감이 함께 발생한다는 점이 이 소설의 아이
러니이고 미학적 포인트가 된다. 그 예감이란 이들 셋이 모두 고향
잃은 '길 위의 존재'일 뿐이며 그들이 각자의 목적지 어딘가에 도
착하더라도 적어도 한동안은 '길 위의 인생'일 수밖에 없을 것이
라는 예감이다. 그렇기 때문에 단지 정씨만이 아니라 세 사람 모두
의 심리적 목적지("마음의 정처")이자 당대 한국 하위 계급의 유토
피아이기도 할 '삼포'가 더이상 존재하지 않는다는 진실이 드러날
때 이 대목의 깊은 상실감은 당대의 독자를 사로잡았을 것이며 지
금도 그렇다. 그러나 그들의 오래된 삼포는 이제 지도 위에서는 사
라졌을지언정 그날 그 눈길 위에서 또다른 형태로 반짝이듯 나타
났다는 것을 그들은 몰라도 독자는 안다. 정씨와 영달이 백화를 돈
몇 푼에 잡아 넘기지 않기로 당연하다는 듯이 결정할 때부터, 누구
에게도 본명은 말해주지 않는다던 백화가 세상에서 가장 귀한 선
물을 주듯 두 남자에게 제 본명을 말하는 장면에 이르기까지, 이
소설은 삼포로 가는 행로를 통해 이미 삼포가 무엇이며 어디에 있
는지를 다 말한 것이나 마찬가지다. 그런 순간들은 어느 인생에나
있고 또 있어야 한다는 전언이 이 소설에는 있다.

삼 년 뒤 발표된 「몰개월의 새」는 (중편인 「객지」와 「한씨연대기」

를 별도로 한다면) 「삼포 가는 길」과 함께 '단 하나의 대표 단편' 자리를 놓고 다툴 만한 작품이겠는데 근래 들어 그 성가가 점점 높아지고 있다는 느낌이다.[5] 「몰개월의 새」를 「삼포 가는 길」의 속편(프리퀄)처럼 읽어도 좋을 최소한 한 가지 이유가 있는데 그것은 작부인 백화(「삼포 가는 길」)와 미자(「몰개월의 새」) 사이의 유사성이다.[6] 「삼포 가는 길」에는 백화가 "새로운 병사를 먼 전속지로 떠나보내는 아침마다 차부로 나가서 먼지 속에 버스가 가리울 때까지 서 있곤 했었다"(135쪽)고 회상하는 대목이 있는데 바로 백화의 그 시기를 다룬 소설이 「몰개월의 새」가 된다. 한편 「삼포 가는 길」의 떠돌이 노동자 영달의 자리에는 베트남으로의 출국을 앞둔 청년 병사가 서 있다. 영달은 제 처지와 미래에 자신이 없어 백화와의 인연을 물리친 것이고, 몰개월의 청년은 미자의 속내는 물론이고 제 마음조차 충분히 이해하지 못한 채로 전장으로 떠나는 것이지만, 두 관계 모두 안타깝기는 마찬가지다. 그러나 이 소설이

---

5) 한국 단편소설의 역사를 정리하는 앤솔러지를 엮느라 자신의 대표작을 골라야 했을 때 그는 「삼포 가는 길」과 「몰개월의 새」를 두고 고민하다가 후자를 택했다. 『황석영의 한국 명단편 101』 4권, 문학동네, 2015.

6) 작가의 술회에 따르면 「삼포 가는 길」과 관련된 실제 체험 속에는 백화에 해당하는 여성이 존재하지 않았으니 그녀는 훗날 부대 주변에서 만난 작부들의 모습을 생각하며 창조한 캐릭터라는 것이다. 백화를 부대 주변으로 되돌려놓고 원래 모습에 더 가깝게 창조한 캐릭터가 미자인 셈이다. 황석영·최원식 대담, 「황석영의 삶과 문학」, 같은 곳.

군인과 작부의 작별과 그 이후를 묘사할 때 화자인 '나'는 문득 세월이 흐른 이후 성숙해진 목소리로 변신해서 우리 소설사를 통틀어 가장 아름다운 결말 중 하나를 적어 내려간다. 이 대목의 뼈근한 감동은 병사와 작부의 짧은 인연이라는 상투적·신파적 상황에 감상적으로 몰두하는 데서 오는 것이 아니라, 한국 현대사의 격동과 개발독재 시대의 계급분화의 와중에 아프게 성장해야 했고 충분히 행복할 수 없었던 세대들의 회한이 아래에서 보듯 단 몇 줄의 문장 속에 묘파돼 있음을 발견하는 데서 오는 것이다.

나는 승선해서 손수건에 싼 것을 풀어보았다. 플라스틱으로 조잡하게 만든 오뚝이 한 쌍이었다. 그 무렵에는 아직 어렸던 모양이라, 나는 그것을 남지나해 속에 던져버렸다. 그리고 작전에 나가서 비로소 인생에는 유치한 일이 없다는 것을 알았다. (……) 몰개월 여자들이 달마다 연출하던 이별의 연극은, 살아가는 게 얼마나 소중한가를 아는 자들의 자기표현임을 내가 눈치챈 것은 훨씬 뒤의 일이다. 그것은 나뿐만 아니라, 몰개월을 거쳐 먼 나라의 전장에서 죽어간 모든 병사들이 알고 있었던 일이다.(297쪽)[7]

---

7) 「몰개월의 새」에 대한 자작 해설의 마지막 문장은 이 작품을 비로소 완성한다고 말해도 좋을 것 같다. "그때 이십대의 내가 세상의 끝에 이르렀다고 느꼈던 삭막함은 지금도 내 가슴속 어느 곳엔가 남아 있고, '죽지 말고 오뚝이처럼 살아오세요'라고 연필로 쓴 쪽지에 대해서는 아끼느라 소설에는 넣지 않았다." 황석영, 「어느 세상의 끝에 대하여」, 『황석영의 한국 명단편 101』 4권, 38쪽.

이제 이상의 세 소설이 황석영 중단편의 절정이라고 할 수 있는 이유를 말해보자. 「삼포 가는 길」과 「몰개월의 새」에서 희미하게 발생하는 남녀의 감정을 사랑이라 불러도 무방하겠지만, 물론 그때의 사랑은 「아우를 위하여」의 교사가 말한 바로 그런 의미에서의 사랑이다. 이 소설 속 남녀는 낯선 존재를 만나 호감을 느낄 때 가지는 탐색의 시간을 그다지 많이 필요로 하지 않는다. 그들은 상대방을 인지하는 순간부터 이미 쓸쓸해지는데, 상대방이 자신과 다르지 않은 결여의 존재임을 단박에 알아보기 때문이다. 이 감정을 깊은 의미에서의 '동정(sympathy)'이라고 해도 좋을 것이다. 그런 동정으로서의 사랑이라는 바탕 위에서 그들이 서로를 지켜주고 배려하려 노력할 때 그것은 사회적인 차원에서는 '연대'가 된다. 미순의 아이를 함께 키우겠다고 선뜻 나서는 '왕'이나 결혼 비용으로 제 손가락 세 개 값을 제공하는 근호의 모습이 그렇고(「돼지꿈」), 백화의 희망을 돈으로 교환하지 않는 정씨와 영달이 그렇고(「삼포 가는 길」), 미자의 처지가 마음 불편해서 아닌 척 정을 주는 '나'와 그런 '나'에게 보답이라도 하듯 그를 애인처럼 대우하는 미자가 또한 그렇다(「몰개월의 새」). 하위 주체들의 이 '동정'과 '연대'는 적어도 「돌아온 사람」이나 「이웃 사람」 같은 작품에선 이렇게 온전한 모습으로 발견되지 않는 것이며 바로 이것이 황석영 소설이 새삼스럽게 발견하고 정식화한 민중 윤리의 핵심적 가치다. 그의 소설이 감동적이라고 말해질 수 있는 순간은 바로 소설 속에서 그런 윤리적 자질이 발휘되는 순간이다. 그리고 그것은 과연 황석영의 말대로 "인생에는 유치한 일이 없다"(「몰개월의 새」)는 사실을 실감하는 순간이기도 하다.[8]

연애와 성욕의 사회학

그러나 저 동정과 연대의 순간에도 남녀는 동등하지 않으며 고통 속에서도 일종의 성역할 분리가 관철되고 있다는 점은 눈에 밟히는 부분이 아닐 수 없다. 개발독재 시대의 산업적 토대가 직간접적으로 강요한 것이기도 하고, 여전히 전근대적인 가부장 감수성의 소유자인 남성들의 몰지각이 가세한 것이기도 했다. 그로 인해 당대 다수의 여성들은 자신에게 주어져야 마땅한 삶의 가능성을 충분히 확보하지도 실현하지도 못했다. 적어도 지금까지 언급한 소설 내에서 여성 인물은 '공순이' 아니면 '갈보'이고 그들이 남성

---

8) 물론 다음과 같은 지적도 함께 기억해두어야 하겠지만 말이다. "「삼포 가는 길」과 「돼지꿈」에서 이루어진 연대는 소외되고 배제된 사람들끼리의, 그들만의 연대일 뿐이며 그것은 비정하고 견고한 현실의 그늘진 이면이기도 하다. 산업화가 만들어낸 수많은 불우한 사람들, 노동자, 빈민, 떠돌이 들의 인간적 유대와 소통이 그것 자체로 따듯하고 훈훈하지만 역시 비감의 정서를 동반할 수밖에 없는 것도 이 때문이다." 서영인, 「물화된 세계, 소외된 꿈—황석영의 중단편론」, 『황석영 문학의 세계』, 147쪽.

인물들에 의해 묘사될 때 사용되는 어휘와 표현은 (비록 그들 남녀가 궁극적으로는 동정과 연대의 관계로 진입한다는 사실을 전제하고 읽는다 하더라도) 읽는 이의 마음을 불편하게 한다. 물론 어떤 소설이 이런 상황을 그린다는 것은 그 상황이 정당하다고 여긴다는 것과는 별개다. '있어야 할' 인물이 아니라 '있는' 인물을 우선 그려야 하며, 있어야 할 인물을 그릴 때조차도 있는 인물이 이미 품고 있는 잠재성의 실현으로 그려야 한다는 것이 아리스토텔레스 이래 리얼리즘의 기율이다. 황석영에 대해 말하자면, 있는 인물을 그리되 그 인물이 자신에게 주어진 한계 속에서도 인간적 존엄을 확보하려는 모습을 놓치지 않는 것이 그의 작가적 본질에 속한다는 점을 마땅히 언급해야 할 것이다. 외부에서 희망이 주어지지 않을 때 내부에서 그것을 찾아내려 하는 사람은 일단 자기 자신을 긍정하는 일에서 시작할 수밖에 없을 것이다. 백화와 미자가 계급 질서의 가장 아래쪽까지 밀려 내려와도 끝내 놓치지 않으려 한 것은 최소한의 자존감이며 그 자존감은 누군가를 사랑할 능력이 여전히 자신에게 존재하는지를 확인하려는 방식으로 나타난다. 그들의 사랑은 모성적이고 희생적인 여성을 상상하는 남성들의 판타지에 부응하기 위해 창조된 것이 아니라, 자기마저 자기를 포기하면 더는 내려갈 곳도 포기할 것도 없다는 사실을 아는 이들의 안간힘으로 거기 있는 것이다. 적어도 그 점에서만큼은 백화와 미자는 패배자가 아니다. 그 자존감을 위한 고투를 지켜보는 서술자의 시선에는 어떠한 거짓도 없다. 황석영은 그들의 처지를 긍정하는 것이 아니라 그들의 긍정을 긍정한다. 그것은 저열한 비하도 관념적 미화도 없이, 이미 그들 스스로 하고 있는 자기긍정에 기꺼이 동의하는 것이고, 그들의 그 용감한 마음들에 경의를 표하는 것이다.[9]

논의의 층위를 '사랑'이 아니라 '성욕'과 '연애'로 좀더 구체화시켜 단편의 한계 안에서나마 집중적으로 다뤄본 사례가 「섬섬옥수」(1973)와 「장사의 꿈」(1974)이다. 여성 일인칭 화자 소설인 「섬섬옥수」는 서울 상류층 대학생 미리가 당대 남성들의 욕망을 관찰하면서 아울러 관찰자 자신을 관찰하기도 한 기록이다. 부잣집 도련님인 장만오와 약혼을 했지만 그녀는 상상력이 결여돼 있

---

9) 우리는 둘을 함께 놓고 논평했지만 백화와 미자의 차이를 따져보는 것도 비평의 과제가 된다. "'순수한 창녀'라는 상투적이고 성적인 남성 판타지가 투영된 백화의 이미지와 달리 미자의 존재는 훨씬 복합적이고 중층적"이라는 평가가 그런 사례인데, 그러나 이 구별이 제기하는 것은 백화 캐릭터를 비판할 필요성보다는 미자에 대한 온당한 평가의 필요성이고 더 나아가 황석영 소설의 젠더 (무)의식에 대한 보다 입체적인 접근의 필요성이다. 길지만 인용할 가치가 있는 분석을 옮긴다. "미자의 이미지는 모성이라는 자연적 속성이나 남성의 위안물이라는 사회적 역할에 토대를 둔 기존의 희생적 사랑이 아닌, 성적이고 감정적인 측면에서의 평등한 관계를 통한 보다 능동적이고 적극적이며 경험적인 사랑의 의미에 가깝다는 점에서 차별화된다고 할 수 있다. (……) 미자를 통해 발전이 아닌 만족, 통제가 아닌 선택, 경제적 우월성이 아닌 정서적 우월성으로 근대 공간을 가로지르는 여성 주체의 특수한 근대 경험을 부각시킬 수 있는 것도 이 때문이다." 김미현, 「젠더 (무)의식의 역설─황석영의 초기 소설을 중심으로」, 『젠더 프리즘』, 민음사, 2008, 234~235쪽.

는 그 관습적 결합에 특별한 감흥을 갖고 있지는 않다. 한편 시골서 상경해 야간 고등학교를 다니고 입지전적으로 명문대 학생이된 김장환이 "한 남자의 사회적 능력의 표징은 그가 거느린 여자의 됨됨이로 나타난다는 생각"(244쪽)으로 미리에게 집요하게 구애하지만 그의 열정이 결국 계급적 열등감과 그로 인한 보상 심리의 표현이라는 점을 눈치채자 답답하고 딱하다는 생각이 앞선다. 그를 떼어놓기 위해 장만오의 도움을 받는 과정에서 미리는 그가사랑보다 체면을 더 중요하게 생각하는 전형적인 상류층 속물임을 실감하고 그의 냉정함에 정나미가 떨어져 파혼을 해버린다. 이렇게 자의 반 타의 반으로 두 남자에게서 놓여난 그녀는 환멸과 권태의 감정 속에서 뜻밖의 게임을 시도하는데, 그것은 완연한 하위계급이라 해야 할 아파트 수리공 상수에게 곁을 주어 그의 정복 욕망을 자극하는 한편 그것을 거부하는 쾌감을 누리려는 데에 목적이 있는 것이었다. 우월감 아니면 열등감으로 오염돼 있는 남자들의 가짜 욕망의 세계로부터 해방되어 어떤 본질적이고 자연스러운 인간 욕망의 주체가 되어보고 싶다는 기대도 없지 않았을 것이다. 그러나 어렵게 다다른 "관능의 입구"(250쪽)에서 문득 자기를 둘러싼 모든 현실적인 것들의 눈치를 보느라 상수를 떼어놓고말았을 때 그녀는 "자기가 정말로 볼품없는 여자"(251쪽)라는 생각을 하며 게임을 중단한다. 계급적 콤플렉스에 오염돼 있는 남자들의 가짜 욕망의 세계에 그녀 역시 어떤 식으로건 나름의 타산으로 참여해왔음을, 그리고 앞으로도 여전히 그 게임의 필드와 룰 바깥으로 벗어나기는 힘들다는 점을 깨닫는 부끄러운 각성의 순간이다. 이 여성 화자의 시선은 남성적 욕망을 해부할 때는 예리하게 비판적이고 그 시선을 자기에게 겨눌 때는 용감하게 성찰적인데, 물론 이 두 역량 모두가 작가 자신의 것임은 두말할 나위가 없다.[10]

「섬섬옥수」가 연애를 다룬다면 「장사의 꿈」은 성욕을 다룬다고 해야 맞겠다. 시골에서 천하장사를 꿈꾸다 레슬러로 진로 희망을 바꾸고 상경한 스무 살 청년 일봉은 일단 목욕탕 '때밀이'로 취직해 암중모색중이었다. 타고난 외형 덕에 배우 제의를 받아 기쁘게 따라간 곳은 그러나 불법 포르노그래피 제작 업체였고 세상 물정에 어두운 그는 불안과 기대가 뒤섞인 상태로 그 일에 깊숙이 빠져든다. 상대 배우 애자와 정이 들어 살림을 차리고 포르노그래피의 세계를 떠난 것은 다행인데 생계를 위해서 차력사가 되어야 했으

---

10) 앞서 언급한 글에서 김미현은 미리의 부끄러움이 "김승옥의 「무진기행」에서 남주인공 '나'가 무진을 떠나 서울로 돌아오면서 느끼는 부끄러움과 동궤의 것"(같은 글, 230쪽)임을 인지하는데 이는 설득력 있는 비교라고 생각된다. 한편 서영인은 유사한 맥락이지만 한 걸음 더 들어가 미리를 "1980년대의, 화려하고 대단한 집안을 뿌리치고 비장하게 공장을 기웃거려야 했던, 혹은 1990년대, 안락한 일상 속에서 불안과 분열에 시달려야 했던 여성들의 심리적 언니이며 어머니"(「물화된 세계, 소외된 꿈—황석영의 중단편론」, 142쪽)라고 하면서 그녀에게서 1980년대 이후 여성 캐릭터의 한 기원을 본다.

니 육체를 혹사하기로는 마찬가지인 셈이었다. 그 와중에 애자가 유산을 하게 되면서 둘은 각자의 경제적 안정을 먼저 도모한 뒤에 재회하기로 하고 잠정적 별거를 시도한다. 일봉은 책 외판원 일을 시작했으나 또다시 음산한 욕망 산업에 유혹당하고 결국 중개소를 거쳐 비밀리에 여성을 만나 몸을 파는 지골로(gigolo, 男娼)가 되기에 이른다. 그 일에 묵묵히 충실했고 경제적으로 안정되기에 이르러 이제는 아내와의 재회만을 고대하고 있던 차에 뜻밖의 사태가 벌어진다. 발기부전 증상이 나타나 일을 그만둘 수밖에 없게 된 것. "나는 거세되어버렸다는 걸 알았고, 내가 노예였다는 사실을 깨달았어."(276쪽) 이런 깨달음과 더불어 타락한 세상과 거리를 둘 것을 결심하자 성기가 다시 발기하는 장면은 이 발기부전이 명백히 사회적 원인을 갖는 것이며 이 소설 자체가 알레고리적 취지의 산물임을 드러내는 대목이기도 하다. 아닌 게 아니라, 이 소설의 일인칭 화자는 바로 앞에 있는 관객에게 이야기를 들려주는 일인극의 주인공처럼 모놀로그에 가까운 서술(narration)을 행하고 등장인물들의 대사 역시 의도적으로 짧고 과장되고 양식화된 문장들로 이루어져 있어 일면 연극적이다. 독자의 감정적 몰입을 유도하기보다는 임상 보고서를 함께 분석해보자는 요청에 가깝다고 해야 할 것인데 그것이 비애와 풍자가 결합돼 있는 이 소설의 독특한 분위기를 만들어낸다. 그 임상 보고서의 첫머리에는 '육체와 성욕까지도 상품화하는 세계에서 에로스(eros, 삶 충동)는 어떻게 황폐화되는가?'라는 논제가 적혀 있을 법하다.

1980년대 이후의 '일기초' 연작

이 선집의 본론은 1970년대 중단편이다. 1960년대 작품 「가객」을 프롤로그로 배치한 것처럼, 1980년대 이후의 소설들을 에필로그로 배치한다. 서론에서 지적했다시피 황석영은 80년 광주 이후한국의 작가로서 근본적이고 치명적인 변곡점을 통과해야 했고 덕분에 중단편을 거의 쓰지 못했다. 두어 편 쓴 것도 실제 체험 그대로를 마치 일기를 쓰듯 풀어내고 있다는 뜻으로 '일기초日記抄'라는 부제를 붙여두었는데, 이 쓸 수 없음의 불가피함조차도 그 자체로 문학이니 있는 그대로 이해해달라는 뜻이지 않았을까 짐작한다. 언뜻 '사소설' 유형에 속하는 듯도 싶지만 작가로서의 황석영이 인간으로서의 황석영을 대상으로 엄정한 자기 성찰을 행한 작업이라 그의 1970년대 소설의 연장선상에서 읽혀야 온당할 것이다. 「골짜기─일기초, 1980년 겨울」(1987)은 1980년 5월 이후 광주에서 추방돼 제주도에서 일종의 유배 생활을 하던 시절의 어느 하루에 대한 기록이다. 그날 그는 4·3사건 희생자 유해 발굴 현장에 다녀왔고, 남한에서의 삶에 절망하여 월북하다가 붙잡혀 좌익사범으로 복역중인 청년 진이를 뒷바라지하는 사연을 적은 어느 부인의 편지에다 중간층 휴머니즘의 한계를 말하는 조금은 냉정한 답장을 썼으며, 모친 사망 소식을 전달받고는 모친이 근래에 평생 보관해온 북쪽 고향의 땅문서를 태우던 일을 회상하였고, 배를 타려고 나갔다가 못 타고 후배 김과 술을 마시는 중에 만난 막 출소한 어느 사내가 울분을 토하며 이렇게 사느니 차라리 북이 낫겠다고 불온한 말을 내뱉자 행여 위험한 상황에 휘말릴 수 있어 (진이를 돌보는 부인의 저 휴머니즘조차도 없는) 냉정한 태도를 취하기도 했다. 하루 동안 일어난, 서로 상관없어 보이는 일들을 느슨하게 이어놓은 것처럼도 보이지만, 실은 네 개의 에피소드 모두의 배후에는 분단의 그림자와 그 아픔이 어른거리고 있음을 놓칠 수 없다. 그러므로 이 일기는 곧 분단체제를 살아가는 중간층 지식인의 비판적 자기 성찰의 기록이 된다. "우리가 이 고통받는 상황의 주인이라는 건 안다. 그러면 그 고통의 정말 주인은 누구냐, 누구야."(329쪽) 소설 말미에 결론 삼아 던져지는 이 인상적인 질문 속에는 자신이 그 '고통의 정말 주인'들과 함께 진정 떳떳하게 살아가고 있는가 하는 회한과 자책이 아프게 담겨 있다.

1987년 대선 이후의 어느 날 고교 동창의 전화를 받은 일을 계기로 또래 세대의 현재를 생각하고 또 그들로부터 일정하게 이탈한 채 살아온 자신의 삶도 생각하고 이 모든 것들이 어우러져 만들어냈을 대한민국의 현실을 곱씹는 「열애―일기초 2」(1988)를 끝으로 작가는 한동안 단편을 발표하지 않았다. 그러던 중 지난 2016년에 발표된 「만각 스님」은 실로 이십여 년 만의 단편으로

「골짜기」와 「열애」를 잇는 일기초 연작의 한 사례로 볼 여지도 있다. 여전히 광주학살의 충격 속에 있던 1983년의 어느 날, 소설가인 '나'는 십 년 동안 끌어온 소설(이 '나'가 황석영 자신이라면 물론 이 소설은 『장길산』이다)의 연재를 어떻게든 마무리하기 위해 담양의 호국사에 몸을 의탁하는데 거기서 만각 스님을 만난다. 만각晩覺, 그러니까 늦깎이라는 것이다. '나'는 그를 내심 얕잡아본다. 이 절터가 한국전쟁 때의 격전지였던 터라 혼령이 자주 출몰하는데 거개가 빨치산이더라는 것, 그래서 그날 이후 만각이 현충일 다음날 그들을 위한 별도의 제사를 모시기 시작했다는 감동적인 이야기를 들은 후에도 '나'는 마음을 다 열지는 못한다. 그런데 '나'가 절을 찾은 객승과 시비를 벌였을 때 이에 대처하는 만각을 보면서, 또 그가 두 아내를 잃고 세 아이를 길렀다는 것과 과거에 공비를 토벌한 경찰이었으나 이와 같이 회심했다는 것과 사형수의 딸을 데려와 연민에 못 견뎌 하며 키우고 있다는 것 등의 사연을 잇달아 알게 되면서 비로소 '나'의 마음이 열린다. "나는 스님의 법명이 자기에게 꼭 들어맞는다고 생각했다. 어디 그이뿐이랴. 사람살이란 언제나 뒤늦은 깨달음과 후회의 반복이 아니던가." (395쪽) 만년晩年의 단편소설이 만각晩覺을 주제로 삼은 것은 그럴듯해 보인다. 살아보지 않고는 알 수 없는 것들이 있어서, 내가 지금 아는 것은 지금 알 수 있는 것들뿐이다. 인생의 다음 단계를 예습하는 방법은 없으며, 회한 없이는 할 수 없는 복습이 대체로 인간의 일일 것이다. 그러므로 깨달음은 언제나 늦은 깨달음이다. 누구나 '만각의 생'을 산다.

*

황석영은 1970~80년대에 발표한 뛰어난 리얼리즘 소설들로 '한국문학사'의 한 챕터를 완성하였고, 1989년에는 방북하여 '북한문학사'의 현장을 끌어안았으며, 1998년의 석방 이후 글쓰기로 복귀한 뒤에는 원숙한 장편소설을 쓰고 여러 나라에 번역 출간하여 '세계문학사'에 참여하고 있다. 개인과 문학과 공동체, 한 사람이 세 층위의 과제를 동시에 해결하려다보니 남한과 북한과 세계를 다 살아내지 않을 수 없었을 것이다. 이런 일을 한 한국 작가는 지금까지도 한 사람뿐이다. 그의 중단편을 모은 이 책은 (찰스 디킨스의 장편 제목 'Great Expectation'의 다양한 해석 가능성을 이끌어와 말해보자면) 당대의 평자와 독자들이 훗날의 거장을 예감하면서 품었던 '거대한 기대'의 유적지이자, 오늘날에도 여전히 탐구할 가치가 있는 주제들에 대한 선구적 천착이 마련해놓은 '위대한 유산'의 공간이기도 할 것이다. 최근에는 자전 『수인』(2017)을 출간하면서 그는 지난 삶의 고통스러운 성과를 정리하고 남은 날을 위한 각오를 정비했다. 제목이 '수인囚人'인 것은 그가 스스로 갇힘으로써 더 크게 열고 나오기를 원했던 사람이기 때문이다. 지겹고 위대하며 고통스럽고 뿌듯했을 저 거대한 감옥의 이름은 '역사'다. 이런 식으로 살고 썼던 작가들의 시대는 이제 끝나가고 있는가. 상황이 달라졌으니 그의 삶을 그대로 반복할 수는 없겠으나, 거인의 어깨 위에서 출발하는 후속 세대에게는 또 그 나름의 책임이 주어질 것이다. 우리는 어떻게 갇혀야 비로소 열고 나올 수 있을까. 이 물음에 대한 답조차도 어쩌면 이 책 안에 있을지도 모른다.

황석영

1943년 만주 장춘에서 태어났다. 고교 재학중 단편소설 「입석 부근」으로 『사상계』 신인
문학상을 수상했고, 1970년 조선일보 신춘문예에 단편소설 「탑塔」이 당선되면서 본격
적인 작품활동을 시작했다. 『무기의 그늘』로 만해문학상을, 『오래된 정원』으로 단재상
과 이산문학상을, 『손님』으로 대산문학상을 수상했다. 주요 작품으로 『객지』 『가객』 『삼
포 가는 길』 『한씨연대기』 『무기의 그늘』 『장길산』 『오래된 정원』 『손님』 『모랫말 아이
들』 『심청, 연꽃의 길』 『바리데기』 『개밥바라기별』 『강남몽』 『낯익은 세상』 『여울물 소
리』 『해질 무렵』 『철도원 삼대』와 자전 『수인』 등이 있다. 프랑스, 미국, 독일, 이탈리아,
스웨덴 등 세계 각지에서 『오래된 정원』 『객지』 『손님』 『무기의 그늘』 『한씨연대기』 『심
청, 연꽃의 길』 『바리데기』 『낯익은 세상』 등이 번역 출간되었다.

문학동네 한국문학전집 021
가객
ⓒ 황석영 2017

1판 1쇄 2017년 12월 20일
1판 2쇄 2021년 7월 26일

지은이 황석영

펴낸곳 (주)문학동네 | 펴낸이 염현숙
출판등록 1993년 10월 22일 제406-2003-000045호
주소 10881 경기도 파주시 회동길 210
전자우편 editor@munhak.com | 대표전화 031) 955-8888 | 팩스 031) 955-8855
문의전화 031) 955-3578(마케팅) 031) 955-8864(편집)
문학동네카페 http://cafe.naver.com/mhdn | 트위터 @munhakdongne

ISBN 978-89-546-4887-5 04810
      978-89-546-2322-3 (세트)

www.munhak.com